文學研究叢書・華文文學叢刊

不容青史盡成灰

——馬華文學裡的馬共傳記書寫

陳煥儀　著

一切歷史都是當代史

　　我已忘了什麼時候開始知道陳煥儀（菲爾）這個名字，第一次與她見面似乎是二〇一二年八月，我和陶然、曹惠民、劉俊諸位評委應邀前往馬來西亞檳城參加「林慶金JP出版獎」發布會，事先陳煥儀和母親朵拉陪我們參觀馬六甲和喬治市世遺舊址，一路介紹過來，發現她很用心，事先做了很多功課，對我們的提問都能一一給予解答，於是留下深刻的印象。

　　當時只知道她是執業律師，平常業務繁忙，卻很熱心義務幫助僑社做些服務工作。根本沒想到兩年後，她會克服種種困難到福建師範大學求學。促成此事的幕後大功臣應該是她的母親朵拉和我們共同的朋友陶然先生，他們在一年後的二〇一三年八月，相繼給我打電話和發電郵，積極推薦陳煥儀跟我攻讀博士學位。我這才開始真正瞭解陳煥儀，儘管她是馬來亞大學法學士，可是在熟練掌握冰冷嚴肅的法律條文之外，她更喜歡閱讀和創作情感真摯動人的文學作品。為此她於二〇〇二年至二〇〇四年期間，報讀南京大學和馬來西亞檳城韓江學院聯辦的中國語言文學碩士課程，較為系統地學習了中國文化史研究、中國古典詩歌及詩歌理論、中國現代文學研究、中國當代文學暨海外華文文學等十二門課程，並結合自己興趣的唐詩和音樂兩個領域，撰寫了碩士學位論文《曲引邊聲怨思長──唐代邊塞詩與胡樂》，二〇〇五年順利獲得南京大學文學碩士學位。她告訴我，正是

基於對中國文學的愛好，報讀了以上碩士班課程，才得以開拓自己的視野，進一步接觸博大精深的中華優秀文化。

因為父親小黑（陳奇傑校長）和母親朵拉都是馬華著名作家，家庭環境的薰陶使陳煥儀「自小耳濡目染，熱愛文學藝術，喜歡塗塗寫寫」，中學時期就牛刀小試，開始受邀為《媽媽寶寶》月刊撰寫專欄。此後更是成為《星洲日報》、《南洋商報》、《光明日報》、《光華日報》、《普門》月刊、《小作家》雜誌、臺灣《人間福報》等報刊的專欄作者，並在馬來西亞、泰國、印尼以及中國大陸、臺灣、香港等地華文報紙雜誌發表大量文學作品。第一本散文集《藍色島嶼》，二〇〇五年獲馬來西亞雪隆興安會館贊助，雪隆興安會館和大將出版社聯合出版；二〇一〇年，兒童文學作品《小小環保家》、《PP部落》、《卡通奇趣屋》，被列為蟋蟀叢書系列，由嘉陽悅讀天地有限公司出版；二〇一三年，散文集《閑讀擷秀》入選馬來西亞雪隆興安會館《興安・金炎文叢》第二輯。其實，她不僅法律和文學齊頭並進，比翼齊飛，而且是一位琴棋書畫樣樣精通多才多藝的才女。

可是，博士論文寫作畢竟與文學創作不同，而且博士論文的選題是一門大學問，許多人常常喜歡引用愛因斯坦的一句話：「提出一個問題往往比解決一個問題更重要。」選題是論文寫作的第一步，它直接影響論文寫作能否順利開展，因此，好的選題是成功的一半。在她二〇一四年九月正式進入福建師範大學攻讀博士學位並準備提交博士學習計畫時，與我多次電郵往返，探討論文選題。從《蕉風》研究，到港臺文學作品在馬來西亞的傳播史，甚至從香港作家亦舒流行小說看時代女性的變遷等，都在選題考慮的範圍。直到入學將近一年，我們才最終確定以馬共傳記書寫為選題。她在二〇一五年八月十三日中午十一點四十五分的電郵中寫道：

老師好！

這裡報告一下我的閱讀狀況。通過一些馬共人士和他們的出版社，我可買到他們所出版的傳記、回憶錄。這一點沒問題。

一，目前我已經讀了一些傳記文學的理論（一些中國學者的和法國熱奈特等人），另外也看了一些馬來西亞的馬共人士和「136部隊」等人的傳記和回憶錄（「136部隊」隊員的回憶錄都是記載抗日時代的敵後工作以及經驗），我覺得這些傳記肯定是文學性比不上其他馬華作品，但有他們的歷史價值，也不能完全說不算是馬華文學的一種。我覺得如果站在他們的立場和角度，當時加入馬共的、有志寫作的青年肯定也有，他們一直住在森林裡，也不知道「外面的世界」的文學發展到什麼程度，所以他們的作品是完全在自己的認知範圍和角度來寫，文字反而可說有一種很質樸和清新的感覺，而且內容和細節是那些其他寫馬共小說的作家完全不可能接觸到的深度。

二，有一些前馬共成員是新加坡人，但在當時新馬一家，所以我可以把他們都歸納為「馬華作品」嗎？我的想法是，既然做的研究是跟馬共有關的，那我們是否用一九三○年（馬共成立的年代）作為一個劃分？

三，我有在 CNKI（知網）找了，但是沒有跟馬來西亞傳記寫作有關的論文，就算是歷史性的、研究人文的也沒有。

四，關於讀物，我有找到一些討論中國的傳記寫作的書和論文，也有英國、法國、美國等等的。由於馬來西亞寫作都沒有一個準則，大家可說自由發揮，我看其他國家尤其中國，他們已經達到一種「傳記」的定義、研究，傳記文學的要求是什麼等等，都有一個既定的標準。但馬來西亞沒有這些，這也是一種特色，但我們當然還是可以照中國（或相比其他國家）所定

下的定義來討論。

五，老師有幫我暫定了題目是《馬華文學中的馬共書寫──以傳記文學為中心》。那目前為止我還要大量涉獵哪些馬共題材的馬華小說嗎？

麻煩老師解答我心中的疑惑，謝謝老師！

我在二〇一五年八月十四日上午十一點〇四分電郵回覆她：

煥儀：

關於你的問題，因為我沒有具體閱讀相關作品，只能根據你的閱讀感受回答如下：

一，「他們的作品是完全在自己的認知範圍和角度來寫，文字反而可說有一種很質樸和清新的感覺，而且內容和細節是完全那些其他寫馬共小說的作家不可能接觸到的深度。」這就是你閱讀後最寶貴的第一手經驗，也是馬共書寫區別於其他傳記文學或小說的不同特點。因此，應該在此處深挖下去，尋找大量有代表性的描寫、獨特的語言等，從而歸納出傳記文學中馬共書寫的具體特點。

二，在新加坡獨立之前，新馬不分家，當然可以把這些作品歸為「馬華作品」，如果是新加坡獨立後出版的，也可歸為「馬共書寫」──注意中心詞是「馬共」，當然不好說它是「馬華作品」，但可以跟馬華作品作比較。

三，在 CNKI 中，可能要查馬來西亞共產黨研究，或世界共運史，等開學後我具體諮詢歷史學的相關學者。

四，你討論的中心是「馬共書寫」，不是傳記文學，所以不要被那些概念困擾，那只是提供你研究的知識背景。

五，馬華小說中的馬共書寫是你論文重要的參照系，它們與傳記文學中的馬共書寫可以做一深入的比較。這一部分非常重要，如果沒有與小說中的馬共書寫作比較，也不容易顯示出傳記作品的特點。

預祝研究順利！

經過精心準備，二〇一五年十二月一日陳煥儀正式提交開題報告《不容青史盡成灰——馬華文學裡的馬共傳記書寫》，隨後順利通過開題。眾所周知，一九八九年之前的馬華文學中，馬共是個禁忌的話題，自一九八九年合艾和平條約簽定之後，馬共卻成了一個時尚題材，在馬來西亞，無論是小說還是影視作品都有涉及馬共題材，其中最為奇特的是一九九〇年之後紛紛湧現的馬共傳記書寫，其數量之多，出現之集中，為自己發聲欲望之強烈，都在在令人矚目。「當馬共傳記開始獲得出版機會，馬來西亞人民終於有了另一個管道去瞭解和梳理這一段曾經被埋沒的歷史。已經『被消失』的一群人，曾造成許多家庭的歷史裂縫，如今重現在大家的視野裡，並且帶著他們過去幾十年來不為人知的故事，這些故事還跟許多家庭和個體的成長息息相關，馬共傳記帶來的震撼可想而知。」然而，與馬共傳記書寫的豐富相比，對它的研究卻顯得十分冷寂。等到陳煥儀正式進入論文寫作階段，才知道難度之大出乎想像，除了資料搜集艱難，還要聯絡訪談分布在新馬等地的相關人士，包括不願具名的政治部官員、外交部官員，以及前馬共聯絡員。其中甘苦，冷暖自知。我在二〇一六年十二月三十日，為陳煥儀的《丹斯里方木山回憶錄》做序時曾指出：

菲爾目前正跟隨我從事有關馬共的傳記文學博士學位論文研究。在經過前期的資料整理與辨析之後，她對傳記文學的寫作

歷史、意義及筆法已有更為透徹的理解。尤其對傳記文學的歷史性與文學性，菲爾的把握相當到位：「『真實』是一本傳記最珍貴的地方，『想像』則是最要不得的傳記寫作手法；但是與此同時還得要寫得有文學性。」因此，在寫作中她以歷史性為主卻又能兼顧文學性。

正是有了充分的文學理論儲備和豐富的傳記寫作經驗，在佔有豐富史料的基礎上，經過三年的刻苦努力，陳煥儀於二〇一九年二月完成論文初稿，並在六月二日順利通過答辯。答辯主席朱雙一教授，答辯委員汪文頂教授、王光明教授、羅崗教授、辜也平教授、黃科安教授、朱立立教授，一致認為陳煥儀的論文從多個角度切入，對馬共傳記書寫做較為整體地觀照，較為全面呈現馬華文學中馬共傳記書寫的特點、地位及影響，充實馬共傳記文學研究並推動這一研究往深廣方面發展。「論文創新之處在於：首次較為全面討論馬共傳記書寫。這裡的『全面』包括兩個方面：一是討論的角度較為全面，前人一般只從史的角度進行討論，本論文從傳記的內容、特點、產生原因及其地位等多個角度進行討論；二是討論的傳記文本較為全面，本論文較為全面地收集整理了馬共傳記文本，其中有很大一部分是前人未曾研究過的。通過陳煥儀的研究，較為完整地呈現馬共傳記書寫，推動馬共傳記研究往深廣方面發展。」、「這是一個有價值的研究課題。這篇論文很有意義，這課題就算是放在馬華文學來說也是有價值的，無論如何，它都在馬華文學裡有一席之地。」、「馬共的歷史有很獨特的意義，這篇論文的歷史觀是正確的，歷史的多面性處理得很好。」

此前，陳煥儀的論文已在世界華文文學研究界得到充分肯定。她博士論文中的部分章節內容先後在華文文學研究刊物和相關學術會議上發表，如《從女性馬共領導人傳記的視角窺探「真實」的馬共》，

刊發《華文文學》二〇一八年第三期;《走入森林,走出自我——以〈生命如河流〉為例看女性參加馬共》,刊發《世界華文文學論壇》二〇一八年第二期;二〇一八年四月十九日至二十二日,她受邀參加華東師範大學中國語言文學系「重構美學:當代審美文化研究的理論與方法」全國博士生論壇,發表論文《南洋叢林,不即不離——淺談馬共題材紀錄片的審美價值和文化角色》,並獲優勝獎;二〇一八年九月十四日至十七日,她受邀出席中山大學暑期研究生教育教學活動博士生學術論壇,發表論文《大風吹,吹什麼——淺談許友彬〈大風吹過少年時〉三部曲將二戰時期馬來亞和馬共形象吹到青少年眼前之效應》;二〇一八年十月二十四日至二十六日,她受邀參加第四屆韓國世界華文文學國際學術研討會,發表論文《走入森林,走出自我——以〈生命如河流〉為例看女性參加馬共》;十月二十六日至二十九日,受邀參加韓國外國語大學第十五屆青年學者國際學術研討會,發表論文《從女性馬共領導人傳記的視角窺探「真實」的馬共》;二〇一九年參加上海交通大學「亞太文化與傳記」國際學術研討會,發表論文《「歷史事件是故事的因素」——馬共傳記書寫與相同題材的書寫／作品的比較》等。

　　尤其令我感到欣慰的是,這篇博士論文還獲得馬來西亞各界華人的好評。馬來西亞華人總會副總會長拿督斯里許廷炎指出:「這份論文是很有意義的工作,把各界人士對馬共的看法和意見有系統地研究和記錄起來;馬共是馬來西亞歷史上一個不容忽視的群體。在我年輕的時代,許多年輕人也深受革命思想的影響。就如我大哥,他曾參加抗日軍,後來音訊全無,至今下落不明。我們懷疑他已加入馬共,並已壯烈犧牲。有這種家庭背景,讓我更加關注馬共的歷史。」檳城孫中山紀念館館長拿督莊耿康認為:「歷史是時代巨輪流動的軌跡,它承載著許多動人的事物,讓後人去探索追尋,以茲借鑑。馬來亞共產

黨自建黨以來，無論是為保家衛國，與日軍艱苦抗戰，還是為實現政治信仰，不惜鬥爭而至犧牲生命，其是非功過，黨內外有識之士，多有論述。陳煥儀對史學用心鑽研，在撰寫本論文時為了忠於歷史，千方探究，凡事求實，有助於讓這一段血淚交加、扣人心弦的歷史真相，更圓滿地大白於天下。」檳城留臺同學會顧問林岳樺說：「馬共當時有很多是對抗日軍和英軍的一批熱血青年，他們的經歷可歌可泣。馬共研究是一個值得探討的領域，選擇馬共為題目最大目的是還原歷史，研究者本身並沒有預設任何立場，而是讓史料說話，這一點很是難能可貴。」

王鼎鈞曾在回憶錄《昨天的雲》開篇之「小序」裡指出：「我不是在寫歷史，歷史如雲，我只是抬頭看過；歷史如雷，我只是掩耳聽過。」我想，陳煥儀撰寫博士論文的心情也當如此看。她說：「撰寫本論文讓我醒悟，若是當年的事蹟不趁早記錄，肯定會隨著他們的逝去而消亡在歷史的長河中。」二〇一六年八月十二日至十三日，我曾在陳煥儀的陪同下，特地到泰國南部的勿洞縣，實地探訪合艾和平協議簽署後安置馬共成員的和平村，走入馬共游擊隊的歷史遺跡——地道，裡面陳列著大量當年使用過的武器、生活用品、醫療用具、樂器、裡籍、宣傳品等，讓人彷彿在歷史長河中穿梭，追溯一段不能忘記的歲月。正如陳煥儀在論文中所言：「相比馬華文學其他文類，馬共傳記出版歷史尚淺。讀者此前只能從馬華作者在小說中杜撰的故事想像馬共；若無這些傳記，馬來西亞這段建國史將繼續被籠罩在歷史煙霧背後。歷史的多面性，讓讀者難做定論；通過閱讀這些傳記，可勾勒出歷史的其他面貌。」我以為，這也正是陳煥儀博士把論文題目定為「不容青史盡成灰」的原因。

現在，陳煥儀的博士論文《不容青史盡成灰——馬華文學裡的馬共傳記書寫》即將在萬卷樓出版，她索序於我。我欣然命筆，草成此

文，除了祝賀她學業有成，也紀念我們師生之間互相學習的一段難忘歷程。

袁勇麟
二〇二一年四月四日清明節於福州

袁勇麟，一九六七年生。蘇州大學文學博士，復旦大學中文博士後、新聞傳播學博士後。現為福建師範大學文學院和閩臺區域研究中心教授、博士生導師，兼任中國世界華文文學學會副會長、福建省臺港澳暨海外華文文學研究會會長。獲教育部第二屆「高校青年教師獎」，被評為福建省「高等學校教學名師」、福建省首批「哲學社會科學領軍人才」等。主持國家社科基金項目「中國散文的現代化與民族化」等，出版論著《20世紀中國雜文史》、《當代漢語散文流變論》、《文學藝術產業》、《中國當代文學編年史》（第十卷）、《大中華二十世紀文學史》（第五卷）、《華文文學的言說疆域》、《中國當代雜文史》、《21世紀臺灣文化創意產業發展與前景研究》等。

自序

　　二〇一八年參加某個學術論壇並發表跟馬共傳記文學有關的論文時，我被某位講評的老師批評，但不是針對論文或文筆，他說的是：「這個課題跟中國無關，我不明白你為何選擇這個題目來研究。」當下我甚為驚訝。馬共和中國不但有關係，而且跟中共曾經是兄弟黨。中共曾資助馬共在東南亞的革命和戰鬥，馬共在馬來（西）亞的土地上成為非法組織之後走入森林，受到影響的家庭和個人，何止成千上萬！在馬來西亞，幾乎每個華人家庭都有一位或多位親朋好友加入馬共隊伍；可見研究馬共的傳記，從中瞭解他們，梳理他們的歷史，一直以來是敏感課題。隨著歲月流失，馬共結束鬥爭已三十年，許多老人已凋零，如果再不做，就會太遲，成為另一代人眼中同樣「沒有關係」的題材。我感到有刻不容緩的社會責任感。此外，我因緣際會在中學時期跟隨父母從出生地搬遷到霹靂州實兆遠就讀南華中學——陳平、賴來福、應敏欽等馬共重要領導的母校，成了他們的校友。這一切是天意吧！我決定選擇從文學的角度，研究這個課題。至於再一次成為學生，連自己都未曾想過。從二〇一四年以來，往返福州檳城兩地，並兼顧律師事務所工作，時間往往不夠用，雖然辛苦卻又快樂，人生過程的值和不值得，視乎經歷的事情是否能為自己帶來更多滿足感而定。在博士論文即將出版之際，我要感恩和銘記的人事太多。

　　首先，非常感謝中國政府提供的獎學金，讓我有機會重返校園。

　　其次，要感謝福建師範大學文學院各位老師在論文開題時所給予的指導，使我少走了許多彎路。感謝中國現當代文學專業學科帶頭人

汪文頂校長，沒有他的首肯，這個選題很難通過。對導師袁勇麟教授，我在此致以無限感激。袁老師是一位嚴謹、嚴格的學者，對我的論文從選題到資料收集、正文結構，都給予最細心的點撥和指導。老師的無私指導和無邊耐心，願意包容我許多可笑和愚蠢的問題，諒解我作為海外華人對中文掌握能力的不足，讓我極其感動和感激。老師除學術上博學精湛之外，他的身教垂範，對我也起了非常深刻的影響。他是一位堅守學術良知、心胸坦蕩磊落的老師，對於每一位學生他都付出了猶如父兄似的關心和愛護。這些年來，多次獲得老師的關懷、信任和幫助，無以回報，只能銘記在心，以老師為高標和榜樣，繼續不懈努力，虛心學習，並以日久彌深的師生情誼來證明和報答老師的恩情。

再次，我要感謝所有同門師兄弟姐妹的無私幫助和指教，由於長居海外，對於國內的許多情況不甚了了，無論是任何瑣碎的需要，他們都盡力提供我最大的支援。他們是我完成這篇論文的一股力量，在我想放棄時督促我、鼓勵我。認識師門傑出的眾兄弟姐妹是難得的緣分，他們刷新了我對新一代中國人的看法，讓我親身接觸了優秀的中國人，深入瞭解中國文化的傳承和感受更真實的中國。

再次，我要感謝馬來西亞、新加坡、中國臺灣、中國香港以及其他國家和地區，所有對馬共有感情、有愛、甚至有恨的每位受訪者和提供資料和意見的長輩朋友，在此無法全部列出，但我還是試著列一下：外公林錦成、丹斯里許子根博士、丹斯里方木山、拿督斯里許廷炎、拿督林國璋、拿督劉瑞裕、拿督蕭國根、拿督莊耿康、拿督Jahara、洪森合、劉志雄、葉建國與二一世紀出版社友人、阿米爾‧莫哈默、Bernard Chauley、廖克發、許友彬、馬侖、黃明毅、蔣福榮、馬麗怡、陳瑞清、李老先生、外交部W先生、政治部Y警官、朴宰雨教授（韓國）、章平（比利時）、張奧列（澳洲）、陳河（加拿

大）、梁元明（中國臺灣）、陶然（中國香港）、曾曉民（中國）、曹惠民教授（中國）、陳雪虎教授（中國）、朱崇科教授（中國）、張長虹教授（中國）、鐘兆雲會長（中國）、王明惠館長（中國）、張衛東教授（中國）、李良主編（中國）、葉道明律師（中國）、馬健（中國）、烈浦主編與友人（新加坡）、陳劍（新加坡）、陳建平（泰國）等等，還有一些不願具名的前輩，只能統一致謝。另外，在這裡也要特別感謝已故的著名作家、《香港文學》前總編輯陶然先生，他作為我們的家庭朋友，得知我讀博的意願，熱心引介，使我和導師袁勇麟教授得以認識並有緣結為師生。幾乎每位受訪者和長輩朋友聽到我的博士論文題目，都會激動地盡他們的能力來協助我完成這篇論文。他們來自社會各階層，從事各種各樣工作，唯一的共同點就是希望我能為馬共和那個時代的馬來亞華人發點聲音，就算有多微弱都好，許多次的訪問都讓我為那個時代馬來亞華人淳樸的愛國心流下感動的眼淚。那些送書給我、介紹更多受訪者給我的每一個人的努力和熱情，我都銘記在心，並在此致以崇高敬意。

我還要感謝身邊每一位給我提出建議和鼓勵的新朋舊友，他們來自國內外的學術圈、文學圈、政治圈，在此一併致以謝意。當然，還要感謝所有論文引文的作者；發表我論文的刊物編輯、邀請我出席各種學術會議的主辦者，以及出版博士論文的萬卷樓張晏瑞總編輯。

最後，我要感謝我的父母和家人，爸爸作為馬華小說家，以馬共為背景寫過不少作品，對我影響極大，我從他的小說中，早就瞭解到馬共和新村的歷史，這可以說是本論文最早的寫作緣起；媽媽則常在她忙碌的工作中抽空跟我討論和陪伴我到國內外到處去訪問。家人用最大的愛心和耐心包容一個年過四十還在寫博士論文的孫女兒／女兒／姐姐的所有壞脾氣。感謝年過八旬的外婆雖行動不便仍於二〇一九年六月親自跟隨親友團「浩浩蕩蕩」到福州參加我的畢業典禮。我希

望這篇博士論文的完成，能讓從小疼愛我的外公外婆和家人感到些許的驕傲。

陳煥儀

二〇二一年四月

目次

緒論

　　在新馬獨立的前後歷史之中，許多人為了馬來亞的獨立，以不同形式進入了這個歷史場景，他們每個人有自己的理想，不同的角色，被不同的意識形態影響而奮鬥。他們盡自己的力量，將一腔對這片出生地的熱情，傾注在馬來亞。這些曾為國家獨立而奮鬥過的每個人，歷史應該記住他們的名字。

　　歷史的獨特性使馬共傳記在一九九〇年代才獲得在馬來西亞出版書籍的機會。跟許多國家相比，馬來西亞政府相對溫和，合艾條約之後，前馬共在馬來西亞有了出版自由。相比馬華文學其他文類，馬共傳記出版歷史尚淺。讀者此前只能從馬華作者在小說中杜撰的故事想像馬共，《馬華新生代小說中的馬共敘事探析》作者陳夢圓認為：「讀者只能透過他人的眼睛來看馬共，無法從馬共的視角瞭解馬共。」若無這些傳記，馬來西亞這段建國史將繼續被籠罩在歷史煙霧背後。

　　傳記文學要求真實性和文學性並存，才配得上「傳記」加「文學」的概念。馬共傳記的真實性讓人極想一探虛實。二十一世紀出版社有計劃地出版馬共傳記[1]，在上市前都被審查過，內容和敏感話題可能已被美化、修飾[2]，有時變得語焉不詳[3]。歷史有其多面性，各方論述、感受、想法，都從各自角度出發，讀者只能從各方文章、記錄

1　葉建國與陳煥儀面訪於檳城，二〇一五年四月。葉建國，二十一世紀出版社負責人之一。

2　廖克發與陳煥儀Face book越洋電訪，二〇一六年六月六日晚上十時。

3　陳劍與陳煥儀面訪於新加坡，二〇一六年四月七日中午一時。

和傳記窺探當時情形，難做單方面定論。但通過閱讀這些傳記，還是可勾勒出值得探討的課題。本文擬從數方面討論、對比馬華文學中的馬共傳記。

一　詮釋的產物：傳記文學之歷史、研究方式和價值

傳記文學以人為主。它以事實作為寫作材料，以文學作為表述手法。因此，它既有「個人歷史」的真實性，又有「文學創作」的藝術性。這種獨特的文體，讓人將它置於史學和文學之間，就如湯瑪斯・卡萊爾（Thomas Carlyle）說：「歷史是無數傳記的結晶。」[4]胡適認為「給史家做材料，給文學開生路」[5]。中國傳記文學學會副會長俞健萌說它姓「史」，名「文學」[6]。傳記文學獨特的屬性，使得它有複雜的功能，無論史學、社會學、人類學、教育學、心理學等等，都可從傳記文學裡找到研究資料[7]。

傳記文學是用一個人的生平作為寫作題材，用藝術方式進行再現。既然傳記加文學這兩個詞結合了，而且「傳記」在「文學」之上，那就表示「事實」或「真實性」是非常重要的一點，內容不能杜撰。「文學」，便包含作者的審美因素和對文學創作的掌握和追求——只要是站在真實的立場上就可以接受。因此「傳記文學的標準更高」、「價值更高」[8]。英文「Biography」詞源來自希臘，Bio（生平）

4　Thomas Carlyle. Critical and Miscellaneous Essays (2). London, Centenary Edition, 1895:50.

5　胡適：〈自序〉，《四十自述》（北京市，中國文史出版社，2015年），頁5。

6　俞健萌：〈在史學與文學之間架起一座「橋梁」——論傳記文學的史實性與可創作型〉，《荊門職業技術學院學報》，2009年第3期。

7　鄭尊仁：《台灣當代傳記文學研究》（臺北市：秀威資訊科技公司，2006年）。

8　鄭尊仁：《台灣當代傳記文學研究》。

加Graphia（書寫／敘述），很明顯這個詞的意思就是書寫或敘述生平的作品[9]。

　　許多學者嘗試給傳記文學一個定義。從東西方的解釋，都表達了這種文體應是史與文的結合，是傳記作者寫「我（傳主）」的藝術品。這意味著，傳記文學作者需用除虛構以外的藝術寫作手法，再現歷史或現實中的人物生平、經歷、事蹟。傳記文學裡的人物塑造，有一定的要求。這在許多學者筆下都有類似的說法，比如：

> 「傳記文學只能以人物為中心，在不違背事實的前提下用藝術手法加工──但不可虛構或以獵奇手法來歪曲或粉飾或拔高其人，抓住該人物的幾個重點，用典型細節和鮮明的性格來突出寫一個真實人物的複雜多面性以及它的心靈史，而不是事件的歷史。」[10]
> 「關於傳記文學描寫物件事蹟的取捨問題、對於主人公一生得失的評價問題、歷史事實和細節描寫的問題（不能虛構）。」[11]
> 「既要寫豐功偉績，也要寫內心的律動，要寫優點，也要寫缺點。從形而神似，才會從史料價值，進入文學價值……其次，傳記作品應該是遵循事實和史實，不可無中生有。也因此，作者會因此受到限制。作者應該應用智慧，有選擇性地選擇、審視、構架、壓縮、伸展有用的資料內容，這樣才不會變成乾巴巴的資料庫。」[12]

9　George Misch, A History of Autobiography in Antiquity, Translated by E. W. Dicks (Cambridge, Mass.: Harvard University Press, 1951), P.5。

10　白志堅：〈試論傳記文學的藝術性〉，《集寧師專學報》，2001年第2期。

11　楊蘇：〈當我仰望他們行止的時候──關於傳記文學的寫作〉，《保山師專學報》，1994年第2期。

12　白志堅：〈試論傳記文學的藝術性〉，《集寧師專學報》，2001年第2期。

從這些定義，可以歸納出傳記文學的主要特徵如下：

（一）主要關鍵詞：真實

真實性，是把傳記文學跟其他文類區分的一個關鍵詞。一部好的傳記文學作品，必須建立在真實的基礎上。作者不能擅改史實，不能杜撰，不可虛構，不可想像。這也意味著，傳記文學的作者，其作品的內容受到某種程度的束縛。每一種文類的創作，或多或少都會有些定律，也就是俗稱的「創作鐐銬」，而傳記文學的創作鐐銬，就是「真實性」。為了將就真實性，傳記文學作者就難免無法發揮一名作家憑空創作的創作力。在《批評的剖析》裡，諾斯若普‧費耐（Northrop Frye）認為，傳記是事實的作品，不是想像的產物[13]。

（二）主要成分：人物

傳記文學作者要能從人物（傳主）身上尋找其特出人格、經歷，從中帶出他生活的時代、面對的大環境。每個人的傳記都是一個時代的小歷史，小歷史才能組成大歷史。傳主身上值得讓作者書寫的特性，絕對不只片面所見。優秀的傳記文學作者必須確立本身作品被賦予的期望——挖掘出傳主身上的特徵，無論優缺點——以便作為創作基礎。

臺灣《傳記文學》的主編劉紹唐說：「一個優秀的傳記作家，不僅可使讀者們知道傳主生平大小事蹟的發生順序，還可使他們瞭解傳主行為的主要模式。」因此，一篇好的傳記，應該將傳主在面對任何大小事件的時候，如何應對，如何反應等等表達出來，從中讓人得知

---

13 Northrop Frye, Anatomy of Criticism (Princeton: Princeton University Press, 1957) p.245.
　轉引自趙白生：《傳記文學理論》（北京市：北京大學出版社，2003年）。

傳主的性格，以便讀者得以窺探傳主的真實面貌，這才是傳記文學具有文學價值的關鍵之處[14]。

（三）決定可讀性的元素：作者的文筆

「真實」是傳記文學的內容基礎，然，作者的文筆決定傳記文學的可讀性，作者的文學修養或文學品味決定一本傳記的格調高低。為了真實，內容可能受到束縛，這就局限了作者的文學創作空間。但作者仍有一定的自由度可以大事將真實寫得具有獨特的文學性。作者必須用文學技巧，將傳主一生的各種事蹟梳理一番，妥善安排篇章和處理歷史背景及各種經歷和細節，再運用文學寫作手法把傳主人生中最值得記錄的事件寫出來[15]。如果作者的文字能力夠強，足以駕馭和描寫得真實，它本身就是一種美。

二 中國現當代傳記文學研究概述

中國的傳記文學源遠流長，它的現代轉型濫觴於梁啟超[16]。而胡適是繼梁啟超之後的最重要、最有影響的傳記文學的提倡者和實踐者之一[17]。胡適肯定了傳記文學的「史」的價值，亦強調傳記文學的「文學性」[18]。至於「傳記文學」這一概念則是梁遇春最早提出來的。二十世紀三、四〇年代對中國傳記文學進行研究的主要有郁達夫、許壽裳、朱東潤等人。

---

14 鄭尊仁：《台灣當代傳記文學研究》，頁18。
15 鄭尊仁：《台灣當代傳記文學研究》，頁18。
16 辜也平：《中國現代傳記文學史論》（北京市：人民文學出版社，2018年），頁43。
17 辜也平：《中國現代傳記文學史論》，頁137。
18 胡適：〈黃谷仙論文審查報告〉，《胡適傳記作品全編》第四卷（上海市：東方出版中心，1999年），頁218。

郁達夫認為傳記要寫得全面。而在〈什麼是傳記文學？〉一文中，他更明確提出傳記文學屬於文學而不屬於史學的特性[19]。許壽裳是「中國現代傳記文學研究深入展開階段的重要代表之一」[20]，他除了在〈談傳記文學〉中談到的「修養人格」、「發揚民族主義」、「把握歷史主眼」之外，再加上「增加做事經驗」一種；而在傳記文學的發展趨向裡，他概述了中國傳記的發展歷史，並指出「居今日而談傳記文學，自然當以西人的傳記性質為標準」。[21]朱東潤三〇年代末就開始傳記文學的研究，四〇年代初，他發表了多篇研究傳記文學的論文，形成比較完整的現代傳記文學理論觀。在傳記文學理論的建構中，他一方面系統地總結了中國古代傳記的發展，另一方面分別討論西方傳記文學的理論與創作。他把西方傳記分為三類：一類是具體形象描寫傳主生活的，如鮑斯威爾的《約翰遜博士傳》；第二類是雖簡潔但史料非常嚴謹的，如斯特拉哲的《維多利亞女王傳》；第三類是比較笨重，但「一切都有來歷，有證據」的，如英國十九世紀中期以來的傳記。朱東潤認為，這種「有來歷、有證據、不忌繁瑣、不事頌揚的作品」[22]就是當時中國所需要的傳記文學。他強調傳記文學史學、文學並重的雙重屬性[23]。研究者認為，「從梁啟超提出的人的『專傳』到朱東潤的『物件從事到人』，的確表明中國現代傳記文學理論探討的深

---

19 郁達夫：〈什麼是傳記文學？〉，《郁達夫文集》第六卷（廣州市：花城出版社，1983年），頁283-286。

20 辜也平：《中國現代傳記文學史論》（北京市：人民文學出版社，2018年），頁308。

21 許壽裳：〈談傳記文學〉，《讀書通訊》，1943年第3期。轉引自辜也平：《中國現代傳記文學史論》，頁309。

22 朱東潤：〈張居正大傳序〉，《朱東潤傳記作品全集》第一卷（上海市：東方出版中心，1999年），頁2。

23 朱東潤：《八代傳記文學述論·第一緒言》（上海市：復旦大學出版社，2006年），頁1-2。

入」,「梁啟超的傳記觀念雖然有別於傳統的史傳,但仍然是在史學的範疇中立論,而朱東潤對『從事到人』的強調卻表明他力圖將傳記文學從歷史的附庸地位中解放出來的理論自覺」。[24] 在傳記文學的文學性方面,因為朱東潤主張「從事到人」,因此,他十分重視傳主人格的敘述,並且是傳主「變格」的敘述[25]。

　　三、四〇年代,中國傳記文學的理論討論相當活躍,除了以上所談到的比較最重要的研究者外,還有茅盾、阿英、鄭天挺、林國光、許君遠、孫毓棠、戴鎦齡、寒曦等人對傳記文學進行了探討。其中特別值得一提的是三〇年代末發表的一篇不明作者的長文〈怎樣寫傳記〉以及一九四七年出版的沈嵩華編著的《傳記學概論》。辜也平教授認為〈怎樣寫傳記〉:「第一次追溯了西方關於傳記一詞的解釋和用法,第一次關注到不同標準中傳記文學的不同分類,同時還具備把傳統傳記和現代的傳記文學區別開來的自覺意識。」[26] 而沈嵩華的《傳記學概論》「全面吸納梁啟超、胡適、郁達夫、朱東潤和鄭天挺等人的研究」[27],是中國自提倡現代傳記文學以來第一部有系統的著作。

　　解放初期的傳記文學研究是三、四〇年代傳記文學研究的延續。文革時期萬馬齊喑,傳記文學的研究自然也是停滯了。改革開放以來,中國傳記文學研究進入到繁榮與勃興的新局面。

　　一九七八年,作家秦牧率先發出「我們十分需要傳記文學」的呼喊,接著,《人民日報》、《光明日報》等,集中發表、討論有關傳記文學研究的文章。一九八〇年,中國創刊最早的人物傳記與報導類雜

---

24 辜也平:《中國現代傳記文學史論》,頁258。
25 朱東潤:〈傳敘文學與人格〉,《文史雜誌》,1941年第1期,轉引自辜也平:《中國現代傳記文學史論》,頁265。
26 辜也平:《中國現代傳記文學史論》,頁307。
27 辜也平:《中國現代傳記文學史論》,頁319。

誌《人物》創刊，兩年後，它開闢「問題討論」專欄，圍繞「關於傳記作品的寫作問題」展開討論。一九八四年，《傳記文學》創刊；一九八五年，《名人傳記》創刊。這三本傳記文學刊物的密集創辦意味著中國傳記文學創作與研究進入了一個新的階段。值得一提的是臺灣的《傳記文學》雜誌與香港的《文學與傳記》、《名人傳記》雜誌，它們的創辦共同促進了中國傳記文學創作與研究的發展。

進入一九九〇年之後的中國傳記文學創作與研究更是乘勢而上，一九九一年，由《文藝報》、人民出版社、人民文學出版社、解放軍出版社等全國三十八家出版社、報社、雜誌社和文學研究機構共同舉辦、歷時兩年的首屆中國紀實文學「東方杯」傳記作品評選活動揭曉。同年，中國傳記文學學會在人民大會堂成立。一九九四年，中外傳記文學研究會在北京大學成立，並舉辦題為「傳記文學的主潮與流變」的首屆研討會。之後，這一研討會每年舉辦一屆，迄今為止，已舉辦了二十五屆研討會並結出累累碩果。

就傳記文學的研究者而言，經過四十年的發展，湧現出了韓兆琦、陳蘭村、楊正潤、趙白生、郭久麟、全展、王成軍、辜也平、鄭尊仁、寒山碧等大量優秀的傳記文學批評者。

改革開放四十年來的中國傳記文學研究取得了許多重要的成就，比如，對傳記理論的探索。從九〇年代開始，研究者朱文華、李祥年等人就提出「建立『傳記學』」的主張，二十一世紀初趙白生《傳記文學理論》與楊正潤《現代傳記學》的出版，標誌著中國傳記文學理論的深入與突破。趙白生《傳記文學理論》全面討論中外傳記理論的本質性問題，比如傳記文學的「事實」三維：自傳事實、傳記事實與歷史事實，比如傳記文學的虛構現實[28]。楊正潤的《現代傳記學》厚

---

28 趙白生：《傳記文學理論》（北京市：北京大學出版社，2003年）。

達七十多萬字，被稱為目前傳記理論研究最系統的一本專著。它從傳記本體、傳記形態和傳記書寫三個層面進入論述。並且為傳記文學定了位，他認為傳記文學姓「史」名「文學」，即「以文學方式表述人文史實，是充滿史學事實的文學作品」[29]。另外，他的前瞻性也值得讚賞，他談到傳記的三種內在危機：現代和後現代文學對傳記的真實性原則提出質疑並顛覆；文學批評中自傳或傳記死亡之類的說法，從理論上對傳記文類進行消解；圖像和影視成為傳記的載體，以特有的形式和價值標準淡化傳記的真實性訴求。俞樟華的《中國傳記文學理論研究》與張新科的《中國古典傳記文學的生命價值》，較為完整地建構出中國古代傳記文學的理論體系。

另外，在中西傳記詩學理論建構方面也取得了佳績。趙山奎《傳記視野與文學解讀》從「傳記──文學解釋學」論述傳記詩學與西方傳統等問題。李健《中國現代傳記文學研究》從「中國現代傳記文學作品的新突破」、「中國現代傳記文學對古代史傳文學的繼承與創新」、「中國現代傳記文學的現代性」等方面探討現代傳記文學發展，陳思和教授在序中讚賞它「思路開闊，縱橫捭闔，偏重於理論形態的探討，對於現代傳記創作和理論都有比較豐富的閱讀和研究。應該說，是填補了這一領域『荒疏闃寂』的狀況」[30]。而王成軍的《傳記詩學》尤其值得讚賞。該著分上下二編，上編「理論研究」，下編〈文本闡釋〉。在「理論研究」中，他提出傳記文學敘事倫理的「事實正義論」觀點，即「不對傳記事實作目的論的解釋」，「任何自傳敘述者，無論你是盧梭還是司湯達都可以而且必須說出自己的真話，不

---

29 楊正潤：《現代傳記學》（南京市：南京大學出版社，2009年）。

30 陳思和：〈中國現代傳記文學研究‧序〉，收入李健《中國現代傳記文學研究》（北京市：新華出版社，2010年），頁1。

能有絲毫的隱瞞與諱飾」。[31]他並討論了現實與文學中的三種「真實」，自傳中的四重「我」以及傳記電影敘事的「契約倫理」等問題。雖然王成軍的這些討論都只是單篇論文，沒有寫成皇皇大著，但他的討論具有前瞻性，邏輯也十分清晰。

此外，傳記文學史的研究也有了發展。在傳記文學通史研究方面，韓兆琦主編的《中國傳記文學史》勾勒中國古代傳記文學發展軌跡。陳蘭村主編的《中國傳記文學發展史》，則由古至今論述了中國傳記文學發展史。而郭久麟的《中國二十世紀傳記文學史》對中國現當代傳記文學的發展進行了全面的描述。其中陳蘭村的《中國傳記文學發展史》「特別注意歷史關於傳記文學理論與批評的積累、鉤沉、總結，在一定程度上可視為一部小型的理論批評史略」[32]。傳記文學斷代史的研究體現在李祥年的《漢魏六朝傳記文學史稿》、張新科的《唐前史傳文學研究》、全展的《中國當代傳記文學概觀》以及辜也平的《中國現代傳記文學史論》等研究論著。其中辜也平的《中國現代傳記文學史論》一書尤其突出——這本專著脈絡清晰地勾畫出中國現代傳記文學的發展史。

另外，值得注意的是香港寒山碧與臺灣鄭尊仁的傳記文學研究。寒山碧出版於二〇〇三年的《香港傳記文學發展史》，全書四十餘萬字，搜集並評述了一九四九年至一九九七年在香港出版的傳記文學作品，讓讀者一窺香港傳記文學的發展。同樣是二〇〇三年出版的臺灣鄭尊仁博士的《台灣當代傳記文學研究》，是臺灣地區當代傳記文學研究的第一本專著，它以中國近代人物為物件，選擇一九四五至一九九九年出版並以白話文寫作的個人傳記，勾勒了臺灣地區幾十年來傳

---

31 王成軍：《傳記詩學》（北京市：新華出版社，2017年）。

32 魏雪、全展：〈改革開放40年中國傳記文學研究的回顧與反思〉，《中州學刊》，2018年第9期，頁146-153。

記文學的發展。鄭尊仁並在論著中探討了傳記文學的特性與批評標準等問題。

在傳記文學作品的研究方面，也是成果豐碩。隨著各種批評理論進入到社會科學研究當中，傳記文學作品的研究方法也豐富了起來，因此，從社會歷史批評到文化批評、語言學派批評、精神分析學批評等，傳記文學作品的批評在內容與形式、深度與廣度上都顯示出了蓬勃發展之勢。

陳蘭村、葉志良主編的《二十世紀中國傳記文學論》，盡可能廣泛地選擇二十世紀有代表性的傳記作家及作品，較好地呈現了中國現當代傳記文學的發展圖景與歷史規律。葉志良的《現代中國傳記寫作的歷史與敘事》，梳理「五四」至一九四九年中國重要的傳記作品，概括了現代自傳、他傳、雜傳、類自傳和傳記體小說的敘事方法特徵。辜也平的《中國現代傳記文學史論》中篇「歷史視野下的個案研究」對梁啟超、胡適、魯迅、郭沫若、郁達夫、巴金、陶菊隱、朱東潤等人的傳記作品進行細緻深入的研究與分析。李健在博士論文基礎上完成的《中國新時代傳記文學研究》分析改革開放以來中國傳記文學的發展與變化，她提出的「中國新時期傳記文學的新英雄主義精神」、「中國新時代傳記文學與重建人文精神」、「中國新時代傳記文學的大眾化及發展趨勢」[33]等觀點都令人耳目一新。

另外，還有像朱旭晨的《秋水斜陽芳菲度：中國現代女作家傳記研究》、趙煥亭的《中國現代作家傳記研究》、謝子元的《中國現代作家自傳研究》、吳湊春的《當代中國傳記片創作現象批評》、王凌雲的《新時期中國畫家傳記研究》、王成軍的《傳記詩學》第二編〈文本闡釋〉、全展的《傳記文學：觀察與思考》第三編〈評鑑〉等等，都

---

33 李健：《中國現代傳記文學研究》（北京市：新華出版社，2010年）。

是一系列具體而微的傳記文學作品個案研究。

三　中國現當代傳記文學研究的焦點與不足

近百年來的中國現當代傳記文學研究成果是豐碩的，在它的理論建構與批評研究當中，始終存在著一些爭論不休的焦點，而這些豐碩的研究成果背後，也仍然存在一些應當繼續努力的空間。

（一）中國現當代傳記文學研究的焦點

中國現當代傳記文學自出現開始就有了一個爭論百年的焦點，那就是傳記文學是歸屬於「史」學還是歸屬於「文」學。從梁啟超、胡適、朱東潤，到楊正潤、寒山碧、辜也平等人，這一爭論從未停止過，但也從未有一個確定的答案。梁啟超、胡適都主要將傳記文學當成史，而朱東潤與寒山碧都強調「史」、「文」並重，而辜也平則更強調它的文學性：「所以我認為，今天討論的傳記文學作品，指的應是以歷史或現實中具體的人物為主要表現對象（傳主），以紀實為主要表現手段，集中敘述其生平或相對完整的一段生活歷程的文學作品。」[34]楊正潤在傳記文學性質的判定上最為靈活，他提出自己的觀點，「傳記是一種文化，一種文化形式」，並指出他們之間不是「或此即彼、彼此壁壘的關係，而是一種由此及彼、彼此互構的關係」。

由「史」學與「文」學衍生出來的討論焦點，即是傳記文學「史」學的真實性問題與「文」學的虛構問題。也即「真」要真到什麼程度，哪些可以虛構，哪些不能虛構。這自然也是迄今未能有定論。關於「真」到什麼程度，哪些可以「虛構」，大致是更看重

---

34 辜也平：《中國現代傳記文學史論》，頁9。

「史」的研究者強調要在資料考證上多下功夫，人物的生平、事件的脈絡甚至重要的細節絕不能有差錯；而更看重「文」的研究者則認為「虛構是傳記的靈性所在」，沒有虛構則傳記文學不好看，因此，傳記文學的細節部分都可以來自合理的想像中。值得一提的是，在這方面，王成軍從解構學的角度來討論真實性與自傳中「我」的身分問題，可以說是為傳記文學的「虛構討論」打開了另一個局面。

（二）中國現當代傳記文學研究的不足

中國現當代傳記文學研究雖有豐碩成果，但也有許多可以繼續拓展的空間。首先，傳記文學理論研究有待進一步深化。除了趙白生與楊正潤兩本傳記文學理論研究專著，其餘一些名為專著的傳記文學理論研究基本都是一些論文合集，理論建設的整體性與拓展性都不足。其次，在傳記文學史的研究上，「一些文學史只是滿足於對作品進行平面的、靜態的概括與歸納，而缺乏對作品進行規律性的、立體的、動態的理解與闡釋」，並且「缺乏與整個時代發展協同並進的思潮史的建構」[35]。最後，雖然傳記文學作品的研究眾多，但真正有價值、有自己獨到見解的並不多見。另外，對外國傳記文學論著的翻譯也嚴重滯後，這是影響中國傳記文學理論建構的一個主要原因。

四　馬來西亞的傳記寫作和馬共傳記寫作

反觀馬來西亞，在馬華文學的旗幟下，傳記文學並非熱門研究課題，傳記甚至極少被當作「文學」來研究。馬華文壇上，傳記出版得

---

35 魏雪、全展：〈改革開放40年中國傳記文學研究的回顧與反思〉，《中州學刊》，2018年，頁146-153。

不少，傳主包括政治家（如首相敦馬哈蒂爾傳記中文譯本）、社會名人（如羽球名將莊有明、李宗偉）、企業家（如林梧桐、郭鶴年）等等。這些傳記作品，以紀實為主，文字多數平鋪直敘，鮮見高度文學性的作品。無論如何，由於馬來西亞國情的特殊因素，除了一般常見的名人傳記，在馬來西亞有一個較為獨特的現象，那就是前馬共人士（「前馬共」）的傳記作品。這一批作品，是到了一九八九年十二月合艾條約簽署之後，才逐步開始出版流傳。

跟許多國家相比，馬來西亞政府相對溫和，一九八九年合艾條約之後，前馬共在馬來西亞擁有出版自由。由於歷史的獨特性，馬共人士的傳記是在上世紀九○年代開始才在相對寬鬆的條件下獲得在馬來西亞出版的機會，最主要的是由二十一世紀出版社分階段出版[36]。另外，也有一些前馬共成員，等不及二十一世紀出版社的出版，自行聯絡其他出版社出版，包括華社研究中心、策略諮詢研究中心、Gerak Budaya等等[37]。

馬華文學裡的馬共題材和形象在一九八九年合艾條約之前後，由於不同年代的創作觀、不同時代的社會背景、政治結構等等，都對文人的創作有影響。文學反映社會，或多或少還是有不同時代地域的特徵，尤其馬來西亞言論自由尺度還是有限度，在大家心裡有各自的詮釋和理解，但又在有所避忌的心態之中寫作，因此在馬共題材還算是相對敏感的時代，作者們只能蜻蜓點水或用自己的想像在外圍書寫，馬共題材可能是主題也可能只是間接涉及的重點，但文學不能只看文字的表面，內涵要讀者自己領略。

除此，本文提及的馬共傳記作品，水準參差不齊，文學價值比別種文類來說，也許還有不足之處，但綜觀世界文學史的發展，只要站

---

36 這家出版社由一批馬來西亞前馬共、左派人士組成。
37 葉建國與陳煥儀面訪於檳城，二○一五年四月。

在時代精神的高度，藝術家就有可能創造出偉大的曠世巨構，因此這個特色題材的寫作，還是值得鼓勵。更何況，文學反映現實，文學和現實本就息息相關，對現實的表達，也是文學的一個重要任務。毋庸置疑地，馬共傳記作品跟其他傳記作品一樣，在反映現實這方面有一定的可信度。加之，這些作品所反映的現實，還是馬來西亞建國史上重要的一個部分，雖然它直到一九九〇年代以後，才逐漸以極其緩慢和試探性的步伐邁開腳步。不過，就像余光中指出：馬華作家只有把自身環境寫出來，馬華文學才有本身的價值。

另外，在馬來西亞，有些傳記的原文是用英文或馬來文書寫，後來才翻譯成中文，除了幾位歷史身分特殊如前馬共總書記陳平的傳記之外，其他則因本文題材限制無法在此討論。

五　本論文的研究方式

一九八九年合艾條約簽署以前，馬共沒有自由出版的權利。當時，馬來西亞讀者完全不可能涉獵馬共傳記。一九八九年以後至今，馬共傳記或跟當時情況有關的書籍逐步出版。但由於至今社會上仍有約定俗成的禁忌，跟馬共有關的研究仍有一定的困難。長期以來跟馬共有關的書寫幾乎都被看作是「禁忌書寫」。馬共本是馬華文學中的特色題材，政治因素造成它成為極為敏感的篇章。事實上，在研究馬來西亞各方面的發展時——無論是政、經、文、教——亦不能繞過馬共這一段歷史。

根據何啟才的論文〈馬來亞共產黨研究之回顧與展望〉[38]，當年的英殖民政府掌握大量馬共情報和資訊，也曾對馬共進行深入分析和

---

38 何啟才：〈馬來亞共產黨研究之回顧與展望〉，《馬來西亞人文與社會科學學報》，2013年第2期，頁27-41。

研究，這是馬共研究的開端。學術界和民間的研究較遲才出現。這些研究主要涉及馬共的歷史、軍事、組織結構等等，大多依賴官方的資料和檔案，有所偏頗亦無法深入。一九八九年合艾條約簽署之後，由大部分前馬共人員或其支持者成立的二十一世紀出版社開始出版相關的回憶錄，提供檔案資料，逐漸釋出更多不為人知的內容，增加馬共研究的條件。目前為止，二十一世紀出版社是出版該種書籍最活躍的出版社，他們的出版軌跡按照馬共大事記的編年制為出版次序[39]。同時，華社研究中心、策略資訊研究中心、Monsoon Books Malaysia、Gerak Budaya也出版大量有關書籍，另外有馬共人士自行印製或到香港出版有關書籍。一些英文的研究文本，也可從市場上購得。

　　本論文以傳記文學的理論和研究方法來研究馬來西亞在一九八九年以後至二○一八年這三十年來的主要馬共傳記，同時探討馬共傳記的定義。此外，本文會將前馬共成員所寫的傳記跟其他文獻、紀錄、影視作品等進行比較。前馬共的傳記在本論文中將獲得優先考慮和研究──無論他們是屬於陳平派、馬列派還是革命派的前馬共成員。在讀者對他們在山林野間的認識缺乏的情況下，他們在馬共裡的親身經歷被結集成書，無疑是讓讀者得以一窺游擊隊在森林裡的生活之最佳紀錄。與此同時，他們的文字富含獨特的語言特色，能夠很好地反映出他們的生活經歷、在部隊的體驗。這些紀錄的文學性也需要獲得進一步確認。

　　在訪談過程當中，收穫甚豐，也有讓人意外的驚喜，比如在撰寫本論文過程中，相繼有意想不到的人士出現。一些外表看來平淡無奇的老人家原來都是跟馬共有直接或間接的關係。很多老人家聽聞這項研究，甚為吃驚，自願借書、推薦訪問者。一些對此課題長期有研究

---

39 葉建國與陳煥儀面訪於檳城，二○一五年四月。

和興趣的作家和朋友，也提供了不少他們的獨家資料，比如，作家陳河雖然是加拿大籍華文作家，但他對東南亞的日占時期有不少研究，也出版了數本與之有關小說，從與他的對談和他的紀實式小說中可獲取相關資訊。

本文寫作期間，進行大量訪問，對象包括前馬共成員、馬共傳記作者（包括新馬兩地）、編輯、居住於海內外馬來西亞籍電影工作者、政治部官員和警方（不願具名）、政治界老前輩、前136部隊成員梁元明、前左派支持者林良發先生、其他年齡六十以上的馬來西亞各族人民等等。訪問方式包括面談、越洋電話訪談、電子郵件訪談等。此外，我也赴新加坡國家圖書館搜集資料，赴中國大陸、中國臺灣、中國香港、泰國、新加坡和馬來西亞等地方實地考察等等。

有鑑於馬共乃是馬來西亞社會獨立之前至今敏感的課題，加上馬來西亞境內創作、發表、出版的學術論文、書刊等等，並沒有很好地組織歸納，資料庫和研究機構不夠成熟，搜集資料方面仍有一定的困難。由於相隔時間較長，許多相關人士比如前馬共領導人、前警隊要人、前136部隊成員等已相繼去世，沒有機會對他們進行訪問，這是其中一個遺憾。此外，有的電影工作者不願意接受訪問以避免曝光；也有的歷史工作者不願見面受訪，也許跟題材敏感有關。有些政治部官員和警方提供善意的勸誡，雖然馬共已經和解下山，但由於題材仍有敏感性，最好不要打草驚蛇，他們勸告不要訪問一些政府或警方裡官階較高的人物，因此，我放棄採訪數位重要人物，包括警方F部隊人員[40]，這是一個比較大的遺憾。希望以後敏感性可以減低、壓抑氛圍得以減少，情勢能夠有所改變，好讓將來的研究者能夠對更多有關

---

40 F部隊是一個警方用以瓦解馬共的情報部隊，成員都是警方的精英。參考：《星洲日報》，〈套情報潛入當臥底，F部隊瓦解馬共〉，2017-03-24。http://www.sinchew.com.my/node/1626970。

人士進行更深入的採訪,將當時的歷史記錄歸案,彌補不足。無論如何,這樣的情形仍有賴整個社會的成熟度,將馬共研究當作學術研究,視為歷史的一部分,而不滲入私人情感。

六 本論文的選題

　　一九八九年之前的馬華文學中,馬共是個禁忌,然而自一九八九年合艾條約簽定之後,馬共卻成了一個時尚題材,在馬來西亞,涉及馬共題材的有小說散文,也有電影電視劇,其中最為特出的是一九九〇年之後紛紛湧現的馬共傳記書寫,其數量之多,出現之集中,為自己發聲欲望之強烈,都在在令人矚目。然而,與馬共傳記書寫的豐富相比,對它的研究卻顯得十分冷寂。截至目前為止,只見到單篇論文對此進行討論,尚未見到有相關研究的碩博士論文和論著出現,而單篇的論文數量亦只有七篇左右。由此可見,無論在馬來西亞或中國大陸,馬共傳記書寫的研究都還在起步階段,這方面還有很大的開拓空間。

　　本選題的創新之處在於這是首次較為全面討論馬共傳記書寫。這裡的「全面」指兩個方面:一是討論的角度較為全面,前人一般只從史的角度進行討論,本研究從傳記的內容、特點、產生原因及其地位等多個角度進行討論;二是討論的傳記文本較為全面,本研究在盡可能的範圍之內相對全面地收集整理了馬共傳記文本,其中有很大一部分是前人未曾研究過的。自一九九〇年以來,馬共傳記書寫不斷湧現,成為馬華文學中一道奇特的景觀。然而,相對於豐富的馬共傳記書寫,對它的研究可謂貧乏,僅有的少數研究亦主要是從歷史的角度展開。因此,本論文以「不容青史盡成灰──馬華文學中的馬共傳記書寫」為題,擬從多個角度切入,對馬共傳記書寫做較為整體的觀

照，試圖較為全面呈現馬華文學中馬共傳記書寫的特點、地位及影響，充實馬共傳記文學研究，並推動這一研究往深廣方面發展。

（一）馬共傳記書寫的研究現狀

1 資料引證

廈門大學南洋研究院博士生何啟才在〈馬來亞共產黨研究之回顧與展望〉[41]中認為，關於馬共的早期研究因仰賴官方的解密檔案，欠缺了馬共自身檔案和觀點，因此內容或有偏頗，或無法深入探討和分析馬共及其相關事件。而隨著和解後，「許多前馬共成員透過出版相關回憶錄，或公開檔案資料，或出席公開活動等各種方式，逐漸釋出馬共過往的種種是與非，為後來的馬共研究者提供了更加有利的研究條件」。但可惜的是，何啟才並沒有進一步展開對馬共這些回憶錄的討論。

宋少軍的〈馬來亞共產黨與馬來亞華僑抗戰史的研究述評〉[42]中認為，相比較中國國內，海外特別是新馬兩地對馬共和馬來亞華僑抗戰歷史的研究都方興未艾，其主要原因是很多抗戰史料不斷面世。而馬共總書記陳平的回憶錄《我方的歷史——陳平回憶錄》即是宋少軍用以引證的一本抗戰史料。不過，宋少軍也僅止於引證，並沒有展開論述。

朱崇科的〈臺灣經驗與張貴興的南洋再現：兼及陳河〈沙撈越戰事〉〉[43]與佚名的〈歷史書寫的吊詭：以馬來亞共產黨的抗日貢獻為討

41 何啟才：〈馬來亞共產黨研究之回顧與展望〉，《馬來西亞人文與社會科學學報》，2013年第2期，頁27-41。

42 宋少軍：〈馬來亞共產黨與馬來亞華僑抗戰史的研究述評〉，《桂林師範高等專科學校學報》，2014年第2期，頁55-58。

43 朱崇科：〈臺灣經驗與張貴興的南洋再現——兼及陳河〈沙撈越戰事〉〉，《中山大學學報（社會科學版）》，2012年第5期，頁46-55。

論語境〉兩篇，雖然也只是將馬共自傳作為資料引證，但論述之時，略有呈現論者對這些自傳所持的觀點。在第一部分「仇共慣性與馬共虛構」裡，朱崇科認為，因為留臺並入籍三十餘年，臺灣現實體驗與意識形態宣揚對張貴興影響極大，因此張貴興在書寫共產黨之時難免帶上貶義的色彩，《群象》、《我思念的長眠中的南國公主》等小說中，對馬來亞共產黨的想像，多有歪曲之處。朱崇科認為張貴興在描寫馬共時刻意將其情慾化、殘暴化與政治擴大化。為了證明張貴興的偏頗，朱崇科在文中多次引證了陳平回憶錄《我方的歷史——陳平回憶錄》作為例證，以此來證明張貴興的想像帶有極強烈的個人主觀偏見。而朱崇科之所以引證陳平回憶錄，是因為他認為陳平的《我方的歷史——陳平回憶錄》是「立足於堅實史料基礎的有關自身和馬共的敘述」。這是完全將陳平的《我方的歷史——陳平回憶錄》當真實歷史來看待。

　　佚名的〈歷史書寫的吊詭：以馬來亞共產黨的抗日貢獻為討論語境〉[44]一文要討論的是歷史書寫的吊詭之處。作者認為歷史書寫是一把雙刃劍：既能還原歷史以讓今人更接近過去真實的經驗，也能扭曲歷史以使今人對過去經驗的認知永遠滯留在誤區中，這即是歷史書寫的吊詭之處。作者以對馬來亞共產黨的抗日貢獻歷史的三種書寫來闡釋這種歷史書寫的吊詭。其中第三種馬共的抗日貢獻歷史書寫——小歷史的陳述：馬來亞共產黨對自身歷史的書寫以馬共代表張佐的《我的半世紀——張佐回憶錄》為參照文本來討論。很明顯的，此文的作者雖然不像朱崇科一樣完全把張佐的《我的半世紀——張佐回憶錄》當成史料，但也只是用這本自傳為其歷史書寫的吊詭論做註腳而已，而並非在討論張佐的這本傳記書寫的得失。不過，作者在論述中帶出

---

44 佚名：〈歷史書寫的吊詭—— 以馬來亞共產黨的抗日貢獻為討論語境〉，（2011-12-29）。http://zhuiwenzhe.blogspot.my/2011/12/blog-post_29.html。

了較多他對張佐等人馬共傳記書寫的看法。他認為這些馬共的自傳帶著深厚的主觀色彩,「充斥著黨員的情緒語言和偏激思想,其中也不排斥作者本身錯記歷史事件的可能」,但又肯定其對馬來亞共產黨的抗日貢獻所作的細節記錄擁有不可否定的參考意義,「在一定程度上彌補了『霸權聲音』遺留下來的歷史漏洞,因此仍然具備參考價值」。

2 不同角度的研究

張錦忠的〈走上不同鬥爭道路,錯過建國歷史契機:評馬共總書記陳平的口述歷史〉[45]一文,不是嚴格意義上的學術論文,而是一篇短評。在這篇短評中,張錦忠更感興趣的是對馬共與陳平的成敗發表見解,而不是對這本回憶錄做評論。

不過,他對這本回憶錄看法還是零散地出現在文章中,概括起來主要有四點:(一)是否是真實的歷史。張錦忠更傾向於認為陳平的這一回憶錄雖然提供了當事人的第一手資料,卻還難以稱得上是真實的歷史。因為其一,「這不是一本書寫馬來亞共產黨歷史的敘事,而是選擇不同建國途徑者的一段心路歷程」;其二,「事隔多年,近八十歲的陳平在回想叢林武裝鬥爭歲月裡的點點滴滴時,有些細節已不復記憶,還得翻閱查普曼的書查證」;其三,他覺得陳平刻意隱去了一部分很重要的內容:「馬共組織及派系內鬥、叢林游擊隊員生活細節、馬共和其地下及外圍組織關係等內幕,作者並未多加敘述,因此我們可以說,即使是陳平所提供的他這一面的歷史,本書也不見得就是全貌,史家還得繼續拼湊。」(二)語言表達。張錦忠認為這本回憶錄「敘事寫人,以平易文字夾敘夾議」。(三)讀者期待。張錦忠提到讀者對陳平這本口述回憶錄感興趣的「正在於他自己怎麼看待這段

---

45 張錦忠:〈走上不同鬥爭道路,錯過建國歷史契機:評馬共總書記陳平的口述歷史〉,《新紀元學院學報》,2005年第2期,頁163-168。

歷史,他如何『以口代筆』,書寫這段他以及他的馬共同志沒有能夠
改寫的歷史」。(四)傳主心理。張錦忠揣測陳平書寫這本回憶錄的心
理是「深知歷史書寫充滿疑義。歷史書寫的總是勝利者或掌權者的那
一邊的歷史」,因此,他試圖還原「真相」。

因為是短評,而且張錦忠的表達興趣又在他處,這些觀點都未展
開討論。

魏月萍的〈馬來馬共的歷史論述與制約〉[46],從歷史研究的角度
對馬共傳記進行了討論。魏月萍擇取馬來馬共主要領袖阿都拉・西・
迪的三本回憶錄進行研究,其中略有引入陳平的《我方的歷史──陳
平回憶錄》與另一馬來馬共拉昔・邁汀的回憶錄進行比照。在這篇文
章裡,魏月萍首先釐清馬來政府論述中馬共都是「華人」的別具用
心,接著根據阿都拉・西・迪的回憶錄並結合其它史料分析了馬來馬
共吸收共產主義的原因,並討論了他們如何妥善安置共產主義、伊斯
蘭主義以及民族主義三者之間的關係。她認為,愛國、民族與民主的
因素,是馬來馬共和其他左翼力量之間可以合流或合作的最關鍵原
因。最後,她探討了阿都拉・西・迪在回憶錄中呈現出來的主體思想
與精神意識。

雖然魏月萍此文的目的是要通過將馬來馬共的歷史論述放到更寬
廣的歷史詮釋視界,檢視它所形成的各種制約關係,並以此來揭示馬
來馬共歷史知識生產的內在困境,但論述當中顯露出的對阿都拉・
西・迪三部回憶錄的看法頗為精到:首先,魏月萍認為阿都拉・西・
迪的這三部回憶錄頗有重寫「史」的意圖,「由於書中資料豐富,含
演講稿、分析文論、馬來馬共英雄的名字與故事等,被研究者認為相
較於陳平的《我方的歷史──陳平回憶錄》,更具有重寫與重新詮釋

---

46 魏月萍:〈馬來馬共的歷史論述與制約〉,《人間思想》夏季號(臺北市:人間出版
社,2012年)。

馬共歷史的意圖，亦可謂一部『馬來左翼運動發展史』」。其次，魏月萍認為在阿都拉・西・迪的回憶錄中，他不僅僅是「記錄」或「書寫」，是「論」與「述」兼備，字裡行間充滿了反思，可以補充馬來馬共另一層面的歷史視野。而無意中，魏月萍亦呈現了她對自傳文學的觀點：「回憶錄縱然更多自傳成分，但人們選擇要說什麼、不說什麼，呈現的是個人對待歷史的態度，以及拼湊過去歷史記憶的方式；有時弔詭的是，說出來的內容反而暴露它所不想說的部分。」

鍾怡雯的〈歷史的反面與裂縫：馬共書寫的問題研究〉[47]一文，比較深入地討論馬共傳記書寫。鍾怡雯認為以新歷史主義學者海頓・懷特的觀點來看，因為口述歷史、自傳和回憶錄等「故」事，本身便是「故事」，因此，「馬共書寫的紀實文學書寫類型，其實後設的印證了歷史和文學並非涇渭分明」。鍾怡雯從三個方面討論了馬共傳記書寫：一是自傳：跟（大）歷史抗衡的敘事形式；二是差異：書寫的意義；三是微歷史：她們的故事。

鍾怡雯第一部分的討論，無意中將張錦忠短評裡未盡的觀點做了進一步的延伸。她從自傳這一文體的特徵入手，先是討論了何以馬共總是選擇自傳的形式來表達：「傳統上的自傳價值在於它所呈現的真相，它是另一種相對真實的書寫模式，因此不難理解，為何馬共書寫採用的形式，都指向廣義的自傳，指向自傳可能企及的真相／真實。這些敘述形式往往也可以滿足他們『重寫』和『彌補歷史空白』的作用。」其次，她又指出，由於自傳寫作是一種「意圖」十分明確的寫作類型，因此，這些書寫者／說話者，必然有預定讀者／說話者。她認為陳平的《我方的歷史——陳平回憶錄》設定的讀者／說話者，「包含馬來西亞官方，英國殖民者，馬來西亞人」，而且由於他懷有

---

47 鍾怡雯：〈歷史的反面與裂縫：馬共書寫的問題研究〉，《香港文學》，2009年第2期，頁64-73，以及2009年第3期，頁54-59。

「說服讀者／聽話者」的企圖，鍾怡雯斷定：「馬共的自傳書寫自然不可能是單純而客觀的敘事」、「《我方的歷史——陳平回憶錄》敘述和論述合一的寫作模式，顯示敘事的背後隱藏了一個最重要的辯解對象：被誤解的歷史」，他們的故事其實也是「一種有意識的選擇，無論是敘述視角、轉述語、時間鏈或者情節結構，這些敘述其實超越了它的表面現象指涉」。鍾怡雯很悲觀地指出，「當《我方的歷史——陳平回憶錄》出現在『現在』，它卻已經塵封，徹底成為歷史，失去了參與馬來西亞獨立史的能力」，「它就只是故事片，因為真實而精彩，故更具吸引力」。在這一部分裡，鍾怡雯的討論涉及陳平的《我方的歷史——陳平回憶錄》、張佐的《我的半世紀——張佐回憶錄》，以及拉昔‧邁丁、阿都拉‧西‧迪、單汝洪、方壯壁等人的回憶錄。

第二部分，鍾怡雯重點討論了馬共傳記書寫可能產生的作用及影響。她比對了陳平與單汝洪、楊秋蓮等人的回憶錄，發現在馬共傳記書寫中記憶和想像常常暗渡陳倉、糾葛不清，同樣的事件卻有頗為不同的記述，因此，鍾怡雯擔心：「馬共書寫的意義本是以小歷史讓歷史的結論逸出大歷史，或者顛覆大歷史，然而也可能讓小歷史之間互相取消和彼此解構。」

第三部分，鍾怡雯特別對女性馬共傳記書寫進行了討論。鍾怡雯認為，雖然女性馬共傳記出版遠不如男性馬共傳記多，但並不說明「馬共歷史主要是『他』的歷史」。鍾怡雯在這一部分裡，試圖從「微」歷史的論述角度，突顯女性馬共傳記書寫與男性馬共傳記書寫的不同，並以此證明兩者是平等的，而非女性馬共傳記書寫只是男性馬共傳記書寫的箋注。

值得注意的是，鍾怡雯在這篇論文中非常注意馬共傳記書寫的文學性的分析，雖然她並沒有直接指出她在做這一方面的分析。比如在第一部分，她把陳平的《我方的歷史——陳平回憶錄》與張佐的《我

的半世紀——張佐回憶錄》相比較，認為陳平的回憶錄是「非常專業而準確地設計好的『我方』的歷史，條理嚴謹、架構密實，滔滔雄辯，總是恰到好處地處理說話者想說的」，而張佐則相對簡單而無所求，流露老實說故事的動人風采，更加「有血有肉」。在第三部分，她又將女性馬共的「微」歷史歸功於其寫作內容回歸到生活細節，寫下戰爭中人性和生活化的一面，以及敘述中注入更多的情感等。鍾怡雯認為，這樣的傳記內容與傳記語言，使得她們的故事更加吸引人，也將馬共歷史刺繡得更加細密。

（二）馬共傳記書寫研究所存在的問題

正如開頭所說，馬共傳記書寫研究的冷寂與馬共傳記書寫的豐富不成正比。這是馬共傳記書寫研究最大的問題。為何在馬共傳記書寫研究上研究者紛紛閉口或失語，這本身就非常值得討論。

馬共傳記書寫研究的角度與範疇需進一步辨析。關於這一點，特別要注意潘婉明對馬共書寫的界定。在〈文學與歷史的相互滲透：馬共書寫的類型、文本與評論〉[48]一文中，潘婉明對鍾怡雯從傳記文學的角度研究馬共傳記書寫進行了質疑。潘婉明認為「馬共書寫」必須是：以馬共人物或戰鬥為故事背景、以歷史為創作動機、遵循現實主義文藝教條主義，以及必需是文學創作；這些作品最好能體現組織的運作、政治決策及思維、能刻畫人物及臧否人物，其內在精神需反映一個時代／世代的歷史意義和生活面貌，也能透露不同陣營的策略、認同、心態和處境。因此，從這個角度出發，她認為陳平等人這些傳記書寫不能算是馬共書寫，而只能稱之為馬共的歷史書寫，只能從史

---

48 潘婉明：〈文學與歷史的相互滲透——「馬共書寫」的類型、文本與評論〉，徐秀慧、吳彩娥主編：《從近現代到後冷戰——亞洲的政治記憶與歷史敘事國際學術研討會論文集》（臺北市：里仁書局，2011年），頁439-476。

學的角度進行研究。在另一篇文章〈政治不正確與文學性：馬共書寫的馬共書寫〉[49]裡，她更具體對馬共書寫進行了劃分：馬共書寫分為三個傳統：即文學創作、報告文學以及由馬共書寫的馬共書寫。潘婉明所謂的馬共書寫的馬共書寫指的是馬共寫的文學作品。然而，有意思的是，潘婉明自己對馬共書寫的馬共書寫的舉例卻反駁了自己的觀點。她認為海凡的《雨林告訴你：游擊山頭和平村裡》屬於馬共書寫的馬共書寫，然而卻又承認它是一本很難歸類的小書，半部小說半部日記。其實，早在潘文之前，黃錦樹就以〈在或不在南方：反思南洋左翼文學〉[50]一文，對她所討論的這些馬共書寫的馬共書寫到底虛構成分有多大提出疑問，黃錦樹甚至認為馬共寫的這些文學作品極少有文學性，基本是以史的手法來寫。潘婉明提出的馬共書寫概念不周密且偏頗，而將傳記當文學來研究亦是一向有之的做法。問題的關鍵是為何在馬共傳記書寫的研究上，沒有人對潘婉明所提的概念與劃定的研究範疇做出回應，並將馬共傳記研究的角度與範疇辨析清楚。

從整體上對馬共傳記書寫進行研究從缺。鍾怡雯〈歷史的反面與裂縫：馬共書寫的問題研究〉[51]一文雖然涉及的馬共傳記文本較多，但跟馬共傳記書寫的巨大數量相比，還遠遠不夠，因此，從面上對馬共傳記書寫做整體的關照並討論其呈現出的共性就顯得十分必要。

與相同題材、不同媒介的書寫／作品的比較研究從缺。這一方面的比較研究有助於分析闡釋馬共傳記中內容與書寫策略的選擇及其背後的用心，研究馬共傳記傳主的創作心理。

---

49 潘婉明：〈政治不正確與文學性：馬共書寫的「馬共書寫」〉，《燧火評論》（www.pfirereview.com），（2015-02-28）。

50 黃錦樹：〈在或不在南方：反思南洋左翼文學〉，《猶見扶餘》（臺北市：麥田出版社，2014年），頁283-306。

51 鍾怡雯：〈歷史的反面與裂縫：馬共書寫的問題研究〉，《香港文學》，2009年第2期，頁64-73，以及2009年第3期，頁54-59。

對馬共傳記書寫的影響研究從缺。馬共傳記的傳主力圖改變大歷史的敘述，他們是否達到目的，抑或是如鍾怡雯所說的有時甚至互相抵消。在這一方面的研究，若有實證的資料，當更有說服力。

七　馬共歷史簡述以及馬來西亞華人

成立於一九三〇年的馬來亞共產黨（馬共）是馬來西亞第一個現代政黨。歷史上，馬來亞的一些地區曾在十六世紀開始先後被葡萄牙人、荷蘭人佔領；十九世紀，馬來亞成為英殖民地，又稱英屬馬來亞[52]。英政府為發展錫礦和種植業，大量引進刻苦耐勞的華人勞工。華僑來馬來亞之後，除了個別例子，一般還是從事體力工作居多，生活困苦。戰前的馬來亞不是統一的國家，華僑沒有公民權，他們基本上保持中國僑民的身分，早期的華僑政治運動主要圍繞中國政治展開。

在馬共成立之前，馬來亞已有共產黨員的影子[53]。在一九二〇年代，共產主義在東南亞萌芽時，印尼共產黨人，丹馬六甲（Ibrahim Datuk Tan Melaka）就已將共產主義帶入馬來亞。他曾在荷蘭深造，回到印尼之後，宣揚共產主義，在一九二〇年創立印尼共產黨（印共）。丹馬六甲也曾通過給中國共產黨的書信，促請他們協助推動成立馬來亞共產黨。另一位推動馬來亞共產黨成立的，也是印尼共產黨

---

52 英屬馬來亞（British Malaya），簡稱馬來亞（Malaya），是屬於大英帝國殖民地之一。馬來亞包含了海峽殖民地（一八二六年成立，也就是檳城、馬六甲、新加坡）、馬來聯邦（一八九六年成立）及五個馬來屬邦。在馬來亞獲得獨立之前，曾在一九四六至一九四八年組成馬來亞聯邦。由於歷史因素，人們總是習慣性地稱呼現今馬來西亞半島為「馬來亞」，或「西馬」。一九六三年，馬來亞聯合東馬的沙巴和沙撈越以及新加坡組成馬來西亞；新加坡在一九六五年八月九日脫離馬來西亞，宣告獨立。

53 劉鑒全：〈青山不老──馬共的歷程〉（吉隆坡：星洲日報，2004年）。

的阿里明（全名：Mas Alimin Prawirodirja）。他和丹馬六甲一樣，都曾是共產國際的全職代理人。根據英國人的情報檔案，他早在一九二〇年代就在新馬一代推動成立馬來亞共產黨活動。

在一九二七年底到一九二八年之間，大批中國共產黨員為了躲避國民黨政府的追捕，轉移到南洋來。他們在馬來亞成立了馬共的前身，也就是中共南洋臨時黨支部，後改名為中共南洋臨時工作委員會，又改南洋共產黨臨時委員會，這個委員會成立於一九二八年，但被認為是一個「過於廣泛的中國共產黨南洋臨時委員會」。一九三〇年，共產國際授意上海中共（由李立三和瞿秋白領導）協助在馬來亞成立馬來亞共產黨（馬共）[54]。一般相信，加上胡志明的回憶（甚至馬共的官方記錄也如此記載）馬共的成立日期為一九三〇年四月三十日[55]。成立地點原本在森美蘭州的瓜拉比拉，後移至臨近的柔佛州橡膠園工人宿舍。共產國際代表是胡志明（共產國際遠東局），當時還有來自泰、緬、菲、印尼等共產黨的代表。第一次代表大會之後所產生的中委，包括書記黎光遠，宣傳部長傅大慶，組織部長吳清（徐天炳）等人。大會上議決，馬來亞是資本主義化農業社會，馬共的任務是反帝反殖。馬共從成立時起，就明確提出驅逐英帝國主義、建立獨立的馬來亞、建立馬來亞工農蘇維埃共和國主張；並且迅速滲透礦山、橡膠園，展開各項工人罷工等活動，因此遭到英殖民當局的鎮壓，並於一九三三年成立政治部，對付馬共。馬共成立初期，書記是工人，知識和能力一般，另設立文書職，協助書記起草決議、宣言、巡視工作等，以傅大慶、李啟新較為人知。據李啟新報告：至一九三四年，馬來亞各州除吉蘭丹外，馬共擁有組織和州機構黨員一千多，

---

54 這裡所提的馬共包括新加坡的馬共黨員，因新馬當時是一家。

55 Fujio Hara. *The Malayan Communist Party as Recorded in the Comintern Files*. Selangor: Strategic Information and Research Development Centre, Selangor, 2017.

團員二千，群眾二萬多[56]。

英殖民時期的馬來亞在鎮壓馬共的歷史上，國際局勢扭轉了雙方的情勢——一九四一年十二月，日軍登陸馬來亞，一九四二年二月，英軍向日軍投降。自此，馬來亞被日軍佔領了三年零八個月（一九四一年十二月太平洋戰爭爆發至一九四五年八月日本無條件投降）。在這之前，中國的抗日戰爭已全面爆發，全球華人同仇敵愾，當馬共組織抗日軍，許多馬來亞華人紛紛支持，馬共也因此曾支援英軍抗日，並與其組成盟軍。馬共成立了許多支抗日隊伍，後來統一命名為馬來亞人民抗日軍，分成八個獨立隊。日本佔領馬來亞三年八個月，人民抗日軍與日軍進行了三百四十多次戰鬥，共斃傷敵人五千五百多個，抗日軍到一九四五年共有四萬五千多人。日軍投降、英軍未歸來之前，馬來亞抗日軍紛紛進駐城鄉「維持秩序」[57]——另一說法則是佔領警察局／政府部門，以達到執政的目的。到日本投降時，馬共人民抗日軍已經壯大成上萬人的隊伍，在馬來亞四分之三的地區建立了人民政權。但當時的總書記萊特以共產國際的命令為由，宣布解散人民抗日軍，將政權移交給重新登陸的英軍。

早前，在抗日時期，英軍通過136部隊與馬共建立關係。協助人民抗日軍進行一切抗日運動的發展。英殖民者的目標是為了抗日，馬共則是在「建立反法西斯統一戰線」和「驅逐英帝國主義和建立共和國」之間搖擺不定。一九四三年十二月三十至三十一日，英軍代表戴維斯和馬共中央書記萊特（張紅）舉行美羅山合作談判，簽署合作協定。此協議過後，一九四三至一九四五年，英軍空投武器等等，強化馬共裝備。此協定規定馬來亞抗日軍在聯軍歸來馬來亞時給予合作。

---

56 主要資料引自紀念合艾和平協定簽署二十周年畫冊，頁77。

57 廖小健：〈英國殖民政策與馬來亞人民抗日軍〉，《東南亞研究》，2005年第3期，頁18-21。

一九四五年八月十五日，日本投降。136部隊聯絡官戴維斯收到密令，立刻跟萊特舉行會談，安排英軍登陸，要求抗日軍放下武器。萊特同意，並向馬共黨員表示不再需要抗日軍，解散復員，出賣馬共[58]。朱學勤教授認為，馬共歷史是一部罕見的悲劇史。其「最戲劇性的一節，是內部出現奸謀總書記（指：萊特）」[59]。萊特之後，一九四七年，由陳平（王文華）接任總書記，直至一九八九年簽署和平條約為止，是世界上在位最久的共產黨領導人之一。

當時，馬共不知萊特乃法國、英國、日本的三面間諜。一九四六年底，共產國際代表來到馬來亞，向來聲稱自己是共產國際代表的萊特立即捲款而逃。一九四七年三月，陳平被委任為總書記。在他的領導下，馬共走入森林打游擊戰反抗英殖民統治，英屬馬來亞因此又展開一段剿共時期。

經歷了日占時期，馬來亞人民對獨立的呼聲逐漸強烈。馬共抗爭概念中的祖國也從中國逐漸轉換為馬來亞。二戰之後，英政府在一九四六年將馬來聯邦、檳城和馬六甲組成馬來亞聯邦。這個計劃普遍上不受馬來人歡迎。它以英國國王為首，屬於英國海外領地，這削弱了馬來統治者的象徵地位，還將公民權賦予新移民（華人和印度人）。隨著馬共反殖民的活動增加，英政府對華社的戒心加強，最後英政府取消馬來亞聯邦，以建立於一九四八年馬來亞聯合邦取代。它恢復了馬來統治者的權利，對公民權更為嚴謹。

對馬共來說，馬來亞聯邦對他們最大的破壞就是將馬共宣布為非法組織之後大量逮捕馬共人員和其他親左派人士，由於之前馬共為合法組織，因此大批公開身分的馬共成員被捕，自此，馬共和英政府的

---

58 廖小健：〈英國殖民政策與馬來亞人民抗日軍〉，《東南亞研究》，第2005年第3期，頁18-21。

59 朱學勤在《青山不老——馬共的歷程》序文裡提及：「沒有寬恕，就沒有未來。」

關係徹底決裂。馬共轉向武裝鬥爭，試圖以此破壞經濟活動，逼使殖民政府屈服。其主要鬥爭目標之一，是推翻英殖民政府，解放馬來亞。馬共在華人社會和工人圈子有較高威望，他們組織罷工、破壞被視為資產階級的工廠、園丘、礦場；發動零星攻擊，擊斃英國駐馬最高專員葛尼之後，英國當局為了做出反擊以及對付馬共，繼而在一九四八年宣布馬來亞全國進入緊急狀態，緊接著的「布里格斯（Briggs）」計劃，用武力把散居在郊區的五六十萬墾耕者（當時馬來亞人口的10%）遷移到戒備森嚴的數百個指定地點，日夜監視，目的是為了斷絕馬共的糧食來源，這個「集中營」計劃，受影響的大部分是華人，現在，這些村子發展成今天的華人新村[60]。

事實上，當英國在二戰之後恢復對馬來亞的統治時，他們已發現馬共經過抗日戰爭之後，在馬來亞有一定的地位。他們也同時受到不同政治勢力的壓迫，要求英國人退出馬來亞，讓馬來亞獨立。這些勢力之中，有來自親中共的，也有來自親西方的；冷戰時代的英國人，看準這個時機，找到一個相對最有利的方式，就如金津在〈馬共的革命與終結〉中說的：「它（英國）到處講馬來亞的共產黨活動源自外國陰謀，不是真正的民族主義運動；也就是說，馬來亞受到共產主義的威脅了，因此英國保留在馬來亞半島的駐軍是合理的，『是保護，而不是重新征服殖民地人民』（蒙巴頓語）。在那『非東即西』兩個陣營的冷戰年代，只要打出『反共』的大旗，就有『市場』；反之，只要打起『反西方』的大旗也一樣。那時人們看世界，沒有今天多元的概念。把對方妖魔化，往往是出於需要。為此，親西方的馬來亞當局不接受馬共，同樣與馬共之間有著不可逾越的鴻溝。」[61]

---

60 張慧：《馬華文學中的「新村」事件》（廣州市：暨南大學碩士學位論文，2012年）。

61 金津：〈馬共的革命與終結〉，《炎黃春秋》，2010年第4期，頁82-87。

　　一九五五年，馬共最高領導人代表──總書記陳平、馬來游擊隊司令員拉昔・邁汀和中央宣傳部主任陳田，以及政府最高領導人代表──馬來亞聯合邦首席部長東姑阿都拉曼、新加坡首席部長馬紹爾以及馬華公會總會長陳禎祿，曾進行過「華玲會談」──這個歷史性的會談，旨在共同謀求結束持續多年的內戰，最終因為政府要求馬共接受「如果馬共要談判，首先必須投降」的條件，會談破裂。根據陳平向負責接送他們的聯絡官英國人戴維斯、也是陳平在抗日時期136部隊的戰友反映，馬共的鬥爭是世界共產主義和自由世界鬥爭的一部分，在這個問題上，是不可能妥協的[62]。

　　一九五五年華玲會談的談判破裂之後，馬共回到森林，繼續武裝鬥爭。但由於國際局勢、馬共人員內部的動搖，一九五八年起，就不斷有馬共成員自動投降、投誠；也有些地區的馬共游擊隊因成員的出賣被圍剿。一九六〇年代，馬共成員銳減。一九七〇年代，不少馬共武裝部隊隊員在政府圍剿下喪生，馬共領導層再次檢討，是否要在沒有國際支援下繼續鬥爭？再加上一九八一年起就沒有新人加入馬共，黨員老化，力量變弱。為了突破困境，也為了找出一條有尊嚴的出路，一九八五年馬共領導層發出求和訊號。終於，在一九八九年十二月二日，馬、泰與馬共中央三方簽訂和平協議[63]，馬共領導陳平再度出現在大眾眼前，與馬來西亞政府簽署合艾條約。馬共結束四十一年的游擊戰，馬來西亞結束內戰[64]。

---

62 劉鑒全：《青山不老──馬共的歷程》（吉隆玻：星洲日報，2004年），頁56。

63 一九八九年合艾條約。

64 《馬來前鋒報》（Utusan Melayu）的前總編輯賽紫哈里（Said Zahari）在他的回憶錄《人間正道》中記載了當年他身為《馬來前鋒報》的記者，在華玲採訪的經歷。他當時在記者會開始前向東姑提出一道問題：「東姑會否因為這一次的談判失敗，而感到遺憾？」東姑不經思考便回答道：「不，我不，我不曾希望它成功。（No, I am not. I never wanted it to be a success.）」在當時東姑身邊的巫統宣傳組成員賽嘉化阿

在這之前，由於馬共在一九六九年開始受到中國文化大革命的影響，也在黨內開始由馬共北馬局領導的肅反運動。一時之間，被懷疑之後不經審問就被處死和清算的黨員，在陳平的《我方的歷史──陳平回憶錄》交代的是九十一人（總部十六位、勿洞七十五位）[65]，有些是還沒有統計到的。馬共幾位身在中國的中央領導人，比如陳平，對高級幹部前來商議之時提出的跟肅反有關的疑問不置可否。因此，馬共在一九七〇年因此事分裂出馬列派和革命派。他們在一九八三年宣布組成馬來西亞共產黨，黨主席是張忠民。在一九八七年四月二十八日，馬來西亞共產黨約六百餘名黨員，在泰國政府的援助下，走出森林。泰國政府承諾撥出地段讓他們開發、不逼他們寫悔過書或脫黨聲明、承認他們和子女的公民地位、保證他們的安全、不受監視或坐牢，等等。因此，他們走出森林之後，在泰南安頓下來，並開發了五個友誼村。

到一九八九年合艾條約為止，馬共所有成員，終於放下武器，結束武裝鬥爭，走出森林，結束了他們堅持了四十多年的戰爭，創下世界最長久的森林游擊戰爭記錄。

這場戰爭中，英國人動員的兵力不下於四十萬軍警，其兵力比過

巴（Syed Jaafar Albar）的「勸告」下，這段簡短的回應沒有刊登出來。此外，在東姑的傳記 （Mubin Sheppard, TUNKU, his life and times, Pelanduk Publications, Selangor, Malaysia, 1995）頁105，記錄了當時他對於該會談的看法和結論：馬來亞和共產主義是不能同時存在的。（"Malaya and Communism can never coexist"）。英國情報員梁康柏（Leon Comber）在一九九九年的對話會上表示，英國人對華玲會談另有部署，萬一談判破裂，就要殺死陳平。當時英軍已在森林裡埋伏，但陳平並不知道身臨絕境，只知道最危險的地方就是最安全的地方，他獨自沿著森林邊的膠園行走，然後拐入森林中，竟然奇跡般地躲避過英軍的埋伏。

65 陳平：《我方的歷史──陳平回憶錄》，（新加坡：Media Masters Pte. Ltd., 2004年），頁444。

去曾經抗拒日本軍國主義侵略的民族解放軍大好幾倍[66]。

八　本論文的基本內容

本選題以「不容青史盡成灰──馬華文學中的馬共傳記書寫」為題，從四個方面探討自一九九〇年以來馬華文學中湧現的馬共傳記書寫：

第一章「視角的本質是對資訊的限制──馬共傳記寫作的視角」。本章主要討論前馬共人士因其在馬共中所處位置不同而呈現不同的傳記內容。第一節重點研究和討論前馬共領導人的傳記。本節中，前馬共總書記陳平的《我方的歷史──陳平回憶錄》、張佐的《我的半世紀──張佐回憶錄》、拉昔‧邁丁《從武裝鬥爭到和平──馬共中央委員拉昔‧邁丁回憶錄》、方壯璧的《馬共全權代表：方壯璧回憶錄》、應敏欽的《應敏欽回憶錄──戰鬥的半個世紀》、李明的《馬共奇女子陳田夫人──李明口述歷史》將被納入討論。第二節主要研究其他前馬共成員的傳記。同樣的事件，不同黨職、崗位之人的視角、經驗、體會必然不同。本節主要分析討論這些其他前馬共成員的傳記內容，並比較其與前馬共領導人傳記視角的不同。第三節特別探討前馬共女性成員的傳記。將以邱依虹所編的《生命如河流──新、馬、泰十六位女性的生命故事》、前馬共女成員波瀾的回憶錄《葵山英姿──女游擊戰士三十五年森林生活實錄》等書作為主要討論藍本。本節注重從性別研究的視角展開討論。

第二章「以質樸的文字獻給親愛的黨──歷史如何改裝？」本章將從兩個角度展開討論。第一節從紀實性的角度展開探討。紀實與虛

---

66 阿都拉‧西‧迪：《馬共主席阿都拉‧西‧迪回憶錄（下）》，阿凡提（周彤）譯（吉隆坡：二十一世紀出版社，2010年），頁269。

構始終是傳記文學寫作最糾結之處，本節將比照歷史證物、其它歷史敘述等，並討論這些傳記文學的紀實性。第二節集中從語言的角度討論馬共傳記文學。馬共傳記文學普遍用字質樸、直接了當，本節將呈現馬共傳記寫作的語言表達特質並將比照歷史上優秀的傳記文學之語言特徵，進一步探究馬共傳記文學選擇此種敘述語言的原因。

第三章「歷史事件是故事的因素——馬共傳記書寫與相同題材的書寫／作品的比較」。本章擬將馬共傳記文學與幾種馬共題材的書寫／作品進行比較研究，以此凸顯馬共傳記文學的特性與價值。第一節「與官方、執行者（警方）、媒體的記載比較」，這一節將呈現並研究最小化的馬共歷史書寫與最大化的馬共歷史書寫之間的糾葛與爭鬥，也將進一步探究一九九〇年後馬共傳記大量湧現並試圖為自己發聲的原因。第二節「與馬共書寫的『馬共書寫』比較」，將把馬共自己寫的自傳體小說或相當紀實的小說與馬共傳記書寫相比較，試圖分析其中的異同並對潘婉明的文章進行回應。第三節主要與非馬共作家關於馬共的紀實書寫進行比較。無論政府如何封鎖，馬共的歷史已嵌入到馬來西亞人民的記憶當中，非馬共作家有許多關於馬共的紀實書寫，如136部隊成員的傳記等。那麼非馬共的作家關於馬共的紀實書寫與馬共傳記書寫兩者之間的歷史記憶、價值判斷會有什麼樣的不同，這一節將予以探討。第四節「與馬共題材小說比較」擇選馬華文壇裡馬共題材的幾部重要小說進行比較研究，討論馬共傳記寫作紀實與虛構的問題。第五節「與馬共題材電影作品的比較」，通過與馬共題材電影紀錄片《最後的共產黨員》、《甘榜人，你好嗎？》，電影故事片《新村》、《不即不離》及電視劇《我有何罪？》等的比較，討論不同媒介對馬共記憶書寫、馬共歷史闡述的異同及其傳播的不同效力。

結語：「時代留給他們的最大遺產——馬共傳記書寫在馬華文學中的地位」。第一節「馬共傳記書寫的重要性」，從其填補歷史的縫隙

這一角度展開研究，認為無論其原先有無預設讀者、寫作之時記憶是否可能失真或篡改，都不可能改變其對當下馬來西亞歷史敘述的補充甚至改寫。第二節「馬共傳記書寫的影響」，從影響研究角度展開討論，研究馬共這些相對於馬來西亞政府的另一種歷史言說出現以來，對馬來西亞整個國家、各個族群特別是華人與馬來人的影響。第三節「對後續研究的期待」，分析本論文寫作的得與失，並對未來相關論題的後續研究進行展望。

第一章
視角的本質是對資訊的限制
——馬共傳記寫作的視角

第一節　「我方」歷史記錄：前馬共領導人傳記研究

　　前馬共領導人大多以男性為主，較有代表性的傳記包括前馬共總書記陳平的《我方的歷史——陳平回憶錄》、張佐的《我的半世紀——張佐回憶錄》、拉昔‧邁丁的《從武裝鬥爭到和平——馬共中央委員拉昔‧邁丁回憶錄》、方壯壁的《馬共全權代表：方壯壁回憶錄》等；出版傳記的馬共女性領導人不多，比如，應敏欽的《應敏欽回憶錄——戰鬥的半個世紀》[1]和李明的《馬共奇女子陳田夫人——李明口述歷史》[2]等，可謂迄今為止馬共女性領導人傳記的代表作。他們遭遇各不同，對個別事件也有獨到見解，具有重要的史料價值和文學價值。如前所述，這些著作所敘述的一些歷史事件，為馬共一些不為人知的歷史，或者仍然模糊的史料，帶來新的資料。

1　應敏欽：《應敏欽回憶錄——戰鬥的半個世紀》（雪蘭莪：策略資訊研究中心，2007年）。

2　鄭昭賢：《馬共奇女子陳田夫人——李明口述歷史》（雪蘭莪：策略資訊研究中心，2007年）。

一　馬來亞共產黨的創黨日期

　　陳平在他的傳記《我方的歷史──陳平回憶錄》中提及，馬共是在一九三〇年四月底在森美蘭州瓜拉比拉的橡膠園內正式成立。出席創黨會議的核心人物是共產國際的代表阮愛國，也就是後來越盟領導人胡志明。中國共產黨南洋臨時委員會的領導也出席會議。這項會議起於較早前設在上海的共產國際遠東局決定成立馬來亞共產黨，胡志明當時以遠東局代表的身分出席。多年後，陳平首次訪問河內時跟胡志明討論這事，一起推算馬共成立的準確日期。胡志明記不起準確日期，僅記得他走出會場時，見到街上掛著紅布條，迎風飄揚，這顯然是慶祝五一勞動節的布條[3]。那時，當局不准五一勞動節懸掛布條，視之為非法活動。但工人不理禁令，還是在五一前夕懸掛紅布條和紅旗。節日過後，就立即收起來。根據胡志明的記憶進行推斷，馬共定一九三〇年四月三十日為創黨日期[4]。

3　胡志明說：「……到了新加坡由當地的人員帶上火車，坐到一個站下車後去到會議地點……開完成立大會後，還開一個遠東赤色職工會議。又到火車站，乘火車到新加坡……開完會就是五一勞動節了。」

4　陳平：《我方的歷史──陳平回憶錄》（新加坡：Media Masters Pte. Ltd.，2004年），頁444。
　　初期，馬共以新加坡為活動中心，因為新加坡的工運發展遠遠超越馬來亞半島其他地區。新加坡的海峽殖民地警察很快地對馬共的成立作出反應，他們的情報準確，在一九三〇年代上半期，經常突襲搜捕馬共人員，使馬共深受打擊。警方政治部於一九三三年成立，接管刑事犯罪情報部（Criminal Intelligence Department）的職責。在一九三〇年至一九三五年之間，警方在突襲行動中逮捕過六名馬共領導人。法庭宣判將其中五人驅逐出境，遣去中國。當時馬來亞共產黨組織下設有兩個市委會，分別在新加坡和檳城。在全馬各州，馬共的組織是以「地區委員會」為單位。面積大的州，如彭亨州和柔佛州就各設兩個地委會。根據官方統計，單在新加坡，從一九三一年至一九三五年，警方總共向馬共展開四百三十二次突襲行動，逮捕了二百二十六名馬共嫌疑分子。過後，大部分被捕者被驅逐到中國。在這些鎮壓行動當中，以一九三四年新加坡市委會遭掃蕩，最具破壞力。

　　在馬共主席阿都拉・西・迪的《馬共主席阿都拉・西・迪回憶錄（上）——截至1948年的活動時代》（以下簡稱為馬共主席阿都拉・西・迪回憶錄（上））一書裡，也提及馬共成立的日期。他在一九四六年抵達森美蘭，想要對馬共成立史進行研究。他接觸一些馬共黨員和支持者，從他們口中得知，一九三〇年四月底五一勞動節前夕，曾有各族勞工在瓜拉比拉河巴都基基之間的一個橡膠園開會，會場掛紅旗，那個會議就是馬共成立代表大會，但因出現可疑人物，領導人緊急休會轉移柔佛，胡志明在大會上主持馬共正式成立[5]。

　　二戰後成立的「共產黨和工人黨情報局」的機關報《爭取持久和平，爭取人民民主！》曾以七月一日作為馬共的成立日。香港《亞洲週刊》一九九八年六月十五日出版的十二卷二十四期十九頁一篇文章中將七月一日作為馬共成立日期，應為誤傳。

　　嚴格地說，成立大會開始與結束都不是四月三十日，是取其很接近的日期而作出決定的。[6]另外，也有其他資料提出成立日期介於一九三〇年四月底至六月中之間[7]，但是目前從這些領導層的各自經歷、接觸，以及史料可判斷成立日期應該是一九三〇年四月三十日，這也是一般人接受的日期，雖然此日期仍有其他學者挑戰其準確性。

5　阿都拉・西・迪著，阿凡提（周彤）譯：《馬共主席阿都拉・西・迪回憶錄（上）——截至1948年的活動時代》（吉隆坡：二十一世紀出版社，2010年），頁141-143。根據阿成（單汝洪）回憶，胡志明談馬共建黨日期為一九五九年四月下旬。胡主席曾對阿成說他記得是一九三〇年五月一日的前一天，會議地點定在森美蘭瓜拉比拉（Kuala Pilah，也或為瓜拉比拉的丹絨怡保一帶）附近一個膠園的工人宿舍，後因上述地點被「可疑人」注意，又遷到柔佛某一膠園的工人宿舍。在那裡他們召開第一次全國代表大會，並宣告馬來亞共產黨正式成立。但選出的中央委員是哪些人，他不記得。胡主席也表示傅大慶曾出席馬共第一次代表大會，被選為馬共中央委員。

6　南島編委會：《馬來亞風雲七十年》（香港：南島出版社，2000年），頁344。

7　Fujio Hara.The Malayan Communist Party as Recorded in the Comintern Files Selangor: Strategic Information and Research Development Centre, Selangor, 2017.

這些說法的出入各有原因，但是馬共的領袖都接受一九三〇年四月三十日為成立日。因此本文將採納馬共領袖說法，將一九三〇年四月三十日認定為馬共成立日期。

二　人生伴侶

讀者可從《應敏欽回憶錄——戰鬥的半個世紀》中看到應敏欽的第一任丈夫杜龍山（賴來福）的故事。應敏欽提及自己跟杜龍山組織家庭的敘述只有短短幾句，他們真正在一起的時間不多。應敏欽說他們為了革命工作，聚少離多，她用了一整節來寫杜龍山本人的生平。這一節是可貴的記錄——杜龍山年僅二十一歲便就義，他人生太短，為他做傳有局限，關於他的事蹟，世人知道得非常少，由他生前的伴侶來寫的這個篇幅頗有分量。

杜龍山年紀輕，經歷卻不簡單。他的傳記並不容易尋獲，因為人生短，名氣不如後來的馬共領導層，為他做傳也就更不可能。從《應敏欽回憶錄——戰鬥的半個世紀》可得知他的生平和對馬共的主要貢獻。他本姓杜，名龍山，在馬共中改名賴來福，出生於一九二二年，比陳平和應敏欽都要大上兩歲，他們三人都是南華中學的學生。根據應敏欽回憶，他是富裕家庭的知識分子，他接觸到抗日時期馬共抗敵後援會之後，便積極響應。他帶馬共高級幹部黃誠到南華中學公開演講，呼籲學生抗日。這樣積極和思想進步的男生，吸引了同樣有大志的應敏欽，他們很快變得密切，後來應敏欽和他在組織同意下結為夫妻，兩人一起推廣抗日活動。杜龍山勤奮和積極的態度使他很快成了「馬來亞共產主義運動中的成功的組織者」[8]，他引薦入黨的包括陳

8　應敏欽：《應敏欽回憶錄——戰鬥的半個世紀》（雪蘭莪：策略資訊研究中心，2007年），頁28。

平[9]和拉昔・邁丁[10]。拉昔・邁丁自傳裡的第三章獻給杜龍山，花了大篇幅撰寫他。在「Jungle is Neutral」的作者查普曼的筆下，他也是一位能力很強的馬共黨員，查普曼稱他為「Li Fook」[11]。

杜龍山中學畢業後為掩飾身分當老師兼任記者，被馬共派到各地去組織群眾，深受工人歡迎。根據應敏欽回憶，他憑著負責任的精神和決心，跟工人同吃同住同勞動，很受歡迎。杜龍山語言能力強，高度熱情，幫工人成立工會等等，他很快成為突出的黨員。他曾受到英國殖民政府的逮捕和監禁，在日占時期，一九四一年十二月二十日被英國政府釋放。他和王國平是第一組加入101特別訓練學校的「學生」。培訓之後，他們成為當時英政府和馬共合作的其中一員，積極抗日。從應敏欽的傳記，讀者可以得悉當時的101特別訓練學校的些許情況，包括他們學習的實際訓練課程，還有杜龍山因為語言能力強，成為英國人和其他同志之間的翻譯。101特訓學校第二組成員由杜龍山領導，但因為戰爭形勢演變太過迅速，只有九天就結束了這個特訓。此後，他們帶著武器上戰場。這部分，應敏欽寫來文字直接淳樸但卻動人：「在告別會上，每位同志都親吻黨旗來表達他們與日本法西斯戰鬥到底的堅強決心，留下簽名後便奔向北方。」

英政府給這批101特別訓練學校的學生一些不先進的武器作為抗日之用[12]，之後杜龍山到森美蘭州創建馬來亞人民抗日軍第二獨立隊。在那裡經歷了許多苦日子，因為缺乏武器、馬共內奸萊特的行為等等，他在森美蘭的日子很不好過。應敏欽跟他聚少離多，最後因杜

9　陳平說杜龍山是「在共產主義運動中的良師益友」。

10　他在錫礦工作的時候認識了拉昔・邁丁，並影響他加入馬共，後來拉昔・邁丁成了中央委員和第十支隊的領導人之一。

11　此處發音，Li為Lai，這是一般英國人的發音標準。

12　一般馬共成員認為這是因為英政府害怕而不願把精良的武器交到馬共成員的手上，應敏欽認為這有不可告人的原因。

龍山早逝，關係驟然結束，讓人唏噓。

跟杜龍山有關的最大事蹟當數九一事件（下稱「九一」）[13]。在應敏欽筆下，相對於探討九一[14]的各種課題，她顯然更把重心放在敘述杜龍山當時的遭遇。從《應敏欽回憶錄──戰鬥的半個世紀》書裡可以知道杜龍山死前不久經歷了這段馬共史上的慘痛遭遇。應敏欽承認她在傳記裡的記錄是根據一九八〇年從張凌雲那裡聽來的敘述。張凌雲是九一會議的倖存者，他口中的杜龍山是一個「黨的幹部模範」。當時張凌雲本人從日軍突圍之後，戰鬥中小腿受傷。杜龍山為他急救，放棄逃走的機會。杜龍山看到一位同志有最後一顆手榴彈，毅然把它要過來，丟向敵人，命令大家在這一大片猛烈爆炸的黑煙中衝出去，他們就這樣僥倖逃脫了。

一九四三年，杜龍山已是獨立隊第十三隊司令。他在督亞冷跟群眾見面時被日軍突襲，雖然逃出了，又被另一批日軍襲擊。他們企圖活抓他，他不熟悉地形，逃入沼澤地，手槍因塞滿污泥無法使用而被活抓。應敏欽對於他如何被日軍活抓有一段描寫：「日本法西斯士兵把他重重包圍起來，命令他出來投降。他沉著地隱藏在刺人的荊棘後

---

13 一九四二年九月一日，馬共中央召開第八次中央擴大會議，地點是在吉隆玻近郊的黑風洞附近。出席會議的有中央領導、各州地委代表和抗日軍各獨立隊司令部代表。日軍早就從全馬各地調集了二千多名兵士，在石山腳設下了四道埋伏線。會議進行至凌晨五點抗日軍被突襲，經過劇烈反抗才成功突圍，卻犧牲了十八個烈士。普遍認為這起事件是遭到叛徒萊特出賣，才讓日軍獲得如此正確的情報。部分烈士的首級被日軍砍下，分別掛在吉隆玻閣市怡保路奧迪安戲院前、巴都律羅賓遜大廈前和武吉免登路口巴維廉戲院前示眾。（檳城烈心，犀鄉資訊網，2015-08-31，[2017-07-2]）。

14 應敏欽直指萊特為內奸，是「從英國特務蛻變成日本特務」。她在傳記中說，馬共在黑風洞召開中央擴大會議是萊特的安排，他跟日本勾結，乘此機會圍剿馬共和軍隊的重要領導幹部，整起事件中，萊特沒有出現。這部分的歷史，在陳平的《我方的歷史──陳平回憶錄》也提及。根據應敏欽回憶，杜龍山是作為五獨的代表出席九一會議。

面。日本兵見他不肯出來，就開槍向他猛烈掃射。一群日本兵跳過沼澤地衝過來。賴來福進行了最後的殊死搏鬥。一名日本兵用槍托把他打得頭破血流，天旋地轉。他被拖到日本憲兵司令部去了。當得知他是一名獨立隊司令後，日本法西斯便慶祝起勝利了。」這樣的描寫，在本書中算是詳盡的，文字並不誇張或特別渲染，還是可以感受到她的悲憤。在監獄裡受到慘不忍睹的折磨，日軍軟硬兼施卻無法使他動搖。他不屈服的命運只有一個結局——死刑（斬首）。執行死刑當天的一些情況，由應敏欽的傳記可以得知。由於害怕馬共反擊，日軍派了幾百人在刑場附近各處埋伏和站崗，但是杜龍山行刑前的情況，她應該是有在現場的。她著墨不多：

> 「在最後的時刻，英勇的烈士來福一步步走向刑場，一路上歌唱震撼世界的歌曲《國際歌》並高呼壯烈的口號：『打倒日本法西斯！馬來亞共產黨萬歲！萬歲！萬萬歲！』……成千革命群眾流著淚，決心為烈士報仇。親眼目睹行刑的士兵和警察也為他在日本法西斯屠刀下的英雄氣概所震撼，不禁默默流淚。」

這一部分寫了她的第一個人生伴侶，她的感想和感受很深刻、很直白，也很讓人激憤——不管讀者是什麼意識形態，心愛的人硬生生地離開自己的那種感受，相信讀者都可感同身受：

> 「祖國馬來亞的優秀兒子、英勇的抗日烈士賴來福年僅二十一歲就英勇犧牲了。日本法西斯可以斬下他的頭顱，但無法挫折他鋼鐵般的意志和精神。烈士的鮮血讓鬥爭的烈火燃燒得更為熾烈。全體人民和抗日軍把悲痛化為徹底粉碎日本法西斯的力量……我的戰友和愛人賴來福永遠離開了。我當時的悲痛和仇

恨是無法表達的。他在獄中給我寫的最後一封信，給予我一股
特殊的力量。悲痛中，我下定決心，要為粉碎日本法西斯、解
放人民更頑強地戰鬥。」

　　她直言自己後來不顧一切地工作，甚至願意犧牲自己的生命，都
是因為杜龍山的犧牲鼓舞激勵了她。由於她跟杜龍山之間的特殊感
情，加上杜龍山的遭遇不可謂不壯烈，因此，此節文字的感情比起其
他篇章，真摯得多，也更貼近人性得多，這就是傳記文學裡所追求的
「真實情感」。

　　對於第二任丈夫阿都拉・西・迪，她的記錄方式跟撰寫杜龍山完
全不同。阿都拉・西・迪的形象在她筆下並不像寫杜龍山那樣悲憤又
懷念。她沒從阿都拉・西・迪的出生和前塵往事寫起，卻直接把他描
繪成無比偉大、睿智和堅定的革命家。比如，他們還沒結婚之前，已
是舊識，她把阿都拉・西・迪形容得很有能力——只靠指南針和地
圖，就能引導整個部隊穿越沒有嚮導帶領的無人地帶[15]。

　　一九五五年二月十五日，她和阿都拉・西・迪在「兩情相願」的
基礎上結婚，加入伊斯蘭教，改名為素麗婭妮・阿都拉（Suriani
Abdullah）[16]。她強調兩廂情願，有兩個可能性。一是大多馬共成員
的婚姻由領導安排，比如《葵山英姿——女游擊戰士三十五年森林生
活實錄》[17]曾形容一位元女隊員被組織安排嫁給一個懷疑患有麻風病
的隊員以便照顧他；二是當時風氣有可能還跟「外面」一樣，對異族
通婚有所非議，《葵山英姿——女游擊戰士三十五年森林生活實錄》

---

15 應敏欽：《應敏欽回憶錄——戰鬥的半個世紀》，頁84。
16 應敏欽：《應敏欽回憶錄——戰鬥的半個世紀》，頁91。
17 陳劍編，波瀾著：《葵山英姿——女游擊戰士三十五年森林生活實錄》（雪蘭莪：策
　　略資訊研究中心，2015年）。

就記錄了普通隊員對那些嫁馬來領導的華人女子的批評。

應敏欽對阿都拉・西・迪的積極、領導能力等非常推崇。陳平說過，在黨中央討論革命問題時，阿都拉・西・迪「是最堅決主張革命到底的領袖之一」。在他領導下，第十支隊（以下簡稱「十支」）「沒有受到革命浪潮起伏的影響」。阿都拉・西・迪對合艾和談有極大貢獻。他曾寫信給馬來西亞政治人物如前副首相敦加法峇峇，展開合艾和談的初期談判，應敏欽指出，這些初期談判引致高層和談，最後成功結束持續四十一年之久的戰爭[18]。應敏欽認為阿都拉・西・迪是個「令人稱頌的領導，為人楷模的同志」[19]。她舉出阿都拉・西・迪充滿革命自豪感的例子──坐過監牢，打過戰，長期住在森林，在一九四〇年代到倫敦出席英聯邦國家共產黨會議，也曾是合艾條約之前的三方談判的馬共代表。

一九七五年，阿都拉・西・迪曾被奸細陷害而中毒，以至不能行動和說話，應敏欽只好負起領導十支的責任。她的記錄讓自己的能幹顯露無形──既要照顧阿都拉・西・迪，還要領導十支，開會、面對進攻、戰鬥。但都獲得「全體幹部和同志們的很好的合作」。阿都拉・西・迪中毒是個打擊，不過在應敏欽的筆下他無比樂觀和遠見，黨對他也十分照顧。他最後康復，語言表達能力受到影響，但是思維能力得到了恢復。

應敏欽的兩段婚姻，一以悲劇結束，一相守到老死，是文字不足以形容經歷的跌宕起伏。

李明傳記書名清楚寫明「陳田夫人」，她跟陳田結縭之後便一直在一起，直到陳田因病去世。在《馬共奇女子陳田夫人──李明口述歷史》中，陳田無所不在，尤其是在提及馬來亞革命之聲電臺（以下

---

18 應敏欽：《應敏欽回憶錄──戰鬥的半個世紀》，頁130。

19 應敏欽：《應敏欽回憶錄──戰鬥的半個世紀》，頁130。

簡稱「電臺」）的一大段描寫，她把陳田和她本人參與建立電臺的前後經歷寫得相當詳細。陳田的性格也從敘述中顯露無疑。在李明眼中，他負責任，辦事認真。比如，夫妻兩人全程參與建立電臺，陳田為了物色地點，四處奔波。建造電臺的各方面工作，他都全程參與策劃、監督。她把如何為電臺招兵買馬，挑選人才的嚴格條件都記錄在傳記裡[20]。陳田受教育程度高，馬來文、英文和中文三組的稿件適用與否，都由他做最後決定[21]。陳田是電臺總編輯，工作量很重，不眠不休日夜操勞。他愛抽煙，後來雖戒煙，還是死於肺癌[22]。

兩位女性領導人對自己的伴侶都有細節描述，無獨有偶，都把他們的優點放大，幾乎零缺點。在她們筆下，這三位男人形象偉岸、睿智、勇敢，最重要的是為黨和國家、為人民服務，獻出生命，不求回報。這是一般馬共書寫領導人形象的手法。如果只是單憑政府所編撰的課本、報章或其他讀物，這些人只能是恐怖分子的形象，是國家的敵人。這些寫出敘述生平的作品，雖然是從作者本身角度出發，卻是作者眼中最真實的敘述。熱奈特說過：「視角的本質是對資訊的限制。」唯有多重閱讀，才能拼湊出一個有血有肉的人物。

阿都拉‧西‧迪的傳記透露他在年輕時曾因母親之命而娶妻，雖然他不情願，卻無法違抗母命，不過，為了抗日，他毅然跟這個太太離異。後來在父親的安排下，又差點被強迫結婚，他只好逃婚。他後來跟應敏欽結合，在他的回憶錄（上冊）中很簡短地寫到應敏欽，可惜沒有很多著墨，只有幾處談到她在馬共裡的職責和職稱，以及一些很簡單的家庭背景，這些都在應敏欽的自傳裡提過。不過，他對他們

---

20 根據李明回憶，當時他們成立了一個四人小組，包括陳平夫人李坤華、余柱業、李明和沈天。他們對電臺成員在各方面有嚴格的要求。
21 鄭昭賢：《馬共奇女子陳田夫人──李明口述歷史》，頁99。
22 鄭昭賢：《馬共奇女子陳田夫人──李明口述歷史》，頁100。

兩人的第一次見面有簡單的敘述——他在霹靂州的端洛人民抗日軍宣傳部那裡，跟當時的負責人愛克在一起時，有一天，來了一輛轎車，一位華人女子下車，腰上掛著一把手槍，由愛克介紹，這就是應敏欽。他把應敏欽稱為「我的得力助手」。我們從他的敘述也可以看出應敏欽是一個很有能力很有魄力的女性，他對應敏欽充滿讚譽，對於應敏欽的中文能力、演講能力、領導能力等等，他都有所提及，另外，應敏欽在抗日時期被逮捕之後給日軍百般虐待的事件也被他記錄下來。

　　陳平的配偶是李坤華。從陳平的傳記裡，我們可得知她曾因擁有左派政治傾向而兩度被退學，甚至還在十五歲時被告上法庭。但此事發生不久，日軍就打到馬來亞。她和姐姐一起被友人安排到朱毛一礦場棲身。朱毛居民幾乎全是馬來亞共產黨的支持者，朱毛馬來文叫Chemor，據說「朱毛」這名字取自朱德和毛澤東。陳平在朱毛剛好有任務，遇上志趣相投的李坤華。李坤華祖籍海南，父親因支持抗敵後援會，被英國人驅逐回國時乘搭的船被日軍攻擊，他跳船逃生卻溺死。她和陳平一起為黨工作，一年多以後陳平和李坤華確認戀愛關係，那時陳平是霹靂州代理書記。他們在一九四五年日本投降後結婚，育有一子一女，都由馬來西亞的家人撫養。一九五六年，李坤華被派到中國學習。一九六〇年，陳平按馬共決定到中國常住，一九六一年才在中國與李坤華會合。陳平一生風起雲湧，他的婚姻和愛人只是他傳記裡的點綴而不是重點。加上外界對馬共不甚了了，馬共成員本身絕不可能也不允許對領導私生活作出描繪和批評，因此外人對李坤華知之甚少，只能從陳平的傳記裡看到一些記錄。

　　方壯璧的傳記專注在描寫自身的經歷，還有對時局以及一些政治人物如李光耀、林清祥的看法，沒有花費任何篇章提及自己的配偶。

三　領導經歷

　　馬共領導經歷各有不同。阿都拉‧西‧迪作為馬共主席，領導能力強，思維比較開明，接觸了各階層甚至各種族的人民之後，他很快地就接受了馬來亞要獨立就必須通過各民族的同心協力才能成功的這個事實，並貫徹始終。此外，馬來人對馬來統治者自然尊重，雖然作為馬共領導人，他和好幾位蘇丹卻也有過交集。他的回憶錄透露自己跟霹靂州蘇丹是在一個政府部門裡認識的，而且他當時也不知道對方是蘇丹；他和柔佛州蘇丹也曾有過跟抗日議題有關的對話。

　　二戰後，應敏欽被委為馬共霹靂州代表，領導霹靂宣傳隊。當時馬共重要任務之一是和「民族主義人士和其他社會階層人士共同合作並且推進爭取獨立的鬥爭」。這個理念很重要，馬共常標榜自己是馬來亞獨立的推進者。若觀察其他馬共傳記，普通游擊隊員有時看法表達得不夠清晰，領導怎麼說，他們怎麼做。但從《應敏欽回憶錄——戰鬥的半個世紀》可看到不同於其他傳記的地方，她在當時就已很清楚他們必須跟馬來亞其他種族成為親密朋友以便一起鼓舞人民為馬來亞獨立而奮鬥。

　　第十支隊（「十支」）在應敏欽的部隊生涯裡有一定的重要性，她形容自己是「十支這臺機器上的一顆螺絲釘」。十支是在一九四九年五月二十一日成立的。應敏欽在一九五三年加入，工作是協助他們向邊區的戰略轉移中跟兄弟部隊的聯絡和翻譯工作。十支以馬來人為主，她作為華人在這裡工作是一種有象徵意味的安排。她跟十支從邊區戰略轉移開始變得密切，從彭亨州行軍到泰馬邊界，他們經歷無法形容的困難和危險。除了在森林行走、渡河，還要避開英軍巡邏頻繁的地區，忍受饑餓，被奸細出賣等等常人所不能忍受的困難。這些記載，雖是從十支的角度出發，卻可看出當時英政府對付馬共的決心。

　　她記述了很多在第十支隊發生的事情，包括大量文宣的材料，比如如何發展、聯絡工作、翻譯各種文件（中文翻成馬來文）、宣傳工作等等。最主要的工作是讓部隊不脫離鬥爭路線。十支也有馬來亞馬克思主義學校等學習班，宣傳中央新指示，宣傳共產黨思想。她為隊員上課，除了宣傳共產主義思想的偉大，也包括宣傳馬共中央對第十支隊的聯繫和政策。她也記錄本人所領導的各項工作，包括開闢生產單位、民運、甚至打戰，還記錄了戰鬥過程，實錄送到馬來亞革命之聲電臺播送。第十支隊跟群眾的關係，也被應敏欽用來當成宣傳文字，比如教育、醫藥、打野獸等等各種有利於邊區人民的事件。這些不容置疑都是好事，也讓應敏欽當成最好的正面宣傳。任何只要被發現支援第十支隊的人民都會受到政府嚴厲的對付，但在應敏欽的筆下，他們還是堅決支持第十支隊。第十支隊的隊員「沒有一個同志願意停止鬥爭」，他們都要「戰鬥到最後一滴血」。第十支隊的女性成員，在應敏欽有力的領導下，成為「迅速進步」的隊員，拋開舊觀念，充滿鬥志，她說她們堅信「扶搖籃的手，也能撼動世界」，能夠跟男同志一起並肩作戰[23]。應敏欽的這一系列記述，都是非常感人的文字。此處不但記載歷史也形容了她的思想方式以及她的內心看法。

　　至於《馬共奇女子陳田夫人──李明口述歷史》跟其他馬共領導傳記不太一樣的地方在於，此書所關注的是李明人生中的兩大階段，第一是她那轟動全馬的死刑案件；第二是她在電臺的日子。綜觀全書，都沒有直接評論馬共當時的方針，讀者只能從文字中尋找痕跡，這增加了爭議性。比如陳田原是華玲會談馬共代表之一[24]，到了合艾條約會談時，他似乎已被遺忘。李明沒有明說原因，大家所能感受到

23　應敏欽：《應敏欽回憶錄──戰鬥的半個世紀》，頁109。

24　一九五五年在吉打的華玲會談（Baling Talks），當時馬共由陳平、拉昔‧邁丁（Rashid Maidin）、陳田三人負責談判。由此可見，陳田當時也是陳平信賴的馬共中委。

的就是陳田和陳平兩人到了後期彷彿不再如以前那麼親密。這點從
《馬共奇女子陳田夫人——李明口述歷史》的角度和語氣,也可看出
一點端倪。這樣的紀載,對馬共領導層之間的關係之研究,帶有一定
的參考價值。

　　李明和陳田對馬共電臺貢獻良多,他們的經歷就是馬共電臺的大
部分歷史。根據李明的講述,陳田病重時,有時半昏迷會胡言亂語,
說的都是要開會、要「回去」(馬泰邊境)[25]、馬共、過去的革命事業
等等。她還提到:「陳田病重時,陳平去探訪過他一次。不過,陳田
逝世時,陳平沒有出席他的葬禮,只送來一個花圈。無論如何,他們
兩人一輩子都是好朋友。」這一段,敏感的讀者或許會感覺到李明語
氣有些許不滿,但也可能只是作者的措辭不夠妥帖。

　　《馬共奇女子陳田夫人——李明口述歷史》還提及一九六五年她
和陳田在北京結婚之後,跟陳平夫婦同住中聯部裡的一棟洋樓。[26]根
據陳平敘述[27],他一九六七年去見毛澤東,是在陳田、李安東、穆沙
阿默德、阿海等人的陪同下一起去的,陳田負責記錄當天會談內容。
可見那時陳平和陳田的感情應該還不錯。不過,李明說她和陳田結婚
後就一直提出申請要回到馬泰邊境,可是「不獲黨總書記陳平所批
准」。起初陳平並沒有考慮不批准,但因文革爆發、毛主席答應馬共
設立電臺,他們必須投入電臺成立工作,只好打消念頭。電臺在一九
八一年因中國要跟東南亞國家建立外交關係而停播,「……電臺不給
辦了。……雖然捨不得,但權利不在我們手上,在中國」[28]。李明認
為這是他們返回馬泰邊區的大好時機,可卻被留在四方山處理停播後

25　鄭昭賢:《馬共奇女子陳田夫人——李明口述歷史》,頁101。
26　鄭昭賢:《馬共奇女子陳田夫人——李明口述歷史》,頁118。
27　陳平:《我方的歷史——陳平回憶錄》,頁403。
28　鄭昭賢:《馬共奇女子陳田夫人——李明口述歷史》,頁120。

的工作。三、四年後又被安排搬到長沙住了好多年。很多電臺人員都先後返回馬泰邊境。他們兩人被留在長沙讀報、剪報、整理資料、寫稿和製作新聞資料「簡報」。

　　她很直白地說，這樣的安排對她來說是「沒有理由地被留下來」[29]，她甚至說：「你只能服從領導的決定，在那個時候，在那個條件下，必須聽從領導的指揮。」他們一直處理著「簡報」，直到一九八九年。李明沒有明寫，讀者只能從字裡行間猜測。他們兩夫妻到最後在黨裡的身分和地位除了「投閒置散」這四個字，可說已經失去早期的影響力。

　　從合艾會談這一事件也清楚看出，應敏欽積極參與，跟李明完全不同。陳田雖曾是華玲談判的馬共代表之一，又是馬共領導層，《馬共奇女子陳田夫人——李明口述歷史》寫他對黨忠誠，但這麼多年後，陳田和李明一直留在中國，似乎也沒能參與馬共的決策——李明說他們看了報紙才知道合艾會談，而馬來西亞的報紙他們都要兩星期後才拿到。

　　這部分讀來讓人感受到兩個女性領導在黨內後期待遇有天淵之別。應敏欽晚年住泰國，《應敏欽回憶錄——戰鬥的半個世紀》書裡特設一章談她在和平村的生活，也告訴讀者馬來西亞和泰國政府的各種資助和措施。她和阿都拉·西·迪仍被視為領導人，凡有探訪者都會去拜訪他們。從圖片可見他們住的雙層小洋房，環境很好。她還獲准回馬甚至獲得霹靂州蘇丹和蘇丹后接見，《應敏欽回憶錄——戰鬥的半個世紀》書裡詳細描寫的字裡行間感覺到她的興奮，「覲見時間雖短，卻很有意義」，「我們與蘇丹及蘇丹后的會面氣氛既熱烈又愉快」，「離開時，蘇丹和蘇丹后陛下一直把我們送到皇宮大門口。握手

29　鄭昭賢：《馬共奇女子陳田夫人——李明口述歷史》，頁125。

後，蘇丹和蘇丹后一直等到我們上了車，才返回皇宮」，「這是我一生中第一次覲見蘇丹，我會把它永遠銘記在心」。一個普通市民若獲得接見，興奮之情自不必說。但一個革命鬥士，為什麼卻對此事顯得如此榮幸，說是一種榮耀？是否因為應敏欽也接受馬來西亞君主立憲制度？是否因為和平條約，所以願意接受整個社會制度？她沒有解釋。應敏欽已在二○一五年去世，這一切沒有答案。

反之，李明永世不能回馬。她在陳田逝世之後，不斷申請回馬，可是領導（傳記內沒有言明哪位領導）說，基於人道主義，她必須留下照顧母親。母親一九九六年去世後，她一人住在長沙青園賓館，電臺的所有人員都回去了，只剩她一人；加上時間過去太久，中、泰兩國的手續，都有困難；原本在泰南分給她的房子和地都分給別人了，經濟、政治上的各種因素，都使她無法回家鄉。

四　個人特殊經歷

在應敏欽的筆下，她在黨內整體而言過著充實而忙碌的生活，並且自始至終非常受到黨的重用。她被稱為馬共明星，這個稱呼被她當作是「反映了他們其他種族的團體對馬共代表的尊重」，還有他們在「爭取獨立和國家與人民解放的共同鬥爭中的密切關係」。這在《阿都拉‧西‧迪的回憶錄裡（上冊）》也有提及，他解釋說這是因為應敏欽出席群眾大會和發表演說的時候非常出色，因此獲得馬來民族黨給她這樣的綽號。

從她的記載，有一些比較有意思的篇章，顯示她本人在馬共、甚至在她整段政治生涯和鬥爭之中很受歡迎。她長得非常漂亮，她也在自己的傳記裡摘錄維特‧巴素（Victor Purcell）對她的讚譽之詞。巴素是馬來亞半島和新加坡的英軍政府華人事務顧問官，說她是一個

「有著革命火焰眼神的女士」，也是一個「穿著寒酸的藍色棉布服裝，有不錯的身段，但卻能從她胸前的鋼筆突出地提示著她看重的是事業而不是誘惑」的女士[30]。這稱號還來自她是一個能幹、有理想、有才華的年輕女子。她同時記錄了印尼的黃海春——這是她在新加坡黨辦事處上班時，出訪印尼認識當時少數民族事務國務部長蕭玉燦的朋友。《應敏欽回憶錄——戰鬥的半個世紀》記載她跟他們兩人到處巡迴演說，推廣和介紹馬來亞抗日軍和人民的鬥爭精神，她說自己受到很大關注。一九四八年完成訪問後，她便回新加坡。她在二○○一年成功聯繫上失聯極久的黃海春，並跟他通信。黃海春後來成為印尼的國會議員。他的回信被應敏欽摘錄在案：「收到一位半個多世紀（準確地說是五十三年）來一直找尋、期待、掛念和熱烈珍藏在心中的同志的來信，多麼讓人興奮和幸福。不論在何種情況下，苦樂中、鬥爭風暴中、悲痛中、消沉中還是在流放地，我都能清晰地記起敏欽同志。……我很想告訴敏欽同志一件重要的事情，就是我為自己的女兒也起名為敏欽。」[31]根據應敏欽轉述，二○○五年黃海春把馬克思的《資本論》翻譯成印尼文出版，是第一本印尼文《資本論》譯本。他將此書獻給應敏欽，並形容她為「作為我的懷念和感謝……我的榜樣和鼓勵」。此番深情只能通過這一些細節感受。應敏欽很得體地對他的評價和尊重表示由衷的感謝，她將此形容為「描繪了心中的感受和印馬同志之間親密的階級情誼」。根據她所記載，她通過黨務所認識的高層領袖，有不少對她有崇拜和喜愛之心，讀者也很容易被感染到她的得意之情。從側面來看，則是對她內外兼修的能力進一步的肯定。

　　此外，應敏欽的書也披露她經歷馬來亞歷史上的六個重要歷史時期，也是馬共的六個重要鬥爭階段，如下：

30　應敏欽：《應敏欽回憶錄——戰鬥的半個世紀》，頁54-61。
31　應敏欽：《應敏欽回憶錄——戰鬥的半個世紀》，頁65-66。

　　日占時期的鬥爭：在中國抗戰運動衝擊下，應敏欽積極參與由馬共發動的抗敵後援活動，一九三九年離開實兆遠到怡保投入抗敵後援工作。她直言離開家庭是一個「嚴峻的考驗」。經歷各種驚險事件之後，一九四〇年她在怡保正式加入馬共地下活動。一九四二年，應敏欽就任怡保市委書記，參與霹靂人民抗日軍第五獨立隊，進行抗日武裝鬥爭，負起發動群眾反抗日本。在她的筆下，女戰友有非常重要的地位，讓人感到詫異和感動，因為女性向來形象比較軟弱，但在她筆下，女戰友能夠做出許多連男人也自歎不如的事情來。她的戰友阿成（單汝洪）對女幹部的貢獻有很高評價：「她們密切聯繫群眾，和礦業女工打成一片，同吃、同住、同勞動，一起到弗琅去洗琉琅，並根據礦業女工的情況和要求，在女工中開展識字運動⋯⋯在女幹部們的努力下，⋯⋯女工中也培養和湧現出一批積極分子，⋯⋯知識分子的女幹部在與礦業女工打成一片的同時⋯⋯從原來的小資產階級的立場、觀點，一步步轉移到工人階級的立場方面來，階級立場起了根本的變化。」這一切，跟應敏欽書裡寫她們在錫礦洗琉琅的工作有呼應作用。應敏欽也記錄開辦夜校掃盲，組織工會等等活動，這些也都跟阿成的說法應和。此外，她還負責領導《婦女雜誌》。應敏欽的自傳還讓讀者得知當時馬共的其他活動，比如組織罷工，要求提高工資等。之後馬共委派她去接替另一位女性領導人阿焰，可見當時她在黨裡已開始受重用。

　　抗日戰爭時期：一九四一年日軍入侵馬來亞之後，她所經歷的歷史事件在此有所記載。當時馬共曾向英軍獻議發動人民與英政府共同抵抗日軍，英軍一開始不答應。這一點，應敏欽認為英國是從反共和反人民的角度出發。在日軍施虐下，最後英軍接受馬共的主張，釋放政治犯，共同抵禦日軍。應敏欽是抗日軍的領導，在抗日時期，為了跟人民群眾在一起對抗日本軍隊，她到鄉村去住。她把奸細、叛徒的

行為以及馬共如何對付他們、同志們受訓的日子、人民群眾各種支援方式，都寫得比較深入。在她的抗日生涯中，最值得記錄的，除了杜龍山的死，就是她自己也成了日軍囚犯的那段經歷。一九四五年一月二十八日她在群眾家過夜時，日本兵剛好到那個地區掃蕩搜查。她的警衛員因救她在戰鬥中犧牲，她從後牆衝出去後，守在那裡的日本兵馬上逮捕她。她舉槍要打，扣了兩次扳機之後手槍都沒有打響。「日本兵用靴子踩著我的後背，把我抓了起來……我們被押上日本軍用卡車……我們被帶到怡保」。接下來就是連串的虐待，她把日軍如何對待他們，如何審問和盤問抗日組織的情況，都記在書裡。比如日本軍官「用煙頭來燙我的身體。他們毒打我，用皮靴踩我，把我折磨到吐血」，另外，日軍也用糖衣炮彈、軟硬兼施地遊說她投降。她的對抗方式，則是唱愛國歌曲、喊口號、刻馬共黨徽。從這裡看到她的這些對抗方式，都是典型的馬共中堅分子的應對方法。他們在傳記裡寫自己的抱負，以及當時都已做好犧牲的準備。對於應敏欽來說，她不但想著其他同志的精神來鼓舞自己，杜龍山的犧牲和精神更是她無法忘記的以及時常用來勉勵自己的慘痛經歷。

從她的記載中，我們也得知了當時監獄真實狀況。她直指監獄中的待遇十分惡劣──沒有被蓋，只能睡在水泥地，她因此患上風濕病、胸痛；因為監獄的折磨和刑罰，她停經了，記憶力也變差。洗澡沒有肥皂，沒有衣服換洗，只能用樹葉刷牙，很久才吃上一點鹹魚。從她的記載，我們還得知當時的牢卒，很多還是馬來人，他們同情這些抗日軍，甚至告訴她，他們也支持抗日。這些跟其他人的傳記比如卡迪卡素夫人，不謀而合。還原這些畫面，可說是傳記文學最重要的任務之一，那就是以真實性為基礎，並從中挖掘出更多真實的歷史面貌。

日本戰敗後的合法鬥爭時期：二戰後，她被馬共委派為馬共霹靂

州代表，領導霹靂宣傳隊。她記述了馬來亞人民抗日軍在日軍投降之後的那段時期大受人民群眾歡迎的情況──在她筆下，抗日軍無論去到何處都受到熱情接待。她參加宣傳隊之後，認識了後來的人生伴侶──阿都拉‧西‧迪。這段日子，她由於領導和參與許多馬共在霹靂州的公開活動，得以在傳記裡記錄自己的鬥爭經過以及跟英政府的多次接觸。當時馬共重要任務之一是跟「民族主義人士和其他社會階層人士共同合作並且推進爭取獨立的鬥爭」。這個理念很重要，馬共時常標榜自己是獨立的推進者。但是若觀其他傳記，普通馬共並不像她一樣清晰表達自己的看法。一般馬共在他們傳記裡的表述，都是跟從領導──領導怎麼說，他們怎麼做，並且是不存疑問地去做。從應敏欽這裡可以看到她和其他馬共不同的地方。她當時就很清晰知道馬共要跟馬來亞其他種族的團體成為親密朋友，一起演講，一起鼓舞人民，才能獲得成功。

她文中亦提及馬共歷史上一件重要史實──馬共辦事處。對很多馬來西亞人而言，馬共在過去幾十年來，是個很隱晦、避忌的字眼，大家都不太敢關注，所以很多人並不知道馬共其實曾是合法政黨。在一九四六年，設有兩個全國性的正式辦事處，一個在吉隆坡，一個在新加坡。應敏欽被委任為秘書長，她因此離開怡保到吉隆坡辦事處上班，後來又被指派到新加坡辦事處。

抗英民族解放戰爭時期：一九四八年六月二十日是馬來亞歷史上重要的一天，英殖民政府宣布全國進入緊急狀態，馬共再次轉入地下鬥爭。英政府逮捕、鎮壓馬共和其他左派組織人士，她離開新加坡辦事處，積極加入爭取馬來亞獨立的工作和戰爭。她從第九章到第十二章都在詮釋和宣傳馬共當時為爭取馬來亞獨立做出的努力，也就是馬共抗英鬥爭。為應付緊急法令，馬共轉入森林，建立武裝隊伍，隨時準備對抗。接下來馬共和英政府之間，展開數百場規模大小不一的武

裝鬥爭。她在第十支隊經歷部隊生活，除了軍訓和日常生活，給隊員做文宣和演講、思想和身體的鍛煉；她也經歷過被奸細謀害、被隊員出賣，在動盪環境中，被英殖民政府圍剿，新村政策下的各種孤苦狀態。也許饑餓讓某些人走出森林，向政府投降。但饑餓沒有打垮她的意志，應敏欽作為一個女人，還是個小康家庭的掌上明珠，她卻有著超強的意志力。

　　馬來亞國內革命戰爭時期：她的傳記顯示，馬來亞政府拒絕公平合理地結束戰爭後的那個時期，她的身分已跟陳平能直接見面。這個紀錄的重要之處在於它間接告知讀者應敏欽的領導層身分。一九五四年底，陳平將她委任為聯絡員，讓她向第十支隊傳達黨的指示。從中得知，陳平強調採取中立，不干預泰國內政，也對馬來群眾工作、有關開展邊區農民運動、教育、出版等等做出指示。陳平在一九五五年跟應敏欽表示，馬共這些年來武裝鬥爭的成果就是提高人民的覺悟，推動馬來亞獨立運動，迫使英殖民政府向馬來亞人民讓步，削弱他們在馬來亞的勢力；最重要的是陳平跟她說了一九五五年底將會進行和平談判——華玲談判。他提及，馬共可讓步，但必須得到平等地位，也不能以投降的方式進行。這個部分跟陳平在他的回憶錄裡的說詞是一樣的。有關一九五五年的華玲談判破裂，應敏欽的解釋非常官方——陳平堅決不投降，東姑（代表政府）在獨立後也繼續依靠英殖民主義，馬共在迫不得已的情況下繼續武裝鬥爭。一九五五年，她與阿都拉·西·迪建立家庭，改名蘇麗雅妮。一九七五年當選馬共中央委員，也是中委會中唯一的女性。

　　一九八九年簽訂合艾和平協議後，前十支戰士重建新生活的時期：這部分只出現在第十八章「新的生活，新的希望」。合艾條約後，在和平村的生活、建設——推動經濟，福利和教育，還要做心理建設，讓隊員們投入新生活，這部分讓讀者瞭解馬來西亞和泰國政府

的各種資助和措施。應敏欽和阿都拉‧西‧迪仍被視為領導人，他們也很積極地寫作，把過去的經歷記錄下來。

綜觀她這幾個階段的生活和經歷，她將所有的經歷和馬共一切的活動都選擇「報喜不報憂」的方式撰寫。在她筆下的馬共是近乎完美的組織，人民群眾對馬共的支持幾乎是眾口一心的。

李明的遭遇可說比應敏欽曲折得多。《馬共奇女子陳田夫人──李明口述歷史》[32]的作者是鄭昭賢，他是《南洋商報》記者。根據鄭昭賢介紹，他寫這本書並非那麼順利。當年《南洋商報》要連載陳平自傳，要他寫李明傳記來造勢，沒想到《南洋商報》的計劃有變，此事也擱置。直至後來在幾個朋友的熱心推動和協助下，鄭昭賢最終在廣州見到李明，終於寫成此書。

李明在一九五〇年代的馬來亞乃至國際上曾是轟動一時的人物。她的案件之所以引起關注，因為其中牽涉的好幾個疑點。在那個時代，她的案件留下許多神秘的疑問，一直都沒有答案，一直到二〇〇七年她的傳記出版，才算掀開其中一些神秘面紗。在這之前，如果沒有她在傳記裡解釋，對於她的故事，外人只能理解如下：一九五二年七月二十四日，二十四歲的李明和另一位女子（邱音／張英）同時在霹靂州怡保拉乞（Lahat）路一間屋子被前來突襲的政治部警察逮捕，當時她們都被懷疑與馬共有關。邱音／張英在關押期間自殺身亡。李明被提控，一九五二年八月六日被控上庭。她在緊急法令條例下被正式控以三項罪名：一、在一九四八年八月至一九五一年九月之間，她在怡保加巴央（Kepayang）地區攜帶一把手槍；二、在同時期，同地區，她攜帶一枚手榴彈；三、她與擁有武器和子彈的人士為伍，可合理假定她的行為已危害到公共秩序。這三項控狀，每項都可以判她死刑。一星期之後，李明被帶到霹靂巡迴法庭受審，並面對第

32　鄭昭賢：《馬共奇女子陳田夫人──李明口述歷史》。

四項控狀，控方指她在被捕的兩個月前，身邊攜帶一把勃朗寧手槍[33]。她堅決否認她是馬共高級幹部李明。她出示身分證，名字是李天娣。她也否認一切控詞——包括否認她是李明、否認攜帶以上所述的武器、否認警方在山洞尋獲的照片（一個武裝的女馬共）是她。她的律師SP辛尼華沙甘則辯護，警方逮捕她的時候，（一）她身上並沒有攜帶任何違法物品，（二）警方政治部並沒摸清她的身分。無論如何，她表面罪名成立，並在一九五二年八月二十七日在高庭聆審。主審法官是英國人湯遜，陪審員是一名華人和一名印度人。三天審訊後，兩名陪審員認為證據不足，判她無罪。主審法官不同意並下令重審。重審在一九五二年九月九日，主審法官和陪審團都換人——法官換成比列特若爾，陪審團換成一個白人和一個華人，李明反對白人陪審員無效。九月十日，李明案判決：法官和白人陪審員認為她有罪，華人陪審員認為她無罪，法庭判李明死刑。

當年審訊時，馬來西亞並未有陪審團制度（Jury System），而是採用參審制度（Assessor System）。前者由十二人陪審團組成，法官必須聽取陪審團結果下判；後者則由兩名參審員，加上法官三人判斷被告是否有罪。林碧顏在她傳記裡寫過[34]，當時只有直屬英殖民的海峽殖民地（檳城、新加坡和馬六甲）沿用陪審團制度（Jury），其他的馬來聯邦州還是使用參審制度，由於李明在霹靂州怡保被逮捕，因此她的案件用的是參審制度。這個案件的不簡單之處，在於它改變了馬來亞司法制度。在李明案之後，全馬來亞制定了死刑必須使用陪審團制度。

---

33 根據陳平在《我方的故事》中的說法，控方指她在一九四八年至一九五一年九月之間，攜帶一把手槍，一枚手榴彈並與擁有武器的人為伍，控方也直指她是馬共黨員李明。

34 PG LIM, Kaleidoscope—The Memoirs of P.G. LIM, 2012, Strategic Information and Research Development Centre, Kuala Lumpur.

　　李明向上訴庭上訴被駁回，向倫敦樞密院上訴亦被駁回──因為她不是英國殖民地公民，上訴不被受理。但出於意料的是英國有約五十名國會議員簽署特別請願書（包括後來成為英國首相的威爾遜），請霹靂州蘇丹寬赦李明。在馬來亞，馬華公會總會長陳禎祿也向霹靂州蘇丹呈請願書要求寬赦她。《南洋商報》發表三篇社論，不贊成處死李明。社論作者曾心影給出的理由是這樣會使她成為烈士，馬共會用這個機會捧她成為偶像，號召更多人加入馬共。因此，該作者建議將她釋放。一九五三年二月，匈牙利政府建議以四十九歲的英國商人埃德加‧桑德斯交換李明。桑德斯被匈牙利政府以間諜罪名判監在布達佩斯服刑。英國報章形容國際共產主義很重視李明，歐洲共產主義分子第一次公開協助亞洲的同志，但英國首相邱吉爾不同意。自此，李明一案成了轟動國際的大新聞。沒過多久，霹靂州蘇丹在三月初的時候宣布寬赦李明，死刑改為終身監禁。李明被告知後，監獄方面形容她「完全沒有情緒上的波動」。自此，她的名字淡出馬來西亞。

　　在整個一九五〇年代至《馬共奇女子陳田夫人──李明口述歷史》書出版為止，沒有人知道「李明」真實身分究竟是何方神聖，也沒有人知道她之後的下落和命運。這個名字從馬來西亞消失，沒人知道其實她一直在服刑，直到一九六三年十一月二十三日被驅逐出境到中國，並在廣州去世。

　　她的傳記，雖然作者的寫作能力非常貧乏，平鋪直敘，有時第一人稱和第二人稱亂套，這也許出於匆忙出版，但更讓人關注和能夠耐著性子看下去的原因，是因為李明這個名字和她背後的更多史料。這本書交代了她的身世、如何走上革命道路等等往事，世人眼中的李明從此有了一個更飽滿的形象。最主要的，她很詳盡地將自己被捕、被審判、如何從不信任到完全相信她的律師、被遣送回國、在中國的見聞和經歷等等，全都做了一個交代。

一是「她是李明嗎？」

陳平的書裡對她的形容：「可怕的東西方鬥爭時的人質，直到今天仍然是謎一般的人物。」但這個女人究竟是誰？因為李明始終不承認自己是「李明」。被逮捕的時候，她出示身分證，名字是李天娣，但是「英殖民地當局完全不知道我的身分，並把李明這個名字強加在我身上。其實，我不是李明，也不是李天娣」[35]。這是她後來上庭時最強而有力的辯護證據之一──雖然，她也承認自己其實並不是李天娣[36]。那麼，她究竟是誰？這個問題一直是關心這個題材的人所希望知道答案的，卻鮮為人知甚至可說無人得知。另外，她如果真的不是「李明」，「李明」又是誰呢？[37]她在保護著某人嗎？是否在馬共裡有某個真的李明？陳平似乎也不知道誰是「李明」。她本身說沒有這個人，她不認識這個人。她甚至用了一章來說明，這一章的題目叫做〈我不是「李明」，也不是「李天娣」〉。

李明用此章解釋了她名字的來由，也是到了這本傳記出版，我們才得知她真名是「劉鳳珍」[38]。她多次提及自己並沒用過李明這個名字，她在怡保區黨組織內用的名字是鳳珍。她舉出張佐回憶錄《我的半世紀──張佐回憶錄》所說的鳳珍就是她本人──此書提及鳳珍領導一支流動隊，住在岩洞裡，曾接應過張佐。

二是被逮捕的原因和詳情。

這本自傳將她被捕的真相和前後經過總結成幾個重點[39]。首先，

---

35 鄭昭賢：《馬共奇女子陳田夫人──李明口述歷史》，頁58。

36 鄭昭賢：《馬共奇女子陳田夫人──李明口述歷史》，頁48、58。

37 謝詩堅：《解讀馬共奇女子李明口述歷史──李明案轟動國際》，飛揚網絡，（2007-04-09）[2018-07-14]。http://seekiancheah.blogspot.my/2007/0四/blog-post_3414.html.

38 鄭昭賢：《馬共奇女子陳田夫人──李明口述歷史》，頁58。

39 鄭昭賢：《馬共奇女子陳田夫人──李明口述歷史》，頁48。

她提起她的好朋友與同志曾銀芬[40]。曾銀芬被捕之前，是馬共總書記陳平的交通員，曾銀芬被捕之後，李明接替了她的工作。曾銀芬跟李明的老師陳錦香（也就是陳夏，將李明帶入馬共，走上革命的道路）是陳嘉庚創辦的福建集美學校的同學、好友；陳老師介紹曾銀芬給李明，她們也成了好友。之後，大家一起抗日，又都是馬共黨員，還曾在緊急狀態的時期，同時在霹靂州工作，曾銀芬在李明領導的區裡一個小學教書。由於當時李明是霹靂州州委組織部的成員兼中區區委書記，她也表示自己對曾銀芬的工作和被捕前後的事情非常清楚。由於曾銀芬被捕，李明唯有負起曾銀芬的責任，聯繫這些交通員，繼續工作。她是區委書記，又是黨領袖交通員，非常忙碌。她在自傳裡，替自己辯護，說自己是在不得已的情況下才被捕，而不是缺乏警惕，不遵守馬共成員不能進行雙重活動的規則，而是在當時的情況之下，她無法辦到[41]。就這一點，陳平的書裡就完全沒有解釋過。

　　這之前有一本叫做《馬共秘聞》的書（韓山元、李永樂著），這本書把李明被捕前後過程寫得彷彿一本偵探小說，充滿神秘色彩。此書被李明在她的傳記裡批駁一通，她用「車大炮」來形容，指責這本書的內容都是捏造和造謠，完全與事實不符。針對這樣的評語，謝詩堅在文章裡曾寫道，他與《馬共秘聞》的作者韓山元聯繫之後，告訴他李明指他所寫與事實完全不符。[42]韓山元坦言他與另外一位元作者是「根據所得的資料寫成的，先連載在報章，然後出書。這一章節非他執筆，因為他的英文沒那麼好，而資料又是英國方面的」。他向謝

---

40 鄭昭賢：《馬共奇女子陳田夫人——李明口述歷史》，頁51。

41 鄭昭賢：《馬共奇女子陳田夫人——李明口述歷史》，頁52。

42 謝詩堅：〈解讀馬共奇女子李明口述歷史——李明駁斥〈馬共秘聞〉〉，飛揚網絡，（2007-04-09）[2018-07-14]。http://seekiancheah.blogspot.my/2007/03/blog-post_26.html

詩堅表示他願接受李明的批判與駁斥，並認為應以李明作為當事人所說的為準。因此，李明的傳記解開了這一段謎，也對那些向來相信《馬共秘聞》為事實的讀者澄清不少「內幕」。《馬共秘聞》這本書也不曾替她辯護任何事。她在書裡為自己辯護說，她取代曾銀芬是州委書記亞南（陳華）代表上級分配給她的任務，她別無選擇。

她的自傳裡很清晰地表示，自己是為了黨中央領袖鍾愛克的兩個孩子和曾銀芬手下交通員的安全，才去轉移他們的住所，結果被逮捕。鍾愛克是霹靂州馬共領導人，也曾是馬共中央委員，在一九五〇年被英軍包圍伏擊，中彈身亡，並在犧牲之前向她托孤；該名交通員叫張英。李明在自傳裡坦承因為自己的疏忽把一個錯誤的位址通知張英，才暴露了一個重要的交通站。這兩件事情同時出現，李明和州委書記商討之後，決定由李明走出森林去設法通知和轉移張英和那兩位孩子。當時李明並不知道，他們有一位名叫傑夫的同志已被政治部逮捕並叛變了。李明在不知情的情況下托他找房子轉移張英和那兩位孩子，並把他們三人都搬了過去，李明本人也在那裡住了幾天。在她要走的那天早上，就被逮捕了[43]。

她強調自己被逮捕的時間是一九五二年四月二十四日早上六點半左右，剛要動身回返森林的基地，就被闖進來的警察逮捕了。當時她勸張英不要害怕，她會一力承擔罪名；但張英被捕之後受不了壓力，就在警察局內自殺了。而不是《馬共秘聞》這本書裡所說的一九五二年七月二十四日晚上八點被逮捕[44]——雖然陳平也沿用七月二十四日這個日期，但可以相信這是根據英國的檔案或者報紙的錯誤報導[45]。她被

---

43 李明在這裡也交代了那兩個孩子的去向，他們兩位也同時被扣押，她跟這兩個小孩也失去了聯繫。後來才知道他們由舅舅葉志廣找到並帶回去撫養。

44 鄭昭賢：《馬共奇女子陳田夫人——李明口述歷史》，頁48、57、61。

45 鄭昭賢：《馬共奇女子陳田夫人——李明口述歷史》，頁61。

逮捕的地點是在怡保市中心附近華林市一家咖啡店樓上，而不是《馬共秘聞》所說的「怡保拿乞一間馳名酒吧附近的一間華人小屋內」。

李明在自傳裡面駁斥《馬共秘聞》對她被捕前後的描述，直截了當地指責《馬共秘聞》是在製造不實的故事，比如，《馬共秘聞》提及她被捕的地點被察覺是因為「女神探」李愛玲的追蹤——在電池上做了手腳之後藏在黃梨箱裡，潛入書店偷情報等等，李明譴責這些都是憑空捏造。她認為自己被捕的真正原因是因為她自己錯誤取信早已叛變的前游擊隊員傑夫。李明的傳記裡提及，傑夫和太太在華林當裁縫，他們的行跡後來太過可疑，才被游擊隊員扣留審問，他們最後承認出賣了李明。李明甚至還有證人，名叫林國強，她在自傳裡提及，目前居住在廣州英德農場的林國強完全知道這件事情的來龍去脈[46]。

《馬共秘聞》提及李明逮捕之後被盤問幾個小時，李明「支吾其詞，前言不對後語」。李明駁斥說這些不是事實。她被盤問的問題其實非常簡單，英政府其實並不知道她是誰，他們把李明關在警察局內五、六天，就是不斷盤問她簡單的關鍵問題：（一）你是不是李明？（二）是不是共產黨？而不是《馬共秘聞》所說的冗長盤問或在小屋裡被密探盤問。此外，《馬共秘聞》還說他們逮捕李明的時候同時也搜獲馬共文件，這使得李明無從抵賴，正式被拘捕。這一段也遭到李明的駁斥，她說自己被逮捕時身上沒有任何馬共文件[47]。根據李明所述，她是被盤問和關押好幾天之後，才被控上法庭。控方始終無法知道她的真實身分，只能從馬共叛徒口中得知她的活動。她解釋說：「我始終不承認我是李明，這是有原因的。其實我真的不叫李明。我平時活動，沒有用過這個名。我到一個地方，就改用一個名字，到另一個地方，就改用另一個名字。我用過很多名字……我在黨內同級通

---

46 鄭昭賢：《馬共奇女子陳田夫人——李明口述歷史》，頁63。
47 鄭昭賢：《馬共奇女子陳田夫人——李明口述歷史》，頁59。

知之間是用『鳳珍』這個組織名。……所以他們抓到我時，不知道我是誰。……我說我叫李天娣，因為我的身分證上是這個名。其實我並不是李天娣，李天娣是另一個人，這個身分證是沒收身分證行動時拿到的……其實我的真名是劉鳳珍。」

三是她被判死刑，為什麼「沒有表情」？

第一階段，李明在怡保推事庭面對的控狀是在緊急法令條例下正式被控。針對「殺死兩名歐洲人」這一個罪名，李明在她的傳記解釋了警方的證據是用他們在紅毛丹石山戰鬥中搜尋到的物品作為物證，他們在該戰鬥中，尋獲一個背包，內有一套衣服和一些頭髮。他們懷疑李明用過該背包，並以此證明她當時在那裡指揮戰鬥，殺死至少兩名歐洲人（警察）。

上法庭的時候，李明緊抓兩項有利證據：（一）政治部逮捕她的時候，並沒有摸清她到底是誰，他們並不知道她的真實身分；（二）她被捕的時候身上並沒有攜帶任何違法的物件，政治部沒有搜獲任何證據。

其他作者都廣泛流傳說她被英政府入罪是因為九位指證她的投誠的馬共成員提供的情報，她的傳記則說其實是八位證人，她還披露他們也只是「基層的民運成員」、「不清楚我在組織內所負責的工作和身分」[48]，「當時政治部還不知道我是誰，不知道我是負責什麼工作。然而這些叛徒僅是民運成員，對我的身分也不很清楚」[49]。這本書也讓我們對李明一案是如何審判和定罪有更清楚的瞭解。在過去，社會上完全無法知曉。除了陳平書裡提到一些蛛絲馬跡，此外便沒有更讓人信服的記載。根據李明敘述，八個「叛徒」被安排上庭當證人，指她是「李明」——雖然她否認並說她不知誰是李明——控方也在法庭上

48　鄭昭賢：《馬共奇女子陳田夫人——李明口述歷史》，頁67。

49　鄭昭賢：《馬共奇女子陳田夫人——李明口述歷史》，頁66。

出示手槍和手榴彈，說這是「李明」用過的手榴彈。

此案轟動全國，當她在怡保法庭受審，法庭外人山人海，都為了爭睹李明的真面目。據報導，她在法庭上的形象和表現，符合西方人對神秘東方人的幻想──若無其事的表情、年輕貌美、態度蔑視一切地大罵證人「卑鄙無恥」。李明解釋說，她並沒有跟警方在紅毛丹石山洞中戰鬥，因為那時她剛好去新加坡姐姐的家。

如上所說，經過三天的審訊之後法庭做出判決。兩位亞裔陪審推事宣判她無罪，歐裔法官宣布她有罪。湯遜法官顯然被兩位陪審推事的反應所激怒，他在法庭上宣稱自己不同意他們兩位，將要求重審。到了這個階段，英國各地報章開始刊登她的新聞，之後她再度被拘留。這之後發生的事情，無論是陳平還是其他馬共或非馬共作者都無法深入解釋。唯有李明一人，能夠為大家解開心頭疑惑。

根據李明敘述，她被拘留在華都亞也拘留營之後，警方人員兩度到華都亞也拘留營，要拿她的頭髮去化驗，以證明她的頭髮與山洞裡背包內的頭髮相符合。她堅決不讓他們剪頭髮。政治部人員又拿那套在山洞裡尋獲的衣服要她穿，她一眼就認出那是她穿過的衣服，她也拒絕。在她的傳記內並沒有深入解釋為什麼不願意剪頭髮和換衣服，究竟是怕剪了頭髮化驗之後真的可以證明她跟背包內的頭髮是同一人，或怕警方用此為藉口而說她是同一人？總之，通過這些描述可以看出她是一個很有主見也絕不妥協的人。

第二次的審訊換了陪審推事。重審是十天後在同一個地點進行，這回承審法官是比列特若爾（J. Pretheroe）和兩位不同的陪審推事。在緊急狀態法令下，在霹靂州對一名亞洲人進行的審訊中，一名歐洲人被挑選為陪審推事，這是有記錄以來的第一次，跟慣例顯著不同。李明用廣東話向法庭通譯員表達反對。當法官被告知李明反對歐洲人陪審推事參與審訊時，法官簡要地說，她的反對被否決。李明繼續反

對說她擔心歐洲人陪審推事可能對她存有偏見。法官指示通譯員下令李明「閉嘴」。審訊完畢後，華人陪審推事陳先生認為李明無罪。歐洲人陪審推事沃爾芬登（Wolfender）堅持認為她有罪。法官同意沃爾芬登的觀點，於是二對一通過宣布李明罪名成立，並判她死刑。李明在法庭上，大罵那些證人為「這班死投降鬼」。

李明這樣說：「在第一次審訊宣判我罪名不成立，不用被送上絞刑架，當時我沒有什麼反應，也沒有高興。反正自己已決定獻身給革命了，是死是活都無所謂。第二次審訊宣判我死刑時，死到臨頭了，我也沒什麼緊張，反正作為一名革命戰士，忠誠為革命犧牲是光榮的。」[50]這就是她的想法，也解釋了許多人的疑問，包括陳平，都說她聞訊沒有反應，沒有喜怒哀樂。但是大家都沒有辦法知道究竟她心裡想什麼，直到這本傳記內比較深入地描寫她的想法。

她說：「宣判我死刑那天，法庭外人山人海，大批全副武裝的兵士和裝甲車嚴正以待，怕有人來搶人，把我救出去。審訊完畢，在裝甲車和炮車的開路護送下，我被送往太平監獄，關在死囚室，等待正法。」[51]她能夠如此冷靜地將自己的死刑過程闡述出來，若不是作者的寫法太過直白，那就是她性格的呈現，也就是冷靜、直截了當。由於作者是現場親自採訪李明的，所以有理由相信她的性格就是這樣直率。

當時《南洋商報》報導的新聞中，也可以看出一種有趣的「深讀」。首先，報導用了半文言半白話來形容李明的外表：「李為一位二十四歲少婦，肌膚白皙，面貌可人。今日被提訊時，伊身穿藍底紅點衫褲，腳穿拖鞋，頭上捲髮整然，儼若一名良家婦女。」報導也描寫她上庭時轟動的場面：「伊由一名女特警以手鐐互扣伴上警庭，並由

50　鄭昭賢：《馬共奇女子陳田夫人——李明口述歷史》，頁70。
51　鄭昭賢：《馬共奇女子陳田夫人——李明口述歷史》，頁70。

大批警員嚴密在庭外守衛。今晨到庭瞻仰伊之容貌者極眾，一時警庭頓形擁擠。」「李明於被詢有何辯詞時，伊稱伊所被控各罪為不確者。伊又問誰為控伊之人。李明於答話時，態度昂然不屈。」「李明由警員護送返拘留所時，於途中曾遇攝影記者擬將之拍入鏡頭，伊故意側面以避。隨機俯首致意，為態殊為自然。」不難發現，記者也對她的態度有所感觸，將其神態、回應等等，都言簡意賅地表達在區區幾百字的新聞中。

四是她坐監和被遣送的前後。

一九五二年九月十日被判死刑之後，李明就被扣押在監獄，她的傳記詳細記載了死囚牢獄生活，包括如何被單獨囚禁、如何精神上打擊她等等。從她的傳記，可以一窺一九五〇年代的英政府是如何對待死囚的。

她被關在太平的監獄，囚禁死囚的囚室很小，每間約9×4英尺，共有七、八間房，當時只有她一個死囚關在那裡。在一整排死囚室的中間就是死囚上吊的行刑房，因此可以看到吊死死囚的絞刑臺。死囚比其他犯人更沒有自由，每天二十四小時都必須被關押，連「放風」都不被允許。每天睡在水泥地上，蓋麻袋，吃稀粥和綠豆咖喱飯，大小便都在囚室裡[52]。

雖然如此，李明說：「死囚室外面有一個洗澡的地方，隔壁有一個空地，讓男囚犯在那裡做工。男囚犯知道我被關在死囚室內。他們拿到報紙，看到報上有李明的消息，便剪下來。當我出去洗澡的時候，他們便趁牢卒不注意時，偷偷用報紙包著石頭，拋過來給我，我才有機會看到報紙。在那半年中，有幾次我拿到報紙。」[53]

---

52 鄭昭賢：《馬共奇女子陳田夫人──李明口述歷史》，頁78。
53 鄭昭賢：《馬共奇女子陳田夫人──李明口述歷史》，頁79。

　　赦免之後的日子，李明還是被獨自關押，她多次上訴要求跟其他拘留者一起住，或調到其他監獄，都不被允許。她不斷地上訴，用她自己的語言，是「不停地與他們鬥」[54]。後來，陸續有馬共的女囚犯被送進來跟她關在一起，李明教她們認字、學習，後來也被分派工作。李明說，她們除了可以自己教自己學習，可以勞動，有特別節日的時候，可以開會，發表演說；後來也可以在空地跑步、運動、種菜。有不滿的時候就抗議，等等。

　　從這本傳記，我們還約略得知一些囚犯的遭遇，原來，當時那些女死囚被關押之後，後來很多都通過律師向蘇丹要求赦免，然後都被遣送回中國，大多數被分配到廣東英德農場，書裡把一些被遣送的女囚犯名字都列舉出來，但李明也說這還不是完整的名單和統計數字。

　　李明經歷上訴，直到一九五三年三月被霹靂州蘇丹赦免死刑，這段日子裡，是誰在幫助李明？雖然陳平有解釋馬共不出面替李明案奔波，是為了避免英國殖民政府以此為由處決李明；他的解釋是他有意讓李明否認與馬共有任何聯繫，顯然陳平有意解釋和洗脫過去被人詬病其不替李明出頭的行為。李明在其自傳中，反而將重點放在幫助過她的辛尼華沙甘律師[55]和林碧顏律師[56]身上。她訴說自己和辛尼華沙甘律師之間從不信任到信任以及辛尼華沙甘如何幫助她的過程，而林碧顏律師因為出於正義在倫敦發動幾十名有正義感的上流社會人士，

---

54 鄭昭賢：《馬共奇女子陳田夫人——李明口述歷史》，頁80。

55 DR辛尼華沙甘律師，馬來西亞人民進步黨的創黨人之一。他以傑出辯才著稱，又是反對黨議員，稱霸政壇二十餘年之久。

56 著名維權律師林碧顏，檳城人，出身律師家族。她的身分多重，是馬來西亞法律界、外交界、政界、以及非政府組織的傑出女性，最為人知的是馬來西亞駐聯合國大使、也是馬來西亞駐歐洲多國的大使。她的父親林清淵，英殖民時期立法議員。父親是律師，弟弟林建材、林建壽、林建忠都是馬來西亞名氣響噹噹的律師，林碧顏更是馬來亞第一位女律師。林碧顏九十四歲高齡，才出版回憶錄「Kaleidoscope: The memoirs of P.G. Lim」。

簽名向霹靂州蘇丹要求赦免李明的死刑，並因此改判為終身監禁。這一部分在李明的傳記沒有細節，也許因為她在獄中，無從得知。

在林碧顏律師的傳記《林碧顏回憶錄（Kaleidoscope）》中記錄了這宗轟動一時的歷史案件。當時，年輕的林碧顏律師在倫敦接到辛尼華沙甘的信，要求她的幫忙。於是，她帶著一顆正義的心，為李明四處奔波，遊說英國國會議員簽名，為死囚李明請命，免除她的死刑。當時，林碧顏針對馬來亞法庭的結果在倫敦協助李明上訴，那個時代的馬來亞仍為緊急法令時期，上訴後仍敗訴。林碧顏尋找一家資深律師樓願意代表李明，同時她首次以大律師（Barrister）身分陪同另兩位資深大律師在樞密院司法委員會上庭。她記錄了當時該案件在英國造成的轟動，她四處奔走，不但爭取到許多英國議員的簽名支持，甚至還有一位未來首相哈羅德・威爾遜（Harold Wilson，兩次任相，1964-1970，1974-1976）也加入簽名行列，呼籲赦免李明死刑。最後，李明在一九五三年三月獲得霹靂蘇丹赦免死罪，一九六三年十一月二十三日被驅逐出境前往中國。林碧顏認為，不管李明是否有罪，但是在種種不公平的審判下被定罪，基於人道立場，她願意給予李明協助。

這些恩惠李明都一直銘記在心，並在書裡再三向他們道謝。她也在傳記裡解釋為什麼自己後來都不跟他們聯繫——理由很簡單，不想暴露自己在中國的行蹤。無論如何，林碧顏在傳記中提及，其實李明曾在二〇〇七年八月從廣東回馬來西亞探望過她，也送了一束寫滿「愛」（Love）的花和簽名版的傳記給她，並向她表示這是遲來的致謝。

五是李明的後半生。

陳平在他的傳記裡向李明致敬，並形容她是「可怕的東西方鬥爭時的人質，直到今天仍然是謎一般的人物」。但是她的後半生遭遇如何，是許多人都很想知道的事情，不過在那個通訊不發達、政治氣氛

敏感的時代，加上馬共一向嚴格守密，許多事情不為外界所知。從一
九五三年之後，人們就逐漸不再有李明的「音訊」。她在監牢度過十
年歲月，在一九六三年十一月二十三日被靜悄悄地驅逐出境到中國。
一九六○年代後，再沒人知道她的下落和命運，直到許多年後，人們
才得以從她的傳記裡得知李明的下半生是在中國度過的。一九六三年
被驅逐回中國之後，李明的遭遇如下：

　　　一九六三年　　李明於三十七歲時遭遣返中國，在北京接受馬克
　　　　　　　　　　思理論和軍事訓練。

　　　一九六五年　　與陳田結婚。

　　　一九六九年　　馬來亞革命之聲電臺成立。

　　　一九八一年　　電臺停播，陳田李明夫婦被留在四方山寫稿編
　　　　　　　　　　「簡報」。

　　　一九八九年　　合艾和平條約簽署後，停止「簡報」工作。

　　　一九九○年　　陳田病逝湖南長沙。

　　　一九九六年　　母親逝世。情況已變，回不了馬泰邊區，留在中
　　　　　　　　　　國。

　　　二○○七年　　回馬探親，在吉隆玻拜會林碧顏。

　　　二○一二年　　在廣州去世，享年八十六歲。

　　在這本傳記出版之前，李明對馬來西亞人來說，最轟動的是她成
了國際頭條的案件。但如果不是她的傳記出版，恐怕不會有人知道她
三十七歲被遣送回國之後的遭遇，這一段經歷其實在她生命中同樣占
了重要的地位，她用了半本書的篇幅來說明自己從一九六三年開始在
中國的生活以及她的各種思想狀態。

　　她堅持不成為一個落戶華僑農場的農民，而是一定要找到組織，
繼續為革命奮鬥。這一點在她的書裡有強烈的意願。她甚至直言「我
慶幸終於找到馬共的關係。我見到我的恩師陳錦香（陳夏），最後回

到黨的懷抱」[57]。她也因為這樣的堅持，才上了北京，見到陳田，被安排參加中共的學習班。這個學習班在她的傳記有介紹，原來是馬共在北京吸納年輕人，教導他們成為有思想、理論、軍事知識的幹部，然後安排他們返回馬泰邊境，參加部隊，投身馬共的鬥爭事業。她在學習班裡見到了新知舊雨，也有機會到中國各地參觀學習。這之後，她開始投入「馬來亞革命之聲」電臺的工作。

我們能夠從兩個女性領導人的經歷看到，她們在黨內後期待遇有天淵之別。應敏欽晚年住在泰國，住的環境很好，還獲准回馬甚至獲得霹靂州蘇丹和蘇丹后接見。反之，李明一直沒有回馬的機會。到二〇一二年去世為止，她沒有國籍；晚年住廣州，沒有戶口也不能享受老人福利。書中她對這種安排還是稍有怨懟，說：「不管別人對我有任何意見，我一切都不在意了。」這句話極大可能說明她是在傾訴自己的處境。

至於方壯璧，他作為被廣泛認同的「馬共全權代表」，也有一些與眾不同的經歷。陳劍在訪問裡說他見過方壯璧，因為方壯璧是他的上級。方壯璧的特殊經歷，包括他在報館──無論是《南僑日報》、《自由報》的各種經歷，印刷地下刊物、裝配印刷機、偽造身分證、單身一人在新加坡孤軍作戰的各種遭遇、逃亡印尼的經歷等等。他的傳記裡還出現了幾個重要人物的形象──余柱業、李光耀、林清祥等等。這些都是當時數一數二的政界人士，雖然他們都來自不同黨派和思想。他們的形象也躍然紙上，比如余柱業，從方壯璧的字裡行間看得出他對余柱業很有好感，他直言余柱業「辦事克己奉公，是我心目中勤儉節約，生活簡樸的模範」[58]，「求證的學者」[59]。對於李光耀，

---

57 鄭昭賢：《馬共奇女子陳田夫人──李明口述歷史》，頁87。

58 方壯璧：《馬共全權代表：方壯璧回憶錄》（雪蘭莪：策略資訊研究中心，2007年），頁134。

59 方壯璧：《馬共全權代表：方壯璧回憶錄》，頁136。

他就有許多的評價。縱觀全書，李光耀在他眼中是一個願意為被人看不起的華語界人民說話的英語界精英（律師），因此剛開始他本身和其他多數的黨員對李光耀都是崇拜和擁護的。而且，他說雖然李光耀不是左派，但是左派方面還是對他採取肯定態度的[60]。李光耀不但為學生組織和工人團體提供援助，還是雄辯家，反殖民演說鼓舞人心。他覺得李光耀精明能幹，是一個反殖民鬥爭的人才，說話的時候，有敏銳的政治頭腦，廣泛的知識等等。李光耀自己也承認說英國人需要一群有能力接管卻不會讓共產主義取代的人來管理新加坡[61]，左派的群眾也贊成統一領導的建議。所以，方壯璧被委派回新加坡見李光耀，協調左派的政策。不過，從方壯璧的言論看出，他們對後來李光耀的做法和評論卻極度不滿。對於李光耀說馬共跟馬紹爾作對，方壯璧認為那時左派是在替李光耀的崛起掃清道路，所以後來李光耀對馬共的各種負面評論，在方壯璧眼裡，那是昧著良心，忘恩負義[62]。對於自己跟李光耀的會面以及他被當作全權代表這回事，方壯璧也做出了解釋和說明。他還對李光耀的一些論述提出了疑問，認為他是利用人民善良的弱點。方壯璧認為那時要在選舉獲勝需要左派支持，因為左派有群眾。他跟李光耀見面超過五次，被李光耀稱為全權代表。他也形容李光耀是緊急法令庇蔭下的高衙內而已[63]。

　　我們也從中得知當時在新加坡的黨組織根本上已被出賣而遭敵人破壞，一九五〇年代初就瓦解不存在。方壯璧其實就是當時新加坡唯一的一個幹部。因為新加坡地方小，執法嚴，在那裡搞革命不容易。方壯璧到了一九五〇年代初，被委任為領導和指揮新加坡的工作組委

60　方壯璧：《馬共全權代表：方壯璧回憶錄》，頁142。
61　方壯璧：《馬共全權代表：方壯璧回憶錄》，頁143。
62　方壯璧：《馬共全權代表：方壯璧回憶錄》，頁145。
63　方壯璧：《馬共全權代表：方壯璧回憶錄》，頁161。

員，卻都還沒參加過馬共會議，他其實對新加坡的黨的情況一無所知[64]。他加入了這個工作組之後，才開始瞭解。從他的敘述，讀者可以得知當時馬共對新加坡的指導方針是「徹底停止一切非法活動，開展公開合法鬥爭；大力擴展並加強反殖統一陣線，為結束英帝國主義在新加坡的殖民統治而奮鬥」[65]。方壯璧在傳記裡，並不是一味盲目稱讚和高度宣揚馬共。他反而對當時黨的不足直言，比如，由於在新加坡搞活動的會議人員對具體情況不夠瞭解，各方面有所局限，所以對局勢沒有深刻的認識，他把這個情況形容為非法地下黨領導工作上先天不足，再加上新加坡地方小人口少藏匿處極有限，招新人的機會少，人力資源也不足[66]。同時，自己沒有足夠經驗，但是他從印尼回新加坡之後發現結合人民的力量以及結合反殖盟友，才能結束殖民統治[67]。

方壯璧還反駁李光耀曾說過新馬如果不合併，新加坡不能單獨生存。他反問，新加坡從馬來西亞脫離，已單獨存在這麼多年。方壯璧認為，李光耀說的這些都是不負責任的話，只不過要鼓吹他的合併論。他說，李光耀的合併論，在表面上說是為新加坡找生路，其實是有自己的如意算盤[68]：犧牲新加坡左派力量來換取人民行動黨進入馬來亞的主流政治。李光耀的決定，在方壯璧筆下，是一個矛盾重重、勉強和匆忙的決策，並且導致了兩次種族暴亂[69]。方壯璧認為這一切都是因為英國人在撐腰，他舉出韓素音的觀點：「新加坡總理李光耀自信他將成為合併後的新國家的首腦。」並表示這是他本人在新加坡

---

64 方壯璧：《馬共全權代表：方壯璧回憶錄》，頁135。
65 方壯璧：《馬共全權代表：方壯璧回憶錄》，頁137。
66 方壯璧：《馬共全權代表：方壯璧回憶錄》，頁137-138。
67 方壯璧：《馬共全權代表：方壯璧回憶錄》，頁158。
68 方壯璧：《馬共全權代表：方壯璧回憶錄》，頁171。
69 方壯璧：《馬共全權代表：方壯璧回憶錄》，頁173。

聽到的言論，他也舉例李光耀合併之後的各種政策，說他是上演「木馬計」，最終目的是為了反共、壓制左翼和取代馬華。他認為李光耀是故意放大共產黨或者左翼人士的威脅論，從中抹黑他們在反殖民運動的貢獻。方壯璧認為，馬共的首要目的是為了反殖民，不等同共產主義，可惜李光耀為了打擊政治對手，將其說成是馬共的革命活動。

（五）各人傳記各有特色

雖然都是身為馬共領導，但是每個作者注重的部分不一樣。作者的文筆和文學修養在此可以互相比較。比如，應敏欽寫杜龍山的文字比起其他篇章，顯得感情更真摯和貼近人性。她摘錄杜龍山給她的最後一封信，讓人動容：「親愛的敏同志：日寇用硬的和軟的方法都不能使我屈服後，看來是要殺我了。在這個世界上生離死別乃人生常事。假如我能再見到敏，我相信敏會更為堅強。」這一段話讓人想起林覺民〈與妻訣別書〉。應敏欽對杜龍山如何被日軍活抓有段描寫：「日本法西斯士兵把他重重包圍起來，命令他出來投降。他沉著地隱藏在刺人的荊棘後面。日本兵見他不肯出來，就開槍向他猛烈掃射。一群日本兵跳過沼澤地衝過來。賴來福進行了最後的殊死搏鬥。一名日本兵用槍托把他打得頭破血流，天旋地轉。他被拖到日本憲兵司令部去了。」相比其他篇幅，這段文字更帶情感，從字裡行間可以感受到她的悲憤。至於101特別隊，應敏欽寫來文字淳樸但卻動人：「在告別會上，每位同志都親吻黨旗來表達他們與日本法西斯戰鬥到底的堅強決心，留下簽名後便奔向北方。」

傳記最重要的是傳主生動的剖白，應敏欽寫她第一個人生伴侶時，由於感受深刻、文字直白，也讓人激憤——不管讀者信奉什麼主義，愛人硬生生離開自己的感受，相信讀者都可感同身受：「祖國馬來亞的優秀兒子、英勇的抗日烈士賴來福年僅二十一歲就英勇犧牲

了。日本法西斯可以斬下他的頭顱，但無法挫折他鋼鐵般的意志和精神。……我的戰友和愛人賴來福永遠離開了。我當時的悲痛和仇恨是無法表達的……」

她對於其他事情，幾乎不深入探討。比如肅反。她是領導層，讀者完全有理由相信她應該知道得更多，不過她完全不提。對於她和阿都拉‧西‧迪的婚姻也沒有很多著墨。當她聲討一些馬共眼中的奸細或背叛者，比如慕沙‧阿末，只有短短幾句話。

至於李明的傳記最主要的目的是《南洋商報》為了替陳平的傳記宣傳，才讓李明傳記打頭陣。因此，就這本書來說，文字顯得淺顯而倉促，語氣充滿辯護意味。作者直截了當地說：「她覺得別人歪曲了當時她被捕的真實情況，她的談話，有時有點激動。在她面前，聽她講述過去，可以察覺到她的不滿。她說，這些描述和記載，純粹是造謠，真是惱人。」[70]此書並不像《葵山英姿——女游擊戰士三十五年森林生活實錄》——說的是一個女游擊隊員在森林裡度過的時光，經歷的切身問題，心路歷程；或者應敏欽的傳記——馬共女性領導從入黨到建功，她對馬共的看法，帶著很強的宣傳意味。反而李明這本書讓讀者解開了許多人心目中多年的謎團。《馬共奇女子陳田夫人——李明口述歷史》反映了一些過去鮮為人知的事。對有興趣研究馬共歷史的人，可從這本書中獲得一些補充材料。它符合傳記文學的特性，把時代背景交代清楚。

李明的前半生也許比應敏欽更能用「壯烈」來形容，她曾被逮捕、上法庭，甚至被判死刑，後因國際形勢，峰迴路轉，保住性命。可惜《馬共奇女子陳田夫人——李明口述歷史》一書行文過於貧乏草率，全文第一、二、三人稱有時混淆不清，內容平鋪直敘，許多地方也很

---

70 鄭昭賢：《馬共奇女子——陳田夫人—李明口述歷史》，頁48。

雜亂，精彩的回顧變得平淡無奇。此外，本書許多細節未加以發掘，作者可能匆忙趕工，所以略顯粗製濫造，這也是本書一個敗筆。

　　從阿都拉・西・迪的回憶錄我們可以看到，當時已經有一批思想進步和開明的馬來人，他們願意跟其他民族一起為這個國家奮鬥，成為抗日軍，這是非常難得的。因為大多數馬來人比較單純和樂天，英國人和日本人賦予他們一些政治權利，對他們的迫害並不比華人多，他們可以選擇在殖民時代安逸過日子。但是他們這些思想進步以及比較有遠見的馬來人卻相信唯有國家獨立，馬來亞才有未來。他的回憶錄顯示當時他和一群志同道合的朋友為了革命而做出的各種犧牲和努力。他們到處去宣傳進步思想，在當時這工作並不簡單。那時的馬來人普遍上思想閉塞，教育程度不高，想要突破這樣的群體，有一定的困難。況且，馬共普遍上以華人為主導，要讓馬來人接受還是不容易的事。但是，阿都拉・西・迪看到人民抗日軍的生活井井有條，神采奕奕，這一切都是他希望馬來人也能擁有的特質。他也不排擠華人為他的民兵隊伍用華語進行訓練。他的傳記帶來一個訊息──只要有一顆開放的心，進步就在不遠處。

　　阿都拉・西・迪參加馬共的最主要原因是為了抗日，與此同時也因為受到馬共良好的形象感召而加入。他比較深入地寫了自己在一九四〇年代參加馬共之後的抗日活動、部隊的主要隊員簡介等，也提及了馬來族群裡的抗日英雄，馬共成員，甚至他和霹靂州、柔佛州蘇丹等的交往以及他們如何暗中支持他的奮鬥，還有日本殖民政府成立的巴冷刀隊和後來英國殖民政府如何同樣利用巴冷刀隊等這些鮮為人知的歷史。從這本回憶錄裡，讀者能夠更加深入地瞭解到當時馬共宣傳隊在阿都拉・西・迪領導下的那段日子的工作。

　　拿督翁在他的筆下出現好幾次，其中讓人留下較為深刻的印象是跟日占時期成立的巴冷刀隊有關。拿督翁全名為拿督翁・惹化爵士

（1895-1962，是馬來西亞第三任首相拿督胡先翁的父親，也是前任國防部長希山慕丁的祖父。他是馬來西亞全國馬來人統一機構（United Malays National Organization，UMNO，簡稱巫統）的創辦人。他曾擔任柔佛州一些縣屬的公務員，也曾擔任柔佛州州務大臣。在抗日時期，柔佛州各族人民積極支持抗日。日本在一九四五年投降撤退前夕，曾經在柔佛策劃民族大屠殺，他們誣謗華人侮辱馬來人和伊斯蘭教，污蔑馬來亞人民抗日軍殺害馬來人，以此利用巴都巴轄縣縣長拿督翁和日本人成立的巴冷刀隊來對抗華人，並且借機製造種族騷亂，被屠殺的華人要求抗日軍庇護。阿都拉・西・迪指出，「這計劃獲得拿督翁的支持」。他還提及二戰過後，抗日軍在柔佛州麻坡逮捕過間諜，結果間諜逃到拿督翁那裡告狀，拿督翁動員三千人巴冷刀隊進攻華人鄉村和抗日軍。不過，他的回憶錄裡也提起他本身會見拿督翁，講解了馬共尊重各民族人民並共同爭取獨立的政策，「人民抗日軍也對拿督翁煽動巫華仇恨的做法提出警告，拿督翁承認了他的所作所為，表示願意合作和作出讓步」。這促成了柔佛州各種族社團代表召開會議並簽署協議書，拿督翁也公開發出不准巴冷刀隊進行屠殺的指令，種族緊張才緩和下來。由此可見，拿督翁也算得上是一位識時務、有遠見的領袖。若是他一意孤行，當時肯定會有更多各族人民犧牲[71]。

很明顯，這些馬共領導的傳記所側重的是極力想要還原歷史，讓今人更接近他們的思想。這種寫作手法，就如佚名的〈歷史書寫的吊詭〉所論，這些馬共自傳帶著深厚的主觀色彩，「充斥著黨員的情緒語言和偏激思想，其中也不排斥作者本身錯記歷史事件的可能」。但也肯定其對馬來亞共產黨的抗日貢獻所作的細節記錄擁有不可否定的參考意義，「在一定程度上彌補了『霸權聲音』遺留下來的歷史漏

---

71 在阿都拉・西，迪的這本回憶錄裡提及的柔佛州的巫華屠殺事件，是馬來西亞歷史上發生過的兩次大規模民族屠殺事件之一，另一則是更為人知的五一三事件。

洞，因此仍然具備參考價值」。這些傳記的文筆各有特色，記錄的故事亦有個別的特殊經歷。這些故事確實帶有歷史材料，重補歷史的意願和意圖，雖然有些是不斷的解釋或辯解，但這些到了九〇年代以後才出土的故事，肯定能讓讀者彌補了過去幾十年來對馬共的好奇，是對那一段歷史的有益補充。

第二節　彌補歷史空白：其他前馬共人士傳記研究

馬共人士傳記除了由二十一世紀出版社系列出版外，也有由不同出版社或者作者私下出版的，從這些人的著述，可以看出有些題材是馬共領導不願觸及，最明顯的是馬列派馬共人士所寫的跟肅反有關的篇章。

一九六〇年代，中蘇決裂之後，中共認為第三世界國家的革命時機成熟，加上越共在越戰中取得重大成果，馬共在當時招募了一批新人，在一九六八年開始又展開新的武裝戰鬥。由於馬來西亞警方政治部派出奸細潛入馬共，導致馬共在一九七〇年代在黨內開始展開對付敵奸的大肅反運動。加上受到當時中國文革的影響，黨內一片草木皆兵，很多無辜的黨員被殺。大肅反導致馬共在一九七四年大分裂，分裂成三派——陳平派，馬列派，革命派。後來馬列派和革命派聯合成為馬來西亞共產黨，簡稱馬西共，馬共實力大受影響。

楊立新《艱辛的路程》[72]其實是他本人和其他前馬共成員區秀蓮、梁秀蓮、謝鎮光的記錄合集。全書共一百九十六頁，記錄了當時肅反的前因後果以及它對馬共所帶來的影響。在他們筆下，一九六〇年代末的肅反事件，「給革命帶來了重大的損失」。楊立新從一開始就在序

---

72 楊立新：《艱辛的路程》（泰國：泰南勿洞人出版社，2015年）。

文指出,「錯了就要承認」才不會對不起戰友,領導固然會犯錯,但知道真相的人應該挺身而出將真相說出來。

　　楊立新本人曾在三區負責民運工作,並不是身居要位的大領導,他對於肅反有自己的感受和看法。在他的筆下,一九六○年代的肅反,源於領導對外面製造的假像產生錯誤判斷,認為上隊的新兵有百分之九十以上是敵奸,導致領導認為必須清理隊伍來維護革命。這個決定導致許多十幾歲的年輕戰士傷亡,有些共青團隊員,甚至一個不剩。他自己也曾被捕,並親身經歷了大肅反的「鬼門關」,他才瞭解到原來那麼多人受到牽連的原因是來自於負責的領導人用「逼口供」的方式,強迫被捕者承認自己是敵奸,再強迫他們供出其他人。不管是事實還是謊言,當時領導人要的已經不是事實,而是要被捕者承認錯誤,再供出其他人。在這種情況下,敵奸越抓越多,材料越造越假[73],為了滿足領導,甚至聯合起來編故事。其實這些所謂的敵奸,都是領導自己製造出來的假像。

　　陳平也承認這是一個「自相殘殺」的「拙劣決策」,因此導致運動很快癱瘓[74]。這個狀況,在當代人看起來可能很不可思議,不過在那個通訊非常不發達的時代,加上居住在森林裡,竟然也可以成為一個借刀殺人的手法。肅反造成的後果,僅在勿洞一個地方,大部分馬共成員幾乎都被捕,不是被殺,就是要他們主動承認是敵奸然後才被「寬大」釋放。那些被處決的理由都是讓人無法信服,有些是因為別人為了自保而隨便供證就被處決的;有的則是中央領導人的配偶,不知為何也被當作敵奸後臺而被處決;還有兩位不到十歲的小孩,因為領導認為他們的父親是敵奸已經剷除,這兩兄弟也應斬草除根[75]。區

---

73 楊立新:《艱辛的路程》,頁19。
74 陳平:《我方的歷史——陳平回憶錄》,頁408。
75 楊立新:《艱辛的路程》,頁23-29。

秀蓮所知道的肅反死者就超過百多人，她記錄了一些當時領導如何處決「敵奸」的酷刑，並批評說比法西斯還要殘忍[76]。謝鎮光也特別寫了肅反前後的對比。

　　經歷讓人不寒而慄的肅反之後，到了合艾條約簽署時，陳平回到機關跟他們見面，楊立新和其他隊員才敢向陳平要求為那些冤死的同志平反。他也記錄了陳平如何處理平反的經過，包括陳平聽取其他同志的意見、陳平的反應、其他隊員的反應等。面對他的申述和質問，陳平回應說他並不知道中央北馬局在肅反時竟然殺人殺得那麼狂熱[77]。這種種細節若不是親歷其境者，肯定無法得知如此詳細。

　　事實上，肅反給馬共帶來另一個致命傷，是導致馬共分裂。這個可以從蔡求真的傳記《四十年森林游擊戰爭生活回憶錄》[78]中看到比較詳細的解釋。蔡曾擔任二區的民運領導，馬共公開分裂之後，他是馬共（馬列）中央委員會副主席。由於一九七四年的分裂事件，常常被某些別有用心的人作為攻擊馬共的武器，將之說為親華派和親蘇派之爭。因此他首先要解釋的就是無論馬共如何分裂，始終都是親中共並且堅持在森林裡打游擊戰，跟蘇聯完全不沾邊。他認為馬共分裂成三派的真正原因，完全是因為當時的肅反政策[79]。

　　蔡求真花了很大篇幅詳細地將肅反的發展過程和具體細節交代於世，表示這是因為他希望讓後人瞭解和正確判斷馬共大分裂的歷史。肅反導火線是來自一名叫做金水的新兵成為逃兵之後，他們的調查顯示內部有了奸細。一再調查和逮捕之後，牽連越來越廣，以致一發不可收拾。在蔡求真眼中，肅反行動處處充滿矛盾。他詳細記錄肅反時

76　楊立新：《艱辛的路程》，頁88-92。

77　楊立新：《艱辛的路程》，頁57-58。

78　蔡求真：《四十年森林游擊戰身分爭生活回憶錄》（泰國：泰南勿洞第一友誼村，2000年）。

79　蔡求真：《四十年森林游擊戰身分爭生活回憶錄》，頁3。

期發生的各種細節，隊員如何冤死、領導如何雷厲風行，一直到他們二區的整個隊伍如何在張忠民的領導之下逃脫肅反的「魔掌」。這一整段的經歷，在蔡求真的筆下，可謂驚險重重。張忠民和蔡求真都認為這樣下去，會斷送革命，毀滅黨和軍隊，因此萬萬不可執行。在張忠民和蔡求真堅持不能繼續蠻幹下去的基礎上，事情產生了戲劇性的轉折。在一次又一次被迫不明究裡地殺害被認為是敵奸的二區隊員的壓力之下，他們兩人終於決定在一九七〇年三月二十二日帶著整個大隊逃離。這個決定也就在以後催生了馬來西亞共產黨這個組織。

這部分內容也在鐵舟的《在陳平身邊10年——忠誠的背叛》[80]中獲得證實。鐵舟是黨二代，被陳平信任和重視，但是最後對他所看到的各種馬共內部弊病產生絕望，在一九八七年決定逃離馬共，投奔外面世界。他的書中記載的是他眼裡的真實，他的個人感受和經歷，他不認為這就是馬共的所有歷史真相，但確實是他個人視角裡的馬共。他花了許多篇幅，以好幾個人物串成他眼中的馬共大肅反時期。其中他描繪最多的就是被叫做殺人魔的阿焰。書裡第六章第三節「李凡的故事」，李凡就是阿焰，鐵舟把她稱作「噩夢一樣的女人」。[81]通過描述阿焰的各種殘酷無情和虛偽造假的行為，以及她草菅人命和殺人如麻，來表現自己對大肅反的反感。

蔡求真的回憶錄最難得的地方就是他把自己在肅反前夕曾跟阿石等人的接觸和對話交代於世，這一段並非所有人都經歷過，而且交代了為何肅反終究發生，以及當時馬共領導人如何利用肅反鞏固自己的地位，但是卻傷害了整個組織。蔡求真的回憶錄還有一個部分用以駁斥他稱為「陳平陰謀集團」的組織，另一部分則對他們和第八支隊聯合成立「馬來西亞共產黨」（簡稱「馬西共」）的來龍去脈做了記錄。

---

80 鐵舟：《在陳平身邊10年——忠誠的背叛》（吉隆坡：大將出版社，2015年）。
81 鐵舟：《在陳平身邊10年——忠誠的背叛》，頁100-151。

這本回憶錄為張忠民和蔡求真為首的馬共（馬列派）做了很好的辯解，讓世人看到馬共（馬列派）和馬西共這個陣營的思維做法。

　　從蔡求真的回憶錄我們看到一個事實：並非所有的馬共成員都是那麼盲從領導，他們看到領導犯錯，敢於提出和糾正，這需要很大的勇氣。從領導層的許多回憶錄和傳記看來，肅反事情幾乎避而不談，他卻用了三分之一的篇幅坦率地將之公諸於世。弔詭的是，作為以「事實」為撰寫內容的回憶錄和傳記都應該能夠讓讀者看到真實的一面，而領導層的回憶錄和傳記卻對某些不利於馬共形象的狀況避而不談。反而在這些黨職較低的黨員回憶錄中，卻有機會看到和感受到作為馬共黨員更真實的一面。

　　無論如何，以上例子都是當年分裂出去的馬共成員所書，那些堅持到底的「陳平派」，他們的傳記取材卻有所不同。比如一川（何朝思）的回憶錄《突擊隊・阿沙與我——聯合隊及阿沙工作幹部一川同志回憶錄》[82]、宏勝（劉志生）的《參軍・出國・邊區・下山——軍事幹部宏勝同志回憶錄》[83]、南軍（蔡建福）《邁步征途——地下組織幹部南軍同志的回憶錄》[84]等等，他們所專注的部分，大多都是他們參與戰鬥之描述。一川寫的牙拉頂和毛山（又譯話望生，Gua Musang），也就是馬共在馬來亞唯一的解放區——解放只長達七天。他所描述的戰役用詞相當生動，情節也高潮迭起，細節動人，甚至直言「解放容易，堅守難」[85]，這是難得的坦率。對於戰鬥的描述，宏

---

82 二十一世紀出版社編輯部：《突擊隊・阿沙與我——聯合隊及阿沙工作幹部一川同志回憶錄》（吉隆坡：二十一世紀出版社，2012年）。

83 宏勝：《參軍・出國・邊區・下山——軍事幹部宏勝同志回憶錄》（吉隆坡：二十一世紀出版社，2014年）。

84 南軍：《邁步征途——地下組織幹部南軍同志的回憶錄》（吉隆坡：二十一世紀出版社，2014年）。

85 二十一世紀出版社編輯部：《突擊隊・阿沙與我——聯合隊及阿沙工作幹部一川同志回憶錄》，頁34。

勝也有大量描寫，情節非常緊張緊湊，讓今天的讀者讀來恍然大悟，當年的馬來亞並不如我們所想像的安全，各種大小戰役，無論軍警方還是馬共，各有死傷。但是這一切若不是這些記載，肯定也不會得知馬共這一方面的狀況。這些游擊隊的士兵，雖然並非處於領導層，他們精神可嘉，愛國愛黨，願意犧牲，無論歷史如何記載他們，他們的所作所為都值得一書，成為歷史的一部分。南軍的回憶錄主要記載地下工作組織馬來亞民族解放陣線成立的來龍去脈，這些真實經歷讓人看到許多「外人」所不理解的一面，比如特定時期成立特定地下組織的來由和基本力量、馬來西亞個別州屬的左翼鬥爭情況，一直到解放陣線正式成立，以及它自願接受馬共領導等。雖然這個地下組織只是其中一個為了馬來亞民族解放和國家獨立所成立的機構，但它畢竟是馬來西亞大歷史的一個構成部分，有值得書寫的一面。在南軍的回憶錄裡，還提供大量組織之外的各種訊息，比如學習班、出版工作、與各種陣線的關係等等，以及他在戰鬥裡的各種生活細節和驚心動魄的經歷。

另外，一川也寫了森林裡的土著，也就是馬共常提起的「阿沙」民族（Bangsa Asal）。他們原本是山地民族，馬來亞的少數民族，因為被英殖民者稱為「Sakai」感到不被尊重，所以他們對那些稱呼他們為公公、婆婆的馬共很喜歡，很支援。當馬共在一九四九年從吉蘭丹長征北上的時候，沿路獲得這些阿沙部落的幫助。一川記載了很多馬共部隊跟阿沙相處的細節，包括他們的日常生活，衣食住行和各種半原始的概念。

對於一九五五年的華玲和談以及和談失敗之後對馬共部隊的影響──比如一些人失望而成逃兵──《突擊隊‧阿沙與我──聯合隊及阿沙工作幹部一川同志回憶錄》一書中也有記載。一川說，他們是為了馬來亞的獨立和解放而戰，但是英軍是為了剝削馬來亞，他覺得

華玲和談的時候，東姑阿都拉曼和他的集團是為了依照英殖民者的企圖來壓迫馬共，認為這是不合理和野蠻的做法。這個部分在宏勝的《參軍‧出國‧邊區‧下山──軍事幹部宏勝同志回憶錄》中也有提及。宏勝認為馬來亞宣布獨立時，各族人民固然欣喜若狂，但由於英國把政權轉給以巫統為首的集團──雖然馬共全力支持東姑集團爭取獨立，但是東姑卻拒絕跟馬共繼續會談，跟英國人站在一起要求馬共投降，因此，為了維持馬共的尊嚴，他們堅持不受辱。在馬共眾人的眼中，這才是正確的選擇。他們再度走入森林，繼續革命戰爭，直到簽署合艾和平條約為止。宏勝還記載了華玲會談的一些細節，他本人是一九五五年十二月華玲談判護送陳平的警衛隊隊員之一。他甚至在記載這段經歷的時候，寫了自己的矛盾心情，一方面希望談判成功，可以過上和平生活，但是另一方面也知道成功的話，就不可能建立馬來亞民主共和國了。他也清楚記下陳平在出發參加和談之前給他們的指示：成功的話，獲得和平；不成功就繼續打下去。陳平也要他們提高警惕，怕對方變卦；如果陳平有意外，李安東接替。他有一大段如何護送陳平，以及護送途中各種細節和經歷的描述，大多是其他馬共的記載裡看不到的。

　　有關肅反，宏勝只有不到三頁的記錄。並將二區和八支的整個分裂離開馬共的行為籠統形容為「並未受到肅反波及的八支與二區內部的別有居心的頭頭，他們串通起來，趁機大搞分裂，篡軍奪權，另立山頭，分裂革命，造成革命事業的很大損失」[86]，他認為那些企圖打倒中央北馬局的馬共隊員是幹了壞事。從這部分看出他對陳平派的忠心，但也讓人不禁想到，八支和二區的馬共成員已經陸續寫出他們的故事和心聲，為何宏勝卻用一句沒受到波及便概括了整個事件？雖然

---

86 宏勝：《參軍‧出國‧邊區‧下山──軍事幹部宏勝同志回憶錄》，頁84。

如此，他還是表達了自己的想法，就是肅反要慎重和重視事實，要有血債的敵奸才殺，要按照事實進行。那些因肅反分裂的馬共成員耗費長篇大論詬病的歷史，在他的筆下則只能輕描淡寫地帶過，再次讓人思索，事實的真相究竟如何？不同陣營的記載肯定有不同的看法，讀者唯有按照自己的眼界，依靠自己的閱讀，拼湊「真實」的歷史。

第三節　巾幗不讓鬚眉：前馬共女性人士傳記研究

　　馬共女性成員是一個特殊的存在。行軍打戰的日子，她們比起男性成員毫不遜色。潘婉明認為：「文獻發現，許多男性馬共宣稱的革命動機正是配合著這樣的歷史局勢和時代背景展開的。他們的文字或口述回憶，可歸納出一種演說抗日、反殖大義的敘事模式，試圖表述『公共』利害以取得更大的合法性和正當性，對『個人』考慮和利益卻少有表示。這是男性敘事的『公』傾向，凡事皆可聯結到國家、族群或社會等大的框架，回避了個人的局限。然而，避諱、修飾不等於不存在，女性的口述歷史在一定程度上填充了這種空白。這也說明敘事的『公』傾向並非歷史的全貌，只是某些為『公共』所不容的『私』領域被排擠掉了。」[87]

　　話雖如此，但由於馬共傳記出版尚新，女性的馬共傳記作者相比之下不算多。在這寥寥數本之中，本文選取波瀾的《葵山英姿——女游擊戰士三十五年森林生活實錄》[88]以及《生命如河流——新、馬、泰十六位女性的生命故事》短篇的傳記合集，作為重點討論對象。

---

87 潘婉明：〈戰爭，愛情，生存策略——馬共女戰士的革命動機〉，《思想》第21期，頁45-46。

88 陳劍編，波瀾著：《葵山英姿——女游擊戰士三十五年森林生活實錄》（雪蘭莪：策略資訊研究中心，2015年）。

　　波瀾雖然是一位女性馬共成員，但她的傳記跟應敏欽和李明的傳記卻截然不同。這三位傳主的身分，相差極大，波瀾是一個馬共女游擊隊員，李明和應敏欽在馬共都是中央領導層的人物。由於黨職不同，所見所聞也有所差異。更何況到了馬共末期，應敏欽和李明被歸納為陳平派，波瀾則屬革命派／馬列派。兩派之間的見解更是相去甚遠。就像臺灣作家王鼎鈞所說的：「我寫回憶錄不是寫自己，我是借自己寫出當年的能見度。」《葵山英姿——女游擊戰士三十五年森林生活實錄》的編者，陳劍在他的序言中說，這本書維護了作者對時間的演述、詮釋和評論[89]。

　　《葵山英姿——女游擊戰士三十五年森林生活實錄》這一本回憶錄非常詳細地寫了部隊的各種生活和見聞，領導層的傳記通常注重在宣傳、解釋、辯解，而不會把焦點放在衣食住行這種生活瑣事。但是這本書讓讀者深入瞭解馬共成員在部隊和森林裡的日常活動、如何訓練、如何打戰、如何面對饑餓等等，他們的衣食住行、打戰、對領導的崇敬、北上泰南的見聞、如何培訓新兵、如何鍛煉。她也談及馬列派和馬西共的成立，對於馬共結束武裝鬥爭，她也有自己的看法。她還從另一個角度看肅反事件，因為在陳平派的人筆下他們通常避開此話題。

　　陳劍認為回憶錄是一個人的生活經歷的回憶，是個人情感回顧、反思的載體。「是生活真實的有選擇性的再現」。他認為回憶錄是個人心路歷程赤裸裸的呈現，但是會有主觀上和客觀上的誠實。因此，這一本回憶錄，對他來說，是「一個游擊隊員的回憶錄是個人參與革命集體行動的記憶實錄，歷史意味濃烈」。這些傳記的特色也許用他的話來說，更能反映出它們的重要性：「這記憶事實上反映的是一群人

---

89 陳劍編，波瀾著：《葵山英姿——女游擊戰士三十五年森林生活實錄》，頁XIII。

革命行動的記憶，是集體記憶的個人記錄，它關係著這個群體所追求和奮鬥的理想以及其行動、維繫著這個群體的生死存亡……它所構建的就不僅僅是個人的心理圖景或其個人過去的經驗和印象，它體現著這個群體的集體意識和經驗。所以它既是個人記憶，又包含著集體記憶，而總體是個歷史記憶。」

《生命如河流——新、馬、泰十六位女性的生命故事》則是一本小傳記合集，包括了新馬泰十六位女性馬共的「生命故事」，作者邱依虹。就如張永新在序文寫的，這本書跟近年來相繼出版的回憶錄之分別或者特點是，書裡面的主人公都是女性，她們分別來自馬來半島、新加坡、泰國南部。從內容上看來，她們讓人佩服的地方是至今堅持信仰。其次，這本書是一本口述歷史，由一位女性編者／作者走訪編寫，反映那個時代的女性生活和鬥爭。更重要的是，書裡面的主人公都是馬共游擊隊裡的普通女兵。這些人的經歷，更能夠帶領讀者「從底層往上看」那個時代的歷史。這本書相對真實地反映了她們在森林裡的日常生活，以及她們的心路歷程。它從女性角度出發，大膽探討革命女戰士的兩性關係、愛情、婚姻等問題，她們內心的辛酸和苦澀，大時代的壯志豪情。既有說不盡的悲苦，也有集體的歡樂[90]。

這些女兵的歷史記憶，讓讀者豁然開悟——無論為國為黨為理想而戰的士兵，往往給人男性專長的感覺；但是面對國家、理想，女性也能擁有自己的憧憬和奮鬥目標。在那個閉塞的年代，無論為國家還是為自己，勇敢地跨出她們的腳步，走向未知的未來，是何等的勇氣。潘婉明認為：「從抗戰到勝利這八年間，整個馬來亞華人社會包括其女性成員在內，經歷了一波全面性的動員。前一個階段僅限於救

90 邱依虹編：《生命如河流——新、馬、泰十六位女性的生命故事——馬來西亞、新加坡抗日、反殖、獨立運動紀實（1938-1989）》（雪蘭莪：策略資訊研究中心，2004年），頁2-3。

援，婦女積極參與籌賑從而獲得走出閨閣、拋頭露面的正當理由。這時期所奠定的基礎，容許她們在下一個階段走入戰場，無論是政治覺悟高的知識青年抑或身負血海深仇的孤女。早期馬共的女性幹部，幾乎都循這個模式開始。戰後，她們在各地成立婦女會，展開婦女識字、婚姻解放、爭取就業福利等工作，相當活躍。緊急狀態時期，這些婦女聯合會的核心多轉戰游擊或轉入地下，投身另一場反殖建國的運動……嚴格來說，大部分人在認識共產主義之前，首先知道愛國。這些女孩的政治意識還很模糊之際，就捲入帶有濃厚民族主義色彩的左派鬥爭的歷史洪流裡，……這些後來持續投身抗英反殖運動的女性，最初乃從抗日救亡出發，是愛國意識和對日仇恨的延伸，而不一定有很清楚的左派政治認識。……她們從不說明愛國的具體內涵，彷彿它是無須解釋、人人共用的一種先驗情感。」[91]

　　《生命如河流──新、馬、泰十六位女性的生命故事》的作者實地探訪和採訪十六位馬共女兵，這本傳記裡的每一位被採訪者，都在某種程度上掀開馬共神秘面紗，也讓向來體制內認為應該是男性男權的抗日軍之地位，再次受到矚目。他們表面上都只是普通士兵，但再普通的人都有她們不普通的一生或機遇，更不必說曾打過游擊戰的士兵。這一切是跟政治和社會緊密結合的，同時它也折射了馬來西亞的建國史。作者寫出鮮為人知、也不曾想過有機會立傳的小兵（女兵）的大半生，解析她們的內心和經歷。就如作者指出，「她們都在不同的層面上參與了反英和反日本帝國主義的運動」[92]，由於這場運動也等同馬來亞獨立前後的整個大歷史中的一場革命運動，歷時約五十九

91　潘婉明：〈戰爭，愛情，生存策略──馬共女戰士的革命動機〉，《思想》第21期，頁52。

92　邱依虹編：《生命如河流──新、馬、泰十六位女性的生命故事──馬來西亞、新加坡抗日、反殖、獨立運動紀實（1938-1989）》。

年，這本書也保存了這些女性馬共的記憶、經驗和鬥爭歷史。

她們之中，有的來自中產階級或富裕家庭，有的是貧寒或被壓迫的階級，以受訪時的年齡來看，從五十多到八十多歲。她們大多是前線的游擊隊員或負責民運的人員，因此她們的經驗，都是非常不一般和寶貴。女性馬共跟男性馬共有著不同的視角和關注點。

一是女性緣何加入馬共游擊隊？

在那動盪的時代，馬來亞（包括新加坡）社會在政經文教方面，十分落後。英、日殖民者，來了又去，國家彷彿永遠沒有自主權。出生在那相對保守和普遍貧窮的父權社會之女性，其個人自由和權利——比如戀愛、求學，都沒機會獲得公平申張。在這環境下接觸到進步思想的女性，選擇加入馬共想要改變人生，並不出奇。從《生命如河流——新、馬、泰十六位女性的生命故事》中可看出她們之中一大部分加入馬共的最初意願，其實不是被它的意識形態所感召，而是透過其他原因參與組織才開始接觸、學習、接納和認同馬共真正的鬥爭意義。她們加入之後，加強自身的自信和自尊，但也付出極大犧牲[93]。從《生命如河流——新、馬、泰十六位女性的生命故事》的主人公所吐露的心聲可以看出，她們不甘於傳統女性形象，想追求自我，不想盲目成為一個被社會僵化的女性形象，這是成為女馬共的第一層理由。促使《生命如河流——新、馬、泰十六位女性的生命故事》中的女馬共放棄「外面」的生活，而成為馬共的各種最初意願歸納如下：

貧窮——阿探（泰裔）因為家窮、父親和丈夫對她時常打罵，最終加入馬共。對她來說，馬共對她們很好，教她們馬來亞歷史、為何要打仗和解放馬來亞；馬共對她們和善，打動她們的心，何況在貧窮

---

93 邱依虹編：《生命如河流——新、馬、泰十六位女性的生命故事——馬來西亞、新加坡抗日、反殖、獨立運動紀實（1938-1989）》，頁30。

的生活裡，跟著馬共至少有吃有穿。林觀英家境極貧窮，她說：「我之所以決定參加是因為黨代表了窮人的解放，黨代表窮人中的窮人……我們深深體會到工人和農民的辛苦，所以我們要為自己的解放而戰鬥，我們恨透了資本家的剝削和壓迫」。黃雪英說自己家窮被人看不起，見識過日軍和英軍的無情，於是積極參加共產黨。

　　自由參加文娛活動——翠紅喜歡歌舞節目和文藝活動，受到馬共自由歌舞的感召。

　　報答黨的栽培——林東是個軍醫，決定到泰馬邊境參加革命，因為這是她的使命。她要解放全人類，為實現這些理想鬥爭，不想個人利益：「……黨栽培了我們、訓練了我們，我們必須遵從黨的指示，去它要我們去的地方。」

　　政治覺醒——趙雅銀從小接觸馬共，長大後成為地下黨員：「我已經有了政治上的覺悟，不能只想家人和自己的狹隘的利益。」小花來自富裕和高等知識分子家庭，見過世面，本身會寫作，爸爸是新加坡某船務公司經理，也是陳嘉庚的救國抗日協會的要員，表哥是新加坡《民聲報》的社長、愛人是泉州《福建日報》的總編輯。她從青少年開始就一直有抗日情緒，不隨家人去香港，留在新加坡抗日；曾被日本人抓走，關在監獄百般虐待，之後通過父親的關係釋放，繼續抗英：「我所做的一切，都只是為了愛我的祖國，愛我的新加坡」——這種對國家的愛很單純，只有單方面付出，不求回報，是一種偉大的情操。馮蘇瓊是檳城福建女校的學生，在學校受到革命思潮影響，中學畢業後上山（走入森林）。瑪珠（馬來裔）感到英殖民者的專制和不公平而加入馬共，她堅持革命，決定永遠跟黨走。郭仁鸞覺得馬共好，維護人民權益，反對殖民。她參加各種學運，從敘述中可得知當時南僑女中、南洋女中和華僑中學的學生都參加學運。

　　學習——黃雪英家窮，參軍才有讀書機會，學會爭取權益。翠紅

表示在馬共可學習各種技能，包括讀書、寫字等。阿童（馬來裔）認為在森林中至少學會讀可蘭經。林觀英說參加馬共有機會受教育。

這群女性馬共的理由可歸納為「尋求自我解放和自由」。阿探說加入馬共的生活不比外面差，因為「女人在外面的生活同樣艱辛」，可見當時女性被壓迫到什麼程度。她的丈夫不習慣軍中生活，想逃卻被樹枝掉下壓死，她感到解脫，「心裡面第一次覺得快樂，我終於自由了」。在軍中她有機會學習讀寫馬來文和中文。作為尋求自我，尋找自由的女性，她是很好的例子。原本對生活絕望的女性，參加馬共是當時唯一能改變人生的辦法。家窮，沒人理會和救濟，軍中至少有同志可互相幫忙。她也提及自己為獲自由而參軍，因自由是全人類的真義。趙雅銀希望馬來亞跟中國一樣獲得解放，從殖民統治中獨立起來。她想做有用的人，過有意義的一生。「那時候，加入共產黨似乎是唯一的路」。黃雪英的各種表達也離不開尋求自由的意識——「學習了堅強果斷」、「無私地將自己奉獻給人民和國家，讓自己的生命變得更有意義」、「拯救祖國」、「不能放棄國家的主權和獨立」。

《生命如河流——新、馬、泰十六位女性的生命故事》寫出女性馬共人生的無奈以及想為自己活一次的堅持。就如潘婉明所說：「女性為了擺脫傳統枷鎖而投奔共產黨，試圖以此為出口去衝撞社會結構。因此，生長在馬泰邊區的婦女為了生存參加馬共，是很普遍且不難被理解的革命動機。她們大多數處在貧窮、饑餓的狀態之中，聽任傳統社會結構的安排，面對無休止的家庭與婚姻暴力。馬來亞共產黨越境來到讓她們看到逃脫的契機，在有限的選擇裡施展其無限的能動性。首先，她們看到擺脫貧窮和饑餓的去處，也找到逃婚、逃家、逃脫暴力、逃脫政府追捕的庇護所。然後她們漸漸看到學習和自我成長的可能性，她們被馬共帶來的藝文活動深深吸引，意識到加入他們的

行列，自己也可以成為有用的人。」[94]潘婉明這段話歸納了女性馬共走入森林的各種原因。作為現代的讀者，不難理解那個年代的女性想要為解放婦女而鬥爭的精神。林觀英說，作為婦女更要參加革命，因為那時代的封建思想濃厚，社會和家庭都對婦女施加壓力，婦女常被看輕和壓迫。她認為：「我們要走出來，為自己的自由而戰鬥，我們不接受封建思想的三從四德……我們全都是自願的，沒有一個是被迫的。」但對於那些明知家人需要幫助卻自願走入森林的女性而言，讀者會疑惑，該用何種眼光看她們？阿童十三歲就被出嫁，她拋下九個月大的孩子走入森林，理由是她痛恨殖民主義，要為馬來亞爭取獨立。趙雅銀承認需要有人養家，但她卻脫離家庭加入馬共。這是否逃避現實？或如她們所言，只要解放馬來亞，也等於解放自己的家人？作者沒有下結論。無論如何，在那個時代選擇參加革命，已「超出了她們那個時代所能容許的程度」[95]。她們原是社會底層和男權社會裡的弱勢群體，加入馬共顯然讓她們意識到作為一個個體的存在意義和價值。

《葵山英姿──女游擊戰士三十五年森林生活實錄》的作者原名張玉蘭，隊名碧蓮、桂梅，一九三九年出生在馬來亞霹靂州太平直弄，這是一個至今都非常小和偏僻的鄉村。然而就在日本南攻的時候，她隨家人到江山瑤倫定居。緊急法令時期，革命戰爭的烽火燃遍全馬來西亞，她在這種環境下，只能斷續讀了二年三個月的書。她從一九五一年開始接觸革命，當時她住在新村，就和四個女生一起在新村進行革命活動，一九五二年因為被奸細出賣，轉入森林，參加馬來

---

94 邱依虹編：《生命如河流──新、馬、泰十六位女性的生命故事──馬來西亞、新加坡抗日、反殖、獨立運動紀實（1938-1989）》，頁64。

95 邱依虹編：《生命如河流──新、馬、泰十六位女性的生命故事──馬來西亞、新加坡抗日、反殖、獨立運動紀實（1938-1989）》，頁28。

亞民族解放軍。一九五七年隨部隊北上到泰南地區，加入十二支部
隊。一九五八年調往協助「退伍政策」執行任務。一九六〇年，調回
十二支二區的隊伍。一九六一年，馬共的「新方針政策」再度掀起武
裝鬥爭。波瀾在這之後參加文藝工作隊，跟隨阿凌（張忠民）、蔡求
真等領導積極參與農村青年訓練班、馬列學校等工作，招募大批新
兵，波瀾被提升為小隊長，主要負責訓練新兵，後來被升為分隊長。
一九六九年，馬共中央的肅反工作開始，新兵參軍運動停止。一九七
〇年，為反對肅反擴大化以及解救被綁同志，參加二區半夜撤離行
動。自一九七四年八月馬來亞共產黨（馬列派）成立和後來的馬來西
亞共產黨建立以來，擔任副連長和負責文書工作。一九八七年四月，
馬西共結束武裝鬥爭，和平下山，定居友誼村[96]。

二是女馬共的感情世界。《生命如河流——新、馬、泰十六位女
性的生命故事》有別於其他傳記的地方是它貫通全書的感情特色。這
群女性馬共首先是形象英勇的革命鬥士，但作為參加革命活動和游擊
隊的女性，她們在各方面的追求跟其他同齡同期的女性有分別。她們
的終極目標有二，大目標是「革命成功，貫徹社會主義，解放馬來
亞」；小目標是為自己的自由和家人的幸福奮鬥。她們選擇相信共產
主義——因為「外面」沒有讓她們感覺有希望帶來改變的其他主義，
為此，她們寧願放棄「外頭的生活」，投身革命。

《生命如河流——新、馬、泰十六位女性的生命故事》的女性馬
共傳主講述的是普通士兵生活，不說大方針、大方向，不說革命應如
何，黨又該如何。她們服從領導，領導說什麼，她們做什麼，有些甚
至不知何為革命的意義。但她們的訪談裡有個主題是馬共領導的傳記
較少觸及的——她們會用柔軟的語言提及家人。這些兒女情長，反讓

---

96 陳劍編，波瀾著：《葵山英姿——女游擊戰士三十五年森林生活實錄》，頁IX-X。

人有真實感。

　　這些女性馬共中，好幾位提及對家人的思念。新加坡作家也是前馬共隊員海凡[97]說，他們上山（走入森林）之後，知道自己就此割捨，就盡量不去想「外面」和家人。這樣硬生生阻止自己的思維和感情，能否有效？這永遠沒有確切答案，因它牽涉人性和人類基本情感。羅曼‧羅蘭說，母愛是一種偉大的火焰。這種火焰在這些革命鬥士的母親和家人身上，發揮了不可思議的作用。趙雅銀根本不敢給母親知道上山（走入森林）的事，因為怕見到她後意志會動搖。直到二十多年後下山才再見到其母，她對當時自己硬起心腸沒有道別就離開家庭的感想是：「很難受，對她感到十分歉疚。」阿探說，「我常想起我的家，我是掛念我的家人的」。蒙月英說自己放不下奶奶。黃雪英是趁家裡沒人才離家上隊的，她走之後，聽說母親傷心得半個月不能起床。她說「我很愛媽媽」、「為了革命，我只能出走」、「參加革命鬥爭，正是表現了我對媽媽的愛，我對祖國的愛就跟我對媽媽的愛一樣」。她認為每個馬來西亞人都應解放祖國，母親也是祖國的一分子，革命鬥爭也可讓母親得到解放。馮蘇瓊說她決定上山（走入森林）之後，哥哥質疑她不能適應山裡的生活。她聽了此話，決定不再回去，所以「我離家出走後，就再也沒回過頭。五十年一眨眼就過去了，我沒有再見到我媽媽」。她把母親如何為她做內衣褲、如何讓她帶許多食物（包括巧克力、水果等等「奢侈品」）這些彷彿不經意卻在幾十年後還是記住的細節說得一字不漏，這只能解釋為它一直在馮蘇瓊的心頭。她對自己沒盡孝不能釋懷，因此「我回去拜祭她，看到她的照片和墳墓時，我不禁淚如雨下，不能自制」，「一拿到泰國的公民權，我便會即刻回去拜祭她」，清楚表明她的思念之情。

97　海凡與陳煥儀面訪於新加坡，二〇一七年四月二十四日。

　　郭仁鸞的《告別》，寫得簡單卻有畫面感。她和其他人一樣，雖知這是「長期的告別」，自己卻「不孝地，一聲不響地離開了」。她表示不告訴父母理由就離家出走，很對不起他們，並用「刻骨銘心」形容她的愧疚。父母親給她許多勸告，但是一切的保證和勸告、恐嚇都沒用，她反而跟父母說這是自己的選擇和決定。最後，父母給她兩個選擇：（一）放棄革命，回家；（二）堅持革命，不能做叛徒出賣任何人。父母無論瞭解與否，最後還是支持女兒。官水蓮和媽媽的故事較特殊，她的養母因為疼愛她，為她的革命事業和各種遭遇而情緒波動，時喜時憂。她堅持加入組織，養母只能孤單一人生活，以淚洗臉。家人的犧牲，都是縈繞在女性馬共心中永遠的痛。

　　《葵山英姿——女游擊戰士三十五年森林生活實錄》的作者對自己媽媽和家人的故事也有所記載。她是家裡唯一的女兒，她的母親起初不同意她上隊。她很迷茫，便跟政委商量。政委說了一通革命道理：「沒有國就沒有家，只有革命勝利後，才能更好地照顧母親，革命成功之前，全馬不知有多少革命父母及父老鄉親在受苦受難，你一個弱女子怎麼有能力照顧好自己的母親呢！可能連自己都顧不了哩！」她聽了政委的話，覺得有道理，立刻下決心參加部隊，還去跟媽媽談革命道理，說服她。最後媽媽唯有答應她，她說：「雖是萬分捨不得母女分開，但還是忍住撕心裂肺的痛楚，含著淚水接受我遠離她去參軍的請求……」她對於自己去從軍的形容，寫來真情流露，「我們母女揮淚告別，踏出大門時，我不敢回頭再多看一眼親愛的媽媽，深怕這一回頭，再也邁不開腳步參軍了」；「六十多年過去了，每當想起和媽媽告別的那一幕時，都會淚如泉湧，深感愧對這位偉大的媽媽，辜負了她對我的養育之恩」。她寫了許多自己跟媽媽從小相處的瑣事，媽媽因為她參軍，自己也成了革命分子，掩護革命隊伍，被政府遣送回中國，到了廣州工作。最後，她交代了因為自己跟隨組織

轉移到泰國，領導禁止和家人通信，同時必須把一切跟家人往來的信件和照片都要上繳，從此，她跟媽媽永遠地失去聯繫。

　　至於她們的婚姻，在《生命如河流——新、馬、泰十六位女性的生命故事》裡有所著墨。朱寧年輕時非常漂亮，但命運多桀。丈夫幫馬共購買物資，被警察逮捕並遣送回中國；婆婆欺負她，沒錢用，沒飯吃。她能改變自己的唯一出路是帶著孩子一起加入馬共。這難道是為了革命理想？更重要的是為填飽肚子，逃離現實。她的敘述重心在游擊隊的生活瑣事，而非自己的理想或革命理念。當被問及為什麼上山（走入森林）？得到什麼？她說：「我無話可說。我們什麼都沒得到。但是我們也不曾期望得到什麼，關於革命鬥爭的結果，我們從來沒想得太多。」這回答可說毫無革命鬥士大氣凜然的風範，但卻坦率得十分真實。她對自己的「革命事業」沒有概念和意見，趙雅銀和蒙月英也都這麼說。此外，她們表示不想結婚，那時代，出嫁的女人被婆婆虐待，被丈夫辱罵毆打都很普遍，她們不想過這種生活。為黨工作不必承受這些壓力。蒙月英的故事也值得一書，她上隊之後就結婚。可惜丈夫跟她雖恩愛卻在大肅反時被處死；第二任丈夫是她的主管，經常接觸，領導下令，他們就結婚。從她的敘述可以看出她對第一任丈夫還有懷念。蒙月英說，她並不瞭解革命，也不理以後會怎樣。阿童走入森林之後，丈夫受不了苦，部隊的生活很艱難，沒吃沒穿，他向政府投降。阿童認為是他的意識形態有問題。

　　馬共是讓她們脫離現實的一個機會。她們對自己的生活不滿，老公無用、家婆虐待、孩子、生活壓力、沒飯吃、沒得受教育，整個社會對女人的不公平待遇。原本已經覺得沒有希望，她們發現加入馬共，可以馬上拋掉目前的生活，迎向新生活。未知的未來，可能好，可能壞，但這是人生第二次的選擇，在那個時代，如果不伸手擁抱這樣的一個機會，人生可能就如上一代或上上一代的女性一樣毫無希

望。一旦走入森林加入那不以「外面」的道德或法律標準為主的社
會，她們能獲得某種程度上的精神解放，也有機會逃脫命運的安排；
但這需要付出代價，比如感情上她們必須割捨配偶、家人。在男性或
領導層人物傳記裡少有提及此事，就算有也不會長篇大論，可能這些
題材會讓他們顯得缺乏革命者的氣概；或者他們出版回憶錄的一大原
因是為了辯解，因此不會注重描述這方面。

《生命如河流——新、馬、泰十六位女性的生命故事》的女性馬
共之中，翠紅對自己的配偶有較多描述。如兩人之間的生活，以及如
何被土著出賣，繼而被政府軍攻打殺害。趙雅銀說她想自己的生命更
有意義，決定加入革命，為此她一聲不響地離開自己愛的男人，一個
紙條也不留給他。她敘述自己在部隊裡學習到的事物，從中看出她從
思想上、體能上等的大改變。郭仁鸞雖跟老公在部隊裡認識和結婚，
但因被組織派了工作，加上各種環境因素，他們聚少離多，最長的分
別是二十七年，甚至不知對方生死。

美中不足的是這群女性馬共都沒提起部隊裡的婚姻制度和男女關
係處理方式，《生命如河流——新、馬、泰十六位女性的生命故事》
的讀者無從得知。從《生命如河流——新、馬、泰十六位女性的生命
故事》來看，女性馬共生活的社會較為保守和守舊，女性沒有自主權
追求愛情，感情只能被壓抑。《生命如河流——新、馬、泰十六位女
性的生命故事》探討她們這群人之中對美好愛情的勇敢追求。有些則
為逃避家人為她們安排的——尤其是不幸的婚姻。為尋覓更好的明
天，又正巧接觸游擊隊宣傳的那種在那個時代尚屬新思想的開放和自
由觀念，她們對這些有所追求和憧憬。這情形下加入馬共的她們雖不
是為了大理想而革命，但在游擊隊生涯的改造下，她們從柔弱的小女
生，成了堅毅的士兵，為革命而鬥爭。

從她們的經歷，還能看到她們各方面的犧牲，《生命如河流——

新、馬、泰十六位女性的生命故事》是最好的歷史筆記。首先，女性天生的生理結構，讓她們在那種艱難的生活環境之下，需要更多勇氣和忍耐力。女性天生柔弱，生理結構跟男性不同，每個月生理期前後的不適，需要更多休息、能做的工作也較少，這些狀況在那物資匱乏的時代裡，彷彿是奢侈的事。再加上生理期最需要衛生棉，可當時只能勉強使用玉扣紙和塑膠片墊底，還要行軍作戰、背著幾十公斤的物資滿山跑；但這些女性馬共都咬牙忍受。陳秀珠說：「月經時，我們會買某種紙來用，要是沒有紙，就用布代替。要是有嚴重的經痛，可以請假一天。」海凡的小說也提起女隊員經期時用的叫做「鳳雞尾」的厚塑膠布[98]。黃雪英敘述的細節比別人多，她說她們在一九七〇年代二十個月反圍剿期時，每天的走路量很大，又要背糧、作戰等等。那些月經來潮的女同志吃盡苦頭：「滿身大汗，不停地小便」，「因為連續有好幾天都不能洗澡和換衣服，我索性在內褲裡墊塊塑膠布來保持乾淨。不過，我一雙大腿的內側還是被感染了，肉也爛了。」馮蘇瓊也提及月經期沒有衛生棉，用草紙和布來墊，還很仔細地說了如何處理，如何讓群眾幫忙購買等等。這些記錄難能可貴。

　　除了生理期，更麻煩的是懷孕。根據海凡的小說〈絕唱，在那遙遠的地方〉[99]，避孕套非常珍貴，得來不易，只分發少量並重複使用，難免會有意外懷孕的風險。一旦懷孕，九至十個月的懷孕期間，女性承受的生理和心理上的壓力，非常人所能理解。這樣的經歷由這群親身體驗過的受訪者來敘述，是非常豐富和真實的史實記載。她們跟每個女性一樣經歷過無知的青春歲月，對於懷孕之後的迷茫和擔心，讓向來覺得「山上」的人有神秘感的讀者，看到「山上」與「山下」的人其實經歷同樣的情緒變化。讀者也由此得知，女性馬共一旦

98　海凡：《可口的饑餓》（吉隆坡：有人出版社，2017年），頁144。

99　海凡：《可口的饑餓》，頁175。

懷孕生子，會獲得津貼，不必做重活，可以休息，但孩子出生就一定
要送出去。陳秀珠提及曾有人懷孕難產，剛好敵人接近，手術不可繼
續，只好用厚模板把孕婦帶到地下防空洞繼續做手術，雖痛得死去活
來，第二天還是要把嬰兒送到外面。翠紅提起她有三、五個月身孕還
是得背重重的背囊上前線──每次五十多公斤以上。她們對懷孕感到
很懼怕，不覺得是福氣，反擔心因此受到批評。可惜她們都沒有多加
解釋產房或手術過程，讀者只能自己想像。有關把嬰兒送走，在《葵
山英姿──女游擊戰士三十五年森林生活實錄》也有說及，並形容這
是「最大的令人撕心裂肺和痛心疾首的難題」，「無論怎樣捨不得，都
得忍痛含著淚水送給別人」。這便很清楚地解釋了為什麼女性馬共都
不要生孩子。

　　這些傳記都提起不准懷孕、要避孕等等的規定，但就沒有很明確
地說究竟是怎樣的狀態。波瀾就提供更多的資料，她寫出了革命夫妻
最難解決的就是如何避孕。當時的女同志，只要聽說哪種藥物吃了能
避孕，都會很積極地買來吃。但是很多時候吃了也不見效，反而白費
心機，浪費錢浪費時間。避孕套雖然在一九五○年代已經在中國出
現，而且避孕套本身也算是很早以前的發明，但是在部隊裡，避孕套
是一九六四年開始才買到少量的，通常一個避孕套要用三次才能丟
棄。這就造成了很多損傷的機會，比如有些男隊員將避孕套收在子彈
袋或衣袋裡，身上的熱度造成它變質；有些則因為不小心弄穿洞，用
過後導致懷孕。她說甚至有丈夫不願意用，導致夫妻半夜吵架打架。
在敵軍圍剿的時候，懷孕的女隊員，要避開敵人或者逃走都是很不方
便的事情。在這種過度緊張和登山涉水的情況下，早產又是一個很普
遍的現象。在戰爭中，生產本身已經是一個很困難的現象，之後還要
安排人背著產婦和嬰兒轉移，更是麻煩和拖累。有些年紀大又找不到
對象的同志還會因此而妒忌不滿。

　　還有一個細節則是女同志懷孕期間害喜，部隊裡的伙食不好，吃得不夠營養。有時不想吃那些食物就餓肚子，喝水充饑，喝多想吐，有些連黃膽水都會吐出來。有些同志介紹煲胡椒水，喝了會止吐。波瀾直言，如果喝了可以小產更好，但是卻不成功。由於這種種限制，波瀾在《葵山英姿──女游擊戰士三十五年森林生活實錄》也說了她們如何設法墮胎。懷孕的女隊員，凡是聽到或者看到孕婦忌服的藥物和食物，她們就特地找來吃，盼望能夠成功墮胎。一個聽說吃奎寧能夠墮胎的女同志，結果吃得過多，不見小產，卻因此而逝世。波瀾本人曾嘗試扎針墮胎也不成功，事後又擔心自己的孩子變得白癡或者有殘障，還好最後生出來之後身體智力都正常。這是一個媽媽的內心剖析，男性隊員寫不出這些內容。

　　如前所述，肅反是馬共史裡一個重要的部分。《生命如河流──新、馬、泰十六位女性的生命故事》中蒙月英在大肅反裡的經歷值得一提。她直言下山前，沒人知道這件事。那些肅反之後參加馬共的同志，都是到了平反時才知道。她至今都沒有被平反，但卻堅強活下來，要等待水落石出。她敘述了自己如何一次次被抓走審問和她懼怕的心聲。她直指「他們學了四人幫那一套」，從中表達不滿。最後她承認自己只能靠說謊逃生，「為了重獲自由，就不得不說謊」。到今天，她也不明白為什麼會發生肅反，不管老同志還是年輕同志，幾乎被抓到的都被無辜殺了。她覺得這件事情應該說出來，因為領導都公開承認了。

　　《生命如河流──新、馬、泰十六位女性的生命故事》的受訪者是陳平派，但是《葵山英姿──女游擊戰士三十五年森林生活實錄》的作者是屬於馬列派，她們對肅反這件事情另有意見和看法，在不少篇幅都有觸及。由於波瀾是隸屬張忠民的派系，也就是後來在大肅反之後分裂成立的馬列派，她的所見所聞所思，跟《生命如河流──新、馬、泰十六位女性的生命故事》裡訪問的那些傳主，有很大的不

同。《生命如河流——新、馬、泰十六位女性的生命故事》中只有蒙月英比較仔細地探討了一些跟大肅反有關的事，其他人一概沒有提及。波瀾的故事則詳細得多。她把阿和（中央領導人）和他的隨員從抵達前收到中央北馬局的命令開始，到他到來之後所做的事情，直到他們整個第八分隊如何逃離阿和，到建立馬列派這段日子的經過，非常詳盡地梳理了一遍。

因此，這段往事，在她筆下活靈活現。基於某種原因，陳平派的傳記不會記錄這一部分。從她這裡，讀者得知了阿和還沒來到之前，她所屬的第八分隊先是接到中央的命令，要求他們建一間宿舍，同時在宿舍周圍建一道四尺寬，五尺高的圍牆，目的是保護該中央領導人的生命安全。這是在她的經驗中絕無僅有的，她就察覺有些不對勁，因為從來沒有要求築高牆的中央領導人。她因此追問張忠民的太太溫亞英，溫亞英一反常態，也不像以往為了中央來的領導人而大做準備。原來，張忠民在事前，已經收過總部的命令，要他把某些隊友殺掉，他暗中查探之後發現其實他們並沒有犯錯而不願意殺他們。不執行總部命令，並且跟北馬局的頭子阿蘇已經展開電報論戰兩個月了。這就是為什麼他們派阿和親自來殺人。十分無奈，張忠民卻不敢告知其他隊員。

阿和跟十二名衛隊來到之後，連歡迎儀式也不願意接受，就展開盤問名字的行動。逐個隊員自我介紹之前，早就有了「敵奸」的名單。波瀾形容衛隊：「阿和的十二名衛隊計有：……艾力和老韓全身佩戴長短槍，腰間還掛著短劍，可說武裝到了牙齒。一眼看去，有一股殺氣騰騰的兇神惡煞的架勢。令人見了懼怕三分。」由於波瀾跟艾力有些交情，他告訴波瀾：「眼前的革命形勢非常嚴峻，慢點你就會明白。」又說：「小玲是一個不尋常的女特務頭子，她的來頭不簡單，你可要當心啊！」當波瀾追問，他說：「她這種行為不是任何人

都會知道的……她是一個敵特分子！」她說,阿和這次來八分部隊做任何事情都一反常態。為什麼要這樣,「我完全捉摸不透,其他幹部也弄不明白,都在問,到底為什麼?」

她也描寫了自己被分配去看管被阿和指出的九個奸細,他們喊冤,她心亂以及無言以對的情形。由於這些隊員都是跟她同一個隊,大家一起吃,一起睡,更重要是一起戰鬥,她內心的無言以對以及措手不及的混亂,可以理解。她也敘述得很有層次感。一開始她自我勸告:在階級鬥爭面前,不能有絲毫的溫情主義思想。波瀾說,一開始只覺得心驚肉跳,但還不敢對中央領導人有疑問。後來,一些新戰士開始被阿和扣留、審問,從跟他們的交談當中,波瀾逐漸發現他們似乎是被冤枉的,因為一些同志過去的表現都讓她覺得他們是好同志——這一刻,她又忘記/忽略處理了自己所說的不可以有溫情主義——人性的善良,是會戰勝刻板教條的。

再過一段時間,要她幫忙那些被扣查的同志寫「自動交代書」,這個特殊任務讓她自己心裡「忐忑不安,不知如何是好」。她也對自己提出疑問,因為那些人沒有犯錯卻要承認自己是敵奸,她不明白為何要如此。就在那些同志流淚傾訴的過程中,她幫他們寫了自動交代書,但她心中疑惑難平,她問丈夫王山的意見,王山卻說:「我們都是黨的老幹部,必須忠於黨忠於人民,必須相信黨中央。凡是中央決定的事都是正確的。對待敵奸分子不能有絲毫的溫情主義思想,絕不能手軟。要站穩階級立場,要有清醒的頭腦。如果手軟,他們就會反過來消滅你、消滅革命的同志,革命鬥爭和革命事業就會失敗,就會亡黨亡軍!」這一段說明了在她內心的掙扎,似乎王山卻不必如此煎熬,對黨完全信賴。

可是她更疑惑的卻是,為什麼那些所謂的「敵奸」,只要「交代」之後,便可以繼續當革命鬥士?為什麼馬共部隊會有那麼多奇怪

的敵奸，既然暴露身分，為什麼不反擊？世間有那麼善良和真心革命的敵奸？這之後波瀾開始較大篇幅描述自己心裡對阿和的不信賴，從那時起他們開始策劃要造反。

經過緊密的策劃和驚心動魄的造反和逃亡，波瀾刻畫得十分詳盡，文筆也很細緻，把那些逃亡狀態、各人的態度和應對都描寫得很生動很到位。在他們確定安全之後，張忠民才向整個隊伍表示造反是因為要反對不正確的擴大化的肅反行動，反對冤殺無辜的人，並說：「在今後的鬥爭中，無論遇到什麼困難，都和大家同進退，共存亡。如果黨中央認為我們的造反行動是錯誤的，要殺頭，要處分，就先殺我的頭，一切責任由我承擔」。群情四溢之後，他們也處決一位他們認為行蹤可疑、並試圖在造反過程中逃離他們的女隊員。

書中還有一個主要的部分，那就是在造反之後的四年多裡，全體的老同志曾經寫多封信給陳平和黨中央，可惜得到的回覆是「等待歷史證明」。波瀾說：「造反初期，大多數老幹部、老戰士還把平反的厚望寄託在陳平總書記的身上，認為陳平已接到意見書，得知自己的屬下出現了這麼重大的問題後，一定會焦急萬分，千方百計排除萬難迅速趕回來處理解決黨內的因『肅反』而引發的激烈矛盾。大家翹首日夜盼望，誰知經過千呼萬喚你陳平總書記回來，而你陳平卻裝聾作啞。試想你陳平作為黨內的頭號人物卻仍然在中國享受外賓的一流待遇，躺在個人的安樂窩裡睡大覺，給我們送來的只有六個字：『等待歷史證明』！我們要問：這樣的行為難道是共產黨員或身為革命領袖所持有的態度和行為嗎？使我們對你充滿希望轉為失望，又從失望轉為憤恨，你陳平到底要我們再等多少年啊？為此二區同志充分認識到『等待歷史證明』，只不過是你陳平和北馬局用來拖延時間的藉口而已。從此，二區全體同志丟掉幻想不再等下去了。」[100]從波瀾激動的

---

100 陳劍編，波瀾著：《葵山英姿──女游擊戰士三十五年森林生活實錄》，頁372。

語言看出，她對陳平和北馬局極度不滿。此外，在另一章節，她再度通過張忠民的口，對陳平反映他們的不滿和失望，說他們從一九七〇年等到一九七四年，仍然沒有交代。「原本對陳平寄予厚望的夢想已經徹底破滅了。從對陳平滿懷希望到失望，再從絕望到憤恨和反抗了。從對陳平萬分敬重到非常厭惡。」波瀾說這就是他們的肺腑之言。她再度問：為什麼黨內發生了這麼大的命案，濫殺忠良，陳平都不回來主持和處理。她和其他老幹部都認為，就算平常人家的大家長出外辦事，看到家中子女發生事情，也會馬上趕回家處理，作為黨內一號人物為何充耳不聞置之不理，到底為什麼？這連番的疑問，一再出現在她的傳記裡。

從這一切的形容和描述，可以看到波瀾思維的轉變，她寫得不疾不徐，緊張有加，但相對還是交代得較為清楚和細緻。跟其他書寫肅反的女同志相比，她的這些描述算是非常難得，雖然有些地方還是含糊不清。這種含糊其辭有幾個可能性，一是本就不願意詳談某些細節，二是馬共書寫必須經過上級領導審閱才能出版，三是她可能並不瞭解更多細節。

女性馬共成員的歷史，也是馬來西亞被淹沒的歷史的一部分。建國大歷史不可忽視名不見經傳的平民老百姓小歷史。這本書記錄了一群普通的游擊隊女隊員的心路歷程。從她們的敘說中，我們開始更加明白馬來西亞歷史的另一面。這些內容，正好彌補了勝利者的那一頁。每一個人背後，都有她自己的故事，就算是小人物的故事也不容錯過，因為大歷史就是由許多小歷史組成的。

雖說她們的犧牲是個人的，但當這種犧牲是整群人的時候，就成了值得矚目的焦點。她們的歷史雖不被正史所記錄，但絕大多數的她們自願犧牲家庭、自由、婚姻、甚至生命，只為馬來亞的獨立而戰。不管如何，這是她們的信念，並都付出了極大代價。這些付出也許就

如她們中間有些人所說的,「我們的革命雖然沒有成功,但是至少我們推動了獨立的進程」。不管怎樣,今天馬來亞獨立了,她們的奮鬥也有了意義,這種想法造成了她們的前半生,也支撐了她們的後半生。

第二章
以質樸的文字獻給親愛的黨
—— 歷史如何改裝？

第一節　現實之記：馬共傳記文學的紀實性

　　馬共傳記從一開始就被公認為是馬共為自己發聲的一種寫作。一部部跟國家重要歷史有關的作品，它是否忠於歷史，還是帶有已被美化過的痕跡？

　　為了達到藝術效果，一般傳記作者往往會試著將真實歷史和藝術加工合為一體。這種藝術性的加工，能夠讓真實歷史更有張力和吸引力。它不但是對真實歷史的再現，也是用真實的歷史作為寫作背景的傳奇色彩的著作。但是，無論如何加工，它卻不可乖離真實的歷史，反而必須忠於現實的紀實，以便可以填補歷史的空缺。

　　「真實」在這個關口上，卻有值得商榷的一面。建立在「歷史是勝利者的書寫」這個基礎上的歷史教育方針，馬來西亞人自小就從學校的教育裡，學習到「馬共等於恐怖分子」這樣的理論。從這個角度，我們可以發現，大部分的馬共傳記，並不會將他們的行為——比如他們對敵人（馬來西亞軍警方）的武裝襲擊等等，當成「恐怖分子」的行事方式，反而，他們的字裡行間，都對自己的行為（尤其是暴力行為）有所辯解。

　　紀實與虛構始終是傳記文學寫作最糾結之處，作為傳記，反映現實和原生態是必須的，在這個基礎上，作者出於美化、政治化、宣教、辯解等各種因素，難免傾向某些細節的描述，以便加強比對。雖

然如此，只要該細節的描述沒有影響真實、脫離現實，便不影響該作品的公信力。

但是，我們也會產生疑問，究竟「真實」的定義是什麼？作為文學創作，小說作家可以天馬行空不拘小節，自行編造，可是作為馬共人士，他們寫作的時候有一些基本的創作態度要注意，他們內容不能隨意創作，意識形態不能隨波逐流。他們的文字是經過一些美化或者審查才能推向市場[1]。因此我們會看到，很多時候，馬共人士的寫作，他們偏重於歷史的辯解、重塑，也讓人無法不從政治的角度去理解他們的寫作，然而他們的經歷卻是回憶錄最吸引人的地方。因為無論馬華作家如何寫作，從題材上看來，無疑實現了題材上的重大突破，但是細看之下，作家多選用「旁觀敘事」的姿態，所設計的馬共形象，都是暴力化、魔幻化、情欲化的碎片，將讀者和真實的歷史拉得更遠，使得世人眼中撲朔迷離的馬共故事更顯離奇[2]。而傳記文學，更多的是取材角度造成的偏頗。

從許多馬共的傳記，我們能夠看到他們對於各種事件的記錄和見解。這些究竟是真是假，卻要靠讀者的理解能力，因為就如陳夢圓在〈馬華新生代小說中的馬共敘事探析〉[3]中，解析小說的馬共形象時說過：「讀者只能透過他人的眼睛來看馬共，無法從馬共的視角瞭解馬共。」馬共傳記比如《生命如河流——新、馬、泰十六位女性的生命故事》這種書籍的文學價值便是在於讓讀者得以從馬共的視角看馬共——比如以下所例的女性馬共。

---

1 陳劍與陳煥儀面訪於新加坡，二〇一六年四月七日中午一時。

2 王列耀、顏敏等著；《尋找新的學術空間——漢語傳媒與海外華文文學研究》（北京市：中國社會科學出版社，2016年），頁180-181。

3 陳夢圓：〈馬華新生代小說中的馬共敘事探析〉，《名作欣賞》，2013年第19期，頁75-76。

　　女性馬共從軍生活的方方面面，都在《生命如河流——新、馬、泰十六位女性的生命故事》有所呈現。其次，她們對自己的從軍從不後悔。參加馬共讓她們能按自己的意願做人，也沒人強迫她們參加。蒙月英說：「我對自己的決定毫不後悔。」翠紅認為自己決定要做的事，要自己承擔，走過的路不能重來，只能堅持到底。黃雪英說，她對自己的過去感到十分自豪，這些經驗很寶貴，不需去詆毀和否定它。官水蓮參加超過三十年的游擊隊，她也承認革命最後沒有成功，但是「足以自豪」。因為她的生命從此不單調，人生多姿多彩。她說自己沒受過多少教育，不懂得掌握革命理論，但是她選擇了這條路，便要持之有恆，竭盡所能。

　　對於馬來亞的獨立，她們有自己的見解。陳秀珠認為若不是馬共決心抗爭到底，馬來亞不會得到今天的獨立，馬、新的獨立是他們用血汗和淚爭取回來的。對她們來說：「光榮應該屬於馬共的，可是當權者卻把我們醜化成罪犯……如果我們沒有犧牲了那麼多的同志，馬來亞會有今天嗎？」小花覺得馬共對馬新的獨立有貢獻，在國家歷史中應有一席地位。當時若非馬共和抗日部隊聯盟，抗日鬥爭不會成功。在抗日戰爭中傷亡的馬來亞人裡包括各種族，他們後來也抗英。她覺得馬新兩國政府若大方承認這些人在獨立鬥爭中的貢獻就更好。瑪珠指出：「我是為了我的祖國而獻身革命的……我這一生的願望都實現了，我們已經和平了……今天，我們成功地為國家爭取到了和平，我們的祖國終於獨立了！」這個想法或可歸納為許多馬共的共同思維。她們多年在馬共的部隊經歷，已經將此作為根深蒂固的思維，因此一論及馬來亞獨立，所言皆以此為核心。

　　《生命如河流——新、馬、泰十六位女性的生命故事》讓大家看到，除了華裔，馬共的團隊裡還有泰裔、馬來裔。這是一個有價值的訪問範圍，證明當年共產黨不只吸引華裔，也吸引其他族裔，尤其倍

受欺壓的民眾。人在極度饑餓情況、沒機會受教育、人權受到極限挑戰時，就會開始反彈，馬共的出現恰逢其時。她們教育程度不高，但願意以開放的心胸接受社會主義理念。阿童說在部隊裡所有種族就像兄弟姐妹，「人類就只有一種，我們之間沒有什麼分別」。馬共是一個讓這群女性脫離現實的機會。她們對自己的生活不滿、老公無用、家婆虐待、生活壓力、沒飯吃、沒得受教育，整個社會對女人有不公平待遇。原本覺得沒希望，卻發現到若加入馬共便可馬上拋掉目前的生活，迎向新生活。雖然不知未來是好或壞，但這卻是人生第二次選擇，在那個時代，如果不擁抱這個機會，她們的一生可能就毫無希望。正如潘婉明指出：「馬共作為唯一的選擇，導致她們的比較邏輯和思考方式總是二元對立、非此即彼：參加馬共或不參加馬共？進去裡面還是留在外面？裡面是共產黨而外面就是非共產黨、共產黨即好而非共產黨即壞，諸如此類。對這些邊境泰國婦女而言，裡面外面意味著結構內外，參加部隊、進山、行軍、作戰並非苦難，反而是脫貧、突破傳統束縛、衝撞結構、改變人生的機會。在外面，她們位處邊緣，進去裡面則轉機無限。因此，回顧過去儘管蒼涼，她們卻不約而同地做出『比外面好』的結論。」[4]

《生命如河流──新、馬、泰十六位女性的生命故事》讓讀者瞭解軍中生活，比如，蒙月英是領導的警衛員，從她的經歷可看到馬共領導的衣食住行。讀者也知道了在營地裡可讀的報紙都由領導選、剪出來，因此她們根本不知外面發生其他什麼事情。也有女性馬共談論男女馬共是否有別。趙雅銀、阿探、林觀英、陳秀珠、小花、瑪珠和阿童等等，都分別述說她們在森林為部隊運糧、背武器時都背得很重，有時每人要背五、六十公斤，超過自己體力所能負擔。她們都覺

---

4 潘婉明：〈戰爭，愛情，生存策略──馬共女戰士的革命動機〉，《思想》第21期，頁68。

得女人的能耐和鬥志不比男人遜色。朱寧說運糧時「是難以想像的艱苦」，山路很陡斜，不小心跌倒就沒命。她們提起長征路上的辛苦，在革命鬥爭中，男同志能做的，她們也能。女性在軍中一樣要做各種士兵做的工作。比如，阿探描述如何拆彈、幫助被地雷擊中而失明的同志治療等等。她處理醫務工作還當小領隊，在「外面」的話，得不到這些成就感。

　　女性馬共在戰鬥中受傷斷肢也相當普遍，朱寧描述她在戰鬥中失去一隻臂膀，字眼樸素真實，反而給人如臨其境的震撼，比如她說「……當時我並未感覺到痛，……臂膀像是開了花，看來像只豬腿……我受傷的臂膀像針刺一樣地痛個不停……安全地回到營裡時，我斷了的臂膀仍然有一塊皮，連著身體。最後沒辦法，她們還是決定把那塊皮割掉。可是，她們卻用了一柄不很鋒利的小刀，真是痛不欲生！到那時候，其實我的斷臂已經腐爛得早已變黑了，甚至還生蟲呢……他們用熱水清洗我的傷口，那真是痛得要命。後來我才知道，這做法是錯的，槍傷不能用熱水洗……我的傷復原之後，隊中的醫務同志，決定抽出我的臂骨，可是她事前沒有給我心理準備……我的臂骨就這樣狠狠地被抽了出來，血直往外噴，我痛得差點暈倒……」。

　　此外，由於馬共傳記書寫所記載的內容絕大部分都是馬來西亞建國前後的重大歷史事件，牽涉許多重要人物，而且歷史向來都是勝利者的書寫，馬共傳記作者特別是馬共前領導人寫作中更有重建歷史的隱晦意圖。在這種基礎上，我們可以看到許多的解釋和辯解出現在這些馬共的傳記裡。比如，馬共人士的傳記裡，凡提到各種對敵人的襲擊，都會解釋這是為了黨的鬥爭，也就是出於愛國和愛民族的行動。

　　《葵山英姿——女游擊戰士三十五年森林生活實錄》的作者直言，他們是一九八〇年代消滅馬來亞總警長阿都拉曼哈森、槍殺霹靂州總警長古傳光以及司機、以四顆手榴彈襲擊吉隆坡警察野戰隊中央

旅總部等的「元兇」。以槍殺霹靂州總警長古傳光以及司機為例，當年，此事轟動全馬，尤其華人社會，其中一個原因也因為他們槍殺的是華裔總警長，因此在華人社會裡，這個行為未免多多少少籠罩上一層「相殘」的面紗。一九七五年十一月十三日在怡保，光天化日之下，古傳光乘坐由司機楊炳忠駕駛的車時遭受兩名被指為馬共的槍手槍擊身亡，楊當時對抗後也傷亡。《葵山英姿——女游擊戰士三十五年森林生活實錄》的作者波瀾直認不違地說：「正是由於黨（馬列）領導下的流動隊同志不斷在敵人的心臟地區展開戰鬥，極大地鼓舞了革命群眾，震撼了敵人的統治地位。」她也認為，因為如此，政府才對他們展開了很大的反擊，導致馬泰邊境情況動盪起來。

站在軍警這方面，自然有跟馬共不同的看法。接替古傳光的霹靂州總警長袁悅凌，在他的自傳「Nation Before Self」（《以國為先》）[5]中，他對古傳光一事的描述，流露出無奈和悲傷。他不但寫了自身的抱負、警方的對策，還寫了他去探望古傳光臨死前的情形，以及後來他如何為古傳光爭取馬來亞政府授予的丹斯里勳章和一條路以古為名。他對這部分的著墨，是要告訴讀者，華裔也曾為這個國家的反恐貢獻出過血淚和生命，無論警隊的名聲被多少個貪污枉法的警員所害，但別忘了也曾有為了理想、國家和人民參加警隊的華裔。微妙的是，袁悅凌的思維跟部分參加馬共的那批華裔其實有很巧妙的共識。站在「為國為民」之基礎上，袁悅凌難得表示馬共跟他和軍警隊的友人有著不同的意識形態（Ideology），但都是為理想和國家人民而戰，他甚至表示「歷史如果重來，我們可能成為朋友」。他認為「馬共是我尊重的敵人」。這些不同理念的人們，各有各的理由，因為他們最終為的是人類的和平而奮鬥，只不過方法不同，角度不同，意識形態不同。馬共的憤憤不平，是因為當權者的偏差，把他們拒於歷史的門

5　Dato Seri Yuen Yuet Leng. *Nation Before Self*. Ampang, Selangor, Malaysia: 2008.

外。可惜歷史已經形成，不能改變。唯有從他們的敘述中，聽他們的辯解，畢竟真理越辯越明。

　　另外，一九八九年十二月二日，在一九五五年的華玲和談破裂三十四年後，馬共與馬、泰兩國政府簽署《合艾和平協議》，馬共長達四十一年的武裝鬥爭就此宣告結束。此協議包括：馬來西亞政府對馬共過去從一九三〇年以來的貢獻，表示「瞭解和感謝」；不否認馬共在加快獨立過程中所起的作用；馬來西亞政府也同意馬共的三個堅持：在正式文件中，不用「投降」字眼；不說馬共黨員「重返社會」；不要求馬共交出武器。而馬共則同意：不堅持要馬來亞共產黨合法化、不堅持停止服役的說法、簽署和平協議之後，在泰馬雙方見證下，自行銷毀武器。

　　關於合艾和平會談，馬共的傳記紛紛記載了前因後果，並將其歸功於好幾位馬共領導，比如阿都拉・西・迪和應敏欽夫婦。這跟我們在馬共傳記出現之前所認知的「合艾和平會談」是前首相馬哈迪以及郭鶴年等人的功勞有所不同。合艾和平會談終結了馬共四十一年的武裝鬥爭，讓剩餘散落在森林裡面的兩千餘名馬共人員得以回家與親人相聚，結束馬泰邊境的緊張氣氛，細想便知，單憑一方面的努力不可能做到。但是，作為一個馬來西亞人，在這段時間內，我們無法得知究竟這之中有多少人為此做出努力，有多少人引頸長盼，又有多少人是這事件的幕後推手。

　　這份和平條約／協議，人事皆牽涉甚廣，但是馬共方面所做的努力完全在我們歷史課本圈外。有興趣者，只能從馬共逐漸出版的文字版記載中得知更多細節。比如阿都拉・西・迪回憶錄裡有相當詳盡的記錄。從其回憶錄中得知，他在一次馬共領導人的會議上提出尋求與馬方會談，並通過他和當時的副首相嘉化・峇峇的一系列書信往來最後達成展開和談的共識。嘉化・峇峇被阿都拉・西・迪稱為老戰友，

這是讓人相當驚訝的。畢竟兩人從政治立場上和其他的方面都是敵對派系。但是阿都拉・西・迪的回憶錄告訴讀者，其實嘉化・峇峇年輕時也參加過左傾組織，只不過後來他轉投巫統，但兩人不時有書信往來。因此，當阿都拉・西・迪提出建議要解決戰爭的問題時，他已有心要聯繫嘉化・峇峇。另外，獲得嘉化・峇峇的良好反應之後，阿都拉・西・迪的部下也聯繫泰國軍方，表達和談意願。三方可說都樂見其成。

阿都拉・西・迪的回憶錄將他和嘉化・峇峇的書信來往，當成是以後和談的起點，這一個部分在應敏欽的書裡也有簡單提及。他們的所有初級會談和高級會談，都被阿都拉・西・迪記錄在回憶錄。《阿都拉・西・迪回憶錄（下）》以及《應敏欽回憶錄──戰鬥的半個世紀》披露，一九八〇年代就已開始有官員遊說第十支隊結束戰爭，但必須以投降的方式進行。第十支隊每次都拒絕。一九八五年，彭亨州務大臣新聞秘書前來第十支隊的根據地，表示如果他們願意嘗試，他會有辦法結束戰爭。在應敏欽的筆下，一九八七年，阿都拉・西・迪將此事提交中央北馬局，獲得贊同，讓他去談判。阿都拉・西・迪開始跟當時馬來西亞的副首相嘉化・峇峇書信來往，同意談判。同時，第十支隊和泰方已經達成一致相同的看法。接下來從一九八八年五月的初級談判開始，共三次：合艾（一九八八年五月），檳城（一九八八年八月）和合艾（一九八八年十月）。三方（馬來西亞、泰國、馬共）高層談判，在泰國普吉島共進行五次。馬共派出的代表有：章凌雲（團長，談判結束前就去世，由吳一石接替），拉昔・邁丁，阿焰，英德拉・賈耶（第十支隊成員）。我們從應敏欽這裡得知，每次談判之後，拉昔・邁丁都會回來第十支隊報告，他們的立場和原則都是不以任何形式投降。

其中有趣的是，阿都拉・西・迪的《下冊》說他認為第二輪初級

談判選了檳城很有歷史意義。因為「檳城是英殖民者的踏腳石，他們是從這裡把魔爪伸進我國，征服我們的民族、國家和宗教的。一七八六年，為了爭奪殖民地，英殖民者實施炮艦政策，強迫吉打蘇丹將檳城這個位於要衝地帶的島嶼奉送給英國」[6]。

另外，阿都拉・西・迪的回憶錄指出第三輪會談之後，姚光耀主動去中國會見陳平，陳平委派阿焰作為代表來泰南，跟中央領導人討論高級會談的問題。這個部分在他的回憶錄沒有詳細記錄。幸而從沈嘉蔚《最後的共產黨人》[7]中，我們得以獲悉當時的情形。根據沈嘉蔚採訪前馬來西亞警察政治部副主任姚光耀的記錄：

「姚光耀在陳平自傳裡被提及，稱之為「經驗特別豐富的華族官員」。他是一九八九年合艾和約的幕後推手之一。功不可沒。……姚先生顯得年輕而有活力。我們共進晚餐。席間我說到陳平，姚先生停了筷子，鄭重其事地說了五個字：「陳平，真君子！」……姚先生向我們細述當年和談的經過。作為以反共為首要任務的政治部高級警官，他積多年經驗認定，馬共每次被擊敗退入深山，在它復出下山時都比以往更強大。所以打不是一個最終解決辦法，最好是和談。他與上司政治部總監拉欣諾就此取得共識。拉欣諾後來回憶說：「馬共的鬥爭的確是失敗了，但是他們的人還是繼續存在，這是政府必須接受的事。」他們向首相馬哈迪爾彙報了這種思路，得到了明確支持。……姚先生被派往泰南泰軍司令部協調此事。他們安排為

6　阿都拉・西・迪著，阿凡提（周彤）譯：《馬共主席阿都拉・西・迪回憶錄（上）——截至1948年的活動時代》（吉隆坡：二十一世紀出版社，2010年），頁268。

7　沈嘉蔚：〈最後的共產黨人〉，今天網，（2008-08-21）[2016-05-14]。https://www.jintian.net/today/html/45/n-1745.html。

馬共高級幹部到吉隆坡的醫院秘密治病，把和解的資訊傳遞給
馬共方面。為了在更高層級上以及與中共方面展開協商，姚先
生找到了香格里拉集團總裁郭鶴年作為溝通管道。不久以後，
在香港香格里拉飯店舉辦的一個大型宴會上，姚光耀被帶到一
個安靜的角落，會見一位中共中央聯絡部的官員。這之後，陳
平從北京指派馬共政治局女委員阿焰代表他與姚光耀見面，會
談就此開始[8]。數月之後，在泰國普吉島馬、泰、馬共三方已
舉行了四輪會談，幾乎已達成協議，泰國軍方希望在一九八九
年十二月五日國王誕辰之前簽署和約，以作為生日獻禮。但在
最後關頭在武器問題上卡住了。此時陳平已抵達普吉島，他與
拉欣諾關門密談。一切問題迎刃而解。十二月二日和平協定簽
字生效。此後，陳平邀請姚光耀作為唯一的馬來西亞政府代表
前往馬共在泰南的根據地參觀。姚光耀驚異於馬共仍有這麼多

---

8 此事的更多細節遲至二○一八年出版的郭鶴年自傳裡才提及，郭鶴年本人承認他確
實參與了和談。參見謝詩堅：〈郭鶴年帶馬共回家〉，《光華日報》，（2017-12-10）
2018-01-26，http://www.kwongwah.com.my/?p=438700；以及《郭鶴年自傳》。郭鶴
年在一九八○年代末，被邀請協助解決馬共問題。馬來西亞政府當局將他當作馬中
溝通橋梁，他曾經牽涉到關閉馬共電臺的時間，也曾被馬來西亞政府要求介入籲請
中國政府停止對馬共和陳平的支持。在他的安排下，拉欣諾（時任馬來西亞政治部
主任）及姚光耀（時任馬來西亞政治部副主任）到香港會晤郭鶴年，他們被安排參
加一個宴會，並特別安排一個角落的桌位與中共代表會談。後來，郭鶴年也特別被
安排在廣州與中共資深領導協助「一位非常資深國家領導人」草擬書文。在廣州，
他獲得一位「一號人物」的黨委見面，草擬書文。幾個月後，在一九八九年十二月
二日，郭鶴年終於完成一生中的其中一個壯舉，讓馬共成員「走出森林，快樂回
家」。馬、泰政府代表和馬共簽署了合艾和平條約。這是郭鶴年的親身經歷，當然
跟其他有關人士的有所不同，因各人有不同的角色要扮演。此事是否受到也是馬共
成員的二哥郭鶴齡早逝影響？郭鶴齡是英文教育的知識分子，加入馬共，根據郭鶴
年介紹，他是一個終生為捍衛低階層工人權益的人，郭鶴齡在一九四八年加入馬
共，出任宣傳主任。不幸在一九五三年一次伏襲中被英國士兵射中胸部而死亡，終
年三十歲。

的青年戰士。這一發現證實了他早先的擔憂。他也驚異於營地的井然有序並且還有醫務人員，包括一名牙醫。後來，陳平兌現了所有他在簽訂和約時的諾言。這是為什麼姚光耀如此欣賞這位對手。姚光耀說：「馬來亞共產黨可能還存在，那有什麼關係？那是他們的事！關鍵是和平了，不再打仗了，不再死人了！」但是馬來西亞政府迄今不允許陳平回國，那怕只是返鄉掃墓。就在我們訪馬時期，陳平訴諸法庭要求返鄉的案子還在審理與拖延之中。姚光耀說，由於當時簽約的政府代表均已退休，換了一撥人，這官司很難打成功。不過後來當我們回悉尼再見到伊恩夫婦時，他們批評姚光耀作為證人，不願意站出來為陳平說話，因為怕開罪政府，影響到他的退休待遇。我不知道這一指責對姚先生是否公平。但是他一定有他的難處。無論如何，憑一九八九年的成就，姚光耀有理由自豪。他與參與其事的三方人員一道，幹了一件「勝造七級浮屠」的大事。」[9]

五次繁複的會談之後終於獲得成功，馬共同意停止武裝鬥爭，解散武裝部隊，銷毀武器，遵守國家法律和憲法。馬來西亞政府保證允許馬來西亞籍的前馬共成員回到馬來西亞，在遵守法律和憲法的前提下參加政治活動。泰國也保證協助馬共成員展開新生活，提供各種費用等等。值得注意的是在第一輪會談時（一九八九年二月），馬來西亞方面承認馬共對獨立的貢獻，只是不能公開表述，政府並不會禁止歷史學家去做評價。

應敏欽親身參與簽約，由她來說的歷史尤其珍貴。真實的紀錄，加強了這段記載的珍貴性。從《應敏欽回憶錄——戰鬥的半個世紀》

9　沈嘉蔚：〈最後的共產黨人〉，今天網，（2008-08-21）[2016-05-14]。https://www.jintian.net/today/html/45/n-1745.html

書中可得知，當時馬共代表團中阿都拉・西・迪、應敏欽、英德拉、拉昔・邁丁四位乘坐直升機從十支出發到合艾參加簽字儀式，此外，還有陳平、阿焰、吳一石、黃慧娥。當時簽字的代表如下：馬共是陳平，馬來西亞是時任內政部政務次長拿督旺西迪旺阿都拉曼，泰國是陸軍總司令兼代理最高統帥操哇力永差育上將。

《阿都拉・西・迪回憶錄》和《應敏欽回憶錄——戰鬥的半個世紀》有關簽約的記錄幾乎都跟陳平的一致，《應敏欽回憶錄——戰鬥的半個世紀》稱讚首相馬哈迪，說他清除談判過程中的障礙，使談判成功。而姚光耀則認為陳平的態度很有誠意。之後，陳平到十支演講，說這是三方的勝利，不是投降，而是「體面和合理的解決」。一九九〇年二月二十三日，有關方面各代表參加武器銷毀儀式，延續了四十多年的武裝鬥爭正式結束，所有犧牲的戰士和人民方能安息。操哇力說：「今天對泰國、馬來西亞和馬來亞共產黨而言都是非常重要的一天。歷史將把這一天永遠記錄為世界重要的和平之日。」這句話概括了所有辛酸。

此外，阿都拉・西・迪的回憶錄之譯者阿凡提，將合艾會談的成功解釋為阿都拉・西・迪反圍剿戰鬥的論述和軍隊的建設，並表示泰國的吉蒂將軍曾經承認，即使出動近萬人的兵力都無法戰勝馬共[10]，因為馬共熟悉地形善於靈活作戰。阿凡提說：「這就證明，泰王國和馬來西亞政府都是承認了無法消滅馬共的事實才不得不與馬共進行和談，最後事件和解。這是我們對光榮和解的正確認識。」從這句話，不難看出馬共的心結。他們為了向外界解釋馬共並非撤退到邊區去「苟延殘喘」，也不是「投降」，這也許是他們最好的解釋。讓人深思

---

10 Mubin Sheppard. Taman Budiman: *Memoirs of an Unorthodox Civil Servant*. Kuala Lumpur: Heinemann Educational Books, 1979:326.

的是，促成合艾和平條約的馬哈迪的回憶錄《醫生當家》，卻完全沒有提及他和馬共的任何故事。

　　歷史由不同的角色和不同陣營的人士寫來，角度大不相同。但是馬共傳記的出版，確實提供了一個平臺，讓馬共人士更為自由地表態，掀開神秘面紗，讓大眾更有機會知曉他們在這段歷史中扮演的重要角色。

第二節　語言之素：馬共傳記文學的文學性

　　馬共傳記作者的文字富含獨特的語言特色，能夠很好地反映出他們的生活經歷、在部隊的體驗。張錦忠在《走上不同鬥爭道路，錯過建國歷史契機：評馬共總書記陳平的口述歷史》裡認為，在語言表達方面，陳平的回憶錄做到了「敘事寫人，以平易文字夾敘夾議」。這個評論也可以用來形容馬共傳記的基調。

　　由於特殊環境，馬共傳記作者有他們自己的語言特徵，包括用字質樸，直截了當，夾雜鄉土方言和口語，使用大量共產黨標語和口號式的文字等等。

　　在《生命如河流——新、馬、泰十六位女性的生命故事》這本由十多篇小傳記組成的文集，作者按照受訪者所述寫作，文字淺白易懂，沒有過多美化渲染，反而帶著一股田野清新。該書整體的語言特色，就如編者所說，這些受訪者說話的時候，夾雜著許多語言，包括方言，比如炒魷魚、跑山、掃路等。這些受訪的女性馬共一般教育程度不高，很多都來自田野，又有不同籍貫，說話帶著各種口音和方言俗語，是很容易理解的，這種特色也使整本書帶有一種語言上的趣味性、特色和代表性。該書的局限在於編者邱依虹是新加坡人，她用中文訪問，然後翻譯成英文，讓計劃小組閱讀，之後再請人把英文翻譯

成中文。在這種情況下,這些作品未免有譯者的主觀詮釋[11],再加上邱依虹本人最後的編輯,她承認自己盡量考慮小組的意見,加上自己對受訪者的瞭解,再讓受訪者看過中文版之後又修改,才出版了這些訪問記錄。她承認內容已經被篩選過,在這種情況之下,她的作品不可避免已改得更適合讀者和受訪者口味的質樸文字。

這些傳記的其中一個特色也給讀者帶來閱讀樂趣,那就是南洋風味的生活環境。作者因為參加游擊隊,不少都曾在馬來西亞漫山遍野跑了個遍,他們的生活跟南洋風情息息相關,如「跟著母親去割膠,去田芭割山芋苗,到矮青芭砍山香蕉樹,用肩挑回來搗爛煮豬餿餵豬」[12],「馬來男子的紗籠,頭戴宋谷」[13]。此外,諸如橡膠樹、膠林、馬來亞的各處地名、各種本地食物的名稱等等具有本地色彩南洋風貌,也多次出現在各部傳記裡。

《葵山英姿──女游擊戰士三十五年森林生活實錄》裡也有同樣的特色,作者波瀾是客家人,所以她的文字裡有很多客家方言。再加上當時馬共的隊伍裡客家人也多,所以她們的日常用語免不了使用客家方言。正如《葵山英姿──女游擊戰士三十五年森林生活實錄》的編者陳劍在序言中所說的,這本書呈現的是「原汁原味的回憶錄」、「保留了其語言特色,完整地保存了作者的思想感情與其特有的表達方式」。客家方言或口語都使用得不少,如「幾十位同志在高腳樓營地住了一年多,都安全無事。所以,從上到下都非常麻痺大意,進進出出,不會偽裝,跑到路很大條,而直達高腳樓營地,不論什麼人,

---

11 邱依虹編:《生命如河流──新、馬、泰十六位女性的生命故事──馬來西亞、新加坡抗日、反殖、獨立運動紀實(1938-1989)》(雪蘭莪:策略資訊研究中心,2004年),頁331。

12 陳劍編,波瀾著:《葵山英姿──女游擊戰士三十五年森林生活實錄》(雪蘭莪:策略資訊研究中心,2015年),頁8。

13 陳劍編,波瀾著:《葵山英姿──女游擊戰士三十五年森林生活實錄》,頁26。

只要跟路來，就能抵達高腳樓營地」；「媽媽讓我把報生紙帶在身上」[14]、「紅毛兵」、「吃咖喱飯」（指進牢房）、「開跑」、「山精」（意為對山路很熟悉，認山路本領高強的人）、「跑山，掃路」，等等。

方壯璧的回憶錄也用了不少俚語、口語，比如當他提起他的朋友盧仲篪，他形容「他比我大隻多多」，「哪裡有人，害死我餵蚊子……」，「……說是從坡低（底）回來……」，「把一大鹹菜甕的文件，埋在她的菜地裡」，等等。

由於自身的經歷，這些作者寫出許多文學家所無法編造的細節，運用他們熟悉的俚語、部隊的語言等等。讓讀者讀到的是他們與「外面」的人完全不同的一生和驚心動魄的經歷。比如，他們談及自己在森林裡求生、吃飯、煮食、搭建廚房、搭建住處、掛雨布做睡床、洗衣服等各種生活技能和經歷，包括殺大象、殺烏龜食用、喝黃泥水維生、被各種想不到的蚊蟲蛇蟻叮咬甚至喪命、掃路、醫治傷兵、印刷、懷孕生子、軍訓、打戰等許多細節，沒有經歷過的人絕對編不出來這些情節。

除了使用俚語、口語和方言，這些作者還慣常使用大量共產黨標語和口號式的文字。《生命如河流——新、馬、泰十六位女性的生命故事》裡的訪談，就有這些特點——受訪者口中的共產黨教條從不間斷，對馬共的所作所為從不質疑。她們的出發點、思維定位，都從不帶著批判性去看待馬共的任何行動，因此，凡是馬共所做的都是好事，凡是資本家都是壞人。這樣的思維，在她們的時代，並不奇怪。那不是一個容易獲得資訊的年代，用今天的看法，甚至可以用閉塞來形容。更何況，她們長期居住在與世隔絕的山裡，大半生的生活都在馬共權威之下，共產黨就是她們生活的一切。

---

14 陳劍編，波瀾著：《葵山英姿——女游擊戰士三十五年森林生活實錄》，頁9。

　　由於抗日軍之中有一大部分人其實並沒有受到非常高的教育，加上他們在山林野間長久居住，並沒有很多機會受到文學或寫作理論的薰陶，他們放下刀槍之後，走上寫作的道路，用字用詞，帶有山林氣，很質樸和直接。在批評敵人的時候，毫不留情。如《馬共全權代表：方壯璧回憶錄》：「殖民統治當局為什麼下手封閉《南僑日報》呢？……在那種黑暗統治下，英國人要查封就查封，不查封就不查封，根本沒有什麼道理可說，也不必有什麼理論依據。在緊急法令之下，道理有存在的餘地嗎？英國人只考慮他們自己的利益。新加坡統治的利益是他們評估局勢的根本依據。……向外說的冠冕堂皇的話，其實只是一種障眼法。」《馬共主席阿都拉・西・迪回憶錄（中）》提到部分戰鬥總結：「消滅的反動分子，是那些心甘情願為英帝賣命，並對我方造成重大損失的傢伙，因此，我們不得不對他們採取斷然行動。對於反動分子，我們採取鎮壓與寬人相結合的政策。」《應敏欽回憶錄──戰鬥的半個世紀》則寫道：

> 「義勇軍在林江石的領導下，英勇地投入戰鬥。日本法西斯從吉隆玻向新加坡挺進，幾乎沒有遭到英軍的抵抗。但在新加坡，日本法西斯軍隊卻遭遇到義勇軍的猛烈抵抗。武吉知馬（Bukit Timah）的戰鬥對人民群眾是極大的鼓舞，對日本法西斯卻是一大震撼。義勇軍在戰鬥中沉重打擊了日本法西斯，俘虜了一批日本法西斯士兵。這是日本法西斯入侵馬來亞以來遭受的第一次沉重打擊。日本法西斯軍隊對馬來亞人民犯下的暴行令人髮指，他們施行了燒光、殺光、搶光的「三光」政策……」

　　方壯璧的傳記也使用不少共產黨標語式的文字，整體上他的傳記給讀者的印象，就是文宣式的寫作方式。比如：

「我已經真實地為反抗舊社會，為推翻殖民統治出一點力，盡一點心了。儘管它是那麼的微不足道，但我卻有一種光榮和自豪的感覺。我已經不再是孤立單獨的，懦弱無力的個人。我已經是無私無畏，英勇戰鬥的強大集體的一部分，這使我有了充分的自信和使不完的力氣！」

「革命的力量根本來自廣大人民群眾。他們……是我在鬥爭的坎坷道路上得到鍛煉，得到教育，得到改造，得到生存，得到進步！廣大人民在各個方面對鬥爭所付出的巨大犧牲，是絕對不能磨滅的，同盟對鬥爭所做出的巨大貢獻，是必須大書特書以教育後代，流芳百世的。」

「根據黨的指導思想，黨是馬來亞人民爭取民族解放，國家獨立的領導者。這樣，做好黨的建設工作，鞏固黨組織，是一項根本性的核心任務，是今後的新加坡工作的大前提。」

「新加坡的獨立是我們和廣大人民通過艱苦鬥爭和付出巨大犧牲得來的。我們趕走了英國殖民統治，為此，我們倍感光榮和自豪。」

應敏欽的傳記《應敏欽回憶錄——戰鬥的半個世紀》也帶有同樣的文宣意味。全書最顯著的是她的文宣意識，也許她很早期就已成為領導，因此她的許多說法和許多看法，都是從馬共領導的角度出發。她傳記裡提到的各種人生經歷，都用這種基調寫作。

對於馬共在戰鬥中的一切行為，她高度美化宣傳，大量使用那些帶著革命意味的字眼。比如，「號召全黨、全軍和全國人民團結起來，鼓起勇氣抗擊日本法西斯，最後的勝利一定是我們的」；「不論在何種情況下，不論敵人展開了多麼瘋狂的進攻，也不論周圍環境多麼動盪險惡，……民運同志們都表現出了高度的勇敢和毅力。他們堅強

不屈，對前途充滿信心，頑強不懈地進行艱苦的鬥爭……」；「所有的隊員都有高度的紀律性，認真完成任務」[15]；「我們所到之處，都有召開歡迎宣傳隊的大會」[16]；「即使是在這種情況下，我也從沒有聽到任何同志發出任何關於饑餓、沒有飯吃之類的牢騷」[17]；當十支順利轉移到泰國邊境，她說十支「在四十多年的歲月中沒有向任何困難低過頭」[18]，「不論在何種情況下，都高舉武裝鬥爭的紅旗」等等。

在她筆下，無論是普通的人民群眾，還是資本家，都成了抗日軍的後盾。比如，「群眾常常向民運同志提供情報，使民運同志能夠採取行動，抓捕敵奸和走狗」、「部分中小資本家就已經與共產黨和抗日軍建立了關係，他們為抗日鬥爭提供了經濟和物質上的支持，每個店鋪都捐獻出店裡賣的貨物」；「有覺悟和有進步思想的資本家為抗日軍提供了掩護」。她還提及那些所謂的「白皮紅心」的維持會和鄉衛隊成員。共產黨「允許他們表面上應酬敵人，實際上為抗日鬥爭服務」。這些人雖然不是真正的黨員，但在她的傳記裡，他們卻都在為共產黨和抗日軍辦事。他們提供各種情報和掩護，想辦法保釋那些被日軍逮捕的群眾。

當她提起抗日戰爭之後，由馬共領導的抗日軍如何跟人民群眾一起慶祝，她專注描寫的部分是整個抗日戰爭的勝利，並將馬共的黨員人數如何增加——全盛期全國約有一萬多人、馬共影響的地區如何擴大、宣傳隊如何受到廣大人民群眾的歡迎、大遊行如何進行，還有後來的各種示威等等，這些較為宏觀的事實記載在她的傳記，並且用了非常正面的語氣。對於群眾對馬共的愛戴程度，在她筆下讓人感到無

---

15 應敏欽：《應敏欽回憶錄——戰鬥的半個世紀》（雪蘭莪：策略資訊研究中心，2007年），頁42。
16 應敏欽：《應敏欽回憶錄——戰鬥的半個世紀》，頁43。
17 應敏欽：《應敏欽回憶錄——戰鬥的半個世紀》，頁84。
18 應敏欽：《應敏欽回憶錄——戰鬥的半個世紀》，頁134。

比歡欣。她形容群眾「都感到非常興奮」；「每次一到募捐的時候，大家總是那麼踴躍，有錢的捐錢，有物的獻物，有些人甚至比賽捐款」；「有些覺悟高的婦女把身上帶的戒指、項鍊等金銀首飾也捐獻出來」；「這些大會……提高了群眾的覺悟，加強了軍民關係」；「迎接新年時，群眾開展了慰問抗日軍的活動，送來了雞、鴨和其他食物。有些群眾……甚至還把自己的孩子也交給組織」；「共產黨和抗日軍在當地群眾中享有很高的威望」；「群眾總是請民運同志幫助處理和解決各種大小問題」。

在她筆下，「在抗日戰爭勝利和馬來亞共產黨高度影響力的推動下，我們所到之處，都受到了各族各界群眾，包括馬來青年同盟在內的各派別民族主義人士、各華人社團及個人的熱情歡迎。人民成群結隊來聽我們的演說和宣傳」[19]。

對於所有馬共同志的所作所為，所進行的鬥爭和所有的一切，應敏欽都高度美化：「不論在何種情況下，不論敵人展開了多麼瘋狂的進攻，也不論周圍環境多麼動盪險惡，……民運同志們都表現出了高度的勇敢和毅力。他們堅強不屈，對前途充滿信心，頑強不懈地進行艱苦的鬥爭」；「同志們之間的團結友愛精神也很好」；「同志們的學習熱忱很高」[20]；「所有的隊員都有高度的紀律性，認真完成任務」[21]；「我們所到之處，都有召開歡迎宣傳隊的大會」[22]；「即使是在這種情況下，我也從沒有聽到任何同志發出任何關於饑餓、沒有飯吃之類的牢騷[23]」。當第十支隊順利轉移到泰國邊境，她的評價：「轉移途中，我親眼目睹同志們憑著高昂的士氣，克服各種阻擾，戰勝了殖民者軍

19　應敏欽：《應敏欽回憶錄——戰鬥的半個世紀》，頁44。
20　應敏欽：《應敏欽回憶錄——戰鬥的半個世紀》，頁24-25。
21　應敏欽：《應敏欽回憶錄——戰鬥的半個世紀》，頁42。
22　應敏欽：《應敏欽回憶錄——戰鬥的半個世紀》，頁43。
23　應敏欽：《應敏欽回憶錄——戰鬥的半個世紀》，頁84。

隊的圍追堵截。他們不愧為願為祖國的獨立、人民的解放而付出一切的真正戰士。」[24]「始終充滿著高昂的鬥志和決心」[25]，第十支隊「在四十多年的歲月中沒有向任何困難低過頭」[26]，「不論在何種情況下，都高舉武裝鬥爭的紅旗」，諸如此類高度美化馬共的形容詞，充斥著她的傳記。

這種寫作方式在《葵山英姿——女游擊戰士三十五年森林生活實錄》裡，也表現得很明顯。比如：「各族勞動人民只有團結起來，緊緊地跟著共產黨鬧革命，才能得到解放。我們應該憎恨帝國主義及其傀儡，而不應該憎恨什麼民族。進行革命的目的，是要打倒英帝國主義者，消滅英殖民主義制度和一切剝削制度，建立人民的新國家。」黨派四位女兵執行任務，沒有指南針，要在毫不認識路線的森林裡闖蕩。她們說：「就算前路漫漫，千難萬險，也要迎著困難上！我們勇敢地毫不畏懼地接受了黨交給的光榮任務出征了！」當她們在森林迷路，已被饑餓折磨得半死，「靠什麼來充饑維持生命？已無法預測。炙烤著對革命事業的無限忠心和頑強的革命鬥志慢慢前進。」當張佐要帶她去第十二支隊中央總部工作，她雖然吃驚和有所顧慮，還是說：「黨指向哪裡，我就奔向哪裡！」退伍思潮漸漸嚴重，同志們開始感到革命工作前途暗淡，都會暗自問自己，馬來亞的革命鬥爭到底要如何堅持下去？波瀾寫道：「我們心中只有一個信念，誓死為黨和人民的革命事業獻身，無論革命鬥爭成功或失敗，都要繼續堅持和戰鬥下去！」

對於這些作者來說，他們與非馬共寫作者最大的分別在於，他們的經歷賦予他們潛移默化的英雄主義和乾脆磊落的性格。強悍的英

---

24 應敏欽：《應敏欽回憶錄——戰鬥的半個世紀》，頁85。

25 應敏欽：《應敏欽回憶錄——戰鬥的半個世紀》，頁123。

26 應敏欽：《應敏欽回憶錄——戰鬥的半個世紀》，頁134。

雄主義往往能夠在戰爭的槍林彈雨中表現出強烈的陽剛之氣和浩然之氣[27]，也容易給人比較高的審美價值和深厚的崇高感。雖然在那個「政治標準第一，文學標準第二」的時代，免不了會要求批評家以一個時期的政治目標為尺度去衡量作品，文學的宣傳意識和真實性不是任何時候都一致的，展示的宣傳根本目的是為了爭取勝利，因此，戰爭的時候不利的細節，可以隱去不談；但是，文學也應該關注個體的命運和具體的生活現象，不能為了一個最終結果而捨棄大量的真實細節，也不能脫離作家本人對事物的獨特感受和批判[28]。意味著在那個獨特的時代，這樣的文字，我們要給予更高的評價，從這些例子看得出來，作者們並不傾向華美的詞語修飾，用字質樸直接，給人一目了然之感，這也就是這批傳記作品的獨特文學性。

---

27 鐘曉毅：《在南方的閱讀》（廣州市：廣東人民出版社，1998年），頁187。
28 陳思和：《雞鳴風雨》（上海市：學林出版社，1994年），頁15。

第三章
歷史事件是故事的因素
——馬共傳記書寫與相同題材的書寫／作品的比較

第一節　他人的記載：跟官方、執行者（警方）、媒體記載的比較

　　一般認為，官方記載的檔檔案是真實的，而媒體也是追求事實真相的。但因為當時馬來亞將馬共作為「敵對分子」，因此，就馬共的事件馬來亞官方、媒體的記載與馬共傳記常會出現不同的敘述。它們對震驚國際的「葛尼事件」的記述就體現了這一點。

　　一九四八年九月十三日，英國當局委派亨利・葛尼（Sir Henry Gurney）到馬來亞當最高專員，此前，他是英國派駐巴勒斯坦的政府首席秘書。也就在這一年，英殖民政府宣布跟抗日時期的同盟馬共決裂，並將之宣布為非法組織；較早前，在六月十八日，馬來亞宣布進入緊急狀態（The Emergency）。在整個緊急狀態時期最轟動的新聞之一就是英國最高專員葛尼中伏身亡一事。

　　一九五一年十月六日，葛尼到雪蘭莪和彭亨交界處的福隆港度假。他乘坐的是勞斯萊斯房車，車上有四人：葛尼、葛尼太太伊莎貝爾、葛尼的助手D. J. Staples、司機。他的車隊由一輛路虎在前面開路，後有一輛裝甲偵察車和一輛警察無線電通訊客貨車隨行。警察客貨車半路拋錨，裝甲偵察車落在後頭，結果葛尼的車隊後方基本上沒有掩護。車隊來到距離福隆港十二點五公里處，在中午一點十五分，

受到伏擊。根據報導[1]，馬共游擊隊員拼命向這兩輛車開火，葛尼的警衛吃力還火。葛尼在事發時突然打開車門，朝路邊山壁跑去，頭部和身上中多彈，臉部朝下倒地當場身亡。拋錨的客貨車距離福隆港十三公里，趕到時，馬共游擊隊見機撤離。葛尼太太和秘書一直留在車裡，毫髮無傷，司機中槍受傷。

　　馬來亞聯邦首席秘書杜弗（M. V. del. Tufo）在這之後給英國殖民地大臣James Griffiths的電報，被視為此事的主要原始資料[2]。除了對

1　雷子健：《誰殺了欽差大臣？——緊急狀態那些人那些事》（吉隆坡：胡一刀工作室，2014年），頁22。

2　Text of telegram from Sir M. V. del Tufo, Chief Secretary, Federation of Malaya Govt. to Mr. Griffiths, Secretary of State for the Colonies. "The High Commissioner's car with Sir Henry and Lady Gurney in the back of the car and the Private Secretary （D.J.Staples） in front with a Malay driver was proceeding to Fraser's Hill escorted by one Land Rover and one armoured scout car. A Police wireless van, which was also part of the convoy, unfortunately had broken down about eight miles short of the ambush position. Party was ambushed at 1.15pm about two miles short of the Gap. Driver of the car was hit in the head on the first outburst of fire. Private Secretary managed to stop the car from falling over the edge of a precipitous slope on the left of the road and brought it to a standstill. Heavy automatic fire* was directed from the right and rear both against the High Commissioner's car and the Land Rover after first burst of fire. Gurney opened the door of the car and stepped out and was immediately shot down by heavy automatic fire.* Scout car drove up behind and with difficulty pushed past the High Commissioner's car to fetch help from the Gap police station. Intermittent fire continued at any sight of movement for about ten minutes, at the end of which a bugle was blown and the bandits withdrew. Lady Gurney and the Private Secretary remained in the car until the firing eased when they crawled out and found Gurney's body in the ditch on the right side of the road. Officer in charge of the Scout car returned about twenty minutes later on foot with reinforcments from the Gap Police station, bandits having felled a tree across the road above the site of the ambush. Armoured vehicles from Kuala Kubu arrived on the scene about 2.15pm and engage in follow up operations. Hogan (M.J.P.Hogan, Attorney General, FofM 1950-55) and wife were following the High Commissioner's party in their own car and were about half a mile behind at the time of the ambush. They stopped when they heard firing in front. After a few minutes the telecommunication van (which had been passed by the High

車隊的位置、距離、中伏時間地點有詳細交代之外，他將現場形容得
猶如小說情節：「第一響冷槍擊中司機的頭部，私人秘書幸能把座車
控制停下，不致掉入公路左邊陡峭的懸崖。重重火力，從右邊和後面
直射過來，對準最高專員的坐車和Land Rover。」[3]他形容：「葛尼打
開車門出來，在火力網下中彈倒地。」對於接下來的情節，他寫：
「偵察車從後趕來，吃力越過葛尼座車，以尋求峽谷警局的協助[4]。
伏擊過程為時約十分鐘，當哨聲吹起，匪徒便撤退……」這之後，葛
尼夫人和秘書留在車裡，繼而發現葛尼屍體的情節跟D. J. Staples描述
的一樣。他的電報中，也詳盡地寫了伏擊前後的事：「大約二十分鐘
後，偵察車的官員快步跑回來，同時帶來峽谷警局的支援人員。匪徒
在伏擊地點前方，放倒一棵樹橫躺在地上。從新古毛趕來的裝甲車，
約在中午二時十五分抵達現場，接手行動。」接著，「馬來亞律政司
霍根（MP J Hogan）和其夫人，乘著自己的座車，尾隨最高專員車
隊，在後方約半英里左右。他們聽到槍聲便停下來。幾分鐘後，那部
通訊客貨車駛來，並設法聯絡到新古毛當局。」[5]他也表示：「伏擊地
點約有半英里長，而且顯然經過精心策劃。估計匪徒人數有二十。已
經展開全面調查工作。」[6]

英國主要殖民地之一印度的主流報紙The Hindu，在一九五一年
十月九日對馬來亞警察總長葛雷（William Gray）的新聞發布會做了

Commissiner's party) appeared from the opposite direction and it was possible to tap the
overhead telephone wires and communicate with Kuala Kubu. Ambush position was some
half mile long and clearly carefully prepared. Estimated size of bandit party was 20. Full
investigation into the circumstances is being made".

3　雷子健：《誰殺了欽差大臣？——緊急狀態那些人那些事》，頁25。

4　D. J. Staples沒提起此節。

5　雷子健：《誰殺了欽差大臣？——緊急狀態那些人那些事》，頁26。

6　雷子健：《誰殺了欽差大臣？——緊急狀態那些人那些事》，頁26。

詳細報導[7]，表示葛尼「被躲在森林裡的伏擊分子以機關槍密集的火力掃射」、「馬來亞警察總長葛雷說，五個皇家軍團已經出動，在偵察機和皇家空軍戰鬥機的助陣之下，深入大森林裡搜索幹案的游擊隊，至今在案發現場附近，發現兩個可容一百六十人的營寨」、「搜獲的文件，乃中文書寫，證明伏擊者早有計劃，準備在這條路上下手。不過沒有證據顯示，目標是沖著最高專員。只能如此說明這是一項事前部署的伏擊行動。在葛尼中伏之前十分鐘，馬來亞海軍司令Faulkner，經過同一條路卻沒有受到攻擊」、「十五分鐘的伏擊，最高專員的座車，被打得窟窿處處，合共三十六個機關槍彈孔。帶頭伏擊的人，吹哨下令撤退。護衛葛尼的一名伍長和五名士兵受傷，葛尼的司機和私人秘書也受傷」。值得一提：葛雷的談話，不提馬共，不稱「匪徒」，只說「伏擊者」或「游擊隊」。這跟其他有關的「當局」人士或媒體有所不同。

這些敘述跟陳平的自傳相比，陳平的說法明顯完全從另一個角度記載。陳平對葛尼伏擊事件有相當詳盡的描寫。他從伏擊者的角度來記載這件事。他花了很長的篇幅寫了「第十八章，在甲甫路的伏擊行動——虛張聲勢的鄧普勒到來」[8]。根據陳平敘述，馬共方面「最傑出的指揮員」[9]小馬和他的分隊隊員在伏擊葛尼之前在甲甫路（Gap Road）埋伏已近兩天。陳平說，「（小馬）和手下隊員面對的危險很大」。陳平對小馬他們的行蹤從馬共／襲擊者角度的描寫，遲至事情發生之後的五十餘年後才寫出並發表在他的自傳內。他敘述此次伏擊行動：「（小馬）是在一九五一年十月五日凌晨準備伏擊行動。一段三

7　雷子健：《誰殺了欽差大臣？——緊急狀態那些人那些事》，頁27。

8　陳平：《我方的歷史——陳平回憶錄》（新加坡：Media Masters Pte. Ltd.，2004年），頁257。

9　雷子健：《誰殺了欽差大臣？——緊急狀態那些人那些事》，頁57。

百碼長的陡峭彎路引起他的注意。這段彎路剛好在第五十七英里之前，路段是那麼彎，任何車輛的司機都會被迫把車輛減速到相當於爬行的速度。」這一段顯示了小馬正如陳平所說，是一個經驗豐富的指揮員。小馬並且讓游擊隊員匿藏在靠山一邊路旁茂盛的灌木叢中。

陳平也在五十多年後掀開了當時神秘的作戰面紗，他寫了小馬的部署，當時英政府的記載和敘述無法得知這些部署。根據陳平敘述，小馬「確定了三個不同的射擊位置」、「組織了三隻衝鋒隊，他們的任務是一旦車隊蒙受慘重傷亡而停下來之後，衝上去奪取武器」[10]。較早前，小馬還派人記錄來往車輛。第二天，小馬沉不住氣了，根據陳平敘述，「（小馬）預期在週末有更多車輛經過他埋伏的地點」，因為他知道這是警方車隊慣常使用的路。小馬認為這時候會有軍車送供應品到皇家西肯特兵團[11]在附近的作戰區。至於他為什麼會知道這個消息，陳平沒有解說。雖然當時政治部官員懷疑，葛尼有一名華裔海南籍的廚師洩漏情報，還有人說有奸細竊聽電話得知葛尼要到福隆港度假的消息[12]，因為葛尼的行蹤向來是屬於「高度機密」。

無論如何，小馬的等待有了讓他雀躍的結局。陳平把當天的情況記載了下來，小馬看到他「高度期待」的車隊來的時候，他和隊員們的攻擊，使得車上的警員除一人之外其他全部受傷。過了一段時間，「轎車的司機才做出反應」、「把車拐向左方」、「在離路虎後面約四十碼的地方停下來」。「子彈開始像雨點般」射向葛尼的座駕，「司機受傷，打開車門，跌在路上，躺在那兒一動不動」（這一部分在報紙上或其他記載沒有）。第一輪槍聲停下後，突然發生了一個大家都意想不到的事情。陳平認為這是「令人費解」的事——葛尼走出車外，槍

---

10 雷子健：《誰殺了欽差大臣？——緊急狀態那些人那些事》，頁257。

11 Royal West Kent Regiment.

12 雷子健：《誰殺了欽差大臣？——緊急狀態那些人那些事》，頁20。

聲再起，他被擊中，當場死亡。小馬和游擊隊員卻還不知道自己射殺的是什麼人。

陳平在書中解釋，葛尼並非原本的襲擊對象。因此事發生之後，若按英政府的敘述方式，這次的襲擊彷彿早在計劃中。但英國人對於馬共是否早就計劃將葛尼做為謀殺對象不置可否，他們只能從搜獲的馬共文件或被捕的馬共人員口中探虛實。從這一切他們所能獲得的證據都找不到刺殺對象是葛尼的預謀。最後他們只好相信刺殺葛尼並非預謀。陳平在他的傳記中坦誠表示：他們並無預謀。陳平說：「這一次，（小馬）希望攻擊一支大的武裝車隊。目標：奪取同志們抬得走的盡可能多的武器和彈藥。」[13]當事情發生之後，他們甚至不知道自己殺死了最高專員。因為他們並不知道是哪位高官會經過這條路，他們唯一的想法是要奪取武器。

在一個陳平口中「目的只是要搶奪一些武器」的伏擊行動中，從陳平對葛尼伏擊事件的描寫，看得出來他對此事有相當的成就感。他用了「又驚又喜」這個形容詞[14]，他也因此用了相當詳盡的篇幅去描寫此事。有關此事，陳平的傳記還透露一個當時的英殖民政府不知道的細節[15]──當此事發生的時候，他在「高原另一邊文東的總部內，兩地相距約三十五英里」。他其實並不知道此事，這裡也暴露了一事：此事不是由他部署策劃的。他本人是到了葛尼被射殺之後第二天早上，跟幾個馬共同志一起從收音機聽新聞報告才知道馬共殺死了葛尼。他甚至承認「當時大家驚愕得說不出話來」，接下來就是歡呼聲，以及決定由總部發表特別聲明來讚揚參與伏擊葛尼的全部游擊隊員[16]。陳

---

13 陳平：《我方的歷史──陳平回憶錄》，頁257。
14 陳平：《我方的歷史──陳平回憶錄》，頁259。
15 陳平：《我方的歷史──陳平回憶錄》，頁258-259。
16 陳平：《我方的歷史──陳平回憶錄》，頁259。

平在他的傳記中也否認了他的妻子李坤華參與謀殺葛尼的這個陰謀論，他說這是英國人為了抹黑他們的一個宣傳方式。[17]

有關該事件的襲擊人數，首席秘書杜弗的報告認為：「估計匪徒人數有二十。」警察總長葛雷說，在他們接下來採取的反擊行動中，「發現兩個可容一百六十人的營寨」[18]，彷彿暗示人數有超過杜弗所說的二十人。到了一九九九年十一月三十日，根據D. C. Alfred[19]所創辦的網站[20]，該來函認為，伏擊分子有三十八人，他們有三支布朗式機關槍、斯坦式機關槍和來福槍。他們屬馬來亞民族解放軍第十一支隊，由小馬領導。小馬後來在一九五九年三月被他的同志在怡保殺死[21]。陳平則在傳記第十八章[22]中提到，「小馬同志和……三十六位游擊隊員」。

除了襲擊隊員的人數與襲擊策劃記述上的不同，另一個記述的不同是對葛尼自己走出車外飲彈身亡的描述與解釋。

---

17 陳平：《我方的歷史——陳平回憶錄》，頁259。

18 雷子健《誰殺了欽差大臣？——緊急狀態那些人那些事》，頁27。

19 雷子健《誰殺了欽差大臣？——緊急狀態那些人那些事》，頁27。錯植為Alfreed。D. C. Alfred寫了一封讀者來函給《海峽時報》，此事根據一位馬來亞退伍警察Rufus cole（在馬服務年分為1947-1959）敘述。

20 This site concerns the Malayan Emergency (1948-1960) and the Indonesian Confrontation (1963-1966) it is hoped it will be of interest to veterans of these two campaigns and others who may be interested in these conflicts. The bibliography has been compiled by Paddy Bacskai (RAR, RAER, SAS, RAR, SAS, 1957-1981) who also supplied much of the statistical data. This site has been built by me, Rufus Cole (Army, Malayan Police, Dept.Aboriginal Affairs. 1947-1959), I have tried to be as accurate as possible but if you spot anything wrong or have anything to add please let me know.....this site is still under construction. (http://askari_mb.tripod.com/id6.htm)

21 The ambush party comprised 38 armed with three Bren Guns, Stenguns and rifles from 11th. Regiment Malayan Races Liberation Army and were led by Sui Mah who was subsequently killed by his own men near Ipoh in March,1959。

22 陳平：《我方的歷史——陳平回憶錄》，頁257。

葛尼被伏擊之後，官方的文告指出他向來不肯坐裝甲車，拒絕由大批武裝人員護送，因為他要更加接近人民。[23]但是陳平對葛尼的評價：他身上「佩戴很多裝飾物。這說明了接近群眾並不是他的主要考慮」。這個定論似乎倉促了些。他也不以為然地認為葛尼說要接近人民，但是「坐勞斯萊斯去接近人民」，語氣毫無疑問地表示不相信。

葛尼乘坐的是勞斯萊斯，該車在此宗意外事件之後被修復並成了第一任檳城州元首的官車，目前存放在檳城州博物館。勞斯萊斯是世界頂級超豪華轎車廠商，一九〇六年成立於英國，被稱為世界上最好的汽車，其造車技術和裝置完全可保障車輛的穩定性、安全性和各種保障[24]。但並沒有提起防彈，所以我們不知道葛尼的車是否因為他的身分有防彈的設備。換句話說，葛尼當時如果留在車內，還是有很大安全的可能性。路透社當時的新聞也說：葛尼留在車裡毫髮無損[25]。但此車是否有防彈設計卻未有確實的報導。無論如何，當時所有的報導確確實實地指出：葛尼在伏擊者開槍十分鐘左右之後打開車門下車，並被現場擊斃。英國作家Margaret Shennan在她為約翰・戴維斯寫的傳記裡用了「騎士精神」這樣的形容詞，站在英國人立場，或者人道立場，她完全有理由能夠這麼說。

馬來西亞國防部的一份檔案說：「葛尼意識到他和夫人，以及車內另外兩人命在旦夕，而他自己肯定是首要攻擊目標。為了保全夫人和其秘書的性命，葛尼勇敢走出車外，自我犧牲。」[26]這個說法也是普遍被接受的。他死後，葬禮在吉隆坡焦賴（Cheras）的基督教墳場舉行，約二千人送他一程。其墓碑上寫的是：「沒有人像他這樣，為

---

23 陳平：《我方的歷史——陳平回憶錄》，頁260-264。
24 維基百科：《勞斯萊斯》，http://baike.baidu.com/item/勞斯萊斯/65611。
25 雷子健：《誰殺了欽差大臣？——緊急狀態那些人那些事》，頁29。
26 雷子健：《誰殺了欽差大臣？——緊急狀態那些人那些事》，頁29。

朋友獻上自己的生命。」²⁷

　　但陳平的傳記是這樣敘述的：「令人費解的是，轎車後部右側車門打開了，一名穿著輕便熱帶服裝的高瘦歐洲人下了車。他平靜的直接朝游擊隊居高臨下的伏擊地點走去。他才走了幾步，一陣來福槍槍火擊中他，他臉部朝下倒下去。」這一段是非常有意思的描寫。作者寫得看似平淡，實際上真實情況卻是如此地驚心動魄。就好像有些電影情節到了最激動人心的時候，導演選擇了用無聲的拍攝手法來應付。讀者／觀眾反而更能專注於劇情中。緊接著，陳平也向我們透露：由於那批警員還藏身在灌木叢中，小馬無法命令他的衝鋒隊收集武器。不久後，偵察車來了，還有人不斷從車上開火。小馬無法得知自己射殺的是誰，又不能搜集到武器，很不甘心。他下令吹哨撤退，此役無人傷亡。軍警來到的時候已經是一小時以後，他們看到的是：「那名歐洲人伸開四肢躺在公路向上一邊的排水溝旁。他是英國駐馬來亞欽差大臣亨利·葛尼爵士，是馬來亞地位最高的殖民地官員，他死了。」最後，他引述了官方與媒體的說法：「有一種說法是，他要保護汽車內的另外兩個人，——他的太太和他的私人秘書」。但是陳平始終沒有對葛尼的這一行為做出自己的判斷。

　　此事發生之後，英國軍方花費許多精力去追捕兇手。但對當時的馬共生存狀況官方敘述與馬共敘述也呈現出不同。

　　根據英方的記載，葛尼被射殺之後，英國方面派來了以強悍作風著稱的鄧普勒將軍（Sir Gerald Templer）擔任第三位最高專員，取代行事作風相對較為溫和的葛尼。鄧普勒將軍是被英國首相邱吉爾任命前來具體實施緊急狀態法令的，他強調說英國人在馬來亞打的戰是一場

27　原文：「Greater Love Hath No Man Than This That A Man Lay Down His Life For His Friends.」其墳墓至今仍獲英國當局特別打理和照顧。

「好人對付壞人」的戰爭，是正義之戰[28]。鄧普勒帶著光環而來，英政府對他寄予厚望。他上任之後，馬上採取多項剿共計劃，包括對華人新村的嚴厲控制、戒嚴令、強化情報部門角色、將馬來亞各地分成「黑區」、「白區」[29]等等。

根據霹靂州前任總警長袁悅麟記載說，霹靂州和豐是馬來西亞緊急狀態法令下第一個被宣布為黑區的地方——當時馬共謀殺了三名英國人：「（當時）幾乎整個中霹靂都在馬共恐怖分子的籠罩下」。他也記錄了當時幾乎整個中霹靂的恐怖分子包括馬共州委和中委都被消滅了。他並且強調，所謂的中委，就是包括策劃圍剿和謀殺葛尼的主要指揮官。他在另一本著作《薑行動》（Operation Ginger）裡，多次提到Siu Ma[30]，也就是突擊葛尼的領隊，但沒有詳細資料。

但馬共的記載卻是相反的。首先是陳平在書中述及，英國方面花了四個月時間才找到代替葛尼的鄧普勒將軍。陳平認為當時「吉隆坡一團糟……倫敦當局似乎震驚到不知所措」[31]。而作為新聞記者的雷子健後來寫的一部紀實文學中轉述一位叫做梁英的馬共黨員的紀念文字：「一九五一年十月六日，梁英同志參加了一場伏擊戰。當時，梁英同志跟隨小馬同志帶領的一個分隊游擊隊員，在新古毛前往福隆港的公路旁設伏。隊伍匿藏在路旁茂盛的灌木叢中，等了幾天，終於伏擊到一個英軍車隊。沒想到，卻把車隊裡的英國駐馬來亞欽差大臣亨利葛尼消滅了。」[32]張佐，馬共第六突擊隊隊長，在他的自傳《我的

---

28 韓素音著，陳德彰、林克美譯：《吾宅雙門》（北京市：中國華僑出版公司，1991年），頁67。

29 馬共活動頻繁地區被劃分為「黑區」，反之則是「白區」。

30 小馬，早期他的名字被譯為Siu Mah，後來有的叫Siu Ma，以及Siew Ma，都是同樣用粵語發音。

31 陳平：《我方的歷史——陳平回憶錄》，頁262。

32 雷子健：《誰殺了欽差大臣？——緊急狀態那些人那些事》，頁36。

半世紀──張佐回憶錄》中也寫道，小馬曾向他口述伏擊葛尼的經過。小馬說：「打了葛尼，我們的部隊並沒有走到哪裡，而就在離肇事地點不遠，即彭亨通往新古毛公路南面的路旁紮營。打仗過後，當時緊張而頻繁的軍事行動，滿載英兵與廓爾喀兵來來往往，這景況，盡收我們眼裡。」「三千敵兵，全部向北部山湧去，揚言說一定要追上我軍，為他們的主子報仇，而我們卻平平靜靜安住在公路旁。」「敵人摸不上我們一根毛。而當地廣大民眾，卻因為我軍消滅了葛尼而歡天喜地，大搞勞軍活動，他們為部隊送來了整隻燒豬，還有雞鴨、美酒……部隊可熱鬧啦，戰士吃著大餐，喝著美酒，個個高舉酒杯，歡呼慶祝勝利！」

　　曾經參與伏擊葛尼的張生，在一九六八年口述《記福隆港伏擊戰》中也提及：「我們在回隊的路上，所到之處都受到群眾的熱烈歡迎……鄉親們早已準備好了慰勞品，殺雞殺鴨，還扛了大燒豬來慰勞解放軍。」根據張佐轉述小馬的說法，打了葛尼之後部隊並沒有走到哪裡，而就在離肇事地點不遠，即彭亨通往新古毛公路南面的路旁紮營。張生的記錄卻說：「我們早已經安全轉移，結果英軍撲了個空，連游擊隊的影子都沒有見到呢。」這裡所謂的安全轉移是轉到哪裡，則沒有透露。只能從當時的媒體報導獲知，澳洲《坎貝拉郵報》（Australia Canberra Post）報導：「他們迅速撤退消失在深山中，英軍從那時起對葛尼兇手的追捕一直徒勞無功，直至一九五九年三月才成功擊斃小馬。」[33]《海峽時報》在當時報導：「謀害葛尼的兇手已經死了，小馬，四十歲，留在馬來亞的最高階層恐怖分子，在離開怡保不到一公里之處被擊斃。」

　　值得注意的是，馬共的記載大篇幅地敘述葛尼事件對馬來亞造成

---

33 雷子健：《誰殺了欽差大臣？──緊急狀態那些人那些事》，頁40。而且是在小馬屬下投誠之後出賣其藏身之處。

的衝突以及馬共的勝利,而馬來亞官方與媒體更強調他們對馬共的圍剿。具體事實如何,現在已無法還原了。但將馬來亞官方、媒體的記載與馬共的傳記比較閱讀,無疑可以更深入地思考歷史事件。

第二節　我方的創作:跟馬共書寫的「馬共書寫」比較

潘婉明在〈政治不正確與文學性:馬共書寫的「馬共書寫」〉一文裡,談到了「馬共書寫的『馬共書寫』」這一概念。她認為「馬共書寫的『馬共書寫』」指的是馬共寫的文學作品。二○一七年,潘婉明在為海凡的《可口的饑餓》作序時,再度提起何謂「馬共書寫」。她清晰地為「馬共書寫」進行了定義:「以馬共及其歷史為人物或情節所展開的文學創作」。她把「馬共書寫」歸類為:文學─歷史體質,並給予以下界定──馬共文學應該符合以下這些條件[34]:一、以馬共人物或戰鬥為故事背景;二、以歷史為創作動機;三、遵循現實主義文藝教條;四、必須是文學創作;五、必須能體現組織的運作、思維和政治決策;六、透露各陣營的合作與衝突,展現內部張力;七、能刻畫人性,人物其精神必須反映一個時代的歷史意義,或一個世代的生命抉擇;八、呈現戰士們的生活面貌心靈和處境。

馬共傳記與「馬共書寫的『馬共書寫』」寫作者都是馬共,敘述的也都是馬共,但因為寫作體裁的不同以及創作目的的不同等原因,兩者呈現出一些不同的特點。「馬共書寫的『馬共書寫』」作家主要有金枝芒、賀巾、海凡等人。

金枝芒被馬共譽為「人民文學家」,不難看出他在馬共的地位。金枝芒,本名陳樹英,生於一九一二年,卒於一九八八年。他屬於南

34　海凡:《可口的饑餓》(吉隆坡:有人出版社,2017年),頁12。

來文人，出生於中國江蘇省常熟縣。在中學時期已積極參加愛國救亡活動，中學畢業後，接受師範教育，婚後將剛出世的男嬰留在妻子家撫養。一九三○年代，他和妻子一起南來宣傳抗日，反對日本侵略中國。一九三六年，他和妻子應聘到霹靂州督亞冷同漢華小任教。他的文化教育程度比起當時一般人來說較高，他以金枝芒、殷枝陽、乳嬰、周容為筆名發表文章。

日本策動九一八事變以及後來的中日戰爭爆發，馬來亞華人跟世界上其他華僑一樣，抗日情緒逐漸高漲，一九三七年以後，馬來亞華僑各界眼看中國全面抗戰，也積極展開抗日援華運動，金枝芒就是在這個時期開始發表文章鼓動抗日援華[35]。

跟金枝芒齊名並被譽為最重要的馬共作家之一是賀巾，賀巾原名林金泉，一九三五年生於新加坡。他在求學期間，被捲入學潮。畢業後任職教師、廣播員、書記等等，他於一九五○年代中期開始就參與馬共秘密組織，一九六○年代逃亡到印尼。一九八○年代初到馬泰邊界參與武裝鬥爭，打過森林游擊戰。一九九○年代以後在泰馬邊境居住，回不了新加坡。

文學可以反映一個時代，這毋庸置疑。在金枝芒和賀巾的年代，文學有兩大選擇：成為政府或共產黨的喉舌。一九四五年日本無條件投降之後，英軍重回馬來亞，想要跟二戰前一樣統治馬來亞卻已面對重重困難。他們在日占時代匆匆放棄馬來亞，以及在極短時間內馬來亞就淪陷，這一切讓英軍原有的形象毀於一旦。他們重返馬來亞之後，抗日軍成了抗英軍，一直到一九八九年和平條約為止，馬共游擊戰所投下的人力、物力可說已經出盡全力，其對現實社會的影響也極深遠。

---

35 金枝芒：《抗英戰爭小說選》（吉隆坡：二十一世紀出版社，2004年），頁4。

　　金枝芒加入馬共之後仍然創作，他的文章後來被馬華文學研究者方修歸為「抗戰小說」[36]。在馬華文學史上，金枝芒可說是其中一位創作抗戰小說不遺餘力的作者。由於新馬各地華僑在一九三〇年代已經積極抗日，這些活動，都給金枝芒靈感，加上他本身的努力，他在抗戰時期創作的作品較為主要的有《新衣服》、《八九百個》、《逃難途中》、《小根是怎麼死的》、《姐弟倆》、《弗琅工》等等。方山認為他這時期的作品「深具內涵和感人」[37]。金枝芒經歷過馬來亞日占時代，在錫礦、農場都工作過，以便掩飾抗日活動。日本投降之後，英殖民者捲土重來，此時馬來亞人民已深知唯有將殖民者趕走才有真正的自由。在這種風潮下，他參加抗英活動，發表許多反殖文章，號召爭取獨立。他曾在《北馬導報》、《怡保日報》擔任編輯，這兩家報館發表不少反殖反帝的文章，被殖民地政府封了之後，金枝芒再到《戰友報》當編輯，後來兼任《民聲報》副刊《新風》編輯。在這段時間裡，當時的馬華文學界剛好有一項論爭，也就是「馬華文學獨特性」的問題。當時的文人圈所爭論的是「馬華文藝」和「僑民文藝」這兩個概念，金枝芒的論點是：「僑民文藝不應該是馬華文藝的主導方向，馬華文藝的獨特性，在形式上不能排除來自中國，但內容卻必須是馬來亞的；中國來的作家，不熟悉馬華社會的現實，因而暫時無法創作有獨特性的馬華文藝，但是如果要在本地發揮作用，他們必須加入本地的現實狀況，為了表現此時此地的現實而嘗試熟悉它。」[38]也許這就解釋了為什麼他的文章那麼本地化。可能是刻意，或是嘗試，可能也因為他對馬來亞產生了感情。

　　一九四八年，英政府宣布馬來亞進入緊急狀態，在全馬進行大逮

36　方修：《馬華新文學大系》（四），小說二集（星州世界書局，1971年）。

37　金枝芒：《抗英戰爭小說選》，頁5。

38　金枝芒：《抗英戰爭小說選》，頁7。

捕、大封禁、大鎮壓，在這種情形之下，金枝芒沒有離開馬來亞，反而加入馬來亞民族解放軍，繼續其編輯事業，他的文章顯而易見地充滿馬來亞元素。他參加《戰鬥報》、《團結報》、《火線上》等報刊書刊的編輯出版。他還寫歌詞，由戰友譜曲。一九五三年，跟隨馬共從彭亨州向馬泰邊境長征。在金馬崙高原被英軍猛烈轟炸，歷盡艱險。這種情況之下，他不忘創作。到了邊區，更加積極參與宣傳教育工作，最為讓馬共隊員們稱道的是他將馬共隊員在革命鬥爭中的事蹟整理記錄油印成小冊子，因此他也主持了戰鬥故事叢書《十年》的編寫，他出版其中的三篇小說就是以當時收集到的素材編寫而成。他的努力和堅持，讓《十年》出版了十多集。

金枝芒的《抗英戰爭小說選》共收錄三篇中篇小說，包括《督央央和他的部落》、《烽火中的牙拉頂》、《甘榜勿隆》。根據此書的編者方山的序〈寫在前面〉[39]，這三篇之所以入選，因為這是那個戰爭年代戰士們最愛的讀物，保存尚算完整，因此這三篇獲得優先出版。這三篇小說分別反映在那個戰爭時代中，森林裡的土著（文中稱作「阿沙族」）、華族和馬來族，在日軍無條件投降之後，面對捲土重來的英殖民政府，在戰爭中遭受的凌辱、苦難和殺害，以及他們如何奮起反抗和獻出寶貴生命。《督央央和他的部落》以阿沙族作為中心人物，寫他們如何抗英；《烽火中的牙亞頂》則以華人作為抗英的主角；《甘榜勿隆》則是以馬來人的積極抗英為主軸。

賀巾則是努力創作中長篇小說，他於一九五〇年代初開始文學創作，寫出《巨浪》、《青春曲》、《沈郁蘭同學》、《青青草》等，受到讀者與評論界的讚賞。

海凡共出版兩本跟馬共有關的創作集，二〇一四年的《雨林告訴

39　金枝芒：《抗英戰爭小說選》，頁3。

你》[40]和二〇一七年的《可口的饑餓》。他在馬共圈子裡並非像金枝芒一樣被封為「人民文學家」，但是在文學圈裡，卻是受到推崇。

海凡的《雨林告訴你》和《可口的饑餓》都是短篇小說集，其中有些具有極短篇小說的特徵。《雨林告訴你》裡的日記部分比起短篇小說，有不同的吸引力。這短短幾十頁的日記是散文體，也可說是部分自傳式散文，它的真實性毋庸置疑。如果仔細閱讀，可發現這短短的日記，信息量很大。它真實地記錄了合艾條約之後，一個前馬共的經歷，這其中橫坐標是他所看到的事物和遭受的各種現實衝擊，縱坐標則是領導和同志的心理和現實變化、部隊和隊員們下山之後即刻面對的各種生活問題、跟家人的聯繫和見面、對被處決的同志表達了說不出來的同情、對領導的些許做法的不滿等等。

《可口的饑餓》有十一篇短篇小說，內容全跟馬共游擊隊的森林生活、部隊生活有關，若細分仍有不同主題。放下武器之後，部隊的隊友到了該用文字向歷史和記憶留下文檔的時候了，就好比黎紫書在序裡說的，此時他們卻無筆可用。在軍隊裡，謀生覓食是大事，提筆寫小說是百無一用，因此也就寥寥無幾；放下武器，山中磨練出來的能耐一無所用。海凡的文字恰好起了拯救作用，黎紫書將他當作「金枝芒和賀巾之後，總算有了可以接棒的敘述者」。就如他在〈藏糧〉寫的：「它們從今天的社會出發，向已匿在歷史角落裡的昨日轉進。」他的創作力在下山之後，再度爆發，這些年來，各種形態（尤其回憶錄和傳記）的文字由前馬共書寫出版，歷史的面貌比起以往的單調，顯得更為豐富，更有其縱橫[41]。黎紫書認為海凡是極有可能馬共隊伍中碩果僅存的，「唯一持有工具，有能力去挖掘」那個豐富的

---

40 海凡：《雨林告訴你》（吉隆坡：文運，2014年）。

41 海凡：《可口的饑餓》，頁9。

「藏糧」地點的昨日之人。在還沒有其他作者出版類似海凡的文字能力的文章之前，黎紫書之言也許看似誇張，但其實並不是危言聳聽。因前馬共數千人士之內，大多至今也已離世或邁入垂垂老矣之年，能寫的很多已經出版，大多集中在回憶錄。如海凡這種小說，可說尚未有其他作者在書寫。

　　他們的「馬共書寫」與馬共傳記書寫比較，呈現出以下幾個方面的不同：

一　更多地呈現馬來亞當年的森林生活、文化、景色、風情

　　金枝芒的《督央央和他的部落》、《烽火中的牙拉頂》、《甘榜勿隆》這三篇小說，都取材自主幹山脈大森林，而且基調都是抗英鬥爭，不難從這裡看出在一九四〇至一九五〇年代馬來亞森林生活和文化。《督央央和他的部落》尤其花了不少篇幅，描寫從祖先時代就居住在森林的阿沙族的生活方式，主角督央央是阿沙部落的長老。阿沙族跟馬共的關係向來相對融洽，他們是「森林之子」，是馬來亞原始森林裡面的原住民，抗日軍將他們的部落統稱「阿沙族」[42]。督央央原本帶著部落在祖先墓地和河流一帶聚居。在緊急狀態時期，為了杜絕散居森林的阿沙族給予抗英軍的支援，英政府讓所有阿沙族集中居住到政府安排的集中營。督央央從遲疑到最後在「沙奸」（阿沙的奸

---

42 根據《抗英戰爭小說選》說明，英殖民時期，馬來亞的山地民族被英殖民叫「Sakai」，也即是「山番、野人、奴僕，意含侮辱」；殖民當局要求山地民族稱呼白人為「Tuan」，也就是主人的意思。獨立之後，有關當局改稱山地民族為「Orang Asli」，也就是原住民的意思。至於「Asli」這個稱呼是在抗日時期，抗日軍稱呼山地民族為Asal並翻譯成「阿沙」，Asal是「原本」的意思，在這裡意為「原住民」。這個稱呼被抗日軍廣泛接受，當作統一的稱呼。

細）依淡出賣下，無奈被強迫搬入集中營。他們在營內行動不自由，饑餓、迫害、婦女被強姦等等。最終在一個夜晚，抗英軍老江帶著戰士在阿沙族的積極配合下，打敗奸細，將全族解救。《烽火中的牙拉頂》以華人為主角。吉蘭丹州的一個叫做牙拉頂[43]的小鎮，人們從日占時代就過著苦難生活，抗日之後又要抗英。牙拉頂的人積極反抗殖民強權，並不畏懼，他們的目標只有一個，將英殖民趕出自己的地方，恢復人民自由民主。[44]《甘榜勿隆》描述馬來亞民族解放軍在霹靂河上游的馬來鄉村，甘榜勿隆（Kampung Belum）裡的村民絕大多數是馬來人，這篇小說寫的是他們跟馬共解放軍之間的故事，描繪解放軍如何堅守紀律、堅持各種改革政策，並幫助人民度過種種難關，並且在一個被土匪和日軍破壞得滿目瘡痍的地方重新建設，但卻在英軍的侵略下再度被夷為平地。

　　《督央央和他的部落》和《烽火中的牙拉頂》說的是抗英事蹟，《甘榜勿隆》則花了更多筆墨描繪馬共如何改革一個鄉村。這幾部小說都取材自真實故事，《督央央和他的部落》是「取材自主幹山脈大森林阿沙部落抗英鬥爭的真實故事」；《烽火中的牙拉頂》則綜合了「金祥、老勝等人的口述資料和筆記，以署名『愚伯』為第一人稱，展開本小說」；《甘榜勿隆》「主要是根據永定同志的文章整理而成的，但在整理的時候，也參看了洋平、老江、阿漢、奀仔同志所寫的

---

43 也就是吉蘭丹州的Ulu Galas，現在是布賴／布勞Pulai。

44 周力（金枝芒）逝世後，在整理其遺物時，「……發現了《烽火中的牙拉頂》改寫稿一千一百七十二頁，計二十章，三十多萬字，已是個長篇，仍未命名，只寫到霹靂大部隊到達牙拉頂，故事尚未結束。該改寫稿之下，還積壓不少空稿紙。中間夾著《歐羅心摩戰鬥》（抗英時期部隊的手抄油印本），《1950年3月25日歐羅西摩河戰役檢討》（手抄本）以及《歐羅西摩河伏擊戰場地圖》（手繪草圖與說明）等等。天妒英才，夫復何言！周力同志未能完成全部改寫。慶倖的是，留給了後者看到可能的後續情節以及某些不可或缺的檔資料。」（http://gbgerakbudaya.com/home/ product/烽火牙拉頂-抗英戰爭長篇小說/）

同一內容的文章，補充了不少材料」。

　　《督央央和他的部落》一開始就說明了督央央和他的部落，住在霹靂州深山裡的一條大河邊。他們在這大河邊的森林裡過活，生活並不好。在金枝芒筆下，阿沙族長期吃木薯，沒有醫藥，沒有衣服，身體不健康，加上雨林的悶熱寒冷和潮濕[45]，還有「奇怪的迷信和骯髒的習慣」，都會帶來疾病和死亡。在這種情況之下，督央央作為部落首領，很積極地督促他的部落，多開芭場，多打獵。但森林提供的資源，物價高，賣價低，他們得來的錢不足應付基本需求。督央央去求人讓他部落的人去洋人茶園工作，薪金也很低。他們越跟外界接觸，越覺得那是一個金錢的世界，充滿欺詐和鄙視。他和他的部落，對外面很失望。這一段看似簡單卻信息量大的段落，介紹了阿沙族在森林的生活環境。

　　即使是這樣惡劣的環境，他們還是不願意去住在奸細和英國人口中環境很好的集中營。督央央覺得森林特別親切，有安全感，不願離開。他們的思維比較簡單，奸細當了特警，再穿阿沙族的打扮回來，就以為他知錯能改。奸細依淡有時說的話讓人覺得不順耳，他們還是選擇原諒。「他們向來在閉塞的森林中過活，缺乏文化，要他們瞭解一個問題或懂得一種道理，比起其他的民族來，就更加需要依靠他們自己的經驗，根據他們親身接觸的活生生的事實了。」[46]但也通過奸細依淡的口，讓讀者知道，他們的生活雖自由自在，但是到底「太辛苦了，太落後了。實在和野獸過的差不了幾多；和外面的人比較起來，那就天差地遠」。

　　日子那麼難過。但新包粟收成、婚禮，都是讓阿沙族開心的事。

---

45 悶熱和寒冷是會同時發生的，這是居住熱帶地區的經驗，也許金枝芒從中國來看到會比較新奇，將之寫入文章裡。

46 金枝芒：《抗英戰爭小說選》，頁31。

作者描述他們的日常生活：比如捕捉動物／打獵的各種方法[47]。作者也花篇幅寫他們如何準備婚禮：「將一竹筒一竹筒捕獲的蛤蟆和老鼠，炕得好好了；……煙袋織好了用紗籠角貼肉綁在腰間。……有紗籠的人們都穿了起來；……許多人頭頂都戴上了鮮豔奪目的花箍，腰背插上了青青抖動的枝葉。」

農作物對阿沙族非常重要，英軍要求阿沙砍伐自己的農作物，阿沙無法接受「要砍拔這些東西（包粟和木薯），就像砍掉身上的頭髮和眉毛一樣，是肉痛，也是心痛的。誰也伸不了這樣狠心的毒手！人們只是呆呆地看著在紅毛鬼的示意下……當每一棵重甸甸的包粟梗倒下地去的時候，甚至那包粟梗碰擊著地面的輕微的聲音，也使人們的心頭按捺不住一陣陣寒。人們都記得，他們怎樣從茫茫的森林裡砍下這個芭場，又怎樣等待了連續的晴天放火燒芭，以後來了雨水怎樣下種，又怎樣逐日去察看種子爆芽、發葉。每一棵木薯和包粟上都滲透著他們的心血，每一塊土地上都滴有他們的汗粒，他們委實伸不出那毀滅的毒手！儘管紅毛鬼在咆哮，儘管紅毛鬼的槍柄撞擊著背脊，人們還是拔了一棵拔不了第二棵，砍了一刀砍不了第二刀的」。督央央作為領導如何面對這樣的情況呢？他的感受是一樣的，「刀刺在心，難受極了」。

《烽火中的牙拉頂》描述地方景色，很有南洋風味。比如：「早晨，太陽從東方升起來，照散了籠罩著山村的一片大霧，東西相對的娘娘山和拿督山比美著巍峨的山峰，像平日一樣：兩山夾著的村莊，是連綿不絕的田芭，縱目望去，接連到天邊；中間的擴大的牙拉頂河靜靜地流著。田芭已經收割很久了，此刻長滿了青草，好像是蓋著一

---

47 金枝芒：《抗英戰爭小說選》，頁22。

張嫩綠色的地氈。」[48]非常典型的南洋風景，在馬來亞到處可以看到類似的山水，跟中國很不一樣，而且他用的詞彙，很有地方色彩。

《烽火中的牙拉頂》描寫本土風味包括人們種穀割穀的情形。首先提及當地人膜拜的神靈是水尾娘娘，也就是水尾聖娘，亦稱南天夫人。水尾聖娘廟，一般供奉的是「南天閃電感應火雷水尾聖娘」。水尾聖娘信仰發源於海南省文昌市東郊鎮，因建廟之地位於水尾（海邊），故名「水尾聖娘廟」[49]。接著，因為共產黨員要幫助阿雲嫂他們割穀，所以只能在晚間行事。金枝芒描寫了一些中國作家不可能寫的情形。比如，「晚上的『兀仔』是最最可怕的東西，只要你收一下沒有去掃，已咬得你的眼睛都張不開來了」；「晚上敵人又巡邏，穀子不能用禾桶來打，也不能使用任何會出聲的東西。用一個麻包袋裝著穀穗來用手磨，用腳擦，要弄得乾乾淨淨。在地上和禾梗上都不能留下一點痕跡，否則敵人一看就會知道是怎麼一回事」。但是，這談何容易，所以，有時候就會因為留下了些許痕跡，而導致跟敵人戰鬥。由於晚上割穀的危險性，馬共想盡各種辦法，這些都讓金枝芒寫到小說裡了。

《甘榜勿隆》寫馬泰邊境的一段霹靂河，叫做勿隆河（Sungai Belum）。金枝芒描寫起本地馬來鄉村的景色，可說筆法純熟。甘榜二字翻譯自馬來西亞語Kampung，意為鄉村。這一篇紀實小說，一開頭就介紹了這個甘榜的地理形勢——勿隆河的兩岸是「高山架崎著的一塊肥沃的平原，其間散落著十三個馬來小甘榜」。這十三個甘榜組成了甘榜勿隆（Kampung Belum），「全長不及十英里，共五十一戶人家，有二三百人」。作者也交代了它的詳細所在地，讓讀者深刻感受它就在馬泰邊境——沿霹靂河去宜力（Grik），要走十天路；溯河翻

48　金枝芒：《抗英戰爭小說選》，頁96。
49　百度知道：《水尾聖娘廟》，https://zhidao.baidu.com/question/375543560.html。

過分水嶺，出去吉蘭丹州蒲魯高河（Sungai Pergau）的甘榜巴都末林
丹（Batu Melintang），要三四天……至於它的地勢，則到處是椰樹、
榴槤，還有其他果園，比如紅毛丹、山竹、木瓜等等；豐收時還有山
鹿來吃，馬來農民在此已經有一〇〇多年歷史。這樣一個看似馬來亞
境內最普通平靜的小村子，居民們原本過著自給自足，安居樂業的生
活，然而卻殘忍地被殖民統治者侵略了。金枝芒在小說中很自然地從
地勢、地形、地方風俗風情寫起，把一個活生生的馬來甘榜呈現在讀
者面前。這些描寫，跟那些傳記有所不同。馬共的傳記以記錄本身奮
鬥為主，以宣傳為輔，所以就不太注重這方面的描寫。

二　馬共高大形象的塑造

　　馬共傳記中，因為是傳記，反而是更比較能夠體現和還原「人」
的複雜性與多面性，而在這些「馬共書寫的『馬共書寫』」中，除了
海凡的作品呈有複雜性與多面性的呈現，其餘一概是極為高大與正面
的。潘婉明就指出，金枝芒「其作品受教條所限，架構單調人物刻
板，如共產黨戰士總是形象高大，而敵人面目猙獰。」，的確他的作
品人物黑白分明。無論是督央央、馬共人物，還是沙奸、英軍，他筆
下的人物形象只有兩種，好人好到極致，壞人壞到極點，絕無兩者間
的中間人物。賀巾亦如是。他小說中的人物形象除了高大與正面外，
還帶有引導民眾的責任。而這都是由他們的文宣目的所決定的。

　　在《督央央和他的部落》裡，馬共或抗英軍的代表人物是老江和
巴谷，他們是督央央的好朋友。在抗日時，督央央就曾安排過他部落
的人去幫老江和他的部隊運糧。日本投降後，老江出去幫督央央他們
「出米牌」。老江每次見到督央央，就會告訴他「外面的事」。有時老
江也幫督央央買藥、帶鹽和紗籠這些日用品，鼓勵他們農作。抗英戰

爭一開始，督央央就把他在日本投降時弄到的幾支槍盒一些子彈交給老江。

他們從一開始就不斷地警告督央央說要提防依淡。可是督央央一直還是單純地覺得阿沙族不會出賣自己人。對於沙奸這回事，督央央自己也承認那是因為「還沒有嘗到滋味」，「還不能接受」，「實際上也並沒有提防」。他對自己的解釋是：「他心裡還以為他是阿沙，是自己人，他還可惜他，還愛護他。」知道了他是奸細之後，督央央「要用噴筒噴死他」，「用巴冷刀戳死他」。這裡，作者通過督央央對比了阿沙和抗英軍，督央央認為，自己雖然年紀比老江和巴谷還大得多，卻比不上他們，作者寫督央央的心思是「在這二個人的身上他寄託著希望」，深信他們會來救出整個部落。

賀巾一篇廣為人熱烈評論的是《小茅屋》，這篇小說寫的是一位名叫馬建的代課老師的崇高形象。馬老師是代課老師，他猶如一股清流，來到學校。通過許多小細節，我們看到馬老師熱忱的一面。他很會說故事，帶孩子們唱歌、做手工；替學生訂書桌，帶他們看醫生，免費補習等等，一件件小事讓孩子們開始喜歡上學生活。「學生主角」王玉成，本是一個頑皮的小孩，家庭環境並不好，父親是個粗人，有許多缺點，甚至動不動就打罵小孩。在這種家庭成長，其實是一九五〇年代那一代許多人的共同回憶。馬老師發現玉成不愛讀書，發現他的小茅屋等等秘密，他知道這個小孩熱愛勞動，並非毫無優點。他決定機會教育，通過他的努力，讓孩子懂得「教育能夠改變自己」這個道理。

這篇小說傳達一個訊息，馬老師代表了新時代新教育工作者正面的形象，他為了改變學生的人生，深入他們的生活，而不是像其他老師一樣過著刻板的教學生活。這篇小說的結尾，通過馬老師和玉成的對話帶出了學運和未來：

（玉成）終於莊嚴的說：「你走後，我一直想念你，要去看你又不能夠……我想長大了學你這樣！」他停了一下，說：「最近我看了一本書，裡頭有一段是這樣，我念給你聽……」他想了一會，演講似的說：「我們要跟魯迅走，走到群眾的隊伍裡，做個英勇的戰鬥員。不怕豺狼、猛獸；不怕刀槍、子彈！」先生靜了許久不說話，後來才摸他的肩，說：「好孩子！」又注視了他良久良久，彷彿要找到他變化的痕跡；忽而說：「這要受苦，你知道嗎？」

「我想過，不怕！」

「那就要先用功讀書！」

「我樣樣都及格了！」

「講什麼故事？」

「你走了的故事！」

馬先生說：「我走了沒有故事，這裡倒有。」他指著屋子說：「從前這裡是一間大寮子——屋子長大了，你們也長大了！——這就是故事！」大家笑起來！

原野上的草在輕風中搖曳，彷彿也笑出聲音。

　　讀者可以明確看到，這一種寫作方式，其實相當直白，作者說「屋子長大了，你們也長大了」，暗示著整個學運和革命活動的提升和進步，新加坡當時有環境的局限，進行左翼運動不容易，但是學運和工運還是非常活躍的。馬老師是一個帶有革命思想不願被前人牽著鼻子走的老師，對年輕又熱血的學生之影響力非常大。雖然這是點到即止的手法，但還是帶出了訊息。馬老師的形象高大完美，他為學生傳達的思想，真實地反映了當時進步青年為國為民的理想，他是一個代表人物，他近乎完美地成了玉成這種原本頑劣的學生的燈塔，讓他

們改變思想，讓他們成為上進有為的青年。作者通過他們的對話，讓我們看到作者的革命思想，這也許才是作者整篇小說想要敘述的思想傾向。

　　賀巾在一九六二年以高靜郎的名字出版《青青草》，描寫的是一批熱情和上進的知識青年，他的文字照樣充滿時代色彩。小說背景設在農村，人物包括無知的農村婦女，頑劣的「歹仔」（閩南話，意為「壞孩子」），這些社會低下階層的人物因為接觸了新時代新知識的青年，人生征途上從此產生了莫大的改變。《青青草》的人物設定也難逃過往的方式，那就是一個高尚無比的完美典型人物李章，他是一個同情人民和體恤人民的人，溫暖了所有的人。這種人物在現實生活中，可說不太有存在的可能性。賀巾在這些作品中，把知識分子轉換為無產階級知識分子，這其實還暗示著當時作者對社會的期盼和追求。

　　他的《青春曲》和《沈郁蘭同學》寫的是學運鬥爭時期的故事。當中的女主角受到家庭的制止，不讓參加學運，她又一直想要繼續為國事和社會鬥爭而活，作者寫出她的矛盾心理狀態。她甚至為此跟男友分手，跟家人決裂。賀巾說，他想寫的是爭取民族權益的內容，《青春曲》描述政治部動不動就到學校抓人，不讓學生演出文藝活動[50]。作者在小說裡塑造的人物形象是如此的高尚，雖然身處逆境，還是將國家和人民放在第一位，希望能夠改變社會，改變人民的生活。《青春曲》和《沈郁蘭同學》，被方修列為反黃時期最有名的作品[51]。

　　《巨浪》是賀巾描寫一九五〇年代新加坡華校生參加共產黨地下

---

50 謝詩堅：〈六〇年代馬共作家賀巾訪談——他曾是馬華左翼文學的開路人〉，飛揚網絡，（2012-04-01）2018-06-30，http://seekiancheah.blogspot.com/2010/11/blog-post_08.html。

51 黃治澎：〈坎坷跌宕：馬華左翼文學的奮鬥經歷〉，《新馬華文文學研究新觀察》（新加坡：八方文化出版社，2012年），頁25。

組織之後，發起反對國民服務法令（National Service Act）、反黃運動和反殖的故事。一九五四年，英殖民政府頒布國民服務法令，規定新馬出生的十八至二十歲男子都需登記入伍。此舉造成華人社會反彈，引起示威和學運，學生跟警方起衝突，有四十八名學生被捕，有人受傷，所幸無人死亡。此事是到了教育部恫言要關閉學校才宣告結束。這部小說寫的是現實社會年輕人面對的掙扎。賀巾的小說，始終走著現實主義的路線，到了《流亡》這部長篇小說，他寫的是自己和妻子的故事。主人公為了地下運動在一九六〇年代逃亡到印尼。他們在印尼隱姓埋名，有了三個孩子，靠教書維生，同時嘗試尋找偷渡到馬來西亞的路線。但是他們一直沒有獲得組織的消息，如果他們就此放棄，也能過上普通人的生活。可這家人不放棄，當他們聯繫上組織之後，終於完成心願可以回到集體生活。這部小說寫了黨要求他們「破家」，孩子必須由組織教育，大人則面對整風，事情一波接一波，彷彿在暗示賀巾自己在黨內的委屈。這樣的內容，讓人不禁感到其真實性呼之欲出。

海凡「馬共書寫」中的馬共形象與金枝芒與賀巾不同，他更多用平視的眼光，將馬共還原為人。《野芒果》讓讀者瞭解到領導有權力將女隊員「許配」給其他男隊員，就算是年齡不相符的「老隊員」。這在人性角度是對是錯姑且不論，在部隊裡，他們有他們的理由。要如何阻止這樣的情形發生在蓮意的身上？唯有寫信。葉進一直為寫信糾結。且看作者如何表現他的心理變化：作者先寫部隊領導的愛人桂香大姐找蓮意談過幾次，說希望她願意成為黃強的革命伴侶。黃強是一位「老同志」。年齡四十幾，但上隊很久，黨齡「老」。說他有各種優點，雖然文化不高，但一身游擊本領，還曾跟著老馬隊長去伏擊過欽差大臣葛尼。在這裡海凡寫出了更加有血有肉的角色，因為不是一味地崇拜。

三　更充分描繪了戰爭時期人民的痛苦

　　因為文宣的目的，金枝芒等人的「馬共書寫」對戰爭時期人民的
痛苦會有更多的鋪陳。而不是像馬共傳記一樣，敘述的焦點主要集中
在自身。這一點尤其體現在金枝芒的「馬共書寫」中。

　　在《督央央和他的部落》裡，金枝芒寫英軍為了使人民從森林搬
出去住在集中營，出奇招，吊銷米牌，強迫人民從森林出來住集中
營。一直到他們真的被強迫搬進了集中營，米牌才又被發回。他們搬
到集中營之後，為了表揚督央央，還送錢、送紗籠等等。並說如果他
肯合作，以後可以頒發勛章，他卻因搬進集中營而病了。住在集中營
的日子，可說跟華人新村的故事有很多相似之處。比如，搭棚、煮
食、忙亂、半饑半餓、得過且過。在集中營住了一段日子之後，英殖
民政府就不派食物了，理由是政府沒有那麼多錢養他們。

　　集中營的生活，在督央央口裡，可以簡化成「恐怖」兩字。通過
他讓讀者瞭解阿沙世世代代都是森林裡過活，「紅毛鬼」說他們是野
蠻人，但誰才野蠻呢？通過督央央的口，問出關鍵性的問題，也許這
就是本篇小說一直想要替阿沙說的話：「紅毛鬼說我們阿沙是野蠻
人，巴孟，你看見誰在殺人？誰在放火？誰在強姦婦女？誰在把人當
作畜生一樣打罵？」一連串的問題，雖然沒有明確的答案，但卻已暗
示讀者，誰才是野蠻。這一串問題，也帶出作者的「誰更不文明」的
個人看法。集中營的恐怖還包括英軍有時為了報復任意開槍，打死人
也不管。如果有人被打死或打傷了，英軍就說，「昨夜有共產黨來摸
集中營」。[52]

　　此外，在小說裡，集中營食物不足。大家還要從集中營向森林找

52　金枝芒：《抗英戰爭小說選》，頁158。

吃，落入饑餓不堪的境地。阿沙族主要靠耕種，但在集中營裡卻不允許耕種，只能靠森林。甚至在那些被饑餓折磨得一進入森林就不再回來集中營的阿沙逃走之後，英軍將督央央捉來虐打審問，集中營就是一個「活不得的地獄」。最後因為逃走的人太多，督央央只好叫人去採樹葉來吃。在這種情況下，人們開始病了，有些人甚至餓死。但「紅毛兵」、奸細、特警不管這一切，他們「照樣三三兩兩的拿著上了刺刀的槍，白天闖進棚來調戲，晚上又把人拖下去強姦」。

《烽火中的牙拉頂》的第七章，描寫人民群眾如何被強迫搬進集中營。「不必他們自己動手去開門了，因為獸兵的槍托已經砰砰嘭嘭地打著大門，你不開，門也倒下來了。門打開了，獸兵衝了進來，臉也不給洗，小便也不給去，便男女老幼一律趕到草場去，接著，凶神惡煞般的紅毛鬼，又手捧著唐嚴交給的名單。被叫到的一批是要趕走的，並且只准一人帶多一套衣服，其他的東西什麼也不准拿，甚至不准他們再踏回自己的家門。」人們的反應也全是負面：「草場上早已是一片痛哭的聲音了。親戚、朋友或者鄉鄰替他們拿了衣服來，拿了東西來，可是獸兵上著刺刀截住了，除了一套衣服，拿來的什麼東西都丟掉，都敲破弄爛了。就這樣，獸兵押著被趕的群眾走了。他們拖男帶女地，男人張著火焰般的眼睛，女人流著眼淚，在吆喝聲中，在鞭打聲中，被趕離草場上路去。有人想到有什麼話要交代一下親戚、朋友或鄉鄰的，槍柄和鞭子馬上落到了身上。當他們在生離死別的時候，也不准講一句話的。」搬入集中營是一種災難。在牙拉頂人的家裡，看不到青壯年男人，老人小孩和女人沒辦法搬走的東西，英軍點一把火都統統燒光了。

集中營的生活在《烽火中的牙拉頂》中也有描寫：「殘暴的敵人有時也要顧到它在搖搖欲倒的那個統治的寶座，不能把一切人等都活活地餓死。」於是，只能把他們白天放回來耕種，晚上戒嚴，趕回去

集中營。英兵在集中營附近又蓋了兵營。這個兵營，在英國人的眼裡，起的是保護作用，但是在群眾眼裡，就成了「獸兵」的兵營了。

　　集中營的群眾如何把糧食送到「山裡人」（馬共）的手上，也是一個讓人很有興趣的問題。在馬共傳記裡有不少描述，金枝芒用紀實的方式告訴我們，而且還先注明這是個看似簡單，但卻實用的方法[53]——「群眾在芭邊、田頭、田角騰出一些地方來，得空就種下紅薯、木薯和包粟之類的雜糧，並且告訴我們，這些雜糧成熟了，你們自己找機會去拿來吃。」

　　「強姦」和「輪姦」也是激發人民抗英的其中一個原因。《督央央和他的部落》裡，提及一個女阿沙康妮的遭遇是最好的例子。康妮原本是一個活潑快樂、單純的女阿沙，就要跟她的愛人結婚，不巧就在這個時候跟隨部落一起到集中營裡居住。她的命運改變了。奸細依淡和幾個「紅毛兵」看到她時，笑得「瘋狂」、「無恥」，讓她感到「毛骨悚然」。她來不及逃，「她腰背間的紗籠已經給紅毛兵的一隻巨掌抓住了」。她的未婚夫巴查因憤怒與他們衝突，兵士們在依淡的幫助下，開槍打死他。死前，依淡還諷刺他：「好傢伙，在森林裡和共產黨在一起，和我作對，出到集中營了你還不知死活！」康妮被拖去輪姦，共犯包括依淡——這應該是督央央最不能接受的，自己人出賣自己人。隔天督央央還要被「紅毛鬼」打罵——以資助共產黨之名，並將這當成打死巴查因的理由。這之後，「紅毛鬼」和依淡對女人強姦、輪姦，對男人打罵。作者通過這些內容，清楚解釋了阿沙對共產黨死心塌地信任的原因。金枝芒也通過康妮和其他阿沙婦女的遭遇，描寫英國兵的殘忍和不人道。他們隨時隨地強姦婦人，依淡加入他們之後也變成這樣。康妮問：「你說他們是人，還是野獸呢？」

53　金枝芒：《抗英戰爭小說選》，頁138。

在《烽火中的牙拉頂》，也寫到強姦的內容。由於這是紀實小說，這種內容再次挑戰讀者的神經。作者用「禽獸也不如」來形容英軍的暴行：「他們，獸欲要發洩的時候，白天會三五成群地闖入人家的屋子，抓住一個婦女就輪奸。晚上，更是這些野獸倡狂的世界。土匪帶著庫卡兵、紅毛兵，幾十個、幾個一家，有丈夫在的，把丈夫從房間裡拖出來，有公公或父親在的，把公公或父親從屋子裡趕出來；然後，幾隻野獸就輪流把門，輪流在他們的丈夫、公公或父親面前，在他們的妻子、女兒、媳婦的號哭和掙扎聲中，公然強姦。強姦完了，婦女已經聲嘶力竭，昏死在床上，親人的心都裂開來了，可是野獸在滿足獸欲後，哈哈大笑地揚長而去！」[54]「年輕的婦女獸兵要強姦，四、五十歲的老太婆獸兵也要強姦；月經來潮的婦女也一樣要強姦，甚至，強姦後弄得一身滿手是血了，就嘻嘻哈哈地到河中去洗。」[55]「牙拉頂的男人少了，婦女就更加遭殃。獸兵和走狗，又日夜走進屋子就強姦，弄得整個集中營，不分日夜都是被強姦的婦女的慘叫聲和他們的兒女的啼哭聲。有些婦女做了比較強烈的反抗，不出兩天，就會被抓到兵營去，然後給你一個幫助共產黨的罪名，不是監禁，就是趕到別的地方去。」[56]

在《烽火中的牙拉頂》中，有很多篇章描述戰爭對老百姓日常生活的影響。金枝芒比起其他的作者如黃錦樹、黎紫書等，更有實戰經驗，寫起戰爭場面也更生動。如：

> 「牙拉頂人同日本鬼子打過仗，懂得怎樣打和打仗時怎麼回事。青年們大都拿起了槍炮上了戰場去，婦孺老弱的人，早兩

---

54 金枝芒：《抗英戰爭小說選》，頁120。

55 金枝芒：《抗英戰爭小說選》，頁121。

56 金枝芒：《抗英戰爭小說選》，頁157。

天早就疏散到安全的山芭了……這一天，敵機從早晨就開始轟炸、掃射，一刻也不停地在天空中盤旋，（人們）要走也走不得，只好就地找個地方來藏身，聽天由命了。當轟隆隆的聲音震得透明新房跳動不止的時候，躺在地上的身體也跟著大地在一起跳動著。一陣氣浪、一陣濃煙，接著這就有熊熊的火焰直衝雲霄。濃煙和火焰逐漸多起來，大起來，慢慢就像早晨的大霧一樣，把整個天空都遮蓋了起來，把整個村莊都籠罩了起來。火燒東西的爆裂聲和敵機的掃射聲已經融成了一片，再也分不清楚，只有當炮彈、子彈在附近掀起的泥土落了下來，才知道敵機還在頭上呀！整個布勞是一片濃煙和烈火了，空中強盜的獸性發作得似乎夠了，要讓地上的禽獸也來演一齣好戲，才心滿意足地飛走了。於是，幾個老人家從地上爬起來，第一件事情就是想把燃燒著屋子的熊熊的火焰救熄來。然而，幾個老人家只能枉費心機，白白冒著危險在火焰中進進出出。火大風生，風助火威，最後只得眼看著一間間用血汗建築起來的屋子，被火焰吞沒去了。」[57]

「在布勞，媽娘宮是遠近有名的神廟……敵機轟炸、掃射的時候，（廟祝公）躲在一個牆角裡。幸好是厚實的泥牆所做的神廟，炸彈沒有炸中，白鐵的屋頂雖然被掃得好像蜜蜂窩一般，淡牆壁終究擋住了子彈，沒有傷到他。可是，滿堂的神佛卻遭了殃，有的被打斷了頭，有的被打斷了手，也有的被打得粉身碎骨，七零八落的碎片跌滿了一地。」[58]

「地面上的一二千個敵人，看到飛機經過了長時間的猛烈的轟炸，就四面八方地分散開來，甚至還利用戰鬥機在頭頂上掩護

57 金枝芒：《抗英戰爭小說選》，頁96-97。
58 金枝芒：《抗英戰爭小說選》，頁97。

著，開始向濃煙和烈火中的布勞『推進』了。……每一個敵人
的手裡都端著槍，走一步，賊溜溜的眼睛就要向四面望一望，
看一看，雖然什麼動靜都沒有，可是走著前去的時候，卻突然
間從路邊飛來了子彈，從山上又飛來了子彈，而這些子彈好像
是生著眼睛一樣的，會飛到紅毛豬的身上，而且恰恰是在要害
的地方，一粒就是一個，使他倒了下去從此不再起來。一個敵
人倒下去了，旁邊的敵人就亂了起來，可是等到鎮定下來找目
標，路邊、山上卻又靜靜地聲息全無，草木不動了。要去搜索
麼，又沒有人敢，沒奈何，只好縮著身子擠在人群中走去。……
敵人進到了空無一人的牙拉頂，三步一哨，五步一崗，全都架
起了輕機；到底有多少人，實在數也數不清，只見偌大的布
勞，到處都是成群結隊的敵兵在匆匆忙忙地來去。」[59]

除了大場面，金枝芒還形容小人物的對抗：

「日暮的太陽西斜山頭了，我們正在等待日落黃昏的時刻。這
一天，我和金祥同志是躲在娘娘山上的，原想在那裡一槍狙擊
一個敵人，可是，敵兵太多了，娘娘山又不過是一個孤山，白
天開了槍給敵人搜索上來，是插了翅膀也飛不走的……」[60]

這些描寫，讓人讀來更有細節，金枝芒的文字能力比起其他紀實
記錄更有文學性一些，也就更能夠觸動人心一些。
《甘榜勿隆》裡描寫了土匪，姦淫擄掠，無惡不作。他們在日本
佔領馬來亞的時期就在這個甘榜勿隆這裡壓榨人民，到了日本投降，

---

59 金枝芒：《抗英戰爭小說選》，頁98-99。
60 金枝芒：《抗英戰爭小說選》，頁99。

一個由「王成」帶領的「華僑抗日軍」的土匪團隊，被英帝當作「敵後部隊」收編。之後狼狽為奸，無惡不作。他們要做的第一件事，就是驅逐「人民抗日軍」，並把「人民抗日軍」叫做了土匪。另外，還是大量徵稅——四年來的地稅果園稅——因為日軍三年八個月佔領，英國人沒收到這段時間的稅收。

《甘榜勿隆》的「紅毛縣長」壓榨人民，人民窮，沒得吃，面對各種災害，包括饑餓[61]、貧窮、疾病、各種天災人禍，但紅毛縣長毫不在意還是繼續收稅。作者形容紅毛鬼：「狡猾、殘忍、無恥、野蠻，是沒有一點半點人性的兩腳走獸」，「他們君臨天下，把統治下的人民都當作牛馬，只准馴馴服服被剝削而不准反抗，只准他說而不准你說」，「馬來亞的土地是英帝國的」[62]——這是殖民主義者一向來的邏輯。

在金枝芒筆下，人民到最後都會讓馬共帶領著對抗。共產黨員的形象，如老江，是典型的好人。「阿沙一定要跟著朗外（好人）走，和朗外一起去奮鬥才能打開生路，找到幸福。」老江有勇有謀，辦事情心細如髮，有條不紊。督央央在老江和共產黨的掩護下回森林，他雖然對接下來的日子感到不安，但一想到朗外，心頭又慢慢開朗了。

金枝芒通過小人物個別的故事讓人特別感動，在《烽火中的牙拉頂》中，他塑造了許多個性強烈獨特的人物。比如，丘福——脫隊之後在尋找隊伍的途中遇上奸細唐嚴被抓，被拷打之後堅強不屈，被處絞刑。[63]胡貴——中了敵人埋伏，搏鬥到只剩下一粒子彈，看到自己受傷走不得了，就打死自己。[64]阿狗同志——跟英軍打戰被打傷，同

---

61 除此，金枝芒還寫過一本小說叫做《饑餓》。

62 金枝芒：《抗英戰爭小說選》，頁193。

63 金枝芒：《抗英戰爭小說選》，頁103。

64 金枝芒：《抗英戰爭小說選》，頁92。

志們來不及救他。敵人將他弄醒之後,他發現自己的傷勢太重,因頭頸中槍,「傷得連頭都擺不直」,打定必死的主意,拒絕告訴敵人他們隊伍的資料,被「紅毛鬼暴跳如雷地開槍把他打死在山坡上」[65]。

金枝芒筆下的反派形象也有特色。「宜力的紅毛縣長……是一個紅毛鬼,想來自視為『高等人種』,何況他又是一個縣長之類的『大人物』,哪能像馬來農民一樣在森林裡爬山涉水。」「紅毛縣長嘴一張,就像封建時代的皇帝開了金口。」[66]這一段說的是英國人的縣長要求農民徒手開路、修路,並且沒有任何報酬。金枝芒諷刺他們「吃的是勞動人民的熱汗、眼淚,還是鮮血,那是他們不管的,反正勞動人民的死活,是他們心所不想,眼所不看的事情」[67]。

金枝芒通過這些角色、這些人物,就是要讓讀者知道,英軍是如何虐待人民,人民為什麼要革命、要抗英。他深刻地讓讀者感受共產黨的革命精神,又通過反派的角色讓讀者感同身受。如果不抗英,人民就會活在這種水深火熱之中,永遠被當作下等人對待。

四 語言敘述上更有文學色彩

金枝芒這種政治背景的作家,描寫戰爭題材,其藝術技巧、審美功能、文字深度和所有一切有關的藝術性,都圍繞著「宣傳」這個目的和標準。這種帶有目的性的寫作方式,在那種文化背景裡無可厚非。如:「老江不僅是一個簡單的朋友,而且是他和他的部落的一個少不得的帶路人了。」「督央央已經看到,若是沒有老江一臂之力的

---

65 金枝芒:《抗英戰爭小說選》,頁94。
66 金枝芒:《抗英戰爭小說選》,頁185。
67 金枝芒:《抗英戰爭小說選》,頁186。

幫助，他是再也不能帶好他的部落了。」[68]三言兩語交代了解放軍的地位超然。通過老江的口，告訴讀者「紅毛鬼是要害人的。它要害華人和馬來人，就利用一些華人和馬來人做特警；它利用某些阿沙做特警，也是要害阿沙的。」

老江和督央央這段對話完全就是宣傳意味：

老江說：現在朗外和阿沙是一條命，也一條心了。

督央央回答：森林是阿沙的家，也是朗外的家了。

老江說：敵人來進攻，朗外保護，沒有什麼好怕的。

督央央說：朗外打仗，阿沙帶路、運糧、偵查、種芭，什麼都會的，什麼都做得到的。

老江說：朗外和阿沙一起在森林裡，就好像魚在水裡一樣了。

督央央說：是的，是的，森林這樣大，這樣密，哪裡都可以藏身過活的……

老江說：是的，是的，沒有奸細，敵人是難找到我們的。

督央央說：對了，對了，奸細是要消滅的，留情不得的。

接著討論起康妮：

一個說：康妮犧牲了，是可惜的。

一個說：是可惜的，沒犧牲可以做朗外，可以做很多事情的。

一個說：是可惜的，也是光榮的……

一個說：是的，是的，我央伯伯也會學她的！十多二十天來，人們在苦難中活過來，和以前不同了，仇恨深了，心堅強了，眼亮了，人也聰明了。

---

68 金枝芒：《抗英戰爭小說選》，頁29。

　　小說的最後，通過年輕一輩的阿沙小孟孟說：朗外是阿沙的朋友，是阿沙自己人，並且表示自己要跟著朗外去外面闖。

　　在那種「政治標準第一，藝術標準第二」的年代，無法避開這種寫作方式。整篇小說到這裡宣傳意味最強，已是「強行推銷」的地步。一人一句如此直接和毫不掩飾，這個可能就是因為當時在森林寫的，目的就是文宣。

　　但也因為文宣，馬共書寫的「馬共書寫」要讓更多的人來閱讀作品、瞭解馬共、認同他們的理想與行為，因此，這些書寫也帶有濃厚的文學色彩。如前所敘，金枝芒用十分生動的語言描寫了馬來亞各地的各種熱帶森林風情，讓讀者很好地瞭解當時的馬來亞以及共產黨的活動範圍。如，《烽火中的牙拉頂》一開始就介紹牙拉頂這個地方，讀者很親切地知道這裡的華裔祖先是從中國南來，從「道北口（Tumpat）吉蘭丹河而上，途中發現了金沙，住下來淘金，種植，赤手空拳地在杳無人煙的熱帶的原始森林裡，披荊斬棘開闢出今日的牙拉頂，創立了布勞（Pulai，布賴）、石山下、大谷斜、水心笆、歐羅心摩登（Ulu Sungai Semor）十個山村，如今住有一、二百家人，人口在一千左右，方圓一、二十英里」[69]，「只有一條黃泥路通往毛生（Gua Musang，話望生）」。這裡出現了好幾個都是當時慣用但現今可說已經完全不通用的地名。這樣的文字容易給讀者一個訊息，這是「那個年代」的書，帶著濃厚的時代氣息。

　　他甚至很成功地在這些生動的華文中植入馬來詞彙，如「樹膠屎」[70]、紅毛鬼[71]，「牙拉頂的人是玩槍玩大來的」，「豆腐兵」（指英

69　金枝芒：《抗英戰爭小說選》，頁87。
70　金枝芒：《抗英戰爭小說選》，頁82。
71　金枝芒：《抗英戰爭小說選》，頁17。

軍）[72]，「第二天早上把打壞的車子推回一二個字」[73]，「在離開三、四個字遠的仙水港札起了馬步[74]」，「我的兒子哪裡去了，你們跌掉都不懂麼？」[75]，「滾鼓兵」搞唔定[76]，有個「牛精」的青年[77]，「頂不住」[78]，「車路」[79]，馬騮精[80]，身上總帶著一條「水幔」[81]，等等。諸如此類，不勝枚舉。

馬來文翻譯則有：多隆[82]、「一須古路」[83]、「舢板」[84]、「隆邦」（Tumpang，寄宿）[85]、「十多蘭帶[86]」、「百多二百矸穀」[87]、「不能『打限』」[88]。

海凡的「馬共書寫」是這些作品中文學性最強的。對於小說背景、周遭環境、內心活動方面，他傾向於使用白描語言和不厭其煩地描寫一些細節。潘婉明指出：「通俗的語言，沒有累贅的說明，不怕讀者跟不上。跟金枝芒和賀巾一樣，充斥行軍術語、遊擊行話、俗諺

---

72 金枝芒：《抗英戰爭小說選》，頁82。

73 這裡作者有解釋：「俗稱五分鐘為一二個字」。

74 金枝芒：《抗英戰爭小說選》，頁91。

75 金枝芒：《抗英戰爭小說選》，頁91。意思是你們把他遺漏了也不知道嗎？

76 金枝芒：《抗英戰爭小說選》，頁86。

77 金枝芒：《抗英戰爭小說選》，頁87。

78 金枝芒：《抗英戰爭小說選》，頁87。

79 金枝芒：《抗英戰爭小說選》，頁92。

80 金枝芒：《抗英戰爭小說選》，頁111。

81 金枝芒：《抗英戰爭小說選》，頁141。

82 金枝芒：《抗英戰爭小說選》，頁17。

83 馬來文Suku，約四分之一英里。

84 金枝芒：《抗英戰爭小說選》，頁93。

85 金枝芒：《抗英戰爭小說選》，頁122。

86 金枝芒：《抗英戰爭小說選》，頁148。馬來文lantai，做為測量單位時，一蘭帶長約六十英尺。

87 馬來文gantang，音譯「干冬」，「干當」，每一個干冬可裝四公斤米。

88 馬來文tahan，意思為「忍受」。

和方言。」另外，有時還帶有隱喻。如《可口的饑餓》裡的〈迷離夜〉，是一篇懸疑重重、驚心動魄的小說。在森林裡的各種狀況，在他筆下栩栩如生。如果不是曾在森林裡待過的人，絕對寫不出來。在這篇短篇小說裡，所用的語言，處處有部隊生活的痕跡。

題材方面，大多反映游擊隊在山裡的生活，比如，求生，槍林彈雨，饑餓，覓食，日常生活等等。在《可口的饑餓》裡，他的寫作能力獲得良好的發揮，他描寫大小戰役中的個別細節，雖然對象是部隊裡的個人經歷，但由於文筆細膩流暢，讀來讓人驚心動魄。如〈工作需要〉，形容一位名叫林寬的游擊隊員，他在隊伍準備橫渡霹靂河上游的一條大支流的時候，發生了意外，踩中地雷，炸斷了一個腳掌。海凡寫道：

「我們來到大河南岸是正午時分，選定水流平緩穩定的水域，計劃入夜後，借著朦朧夜色的掩護才渡河。我們開始編製竹排。山坡上修長挺立的百尺竹竿，成片的翻到擊地，驚嚇得四周的獼猴，『嗚啊』怪叫著在樹丫間騰跳。……金黃的落日這時已墜到青山背後，原本閃爍著萬點鱗光的河面轉瞬幽暗下來。七、八隻犀鳥結伴振翅從河面飛越，『嘎嘎』的叫聲落在了這面的叢林。飄飄渺渺的霧氣冉冉地從河面升騰，擴散。……我們正好利用入夜後的幾個小時漆黑渡河。河面不算很闊，但霧靄彌漫，河流與叢林連成一片，莽莽蒼蒼，不辨邊際。白日裡雨林繁複的生態，繚繞的聲息，都被一塊巨大無垠的黑紗覆蓋；森森然的林野，飄忽著半明半昧的流螢，點綴成一種無以名狀的溫柔、淒迷。兩耳灌滿河水『洪洪』的奔流聲，面前泛閃著幽光的河流變得迷茫浩淼。……林寬和李剛在幽暗中悄無聲息地下水……望著他們被無邊的黝暗吞沒，我被

一種不測的詭秘震懾、壓迫，幾乎感到窒息。到了河中央，對岸峭愣愣的陰影裡，突然閃出一道刺目的火光！幾乎同時，幾十米長的河岸，像著了火似的一派明晃晃！『砰砰砰砰砰砰……』槍聲，大暴雨一樣連綿不絕。我們的警戒組即刻還火，……敵人的頭排火一響，林寬和李剛應聲下沉……第二天清晨，約定的信號才在山坡下響起來。隊長帶著兩個同志箭一般飆下去，林寬已經氣咻咻地站在我的面前，像剛從水裡撈上來一樣，渾身濕透，臉色刷白，灰濛濛的水汽從他頸背間不斷蒸騰。『李剛受傷了！』……眼前敵情嚴重，打了仗，隊伍行蹤暴露，敵人必定增兵進山搜索，一早，敵人直升機就不停沿著河流盤旋，還有吊炮漫無目標地亂轟。當下急務是儘快擺脫敵人！時間刻不容緩，可這下一步該往哪裡走？『我知道一條路。』林寬找上隊長，『那是雷區』……『我們不跟龍路，專割半排（沿半山腰走），過龍嘴我先開路跑，大芭這麼闊，他哪能每一步腳都埋雷？』……這一天好不容易到黃昏。家——不遠了。誰料到呢？正當我們一面聽著『洪洪』的河水聲，一面抹去臉上涔涔淌下的汗水時，一聲驚天動地的巨響——『轟隆』，驀然響起，我本能地就地一伏！耳邊聽得隊長悶聲喝道：『原地不動，小心地雷！』……『林寬中雷！』我腦子『轟』的一聲，呆愣了……林寬已經半躺在尖兵組長的臂彎裡。我一眼看到，他那只被手扶高的左腿，腳板不在了。斷口處泥沙混雜著肉碎血漿，一片糜糊。有一條筋帶似的東西垂下來。血，泉眼一樣，汨汨地往外冒。『我……我不該踏、踏樹根。』他望著隊長，愧疚地說。……白紙一樣的臉色，額角的青筋一突一突的跳，豆大的汗珠直往下流，沿著臉頰，混著泥沙，劃下一道道斑褐的條紋。……我懷著異樣的心情把傷口的

污垢清除，又把那段筋帶剪斷……他的眼睛瞪得圓碌碌，牙齒
咬著發紫的下唇，臉上肌肉不時抽動，痛得鼻孔『咻咻』直喘
粗氣，汗水頃刻間把軍衣濕透。包紮後，他就像團棉絮般癱軟
了……」

以上一大段，是林寬踏中地雷的前後，森林當時的氛圍，他們如
何處理這個突發事件、現場如何為他包紮的細節。這些內容，除非有
真實經驗，不然描繪不出那種氛圍。

〈絕唱，在那遙遠的地方〉，也有一地雷爆炸的「慘劇」，詳細地
寫了「中雷」之後的場景：

「就在昨天，就在這龍頂，他們剛剛布下一組新地雷！而丁峰
看似茫然不察，正像死亡陷阱逼近！阿翔要去攔頭阻斷丁峰再
前進。『轟——』一聲驚雷爆響！氣浪、硝煙、激射的沙塵和
土粒，丁峰被猝然掀翻，一屁股跌坐在地。後邊的同志也都應
聲臥倒。他有點眩暈，……卻一時無法察知發生了什麼情
況。……阿翔跌坐在幾步之外，面朝天，雙手在身後壓地支撐
著欹斜的身體。阿翔面前一個面盆大的凹坑，裸露著張雜亂的
斷根，一截刺眼的暗紅色電線，以及幾縷還在坑穴裡繚繞的硝
煙。空氣中彌漫的火藥味嗆鼻。阿翔左腳只剩膝蓋下大半截破
碎的、空蕩蕩的褲管！『阿翔中雷！』丁峰大喊一聲，猛地騰
起聲，朝阿翔撲去——『慢——』阿翔揮擺著手，夾雜在急促
地喘著粗氣的聲音微微發顫，『這是組雷，三顆。先……先去
拆了電池，……』」[89]

---

89 海凡：《可口的饑餓》，頁171。

　　綜觀馬華文壇上的非馬共作者，寫到戰役的話，沒有海凡細膩，個中原因無他，無非是不曾有過親身經歷，不能描寫這種細節。

　　在海凡筆下，不乏帶有隱喻作用的各種比喻，《藏糧》是一個極好的例子。藏糧彷彿指的是游擊隊當時在山裡藏著的糧食，現在和平合約簽署之後，下山了，那些隊員的心情，他們的重心從當時的打戰，現在已經轉變為心裡牽掛的是幾十年不曾見面也不知音訊的家人。小說裡一個角色徐凱，因為聯絡不上家人，一直寂寞著，大家都替他著急。後來他的家人找上來了，大家也有放下擔子的輕快。隊裡的陳年，也是找不著家人。徐凱安慰他，陳年告知：別擔心，一定能找回的。第二天他們上山去挖藏糧的時候，陳年、徐凱都有心事。陳年想起自己為何上山（走入森林），想起故鄉，想起他欠家人的一餐飯、一個告別、一個擁抱。此時，大家歡呼，藏糧挖出來了。這裡也許就隱隱地告訴我們，陳年，就是他家人的藏糧。雖然多年後才挖出來，那種激動是一樣的。

　　〈野芒果〉是海凡創作中相當成功相當有文學性的一篇短篇小說，放諸馬華文學，這篇小說無論從技巧、文字能力、內容等來說，都毫不遜色。小說從葉進吃著最後一片蓮意為他醃製的野芒果寫起，寫的雖然是部隊生活，但更多著墨年輕男女在戀愛關係落實前的那種忐忑不安和患得患失。用野芒果的酸澀和由蓮意來為它加糖，影射了愛情在葉進的心裡那種從忐忑的酸澀到確認的甜蜜。葉進作為游擊隊員，他有勇敢和為其他隊友犧牲的一面，但面對愛情卻一直猶豫，猶豫有兩個主要原因，第一，還是不敢確定蓮意的心思；第二，他知道領導有意讓蓮意許配給老隊友黃強。他覺得黃強對部隊有功，自己如果還去「搶人」，未免不夠「義氣」。這一切心理變化，海凡娓娓道來。小說先交代了蓮意的病情，需要維生素C。因此葉進就為她採各種他認為含有豐富維生素C的野果。這次，他採了一大袋野芒果。他

的心理狀態，海凡沒有直寫，但他描繪了葉進眼裡的森林風光：「在野芒果樹的濃蔭下，舉目能及的範圍裡，空氣中沁透微酸的甜蜜，一種被山裡的晨霧淘洗過的清新，交織著酒後微醺的迷醉，讓人彷彿置身幻境。地上落葉間有掉落的果子，熟透裂開的果肉，果蠅營營繞飛；樹上層疊的葉片墨綠入煙雲，綴滿密密翠玉般的果實。他奮力爬上樹椏，被身邊晃動的果實摩擦撞擊，窸窸窣窣如聽夏天金色的旋律。」這一大段正面描述森林景色，實際側寫葉進的愛情，開花不久的愛情，有點酸有點甜，彌漫在空氣中，那種感覺，有點微醺，彷彿幻境。成熟的女子，身邊免不了有幾個「果蠅」，他還是得發奮去爬上樹採擷才行。

但是也許年輕，也許單純，葉進的性格上有點拖泥帶水。雖然蓮意跟他兩人好像有點情愫，他卻不肯定。蓮意作為女孩子，比較矜持。作者將他們兩人的心理因素用各種特定的生活場景表現出來，從中也讓讀者瞭解到部隊在森林裡的生活。尤其女性，在生理期，又遇上雨天，還要背著物資過河，這些真的是男性部隊成員沒有辦法想像的麻煩事。「她抽出一片用來夾在腰帶，坐下時垂下護住後臀部，不至於直接坐在陰冷棉濕的泥地上的，被同志們叫做『鳳雞尾』的厚塑膠布。這個絕對必須，卻不只是因為怕潮濕！」「她默默地把折疊好的玉扣紙加厚墊好，放進褲底。她也知道被雨水一淋，未必管用，所以，這『鳳雞尾』至少能有多一層保護，或掩蔽。」原來，女同志來月經的時候，在山裡是這麼應對的，這裡可對照傳記作品《生命如河流——新、馬、泰十六位女性的生命故事》來閱讀。

「寫信」這個事情跟野芒果兩者貫穿整個小說。葉進「一早想寫了」[90]，但是他不知道怎麼落筆。雖然感覺蓮意好像對自己有點意

---

90 海凡：《可口的饑餓》，頁147。

思，他卻不肯定。蓮意是一個靦腆、細膩、敏感的女生，同時她用自己的方法默默地表達自己對葉進的情意。食物不夠吃，她通過總務分給葉進吃，葉進採芒果給她補充維生素C，她醃製了芒果給葉進，葉進不小心跌倒，右手掌被檸檬樹上長滿的尖刺扎到，蓮意跟他對坐在樹根上，一根根幫他挑出來，還為他哭了……他卻打不定主意，因為想到了老同志黃強。他敬重黃強，他也覺得蓮意對每個人都那麼友好親善。「一切都不確定，好像這雨季裡的叢林光影迷離！」他的忐忑到小說的尾端，獲得了解決。

他好意地想幫助蓮意過河，甚至提出要背她過去，蓮意拒絕了。他看著蓮意下水，河水很快淹到膝蓋和大腿下半截，她有點發抖，突然發生了意外：她手上的拄杖脫手，被水捲走。葉進馬上踩入水中幫助她，才發現有血腥味，原來是生理期。蓮意很氣悶，自己在葉進面前丟臉。葉進是一個溫吞水性格的人，蓮意害羞，不敢跟大姐說自己喜歡他，自己該怎麼提醒葉進寫信？突然她滑倒了，葉進幫她站起身，也要幫她背物資，他調侃蓮意，沒想到她突然爆發了，耍性子說「沒有人要寫信」。葉進至此才確認她的心事，並答應她寫信。

黎紫書在序文中認為〈野芒果〉雖然情節簡單，故事與人物不鋪張，在細微處透出光芒，呈現更大的文學張力。除了文學張力，這篇小說的人物塑造也很成功。通過各種細節，描繪了一個溫吞水的男主角葉進，和一個靦腆動人的女主角蓮意（諧音漣漪），這兩個男女主角，無論放在哪個時空和背景，都是極為正常的年輕男女面對情事的反應。但放在馬共書寫裡卻有特別之處。這個故事很「活生生」，讓人終於看到有血有肉的馬共隊員。技巧方面，用黎紫書的話形容，這些文章的好是在「它們在技藝的層面上不比同時代同時期的其他馬新文學作品遜色，並有一股不同於外頭的作品的山林之氣，樸而不拙，又有一種野生之美，即便寫的是部隊的正面人物（今日的眼光看來則

不免略嫌「樣板化」），但情感真摯，文字樸實動人，頗為大氣」。[91]

細節的描寫也體現在各處。作者描述游擊隊員們捕到一頭野豬，將牠背回去營地的故事，其實很有趣，淡化了游擊隊的緊張氣氛。讓人發現，他們也有「日常生活」，而不僅是一味打戰報國。「交替背幾輪下來，三人都全身濕透。額頭涔涔的熱汗漫流，使孔武哪老舊的黑框眼鏡架不住，從鼻梁直往下滑落。」[92]提到在芭場工作的環境，很優美，如果只看這段，彷彿一篇優美的散文：「那片草地，那些半掩埋在泥沙裡的牛筋草、蒲公英、節節花，經雨水沖刷，紛紛探出頭來，更加青蔥翠綠，顯露出頑強的生機；旁邊又剩下一小片雜草，已轉呈焦褐色的草籽在微風中晃動著……」[93]作者描寫山裡的河：「山裡的河就是這樣，下一場大雨，水位就暴漲，河水捲著枯枝敗葉從上游奔瀉直下，河床裡嶙峋的岩石一一被淹沒了，只見一片眩眼的昏黃混濁的流水，飛捲著，呼嘯著，不辨深淺。」[94]諸如此類的描寫文字佔了全書許多篇幅，顯示作者扎實的文字功底。

關於這些「馬共書寫的『馬共書寫』」，有些學者認為它們的歷史價值高於文學價值[95]。因為他們的作品都傾向於文宣和敘述馬共的「史實」，遣詞造句較為生硬，美學功能不足[96]。但如果拿來跟馬共傳記相比較，顯然這些「馬共書寫的『馬共書寫』」文學性強多了。因為他們是有一定素養的文字工作者甚至於是作家，他們的這些小說雖然帶有文宣的目的，但相比較之前第二章所論馬共傳記的「文學性」，他們無論在敘述結構的安排上、情節的描寫上還是在敘述語言的表達上，都比馬共傳記更具有文學色彩。

---

91 海凡：《可口的饑餓》，頁8。

92 海凡：《可口的饑餓》，頁127。

93 海凡：《可口的饑餓》，頁75。

94 海凡：《可口的饑餓》，頁75。

95 黃治澎：〈坎坷跌宕：馬華左翼文學的奮鬥經歷〉，《新馬華文文學研究新觀察》。

96 黎紫書：〈雨林裡的一顆遺珠〉，《星洲日報》，2014-10-20。

第三節　他人的記憶：136部隊成員與馬共關於抗日紀實書寫比較

在戰爭年代，有一群跟馬共曾是盟軍的敵後抗日的愛國志士——136部隊。本節將涉及他們的回憶錄以及馬共傳記對於他們並肩作戰共同抗日的那段歷史的紀實書寫比較。

眾所周知，一九四一年十二月七日，日本偷襲珍珠港，向英美宣戰，同時從泰國大舉南下，逐步侵占東南亞諸國。一九四一年十二月八日，日本發動對馬來亞的戰爭，並在不到三個月時間，佔領新馬兩地。

早在一九三七年盧溝橋事變開始，絕大部分馬來亞華僑就群情洶湧，奮起抗日之心，出錢出力，扮演積極角色，在馬來亞各地成立抗敵後援會，通過各種方式捐錢[97]——規模龐大的投資和僑匯、辦報刊聲援、回國上戰場獻出生命[98]。當時國民黨中央社有一評述：各地捐款最多者為馬來半島。從抗戰爆發到新馬淪陷前的四年多時間裡，陳嘉庚領導的南僑總會用各種方法為中國籌款達五十四億國幣之多，佔全世界華人賑款的三分之二以上。這不只數量驚人，更重要的是顯示華僑對祖國熱愛和自願犧牲貢獻的決心。戰爭影響馬來亞不同種族的每個人，但華人因過度支持中國抗日，首當其衝受到日軍對付。日軍佔領馬來亞之後，立即用各種名義展開行動向所有華人報復。這很快地激發馬來亞華人愛馬來亞以及爭取獨立的激憤感情，他們因不同政治背景想方設法投靠各種組織盡自己的能力報國。有的加入馬共領導

97　何亞非：〈華僑抗戰豐碑永遠鐫刻在中國人民心中〉，《僑務工作研究》，[2017-10-25]。http://qwgzyj.gqb.gov.cn/bqch/182/2849.shtml.

98　陳琳：〈華僑華人支援抗戰〉，《今日中國》，2015-09-21[2017-10-25]。http://www.chinatoday.com.cn/chinese/sz/sd/201509/t20150921_800038893.html.

的馬來亞人民抗日軍（「馬抗」），有的被中國國民黨招攬從軍。

　　一九四二年，以華人為主的馬抗宣布成立，共有八個獨立隊，在馬共積極領導下參與整個馬來亞的抗日戰爭。馬抗的成員共有九千九百多人，加上全馬各地後備抗日自衛隊等組織，達一萬五千多人。到日本投降前夕，馬抗跟日軍總共進行三百四十多次的大小戰鬥，斃傷敵人五千五百多人。由於同仇敵愾，英政府在抗日期間，通過136部隊跟馬共結盟──雖然雙方心裡有數：這只是當時的權宜之計[99]。

　　136部隊的成立，有其深遠的歷史緣由，它源自二戰期間英政府和中國國民政府的互動以及合作。根據記載，中國國民政府的軍隊曾在日軍佔領馬來亞之前，在英政府同意下秘密派遣軍事顧問前往馬來亞，以便在日軍入侵後組織抗日游擊隊。日軍進攻馬來亞之後，英軍釋放所有關押在監獄裡的政治犯，包括共產黨員，也將他們收納到英軍隨即成立的101特戰學校。該校的目的是從淪陷國家或將被敵人佔領的國家中招募經過慎重選擇的男女，加以訓練再潛回淪陷區襲擊敵人；另一重要任務是當聯軍展開攻擊時，他們需配合行動。與此同時，英殖民政府在一九四一年十二月二十五日於新加坡組建星華義勇軍，當地華人不計黨派、職業、性別等，踴躍報名，他們之中有共產黨員、國民黨員、書記、工友、舞女等等，可見當時華社全面抗戰的主動性[100]。星華義勇軍曾英勇抗日，駐新加坡英軍總司令白恩華中將在一九四二年二月十五日投降前便已解散星華義勇軍，以避免被日軍俘虜後成批虐殺。

　　根據136部隊的梁元明介紹：「（日軍攻佔新加坡）不久後英國軍

99　張錦忠：〈走上不同鬥爭道路，錯過建國歷史契機：評馬共總書記陳平的口述歷史〉，《新紀元學院學報》，2005年第2期，頁163-168。

100　李葉明：〈誰來為星華義勇軍立碑？〉，《新國志》，（2013-04-10）[2017-10-29]，https:// xinguozhi.wordpress.com/2013/04/12/誰來為星華義勇軍立碑？

方準備反攻馬來亞，請華僑抗日領導人林謀盛招募新馬華僑協助英方到馬來亞敵後工作，林建議到重慶請中國政府參加合作，得到英國軍方同意。林到重慶向國民政府接洽，秘書長吳鐵城和英國駐華大使在重慶簽訂協定書。之後徵招返國青年，林從重慶帶到印度參加訓練，之後分批乘潛水艇到馬六甲海峽，在霹靂州海岸登陸。」梁是第一批登上馬來亞海岸的唯一無線電通信人員——這批人員便是後來被稱為136部隊的盟軍。

　　由此可見，136部隊的誕生並非憑空組合。它是英政府、新馬華僑和中國國民政府經過跟日軍的血戰之後，集合三地的有志之士組織而成。至於為何選用「136」這三個數字，梁元明認為，「1」代表總司令部；「3」代表三個國家的組合（英、中、荷）；「6」代表作戰管轄區的六個行政區（印度、馬來亞、新加坡、緬甸、北婆羅洲、印尼）。但是，這個說法，至今尚未尋獲其他相同記載。陳崇智則表示，他到了戰後幾經輾轉才獲知自己隸屬的部隊叫做136部隊，戴維斯甚至為此向他道歉，並解釋說這是因為聯軍要到戰後對戰時秘密的軍事組織公開時，才可宣布中英合作的這個部隊名稱[101]。至於他們的任務，譚顯炎的回憶錄亦有闡明，包括在馬來亞收集政治、經濟、軍事等情報，再利用無線電把情報傳回給印度的聯軍總部，跟馬抗合作，為他們提供軍火、醫藥、糧食等物資，為日後的反攻做好部署工作[102]。由此可見，這不是一個以戰鬥為主要動機的部隊，後勤工作反而是他們最重要的任務。

　　一九四三年，中國國民政府開始派遣人員到印度受訓，他們以

---

101 陳崇智：《我與一三六部隊》（新加坡：海天發行與代理中心，1994年）。

102 尤今：《父親與我——馬來亞敵後工作回憶錄》（新加坡：八方文化創作室，2015年）。

「龍」為徽號[103]，並被分為兩類──軍事情報員和電訊員，大多是在馬來亞居住過或在馬來亞出生的華人，也有英國人[104]。他們於一九四三年五月，在英軍東南亞最高司令部派遣下，乘潛艇到達馬來亞活動。這群以戴維斯和林謀盛帶領的136部隊人員乘坐潛水艇從錫蘭（今斯里蘭卡）出發，登陸馬來半島霹靂州邦咯島附近的九嶼島，輾轉與馬抗取得聯繫後，立即展開工作。後來還有兩批分乘潛艇在霹靂和柔佛南部登陸。一九四三年十二月三十至三十一日，英軍代表戴維斯和馬共中央書記萊特在霹靂州馬抗總部美羅山進行合作談判，簽署「美羅協定」，達成聯軍和馬共攜手合作抗日的共識──英軍空投武器和補給品等等，強化馬共裝備；馬抗則在聯軍歸來馬來亞時，給予合作[105]。

按照原先的計劃，136部隊的任務是在敵後搜集情報，擾亂敵人後方，聯繫當地馬抗，配合英軍反攻作戰[106]。可是136部隊丟失電臺與聯軍總部失去聯繫，只能按照馬抗指示作戰，直到後來再跟聯軍總部聯絡上為止。一九四五年八月十五日，日本投降之後，戴維斯收到密令跟萊特舉行會談，以安排英軍登陸；他也要求馬抗放下武器，萊特同意，將馬抗解散繳械復員。馬共發現萊特出賣組織之後，萊特捲款而逃，陳平取代之，成為馬共總書記。馬共被英政府宣布為非法組織，走入森林，在馬來亞打游擊戰對抗英殖民統治，馬來亞展開剿共

---

103 Margaret Shennan, Our Man In Malaya M, Singapore: Monsoon Books Pte Ltd, 2007.

104 英群：〈馬來亞人民抗日軍與英軍「136部隊」〉，犀鄉資訊網，2015-10-07[2015-10-28]。http://www.ehornbill.com／v12/2012-11-06-12-02-23/2012-11-06-12-03-24/50 33-00000066666661111111。

105 張錦忠：〈走上不同鬥爭道路，錯過建國歷史契機：評馬共總書記陳平的口述歷史〉，《新紀元學院學報》，2005年第2期，頁163-168。

106 英群：〈馬來亞人民抗日軍與英軍「136部隊」〉，犀鄉資訊網，2015-10-07[2015-10-28]。http://www.ehornbill.com／v12/2012-11-06-12-02-23/2012-11-06-12-03-24/50 33-00000066666661111111。

時期[107]。

英殖民者跟馬共聯盟，目標是抗日。馬共則是在「建立反法西斯統一戰線」和「驅逐英帝國主義和建立共和國」之間搖擺不定，處於被動[108]。在戰爭時期，「建立統一戰線」顯然更佔上風[109]。梁元明說他聽到游擊隊上課時指導員告訴學員，將來要成立「馬來亞民主共和國」，但自己只是「客人」，聽到之後也不便加以詢問[110]。由此可見，兩個目標或時有更換。

美羅協定簽訂後，「馬抗為了爭取聯軍的支持與共同抗日，遵照馬共與聯軍136部隊簽訂的共同作戰協定，在一九四五年初，各州建立了與聯軍合作的抗日部隊，裝備、醫藥及部分糧食由聯軍空運提供。當時，原來的馬抗（稱老隊）沒有公開出來與聯軍合作，而是從馬抗中選派一部分軍事骨幹、戰士，以及徵集素質較好的抗日後備隊員組成一支新的隊伍，名稱也叫馬來亞人民抗日軍，（內部稱它為新隊或公開隊，原有的叫老隊或秘密隊，當時尚無136部隊之稱[111]）。新隊不設黨代表，聯軍派出三至四名136部隊人員當聯絡官，負責馬抗與聯軍總部聯繫，部隊人事調動都服從老隊指揮。」[112]從這裡看出，馬共本身也承認聯軍空投物資的事實。136部隊曾因失去電臺，無法聯繫盟軍導致空投無法順利進行。此外，馬來亞淪陷後，從一九四二年二月到一九四三年中旬，缺糧少彈的馬抗與日軍打著艱苦戰爭，三分之一的游擊隊員因各種原因死去[113]。直到後來，136部隊成員將電報機

107　廖小健：〈英國殖民政策與馬來亞人民抗日軍〉，《東南亞研究》，2005年第3期。
108　廖小健：〈英國殖民政策與馬來亞人民抗日軍〉，《東南亞研究》，2005年第3期。
109　廖小健：〈英國殖民政策與馬來亞人民抗日軍〉，《東南亞研究》，2005年第3期。
110　梁元明與陳煥儀電郵訪問，二〇一七年十月二十一日。
111　陳崇智：《我與136部隊》。
112　廖小健：〈英國殖民政策與馬來亞人民抗日軍〉，《東南亞研究》，2005年第3期。
113　廖小健：〈英國殖民政策與馬來亞人民抗日軍〉，《東南亞研究》，2005年第3期。

組裝之後，終於聯繫上印度的聯軍總部，空投物資一事得以恢復。

從這些回憶錄所記錄的點點滴滴，不難看出136部隊的個人成員是帶著抗日的目的登陸馬來亞，跟馬共要建立統一陣線和馬來亞民主共和國等目的有所不同。再加上136部隊成員一部分的出身並非軍人或其他意識形態的人士，而只是單純有報國之志的青年，他們跟馬共人士在這方面有異。這些目標，可從他們的回憶錄中看出。如陳崇智在戰前原是新加坡羽球好手，後來到中國四川藝術學校進修，也是畫家、作家，戰時曾是中英聯軍136部隊突擊先鋒及馬來亞敵後聯絡官。他隨軍三年餘，跟林謀盛與余天送等在一九四四年分別在務邊和怡保被日軍逮捕，被囚禁在華都牙也監獄。他們除了被折磨、虐待，還患上痢疾。林謀盛因沒有得到醫藥治療在獄中犧牲，其餘的人被關押虐待長達十八個月，直到一九四五年八月日本投降才復員。

兩者因意識形態之不同，導致對人事的看法也各有分歧。一些親馬共人士認為136部隊的活動沒有實際意義[114]。136部隊的任務是搜集情報，但是親馬共的作者將搜集情報的來源歸功於「絕大部分由馬來亞人民抗日軍提供」。實際上136部隊走的是城市路線，馬共走的是鄉村路線，這跟隊員們抗日前的生活背景有關。還有評論認為，136部隊曾試圖獨立開展情報活動，在霹靂州的怡保建立據點，派人到新加坡活動，結果機關被破獲，人員遭逮捕，林謀盛因此被捕死於獄中[115]。但是，根據陳崇智的記載，136部隊的成員乘潛水艇登岸以來，積極工作，用了各種方法搜集情報，包括喬裝成社會各階層人士，比如扮

114　英群：〈馬來亞人民抗日軍與英軍「136部隊」〉，犀鄉資訊網，2015-10-07[2015-10-28]。http://www.ehornbill.com／v12/2012-11-06-12-02-23/2012-11-06-12-03-24/5033-00000066666661111111。

115　英群：〈馬來亞人民抗日軍與英軍「136部隊」〉，犀鄉資訊網，2015-10-07[2015-10-28]。http://www.ehornbill.com／v12/2012-11-06-12-02-23/2012-11-06-12-03-24/5033-00000066666661111111。

富商、扮賭徒、去咖啡攤打工等等，從社會各階層人士當中獲取有用的情報，過程中亦充滿各種驚險；他們潛伏敵後，以偽裝者的身分刺探情報，為抗日戰爭作出貢獻[116]，並非像親馬共人士的這些論述那樣貶低他們的價值。

　　馬共方面對空投物資和空降華僑抗日軍，沒有很多記載：「供給掛中國國民黨徽的少數幾支所謂的『華僑抗日軍』，總人數不超過三百人。」[117]這裡作者強調總人數不多的國民黨抗日軍，讓人感覺他們比不上一大批實地作戰的馬抗；卻沒有提起空降的物資是否對馬共有所幫助？事實上，根據前馬共張明今的訪問，英軍援助的武器，改善抗日軍裝備。曾有次空投，他們收穫到一批又新又輕便的卡賓槍。此前，他們的武器來源於撿拾英軍和日軍的槍支及其他軍用物資；獵槍也是他們的武器[118]。此外，根據英國人的記錄，空投為抗日軍共帶來二千件武器。有了這些資源，抗日軍得以強化裝備[119]。而梁元明和陳崇智在回憶錄中也都各有提及失去手搖發電機和電池等事件之前因後果，以及他們如何排除萬難，修復電報機。由於日軍攻擊營地，失去蓄電池，幸電報機無事，但已失去跟總部的聯絡方式，136部隊一時無法跟聯軍總部聯繫。在印度，由於沒有取得消息，聯軍還以為這批人員已全軍覆沒。梁元明在萬難之下，艱苦組裝，尋找發電方法，終

---

116 劉雪：〈中英合作組建136部隊，潛入馬來半島敵後抗日，空降暗夜叢林，華僑特工偽裝賭徒探情報〉，《南方都市報》，2015-12-06（AA08）。

117 英群：〈馬來亞人民抗日軍與英軍「136部隊」〉，犀鄉資訊網，2015-10-07[2015-10-28]。http://www.ehornbill.com／v12/2012-11-06-12-02-23/2012-11-06-12-03-24/5033-0000006666661111111。

118 劉雪：〈中英合作組建136部隊，潛入馬來半島敵後抗日，空降暗夜叢林，華僑特工偽裝賭徒探情報〉，《南方都市報》，2015-12-06（AA08）。

119 Bayly, Christopher, Tim Harper. Forgotten Armies—Britain's Asia Empire & The War With Japan. Penguin Books, 2005:453.

於聯繫成功，獲得空降人員以及空投大量資源，壯大了馬來亞敵後游擊隊[120]。

譚顯炎的女兒、新加坡作家尤今說：「父親的《敵後工作回憶錄》結構嚴謹，敘事清楚，把第二次世界大戰136部隊抗日的這一段史實，作了清楚的交代⋯⋯」從這些回憶錄，讀者除了可看到潛水艇登陸馬來亞的記載、136部隊如何從事驚險萬分的抗日活動、如何排除萬難在森林裡找方法發電才又跟印度的聯軍總部再次聯繫上等史實。這一個部分絕少在馬共的記錄裡提及，但是從這些記錄讀者更瞭解一些當時的情況──有了電報機之後跟聯軍總部聯繫上才有空投物資，不難理解這對當時在森林裡艱苦奮鬥、物資匱乏的聯軍肯定起了積極作用。

日本投降以後，馬抗跟著解散，136部隊隨後宣告終結。這麼一來，在馬共眼中，馬抗與136部隊，性質就變得截然不同。因為「前者是馬來亞共產黨領導的人民抗日武裝力量，它來自人民，是人民用鮮血和生命建立起來的隊伍。後者是英軍領導的特種部隊。前者是為馬來亞人民最大利益服務的，後者是為恢復英國對馬來亞的殖民統治利益服務的」[121]。馬共有這樣的評論，不難理解。他們對136部隊有所不滿的可能性在於，日本在投降後的三星期到一個月之內，馬共通過馬抗極有機會控制馬來亞，但戴維斯接到密令跟萊特密談[122]，並導致萊特下令馬抗放下武器，轉為和平鬥爭。萊特作為間諜，瓦解馬抗，削弱馬共軍力，還幫忙穩住英軍回馬之後的陣腳，馬共被出賣，

120　梁元明與陳煥儀電郵訪問，二〇一七年十月二十一日。

121　英群：〈馬來亞人民抗日軍與英軍「136部隊」〉，犀鄉資訊網，2015-10-07[2015-10-28]。http://www.ehornbill.com/v12/2012-11-06-12-02-23/2012-11-06-12-03-24/5033-000000066666661111111。

122　謝詩堅：〈檳城政治史略〉，飛揚網絡，（2009-03-01）[2017-10-24]。http://seekiancheah.blogspot.my/2009/03/。

卻被蒙在鼓裡。這固然是因為當時馬共「絕對服從領導」的根深蒂固的概念造成，但是136部隊向英政府告密引來戴維斯和萊特的密談，也間接造成了馬共後來犯下的大錯。

　　雖然馬共對這些跟英軍和國民黨有關的部隊似乎不帶好感，梁元明對馬共的感覺卻是：「馬共游擊隊員知道華人隊員都與政府有關係，但都是抗日的勇士，在同一目標下共同抗日，所以都盡心盡力，互相支援幫忙。」

　　對於馬共戰後的遭遇，陳崇智的回憶錄裡，記載日本投降後，馬抗進入城市，佔用民房、警局，在日軍投降之後和英軍返馬之前的這段約三星期的時間裡在各地組織人民委員會[123]，展開清算漢奸的行動[124]和公開進行政治活動[125]。他也認為馬共內部缺乏精明幹練的參謀將領，領導層中的內奸作崇禍害不淺。在和平初期沒有把握時機，英方略施小計便跌入陷阱，以為可以分享政權。沒想到被英軍約束，最終在等候馬共領導層跟英軍談判之後，奪取政權的想法成了泡影。陳崇智對曾共患難的馬共還是有一定的理解。事實上，他曾在戰後向戴維斯提議，政府可將從日軍手上接管過來的各種企業整頓，收容抗日戰爭結束後繳械的馬共成員，讓他們生活有保障。他認為很多馬共都是被日本迫害才參軍，並非都是共產黨人，英政府應幫助他們，他們才不會選擇回去森林過饑餓日子。但戴維斯卻說，這個計劃很好，可英政府做不到[126]。陳崇智對此很失望，他覺得英國與馬共雙方各懷鬼胎。

　　136部隊對自己的詮釋，是作為中英聯手反攻馬來亞抗日的一

123　廖小健：〈英國殖民政策與馬來亞人民抗日軍〉，《東南亞研究》，2005年第3期。
124　陳崇智：《我與一三六部隊》。
125　陳崇智：《我與一三六部隊》。
126　陳崇智：《我與一三六部隊》。

員，但在左翼人士眼中，卻有另一種看法。他們認為「如沒有馬共和馬抗的掩護和支持，136部隊不但難以在敵後站住腳根，甚至難以生存。隨著馬抗的解散，136部隊也宣告終結。馬抗與136部隊是兩種性質截然不同的軍隊，後者是為恢復英國對馬來亞的殖民統治利益服務的。這就是二者最大的區別所在。……馬共是真誠抗日的」[127]。英軍經濟作戰部馬來亞支部負責制定「抵抗運動」計劃的布倫上尉[128]的敘述，被引述為論據：「當一九四一年十二月初，日本進犯馬來亞時，我們是一無所備，措手不及。我們臨時抱佛腳。盡速部署。不久，事實證明，在抗日的共同事業中，馬來亞共產黨是我們忠誠的同盟。他們已有高度的組織和訓練，不像歐洲人，他們在淪陷區中，能在不受人注目的情形下，展開活動。」作為英軍的領導，布倫的立場理應跟馬共敵對；不過在二戰期間，他們因現實考量，成了盟友。他不吝對曾經敵對的盟友作出讚賞，還說他們是「忠誠的同盟」。

馬共卻似乎用更批判性的眼光看他們的盟友代表──136部隊。陳平在《我方的歷史──陳平回憶錄》中，提及136部隊，說他們是一群紀律鬆散的國民黨人，認為林謀盛是因為被隊員出賣而被日軍逮捕。在他眼中，136部隊只是為英軍工作的情報部隊，從一九四三年五月開始抵達馬來亞到一九四五年投降，所有隊員全由馬抗接應和保護，對抗日運動的貢獻十分有限。當時，136部隊總共四百多人分布於全馬各州，他們的部署不曾發揮預期的作用[129]。在三年八個月的抗日戰爭裡，馬抗付出極大努力、人力和生命，這一點是馬抗最大的功勞，也是不爭的事實。

---

127 英群：〈馬來亞人民抗日軍與英軍「136部隊」〉，犀鄉資訊網，2015-10-07[2015-10-28]。http://www.ehornbill.com/v12/2012-11-06-12-02-23/2012-11-06-12-03-24/5033-00000066666661111111。

128 136部隊的另一名英軍領隊。

129 陳劍：《馬來亞華人的抗日運動》（雪蘭莪：策略資訊研究中心，2004年）。

　　美羅協定提到馬共和聯軍的合作必須維持到聯軍能夠完全維護馬來亞的和平和秩序的時刻為止[130]。這一點，有學者認為馬共跌入英軍的圈套。136部隊的存在其實帶有為英國搶回殖民地的任務。美羅協定否定了馬共將來在馬來亞的主權，也提供英國重臨馬來亞的合法性，這麼一來，難怪馬共普遍上對136部隊反感——事實上馬共代表是自願簽署該協定的。

　　無論如何，馬共真誠抗日的決心亦可從他們在抗日戰爭中的犧牲和努力看出，可惜在今天的馬來西亞，礙於歷史的複雜性，這一切已不被官方提及或承認。136部隊抗日的貢獻如何有限，也不能代表他們不真誠。加入抗日戰爭，就是將自己最寶貴的生命交給國家，做好隨時犧牲的準備。因此，基於136部隊聽命於英軍或國民黨，就對他們愛國或抗日之心存有偏見，是不公平的。當他們冒著生命危險被遣返馬來亞參與敵後工作時，一樣也抱著必死的決心，這一點不可否認。他們乘潛水艇來馬來亞時，由於沒有情報和接應，每位隊員都必須準備一顆毒丸，不成功便成仁。林謀盛跟陳崇智說過，「我們千萬不能夠與敵人合作而賣了自己的靈魂，也許我們就在監獄裡等著勝利的來臨，抑或至死而無憾。」[131]譚顯炎說：「日本對東南亞展開慘無人道的侵略後，激起強烈的抗日情緒，我和許多同仇敵愾的熱血青年都希望能拿起槍桿子，和殘暴無仁的侵略者決一死戰。」[132]

　　在國難當頭的情勢下，許多青年一心想報國，只要能加入讓他們有機會獻身的團體實現心願，他們便毅然投身戰場。當時，五十八名來自新馬的熱血華裔青年加入136部隊，他們之中更多是為了報國，

---

130 劉雪：〈中英合作組建136部隊，潛入馬來半島敵後抗日，空降暗夜叢林，華僑特工偽裝賭徒探情報〉，《南方都市報》，2015-12-06（AA08）。

131 陳崇智：《我與一三六部隊》，頁223。

132 譚顯炎：《馬來亞敵後工作回憶錄》，頁2。

就如林謀盛的兒子林懷玉醫生所說的：「這段往事（136部隊）已成為新加坡歷史的一部分，它清楚告訴我們一點，國家面對戰爭時，一定要勇敢捍衛國家。[133]」

被派來馬來亞的136部隊成員，雖然為數不多，卻都是受過特殊訓練的人才。林謀盛是其中一個突出的代表，也出現在馬共與136部隊成員的回憶錄裡。他來自極富有的家庭，年紀輕輕就繼承家業，自己也是一位年少得志、事業有成的企業家，戰前曾擔任新加坡建築工會會長、中華總商會董事等社會要職。在中國抗日戰爭時期，發動抵制日貨、罷工、籌款等各種積極工作，支持祖國抗日。二戰期間，在新馬一帶抵抗侵略，作為136部隊馬來亞華人正區長被派到馬來亞建立間諜網，收集日軍情報。行動失敗被俘，遭日軍嚴刑虐待致死，他被認為是新加坡的英雄[134]。

林謀盛無緣留下回憶錄，讀者只能從他人口中——包括其他136部隊的成員——搜集他的形象。澳洲作家沈嘉蔚的文章〈最後的共產黨員〉[135]裡，有這麼一段記載：「（林謀盛）與陳平是戰友，是陳平將他從潛水艇護送進深山基地。一路上他對陳平大談國民黨觀點，陳平則裝聾作啞。後來他們便『井水不犯河水』。雖然陳平對國民黨成見頗深，但並不妨礙他對犧牲於日本人酷刑之下的林謀盛作出公正的評價。陳平後來對筆者說：他們以為林是闊人家出身的公子哥兒，會經不起日本人刑訊而叛變。但結果沒有。『他是一條漢子。』陳平對我說。事實上，馬共隊伍在它幾十年武裝鬥爭中，叛變是家常便飯。甚

133 謝燕燕：〈抗日英雄逝世70周年，樟宜博物館將為林謀盛辦紀念儀式〉，新加坡時事分享，（2014-06-24）[2017-10-28]。https://sgfactblog.wordpress.com/2014/06/24/抗日英雄逝世70周年-樟宜博物館將為林謀盛辦紀念/。

134 Clara Show, Lim Bo Seng: Singapore's Best-known War Hero, Singapore: Asiapac, 1998.

135 沈嘉蔚：〈最後的共產黨人〉，今天網，（2008-08-21）[2016-05-14]。https://www.jintian.net/today/html/45/n-1745.html。

至黨內有共識：人對酷刑的忍受有限度，所以允許被捕人員屈服之後回來繼續為黨效力，當然附有立功贖罪的條件，並且不許重新入黨。由此可知陳平這一句評價的分量。」對林謀盛的讚揚更是出現在譚顯炎筆下，作為136部隊的華人最高領導，他廣受隊員們愛戴，大家如有爭執，有他出面，總能解決：「林區長不但膽識過人，而且處世經驗豐富，他行事公允，從不偏袒任何人，有很大的威信。」譚顯炎對他推崇備至，說自己總能被林謀盛的耐心解說和引導以及他的以身作則，搞得心服口服，並說他「攫取了每名隊員的心」。

在陳崇智筆下[136]，也對林謀盛極為推崇，他說林謀盛是一位「捨己為人、正直、無私、守信義、負責任、共患難」之人。他也提及林謀盛曾說過和平之後他會對部隊裡的隊員們的生活負起責任。只可惜戴維斯身在森林，對外面的情勢不瞭解，加上他性格剛愎自用、固執[137]又好大喜功（李金泉語[138]），在極端惡劣的局勢下，仍然下令在全馬擴設諜網，要求林謀盛入城籌集糧餉。林謀盛不忍心組織受困，冒險挑起任務。陳崇智認為這是因為林謀盛的性格太善良，這本該是英政府應負起的責任。此時，戴維斯也暗地裡跟馬共最高領導人萊特來往[139]，他卻不知萊特也是日本間諜。這造成戴維斯不重視136部隊的情報，釀成大錯。日軍利用萊特的情報，先後對136部隊的隊員展開大逮捕。

譚顯炎記載林謀盛的理想：「把曾經同生共死的這一大幫同志集合在一塊兒，共同開拓事業，比如說，開辦工廠，或是經營商務，過

---

136 陳崇智：《我與一三六部隊》。

137 Margaret Shennan, Our Man In Malaya M, Singapore: Monsoon Books Pte Ltd, 2007.

138 李金泉乃前136部隊成員。

139 英群：〈馬來亞人民抗日軍與英軍「136部隊」〉，犀鄉資訊網，2015-10-07[2015-10-28]。http://www.ehornbill.com/v12/2012-11-06-12-02-23/2012-11-06-12-03-24/5033-00000066666661111111。

著大家庭一般的生活。取得的利潤，除了解決生活所需之外，多餘的款項，便貢獻給社會，開辦種種慈善事業，本著為國家社會服務的宗旨，過著富於意義的充實生活。」[140]

李金泉在《我與一三六部隊》的序文中寫到：「無論做人做事，在公在私，林謀盛都值得傾佩，我們136部隊成員，人人都對他推崇備至，不惜為他一死。」

林謀盛犧牲前後的情況，在陳崇智和譚顯炎筆下，各有記錄。譚顯炎寫道：「被捕同志經過林謀盛區長的獄房時，從門隙望進去，只見瘦骨如柴的他奄奄一息地躺著，完全脫形了。余天送戲了個空，用力搖著鐵門，問：林同志，您怎樣啦？林謀盛區長勉強睜開雙眼，嘴唇嗡動著，發出如蚊子般細的聲音，說：是誰啊？是余同志嗎？我患了嚴重的痢疾，恐怕不行了……對於你們，我不必費心再叮囑什麼了，為了國家民族，你們一定會視死如歸的……」

陳崇智本身跟林謀盛被囚禁在同個監獄，他的記載更詳盡。林謀盛憤恨日軍虐待戰俘，寧願犧牲自己，將自己的食物分給陳崇智和其他被俘的隊員吃。陳崇智為此淒然淚下，奉勸林謀盛，求他不能絕食，不能死，因為林謀盛是「這場戰爭的靈魂」。獄卒都為此感動，主動幫他們傳話。林謀盛答應說他會支持下去，可惜他「一天比一天消瘦，神情越來越頹喪」。後來林謀盛告知陳崇智，自己身體出了毛病，並勸他們「要好好地保住性命，有機會勸導吳明才及其他同志不可投降……不能助日本為虐。」這之後，他們幾個人都患上嚴重痢疾，但卻不被治療，林謀盛不能起床，每天呼痛。日軍見林謀盛病得嚴重，竟將他帶走，棄於另一間用以收留病危犯人的小房間的地面，置之不理。陳崇智發出疑問：「為甚麼這麼悲慘的遭遇會落在一個愛

---

140 譚顯炎：《馬來亞敵後工作回憶錄》，頁78。

國愛民的志士身上？」陳崇智和其他同志每日哀求替林謀盛治療卻不受理，連水也不給他喝。經過三天兩夜，最後一晚，林謀盛發出淒厲哀號，之後漸漸無聲。陳崇智知道他已離世，發誓：「我有生之年當盡力照顧其遺屬。宣揚林烈士精忠報國，堅貞不屈，不成功便成仁，為正義犧牲的崇高精神……」

　　從這些記載可以肯定的是，林謀盛作為一位領導，確實獲得隊員尊重和推崇，他死於非命成為許多隊員的錐心之痛。對於他被逮捕的原因，陳平否認馬共告密，並認為是136部隊成員告密。根據陳崇智的記載，當時，吳在新（吳明才）被日軍逮捕之後企圖自殺不成功，他受審詳情至今未曾述說。日本憲兵特別警務隊隊長大西覺少佐的回憶錄中說，「根據查問被捕的間諜所獲悉，由潛水艇登陸的間諜帶進的軍用器材，還有部分放置在紅土坎海岸，特派警憲數十人，由海路前往現場搜索，破獲了無線電收發機、橡膠艇……」陳崇智說，當時一同前往埋藏這些物資的秘密地點，只有吳在新跟馬共人員再次去過，究竟誰向日軍透露，至今是個謎[141]。除了埋藏物資的地點，林謀盛在怡保的據點，是否吳在新提供於日軍？陳崇智的回憶錄提及大西覺將吳在新叫做「間諜」，但他除了把聯軍情報和秘密洩漏給日軍知道之外，是否曾將林謀盛的行蹤洩漏出去，卻沒有確實答案。張明今的訪問指出，時任馬共霹靂州委書記陳平負責接應136部隊潛水艇，他將情報報告給萊特。萊特作為一名雙面間諜，是時任馬共總書記，又是日本間諜，這一特工組織由此暴露[142]。陳平否認馬共洩漏林謀盛的行蹤，但當時萊特是他的領導，陳平有責任向他報告；那麼，由萊特這個雙面間諜把消息洩漏給日軍是有可性的。

---

141 陳崇智：《我與一三六部隊》，頁214。

142 劉雪：〈中英合作組建136部隊，潛入馬來半島敵後抗日，空降暗夜叢林，華僑特工偽裝賭徒探情報〉，《南方都市報》，2015-12-06（AA08）。

　　136部隊成員的回憶錄跟馬共傳記還有一個很大的區別在於，136部隊傾向於描寫他們的愛國心態、軍訓細節、在馬來亞的敵後工作、森林生活等等；他們無需像馬共一樣有著在傳記裡去闡釋自己的行為，也許跟他們沒有帶著那種任務或心態參軍有關。

　　陳崇智的《我與一三六部隊》，很詳細地寫了他如何通過在印度受訓、如何搭潛水艇從印度到馬來亞冒險登陸、如何傾慕林謀盛、如何跟林謀盛產生誤解繼而恢復彼此的信任……乃至整個部隊如何因失誤和出賣以致被日軍捕捉、在監獄中被拷打，林謀盛被虐待致死的前後更是在他筆下字字血淚。戰後，他的感想和待遇，跟莊惠泉副區長之間的不和等等，也都一一出現在書裡。從他的書裡，處處看到他處理事情的理智、圓融、正氣和耐力。他對林謀盛非常尊敬、愛戴，兩人之間有過很深的交情，從書中他的許多描寫——直接和間接——都看得出他對林謀盛的拜服。林謀盛不幸殉國，他流下男兒淚，甚至想以死追隨。根據該書的記錄，他也是戰後第一位尋找林謀盛的太太以及向她講出林謀盛殉國前後情形的人，可見他義氣的一面。他的文字有點平鋪直敘，但全書勝在真情流露，處處透露出一個在二戰時期為了鐵騎腳下被蹂躪的祖國，抱著不成功便成仁的決心去抗戰的年輕男子心情。他文字中不掩飾自己有時猶豫膽怯或感情用事，這種坦白，讓人更覺貼近作者，並看到那個充滿血淚、絕望中尋找希望的年代。

　　尤今說：「許多抗日志士在復員之後便湮沒無聞了；然而，作為在抗日歷史上曾占一席之位的136部隊成員來說，他們的人生軌跡，是應該被關注、被認識、被瞭解的。……這些有血有淚的真實故事，是國民教育極好的素材。它們不但可以幫助下一代瞭解先輩英勇的抗敵史實，更為重要的是，它能讓不曾經過戰火蹂躪的年輕一代具體而

切實地瞭解保家衛國的重要性。」[143]

　　相同的一段歷史，並肩作戰的戰友，但因為立場、意識形態的不同以及傳記記述目的的不同，導致了136部隊成員與馬共對共同對日作戰那段歷史敘述的不同。而它們都為我們理解歷史留下了更豐富的資料以及更生動的細節。

第四節　他人的想像：跟非馬共作家的馬共題材小說比較

　　馬來西亞雖然盡力遮蔽馬共的歷史，但即使是非馬共作家也有許多以馬共為題材進行小說創作。這些非馬共作家的馬共題材小說與馬共傳記書寫、「馬共書寫的『馬共書寫』」在創作者、創作者與創作題材上各有不同的交集與不同。

一　以「新村」為主題

　　先從「新村」著手，探討此主題在不同文本的形象。「新村」一直是馬來西亞華人史裡的一個傷痕。一九五〇年代的馬來亞仍處在馬共的威脅裡，英國殖民政府通過一九四八年的緊急狀態和布里格斯重置計劃，也就是俗稱「新村」來對抗馬共。作為一個「馬來西亞特有的殖民歷史產物」、「特定歷史的產物」[144]，它被敘述的方式在不同類型的作者筆下各自呈現，在各種文體作品中有不一樣的面目。

　　英殖民政府在一九五〇年任命退役中將哈羅德・布里格斯爵士

---

143 張曦娜：〈為歷史書寫〉，尤今整理出版，《父親譚顯炎抗日回憶錄》，《聯合早報》，2015-03-12。

144 張慧：《馬華文學中的「新村」事件》，廣州市：暨南大學碩士學位論文，2012年。

（LT. General Sir Harold Briggs）到吉隆玻出任反共產黨運動的軍事指揮官（Director of Operation），也就是英軍在馬來亞的作戰總司令[145]之後，他認為應該有一個系統的計劃來逐步消滅馬共的軍隊。在他的主張下，提出了四個步驟，整體被稱為布里格斯計劃。整個計劃包括：「首先，他建議全面革新軍方及警方的情報收集步驟。其次，他建議制訂一項方案，以粉碎墾殖區的『民運』供應網絡。第三個步驟對馬來亞共產黨最具破壞性，那就是採取最周密的措施切斷我們的糧食供應線。最後，他建議制訂一項戰略，以迫使我們在他們的地盤上與政府保安部隊作戰。」[146]

為了切斷馬共游擊隊的糧食、醫藥和人員的供應，在長達十二年（1948-1960）的緊急狀態期間，英殖民政府將全國各地散居在邊緣地帶或郊區約五十萬的華人，強行從原來的家園集中起來重置在全國各地由他們選中的地點，用層層鐵絲網圍起來[147]，將之稱為「安置區」，後來稱為「新村」，也被一些人稱為「集中營」。這個計劃最大的目的就是阻止郊區的華人跟住在森林裡的馬共人士有所接觸，意圖切斷馬共的糧食、情報、物資、人員等供應，這個策略後來被證實相當有效。對一些人來說，這個舉動，明顯地向全社會發出了「華人等同恐怖分子」的資訊[148]。在當時，那種緊張的氣氛籠罩著整個社會，

---

145 「他之所以願意出任是因為得到同意他的任期不超過十八個月。之前他在西部沙漠、伊拉克和緬甸有著輝煌戰績，帶來豐富經歷。」（陳平：《我方的歷史——陳平回憶錄》，頁239）。

146 陳平：《我方的歷史——陳平回憶錄》，頁239。

147 Briggs' Plan Is Underway. *The Straits Times*. 1950-06-07 (01); Special Squatter Camps In Johore. *The Straits Times*. 1950-06-10 (01).

148 名作家韓光瑚女士在記者直供會聚餐會中演講／〈中國人是否東南亞之一威脅〉，《南洋商報》，（新加坡），1950-02-16，頁5，（章星虹：《韓素音在馬來亞——行醫、寫作和社會參與（1952-1964）》（新加坡：南洋理工大學中華語言文化中心與八方文化創作室出版，2016年，頁29。）

就好像韓素音寫道：「緊急狀態。我們生活在其中，呼吸著其氣息，它滲透到我們每一個毛孔，化作我們咀嚼的每一口食物中。它那無形的、無所不在的威脅始終籠罩著我不安的心。」[149]

馬共所做的與「新村」有關的敘述中，他們所注重的，更多是從切斷糧食和醫藥供應線這個角度來看。很明顯所有馬共文獻，無論從哪方面來看，結論都是自從新村計劃執行以來，馬共遭到很大的打擊。陳平在他的自傳裡，分析當時的局勢。根據他的記載，這個新村計劃「到了一九五一年上半年開始直接影響了我們的糧食供應線」[150]。在這個計劃的初期，馬共方面認為他們仍然能夠依賴群眾的支援而生存，因此他們「投入了很多心力經營墾殖區居民的民運」[151]。但是，在越來越多的人被成群遷徙到新村之後，那些被「帶刺鐵絲網包圍著、裝有探照燈、有警衛、不時搜查、頻密盤問、以及限制個人行動」的新村，很大程度上打擊了馬共，陳平承認：「我們正頻臨生死存亡的危機」[152]，新村計劃成了「我們的致命弱點」[153]。

新村計劃為何讓馬共感受到那麼大的威脅呢？陳平的傳記裡說的是：「控制新村的糧食出入流通，還在每個新村推行集中煮食制度。這個制度是要監督所有糧食的食用情況。從那時起，村民再也沒有任何藉口往返運輸補給用品了。」[154]以至於馬共的領導層必須坐下來，「分析糧食供應的困境」[155]。

---

149 韓素音著：陳德彰、林克美譯：《吾宅雙門》（北京市：中國華僑出版公司，1991年），頁163。

150 陳平：《我方的歷史——陳平回憶錄》，頁239-240。

151 陳平：《我方的歷史——陳平回憶錄》，頁240。

152 陳平：《我方的歷史——陳平回憶錄》，頁240。

153 陳平：《我方的歷史——陳平回憶錄》，頁240。

154 陳平：《我方的歷史——陳平回憶錄》，頁240。

155 陳平：《我方的歷史——陳平回憶錄》，頁240。

　　據估計，今日整個馬來西亞半島仍有一百二十萬人居住在四百五十二個華人新村內，其中百分之八十五是華人，百分之十是馬來人，印度人佔百分之五。部分華人新村雖破舊不堪，無異於貧民窟，但是也有部分華人新村居民現在已將原本的木屋翻新成現代式的洋房。新村這個題材在「馬華文學中一直或隱或現地存在著」。張慧把馬華文學作品中的「新村」分成兩種形象，一、獨立前的新村；二、獨立後的新村，並提出「新村」在一九五〇年代已經開始出現[156]。由於新村獨一無二的生活經歷和歷史意義，馬華文學中還有不少對於早期新村的文學書寫[157]。

---

[156] 在馬華文學作品中，如一九五五年十二月二十七日發表於《文風》副刊楊樸之的小說〈查米〉、約作於一九五六年至一九五八年馬陽的詩歌《我們的家鄉》、魯彬的詩歌《種菜人家》，以及五〇年代發表於《文風》副刊楊田源的小說〈照顧〉，都是側重於對初期新村居民生活進行描寫（張慧：《馬華文學中的「新村」事件》，廣州市：暨南大學碩士學位論文，2012年）。

[157] 獲得一九六〇年南大中國語文學會帶頭主辦的「第一屆全校性文藝創作比賽」第三名的丁牧的詩歌《我站在格麗頓山上》；嚴冬的詩歌《早安、親愛的土地》；流軍的小說《熱愛土地的人》；李販魚作於一九六〇年的敘事詩《寡婦與獨生子》；柯戈作於一九六二年的敘事詩《一個女人站在小路上——聽一個朋友訴不完的故事》；雨川的小說《村之毀》、《鄭增壽》；方北方的小說《樹大根深》；蔡家茂的自傳體散文《上學輟學》、《夜上廁所》、《街頭死屍和街頭電影》、《現代井田制度》、《苦命的二哥》、《童年老屋》等；王潤華的詩歌《通邐之後的家園》、《新村印象——一個小孩記憶中的緊急法令》、《遺棄的亞答屋葉片》、《新村》、《戒嚴後的新村》、《搜查身體》、《集體檢查站》、《山中歲月——記我小時回憶中有關馬共的種種印象》、《地摩》、《小學》、《餓死影子》、《剌死黑影》等；蕭今的散文《遙記砂益》；丁雲的小說《刻碑者》、《終》；菊凡的小說《朱祥》；冰谷的散文《父親的老爺車》等等……對於獨立後新村的文學書寫主要有，曾翎龍《黑水溝》、《家，太遠了》、《家私》、《時間之遞—給郵差》、《紅毛丹》、《溝渠》、《葬禮》、《推窗，歷史單行道》、《請戒：巫族印象》、《騎士，如風少年》、《輾轆》等；禿檬的敘事詩《搶收》；晴川的詩歌《假如》；丁雲的小說《赤道驚蟄》、散文《毒痕》；姚拓的小說《捉鬼記》；鍾怡雯《無所謂》、《北緯五度》、《天井》、《蝨》等；林金城的散文《繪龍的手》；張集強的散文《消失中的新村》、雨川的散文《姐姐》；黃錦樹的

　　以馬華作家冰谷的散文集《歲月如歌》為例，這本散文集的背景是英屬馬來亞被日軍佔領的三年零八個月以及日軍投降之後的剿共時期。對於「集中營」、「大鍋飯」的這種「集體生活」的情況，在冰谷的文字裡可讀及。冰谷本人曾親身經歷這種新村生活，陳大為在〈論冰谷散文集《歲月如歌》的苦難書寫〉中，評價道：「英殖民時期的馬來亞，曾被日軍佔領三年零八個月，緊接著是二戰之後的剿共時期，雖然被某些馬華年輕小說作家拿去當個人的創作素材，成串的馬共故事來來去去差不多那個樣子，始終沒有交出令人滿意的作品。仰賴史料和想像堆砌出來的皇軍與馬共故事，總是脆弱的，尤其在許多細節的描述上，很容易因為缺乏實際經驗的支持，常露出破綻，故事因而失去動人的血肉質感。乍讀還行，一旦拿到課堂上去分析，就垮了。散文比小說需要更多的真實，雖然這些真實可以轉化成虛構的情節，但骨子裡依舊保留一種充滿說服力的真實感，其中關鍵之處，在細節的描述。唯有真正親身經歷過日據和剿共時期的馬華前行代作家，才能逼真地還原那個時代。那是時代留給他們的最大遺產。」真實，是紀實文學最重要的元素。陳大為認為，基於真實的馬共經驗可遇不可求，加上馬共和華人新村之間的關係，以往都只是文獻裡的敘述，此書之珍貴在於作者冰谷親身經歷過新村的生活，這樣的經歷所寫出的細節比什麼都重要。由此可見，「真實比什麼都重要」就是這本散文集可貴的地方。作者冰谷本人曾有過新村的經歷，又將之訴諸文字，這是難能可貴的。在冰谷的這本散文集裡，馬共是負面的形象，是人人心中的恐怖分子，是大家的禁忌。但這樣的形容肯定是馬共傳記的讀者看不到的視角。

　　小說《魚骸》以及蔡家琪的小說《魚》等等（張慧：《馬華文學中的「新村」事件》，廣州市：暨南大學碩士學位論文，2012年）。

　　而韓素音所抒寫的新村意象與上面兩者不同，而且社會影響是最大的。韓素音為了寫小說，到馬來半島各地走訪現場。她也到華人新村跟普通村民交談聊天，甚至曾住在華人割膠工人家中生活。她到距柔佛新山四小時車程的一個新村走訪，發現英殖民官員對於新村的描述跟她所看到的現實大有出入，她寫道：「這個新村建在一片發出臭味的紅樹沼澤地邊上，一直延伸到一英尺深的烏黑泥漿裡，四百多人擠住在那兒……」、「我永遠也忘不了那一張張蒼白、浮腫的臉，患有腳氣病或潰爛的腿。」[158]

　　韓素音寫的新村值得一提，從中可以看出英殖民政府對新村和剿共的態度。作為一名專業作家，韓素音在馬來亞待了沒多久，就抓住了一個當時非常流行的主題──新村，打算以一九五〇年代初的馬來亞為背景寫一個有關華人新村的故事。她原意為寫作一個「講述普通的華族墾民家庭如何在共產恐怖和禁忌狀態法令下生活，以及他們所受到的影響」[159]。她也坦誠說靈感是來自一個十九歲的被俘的女馬共成員，曾在森林打游擊之後被捕，並坐牢兩年半。這個寫作計劃對英殖民政府來說，並不受歡迎。他們覺得這不但會暴露警方情報部的內部運作，也會把剿共的行動細節公諸于世，英政府對此深表不滿。韓素音沒有因此而停止寫作。她的眼中，新村村民，生活極不快樂，沒有人身自由，受到高度的懷疑和限制，不只殖民政府，就連社會其他人士也對華族墾民帶著異樣的眼光。雖然她也肯定了政府在改善新村村民生活的努力，比如修建學校、食堂、提供醫藥治療等。她的記錄裡，有一項是非常重要的，她說：「余曾在新村中與村民生活達二

---

158 韓素音著，陳德彰、林克美譯：《吾宅雙門》（北京市：中國華僑出版公司，1991年），頁71-74。

159 章星虹：《韓素音在馬來亞──行醫、寫作和社會參與（1952-1964）》（新加坡：南洋理工大學中華語言文化中心與八方文化創作室出版，2016年），頁83。

年，余常感到自身亦一新村之村民，彼等均是善良之人民。……在鐵
絲網與各種限制繼續存留之時，彼等將感到不如他人，彼等正受到嫌
疑。」[160]這種對政府公開質疑的方式，在那個年代的馬來亞極為罕
見。三年後，她終於正式以馬來亞的緊急狀態為背景寫出了《餐風飲
露》[161]。並由新加坡資深報人、劇作家李星可翻譯，上冊在一九五八
年由新加坡青年書局出版（下冊無下文）。小說名《餐風飲露》，顧名
思義描繪的就是游擊隊員在森林裡的艱苦生活。

　　雖然，韓素音在馬來亞曾被列入馬華作家名錄[162]，其實她只能是
廣義上的馬華作家──也就是在馬來亞寫作的華人作家──就算如
此，也是非常勉強，因為她第一不算真正意義上的馬來亞人，只不過
隨丈夫在此住過數年，第二她是混血華人，第三她從來不曾用華文寫
作。不過，由於當時她的《餐風飲露》上冊由李星可翻譯出版之後，
華語讀者第一次得以完整閱讀她的作品，得知作家對緊急狀態時期馬
來亞華人處境的同情之心，加上李星可的翻譯用詞貼切、表意準確，
使得人們讀來猶如閱讀華文文學作品；加上當地報章雜誌的支持和發
表她的論文、言論，使得她在華文文壇佔了一席之地。

　　她的小說是虛構作品，背景卻是確實存在的，而且還是當時的禁
忌，它記錄了她所處的時代馬來亞的政治和變化，具有一定的社會效
果和社會影響。她的寫作，尤其是《餐風飲露》，對研究馬來亞緊急
狀態下人民生活的人來說，還是很有意義的[163]。

---

160 女作家唐光珊女士為聯合邦鄉村居民訴苦：〈在華人婦女協會山演說新村觀感〉，
　　《南洋商報》（新加坡），1953-12-17（7）。

161 章星虹：《韓素音在馬來亞——行醫、寫作和社會參與（1952-1964）》，頁107。

162 在馬來亞華文文學史（一九五〇年至一九六〇年中期）、新加坡華文文學史（一九
　　六五年以後）、《新馬華文文學大系·史料》（第八集）等等，都有韓素音的名字。
　　章星虹：《韓素音在馬來亞——行醫、寫作和社會參與（1952-1964）》，頁101。

163 章星虹：《韓素音在馬來亞——行醫、寫作和社會參與（1952-1964）》，頁106。

　　根據政府的喉舌報《海峽時報》的報導，這小說「將以一種截然不同的新角度去評價馬來亞的新村」，而且該報相信「將會引起爭議」[164]。韓素音自己本身也解釋這本書為了表達人民在這段時期的情緒，因為這些情緒常常讓人忽略。

　　章星虹在《韓素音在馬來亞——行醫、寫作和社會參與（1952-1964）》這本書裡，特別用一章來討論這本書，分成三節：「第一節、出版後引發爭議：好書，還是劣作？」；「第二節、『緊急狀態』下一幅馬來亞眾生圖」；「第三節、馬共語境下的紀實文學：『歷史＋文學』」。

　　在第一節裡，作者摘錄了對本書提出批判的各種書評，也摘錄了對這部作品的讚譽之語。綜觀這些評語，值得玩味的是，作為新加坡英政府喉舌的《海峽時報》和美國《時代週刊》所給的評語，是相當嚴厲的責備。「《海峽時報》編輯阿靈頓肯納德反駁韓素音在小說裡對新村和緊急狀態法令政策的批評。他認為，雖然緊急狀態行事有倉促之處而且也有讓人民不便，但是『以暴制暴的做法有必要，並非一個冷酷政策』。他還認為本書是用小說的外衣發表政治論著，因此，若以小說的標準而言，它是劣作；但它根本不是一本小說」[165]。《時代週刊》的書評則認為：「韓素音『為共產黨找到很多辯護理由』。書評甚至認為，雖然書裡沒有說明立場，但作者（韓素音）似乎在告訴讀者，凡是舉止正派和受人尊敬的馬來亞人都是同情『裡面的人』的，那些令人唾視的則是反共和出於可鄙的目的的。這篇書評也認為韓素音在間接呼籲那些沒有出路而感到沮喪的馬來亞華校生指出一條出路，也就是『進入森林加入裡面的人，為正義而戰』、『去共產中國』等等，換句話說，就是加入共產黨（馬來亞，或中國）。書評也認為

164 章星虹：《韓素音在馬來亞——行醫、寫作和社會參與（1952-1964）》，頁107。

165 章星虹：《韓素音在馬來亞——行醫、寫作和社會參與（1952-1964）》，頁110。

這只是一本『近似小說』的作品。雖然如此，該評還是稱讚韓素音的細節描寫能力——無論是人物，還是景色。」

　　對此書的褒賞來自數位對馬來亞頗有研究的人士，饒有興味。英國劍橋遠東歷史講師、東方事務專家維克多‧巴素博士說：「我能毫不猶豫地說，該書係關於馬來亞的最佳著作。」這本書也被英國圖書學會選為一九五六年推介書目之一，在當時這是一件很「稀奇的事」[166]。馬來亞大學社會主義俱樂部的英文會刊《華惹》（Fajar）也曾刊登一篇書評，題為〈暴力圖像〉（A Portrait of Violence），作者P.A.S贊同韓素音的政治立場，並認為她如實地記錄了因政府壓制措施而造成的痛苦和反感[167]。該書評還說這是一本好壞參半的文學作品，韓素音把馬來亞的人事物放在小說的虛構框架下，全書有五十至六十個人物，但卻結構鬆散。章星虹認為，受到語言的障礙和當時的政治氣氛下，這本書雖然是為華社發聲，但是當時華文報章的相關報導並不多，是為憾事，但也是可以理解的。

　　韓素音本人到馬來亞的時候，緊急法令已經執行了數年，她的這本小說也是從那個年分開始寫起。當時的政治氣氛下，進入森林的馬共游擊隊，被政府定義為匪徒，整個社會風聲鶴唳，政府的剿共行動如火如荼地進行。在這種政治背景之下，章星虹認為：「小說《餐風飲露》就讓人刮目相看了：作者有意在『非黑即白』的二元對抗模式之外，加入第三種聲音，即夾在兩股武裝力量之間的普通馬來亞人的聲音，包括主要是被強行遷入『新村』的華族墾民。在整篇作品中，作者讓三方（英國人、馬共軍隊、馬來亞普通老百姓）各陳前因，各表理由，孰是孰非，則留待讀者自己去判斷。」

---

166 《中國報》（吉隆坡），1956-05-24，頁數從缺。章星虹：《韓素音在馬來亞——行醫、寫作和社會參與（1952-1964）》，頁109。

167 章星虹：《韓素音在馬來亞——行醫、寫作和社會參與（1952-1964）》，頁110。

　　韓素音通過英國人和馬共軍隊人物口中說出分別參加不同陣營和信奉不同理念的理由，再把普通老百姓的眼中對兩方的看法，通過書裡的角色說出來，讓讀者看到「夾在兩大對抗力量中間的邊緣群體才是『無法自辯』的最大受害人」[168]。他們既害怕森裡面的人（「反對他們可就危險」），也對英國人產生恐懼，因為他們一旦在懼怕下或任何原因之下支持了森林裡的人的話，英國對他們的懲罰就是燒房子、宰牲畜、糟蹋莊稼，然後被趕到鐵絲網圍著的一塊「爛泥塘」居住，下雨時，水浸到腳踝[169]。

　　由於在英政府的強力推行下，從一九五〇年到一九五三年，新村不斷出現在馬來半島。韓素音用了極大篇幅，描寫了英政府官方不可能透露的新村氛圍和景象。章星虹在《韓素音在馬來亞——行醫、寫作和社會參與（1952-1964）》一書中，也描繪了馬來亞在緊急狀態下的各種場景：「鐵絲網插在地裡，成了另一種植被。……在鐵絲網圍起的移民安置區裡，住著六十萬過去靠農耕為生的居民。……纏著鐵絲網的大木門向外敞開著，面對著一條碎石路，蜿蜒伸向村莊和小鎮。大門的兩側設有警察哨崗，經過的人都要被警察搜身。從空中往下看，人們無法察覺到的是，鐵絲網其實給森林劃出了一條邊界……，網裡的人們掙扎著活著，網外是一大片霧障遮天，吞沒一切的莽莽密林。」[170]從這種描述，我們可以發現，韓素音對場景的描寫十分真實，整個新村很明顯都是處於一種被監控的狀態。她甚至寫道：「鐵絲網外禁止攜帶食物，這是為了使那些裡面的人斷絕食糧的。」[171]

---

168 章星虹：《韓素音在馬來亞——行醫、寫作和社會參與（1952-1964）》，頁114-115。

169 章星虹：《韓素音在馬來亞——行醫、寫作和社會參與（1952-1964）》，頁114。

170 章星虹：《韓素音在馬來亞——行醫、寫作和社會參與（1952-1964）》，頁116。

171 韓素音著，李星可譯：《餐風飲露》，（新加坡：青年書局，1958年），頁51。

　　韓素音描繪各種不同階層的人，他們的角色各自代表了某個階層，是該階層的經典人物。他們可說是韓素音為這些人的一種定位，她的定位，為每一個那種身分的人製造了一種形象，包括高高在上目空一切的白人官員、從中國南來之後在英屬馬來亞白手起家凡事小心翼翼絕不輕舉妄動的華人富豪（頭家）、馬來貴族階層、各種不同性格和際遇的游擊隊員（包括戰俘、臥底）以及他們的家人——那些普通的低下階層——這些人物構成了這本書的經典人物，他們可說是在獨立前英屬馬來亞普遍的人物形象，在馬來亞到處都可以看到一個或幾個這種形象的人物。這本書受到關注的其中一個原因是，作者以同情的眼光甚至讚賞的語氣來描寫一群在馬來亞受華文教育的年輕人，也就是華校生。作者將他們這群人寫成馬來亞年輕人中最高素質的一群，還說「英雄人物和先驅者就出自這一群人」[172]。為什麼馬來亞華校生在一九五〇年代一批批地返回中國，離開他們的出生地——馬來亞。她認為這些華校生在馬來亞不能獲得公平的機會，因為他們的家庭和出生，導致他們極難成為社會中的上層人士，充其量只能當生意人，有些運氣不好的就在咖啡店端茶水或當苦力[173]。

　　章星虹認為，韓素音在這本書裡，其實只不過是把現實發生的事情鋪墊展開來，陳述其生成原因和所致效果，而並非有意煽動華族年輕人進入森林打游擊或者投奔中國，她其實並不贊同這種走入森林的做法，她認為這樣是將理想和勇氣變為殘酷殺戮，建設不成反成為破壞者——這是作者的擔憂[174]。

　　韓素音並非馬來亞人，也不是馬共黨員。雖然她的先生是英國官員，在英屬馬來亞工作，她本身是個醫生。嚴格來說，她不屬於書裡

---

172 章星虹：《韓素音在馬來亞——行醫、寫作和社會參與（1952-1964）》，頁123。

173 章星虹：《韓素音在馬來亞——行醫、寫作和社會參與（1952-1964）》，頁123。

174 章星虹：《韓素音在馬來亞——行醫、寫作和社會參與（1952-1964）》，頁124。

面三方的任何一方。她只需以圈外人的看法寫作，就像章星虹所說：
「這是一個馬來亞故事，出自一名沒有偏見的旁觀者的眼睛——這名
旁觀者就是作者自己。這裡說的沒有偏見，並不意味著感覺遲鈍。」[175]

《餐風飲露》算是一本紀實小說創作，背景是紀實，故事是虛
構，但又加入些許自傳式文字[176]——它把那時社會上正在發生的事情
（尤其即時新聞，如李明事件／富家公子進入森林當了馬共黨員／新
村的白人官員被馬共處死等等）做了記錄，審視了這一時期那種無形
卻又無所不在的壓力和威脅。雖然如此，作者對細節和人物的細膩描
寫，卻讓人留下深刻的印象——無論是回教堂大喇叭的誦經聲量、淡
米爾女性勞工的身影、萊佛士酒店的餐室，那些英屬馬來亞的風情，
在她筆下既生動又饒有興味，讓讀者留下遐想。貫穿全書的是馬來亞
緊急狀態的時代。因此，讀者從這本書看到的是普通百姓在政府和馬
共之間夾縫中的生活——幫助一方就會招致另一方的對付／懲罰。在
這兩套價值標準[177]的語境之下，作者很明顯同情的是這些普通老百
姓，而不是任何其他一方。

譯者李星可是韓素音的「老友」和「知音」，他認為本書的文筆
是最珍貴的地方。韓素音「擅長寫景，也長於人物刻畫」、「觀察犀
利」，並不只是困於自己的小天地中。雖然這本書是翻譯的著作，嚴
格來說不算是馬「華」文學，但是，基於各種因素，加上李星可的翻
譯功力，韓素音的作品被華人社會廣泛接受。按照一般猜測，基於政
治原因或某些壓力之下，該書的下冊和韓素音之後的作品不再有類似
素材或在馬來亞出現，但此書對於華人社會或說對於讓人瞭解當時的
社會狀況，確實有其積極意義。

---

175 章星虹：《韓素音在馬來亞——行醫、寫作和社會參與（1952-1964）》，頁129。
176 因此，章星虹認為這是半自傳＋報告文學＋歷史小說於一身的紀實文學作品。
177 章星虹：《韓素音在馬來亞——行醫、寫作和社會參與（1952-1964）》，頁130。

因此，對於此書，章星虹有一個讓人深思的小結，新馬地區應該更加看重韓素音在這段時期以馬來亞為題材的作品、演講和訪問。他認為韓素音這段時期的作品，可以彌補當時人們因為懼怕被懲罰、對付，而對那些敏感字眼（比如緊急狀態、共產、新村）往往避而不談，更不可能付諸文字或為這些墾民說話。要知道在當時的情況下，「說華語的人就等於共產黨」這樣的情緒醞釀在民間。因此韓素音這一本「以亞洲人視角」撰寫的著作，無論是在歷史價值或文學價值都有其可貴之處。

張慧提出她探究的是「文學敘述的新村是否反映、記錄、再現或表現了新村的歷史真相」。她並且說了「如果真有所謂『歷史真實』的話」這一句頗值得玩味的話。但基於對同一主題（新村）的認識、理解、感受各不相同，不同的動機、立場、價值判斷等，使得並非全部馬華文學都是一面倒地對新村抱著貶斥的態度。每一件事情都有其正反，新村從某種程度上保護了馬來亞當時的華人社區，「免於英殖民當局和馬共的雙重責難和打擊，客觀上起到『保護區』的作用」[178]。無論如何，「追求新村歷史絕對的真實是不可能的，因為人的記憶常常會出現斷裂、遮蔽、錯置等問題，被記錄、書寫下來的新村歷史，又被敘述者進行主觀的『修改』。但是，正因如此，新村歷史給人們帶來了無限遐想的空間」[179]。因此，無論是馬共的傳記書寫、還是非馬共中新馬共的書寫、中立的書寫、還是反馬共的書寫，都從各個不同角度反映了馬來亞關於新村的那段歷史。

---

178 張慧：《馬華文學中的「新村」事件》，廣州市：暨南大學碩士學位論文，2012年。
179 張慧：《馬華文學中的「新村」事件》，廣州市：暨南大學碩士學位論文，2012年。

二 以「馬共」為主題

馬華文學裡有多位非馬共但創作以馬共為寫作題材的作者，如商晚筠、小黑、黃錦樹、黎紫書等。關於馬共的書寫近幾年來已經成為馬華文學重要的文本特徵，然而在面對同樣的題材時，不同的作家有著各自不同的側重。並且因為立場與寫作目的的不同，他們對「馬共」的呈現也有明顯的不同。

小黑以馬共為主題的作品不少，短、中、長篇都各有代表作。朱崇科認為「小黑的馬共書寫自成一家」、「是相對較早成功處理此題材的馬來西亞小說家」[180]。潘碧華指出，小黑的小說承載馬來西亞華人在歷史發展中最受關注的敏感事件，其中包括抗日、馬共、新村等等。這些都是一般作家不敢下筆的敏感話題，但是小黑對歷史事件的描述，給讀者反思的空間。小黑的小說並不特別去討好馬共，反而帶著一絲同情，對離開森林裡作戰的戰友到中國去居住的馬共領導層還帶著一絲不解。這也許因為在他創作這些小說的時候，馬共的傳記根本還未獲出版的機會，他也無從瞭解其中的來龍去脈。

黎紫書說：「在處理馬來西亞題材時，我會覺得比較親近，我的瞭解和他們所記憶很不一樣，呈現出來的圖景也不同。」黎紫書的〈夜行〉以一個男人在午夜車廂裡想起的回憶對比現實，這回憶就是該人參加馬共的點滴。《山瘟》借由「我祖上」的懺悔之言，講述馬共傳奇英雄人物的故事。〈州府紀略〉通過多重聲音追憶兩個早已經逝去的傳奇女子，回溯馬共抗日歷史。雖然如此，馬共這部分的建國大歷史在她的小說中只是被當作一種背景故事。就如《州府紀略》中

---

180 朱崇科：〈論馬華作家小黑作品中的馬華話語〉，《文藝爭鳴》，2017年第8期，頁131-138。

寫的：「誰還記得馬共呢，還有誰在乎歷史。大家都像你一樣，寧願去懷念譚燕梅，懷念一個戲子的風采，懷念舊街場的風情……想念舊時代靡爛繁華的那一面，那些才是時代的背景，歷史只是拖在時代後面的影子。」作者寫的是平凡人在大時代裡的庸俗人生，而不是形容或者描述馬共人士那些澎湃的回憶。不過，由於馬共這個題材很好發揮，讓嘗試寫此題材的馬華作家有增無減。

小黑主要是從思索者的角度試圖理解馬共，黎紫書更主要是將之作為「傳奇」的素材來創作，黃錦樹則又是另一種視角。他小說中的馬共形象頗為負面。他們並不像馬共傳記中可以為自己的行為尋找到合理解釋的馬共，更不像馬共書寫的「馬共書寫」中高大的馬共形象，他們是猥瑣的、懦弱的，他們的行為是沒有意義的。

黃錦樹的《火，與危險事物：黃錦樹馬共小說選》，是一部涉及馬共主題的中短篇小說合集。〈魚骸〉寫的是一個投奔馬共的「大哥」，使用了許多「馬共文宣」特有的字眼和句子，並提到那些被警方逮捕驅逐出境的左傾人士、被馬共劃為告密者而射殺的少年等等。〈猴屁股、火與危險事物〉，影射萊特，卻把他寫得讓人感到同情又滑稽，一個還活在自己世界裡的「慕容復」。〈淒慘的無言的嘴〉，寫一個投降者的後半生。他投降之後為警方服務，警方也替他製造了假身分，娶老婆，過著中高等階層的生活。作者通過神父說出一段話，也許是投誠者的心聲：「對馬共來說，你是罪大惡極。但要不是你，馬來亞的恐怖活動不會那麼早結束。你知道會有多少無辜的人民受害？受你協助走出森林的那些人，現在不是過得不錯嘛？關了幾年，改過自新後，他們及時回到了正常的家庭生活、正常的社會生活，你看最近才走出森林的那些人，撐到現在，時光耗盡了，他們還可能有正常的人生嗎？」此話是諷刺還是安慰？作者沒有做出結論。小說裡還有一個情節，就是處於強勢的男性馬共利用黨內的職位和自身的能

力，強姦處於弱勢的女性馬共，被強姦的女生卻無處可投訴。就是因為自知所做的事有所偏差，主人公才去投誠。〈如果你是風〉將馬共尊崇的同志、富家子郭鶴齡寫成小說裡的主人公，無論語氣還是描述，都給人「大不敬」的感覺。〈隱遁者〉則描寫一個不願意走出森林的馬共，雖然組織已經宣布放下武器，主人公還是執意留在森林過著野人一樣的生活，作者在諷刺那些放不下馬共教條和共產主義的人們，同時也在提醒整個社會，這樣的馬共，還是在我們身邊，他們縱然已經放下武器，可是共產主義在他們心中永遠不死。除非他們的肉身死了，那就「解放」了。如若小說所說的，還有這樣的人留在森林裡，我們卻又怎麼知道答案是否定的？〈月光斜照的那條上坡路〉說的則是一個女性馬共，自願為所愛的同志撫養孩子，文中對馬共的評語尖銳，諷刺他們在中國受到毛主席的熱情款待過著舒適的生活，但是卻把同志們留在馬來西亞森林裡吃苦，並且用「馬來西亞之聲」日夜廣播教條和廢話。這種語氣和形容，在黃錦樹的小說裡，其實很多地方都有，他對馬共有不滿，也有同情。

　　黃錦樹的馬共題材作品自然引起較大的爭議甚至是批評。伍依在〈觀千劍而知器——對兩部醜化人民武裝小說的批判〉[181]中，將流軍的〈林海風濤〉和黃錦樹的〈南洋人民共和國備忘錄〉同時評論。他認為雖然每個人有自己的立場和喜好，但是不能無視歷史事實。這兩位作家的作品對馬共的醜化、扭曲形象，令他不吐不快。他對比了二十一世紀出版社所出版的眾多親歷者的作品，認為他們將馬共的形象寫得如此平庸低俗，「毀壞了人們的道德人心，傷害了社會公眾的民族和歷史情感」，認為這是「披著馬共書寫外衣的地攤文學」。他認為

---

181 伍濃：〈觀千劍而知器——對兩部醜化人民武裝小說的批判〉，南洋大學校友業餘網站（2016-07-18）[2017-03-25]。http://www.nandazhan.com/zh/wguanqianj.htm。

文學作品的本質應展示人性光輝，但是這兩位作家和其他刻意醜化馬共的作家卻對社會歷史內容和那一代人缺乏理解，只不過是將他們作為素材隨意使用。他列舉黃錦樹作品中露骨的性描寫和各種粗鄙的文字，認為這些文字「沒有正義性，沒有文學性」，「立意邪惡」，這樣會讓讀者陷入迷茫，消遣歷史。此外，他也把流軍小說的情色描寫，如「欲火中燒」、「粉頸酥胸」、「目挑心招」、「秋波暗送」、「心醉神迷」、「情欲霍然激蕩」，「情投意合，心有靈犀。一媚笑，一飛眼，乾柴烈火，耳鬢廝磨」等，形容為「虛張聲勢的外表掩蓋下借意淫為樂，自我快感。這種意淫，表現了無聊文人的無端自戀，格局狹小，低級趣味」、「文學層次太低，根本不存在精巧構思」。他感歎：「黃錦樹流軍們可以陶醉於『惡搞』、『調侃』、『意淫』，自己可以不崇高，但不可以輕薄崇高，可以選擇當小人，但不能不敬君子，絕不該醜化那些為國家民族的英雄，特別是那些壯烈犧牲的烈士！他們年輕得讓人心痛！」

　　紅樺在《郭鶴齡是個怎樣的人——讀黃錦樹〈如果你是風〉有感》[182]中認為，郭鶴齡（郭鶴年的哥哥）在水深火熱的時代願意投身革命，不顧顯赫身家也不顧當局的威迫利誘，為了革命犧牲三十歲年輕的生命，是一個讓人尊敬的革命者。但是黃錦樹卻將在〈如果你是風〉中影射他「留學英倫是從洋妞身上學來的諸多奇淫技巧」，並將他的故事「顛三倒四，加油添醋」。雖然沒有直言，但是紅樺認為在小說中，主人翁有許多特點是直指郭鶴齡：姓郭、名William、起草人民憲章草案、英文頂呱呱、畫兩隻鶴，暗喻一個是哥哥，一個是弟弟等等。根據余柱業和郭鶴年的回憶，郭鶴齡是一個求知欲強、專心研究學問、能幹、老實穩重、喜歡幫助窮人，冒著生命危險幫助被壓

---

182 紅樺：〈郭鶴齡是個怎樣的人——讀黃錦樹如果你是風〉，《熱帶半年刊》，新加坡：熱帶文學藝術俱樂部，2017年第13期，頁41。

迫者的人，因此，紅樺認為黃錦樹是在糟蹋高風亮節的郭鶴齡形象。〈如果你是風〉不但把男主角寫得相當不堪，甚至連國父東姑也被作者調侃了一番，把他寫成一個花花公子。

　　站在馬共的立場，這樣的評語非常容易理解。事實和藝術加工，往往會有如何平衡的困難。如何用小說家的文筆，將史實融入文學作品，是一種考驗技巧的創作方式。作為一名小說家，除非創作自己天馬行空杜撰的故事，若選擇融入歷史，或許應該考慮在不傷害史實和尚在世當事人等的感情之下創作，顧及這些人物的尊嚴，通過妖魔化某方面以獲得嘩眾取寵或者驚世駭俗的效果之寫作方式，確實會令「主人公」的家人朋友不快。伍儂認為黃錦樹所說「想借文學把馬共整個帶進馬華文學史」，或者像流軍所創作的「鬧了許多細節失真的笑話而不自知」的小說，將馬共寫得如此不堪，觸動也冒犯了馬共敏感的神經──尤其那些希望獲得理解和尊重的馬共。雖然黃錦樹向來以「頑童」著稱，小說創作也當然可以完全虛構，不過在虛構的同時，卻又掛上了馬共和那些歷史人物的名字，將向來嚴肅的馬共課題作為戲弄的對象，難免讓人感到玩笑有過火的嫌疑。作為一位作家，要有自己的高度，虛構可以天馬行空，但是影射或者直接使用真名來講述顛倒是非的故事，已觸犯當事人的底線。

　　不過，張錦忠在《火，與危險事物：黃錦樹馬共小說選》「序」裡為黃錦樹作了辯白：「小說不是歷史書寫，黃錦樹這批書寫馬共的小說，看似在戲謔歷史與馬共，其實他所處理的，是重重陰影下的歷史創傷與林蔭深處的集體記憶。」[183]這段歷史，被當做是馬來西亞歷史的斷裂之處，是一段「哀傷」的歷史。雖然小說有真實和不真實的

---

183 黃錦樹：《火，與危險事物：黃錦樹馬共小說選》（吉隆坡：有人出版社，2014年），頁9。

成分，張錦忠認為，黃錦樹還是以小說作為偽歷史，但卻不是真歷史，所以不能將其錯讀，也不應讓作者負起責任。

第五節　他人的眼光：跟馬共題材影視作品的比較

　　基於特殊歷史原因，在馬來西亞所能搜獲的馬共題材劇情片與紀錄片跟其他題材相比，數量極小。跟馬共有關的影片，在馬來西亞仍無機會公開上映。馬共題材影視作品與馬共傳記都敘述馬共的這段歷史，但以目前得到的馬共題材影視片來看，他們的敘述視角顯然與馬共傳記不同，這也顯示出他們對歷史深沉的思索。

　　阿米爾・莫哈默（Amir Muhammad）（以下簡稱「阿米爾」）的紀錄片作品《最後的共產黨員》、《甘榜人，你好嗎？》，旅臺導演廖克發的作品《不即不離》等是少數能得到的關於馬共的紀錄片。在不能公開上映的壓力下，這些作品反而備受矚目。電影《新村》原定二〇一二年八月二十二日在馬來西亞全國同時上映，但卻在宣傳做得風風火火的時候被電監局告知該電影不允許上映。《新村》電影導演在我通過電郵數次要求並說明是為了博士論文才要採訪，他仍不親自說明，只是通過一位助手再三表示不願意接受訪問。在他的《新村》電影小說序文裡表示希望更多馬來西亞人知道這一部分的歷史，但相當遺憾的是他卻並不願接受訪問使我們無法暸解更多。據悉，電影因版權問題無法在別處上映，也不可售賣光碟。其預告片可從網上看到，但無法構成本論文的討論基礎。不過就在短短的幾分鐘預告片裡，我們可以看到導演將新村、馬共、軍警、各種族關係等等都表現在這部電影內。由於以上問題，唯有將其電影小說作為討論物件。

　　《新村》原是一本電影小說，原創故事和劇本是導演黃巧力和鄭詠怡所著，由謝智慧改寫。全文行文流暢，主要闡述一位名叫林文秀

的女孩子全家如何被強迫搬入集中營（新村），在新村內的生活細節，她認識了名叫阿南的抗英軍（馬共），兩人互生情愫，馬共部隊裡的奸細出賣導致在林文秀所居住的新村被識穿，暗戀林文秀又被她拒絕的英政府警察部隊的副隊長開祥公報私仇，阿南的部隊跟警方駁火，部隊死傷慘重，開祥死於戰鬥。阿南和林文秀失散前，林文秀向他表明自己不能放棄家人跟他進入森林奮鬥，阿南加入部隊繼續為理想奮鬥，林文秀則不知阿南的生死一直單身。四十年後，和平了，阿南已另娶，林文秀一直留在原地，還幫阿南照顧父親直到老人家去世。阿南來到林文秀的居住地想探望她，林文秀為了不讓阿南看到她老去而失望，決定不見面。兩人又一次錯過了對方，留下遺憾。

　　以上是故事大綱，根據導演和編劇黃巧力介紹：「一九四八年至一九六〇年，馬來亞半島陷入了緊急狀態，許多散居在森林邊緣的華裔墾耕者無辜地被英軍陸續集體遷入集中營……有的年輕人選擇加入英軍的自衛隊；有的年輕人選擇走入森林，加入主擊隊，拿起武器對抗英軍。許許多多生長在那個時代的華人，經歷著從未想像的激烈變化，在痛苦與掙扎中求存，惶恐度日；他們捲入了大時代的漩渦，無法自主，紛紛葬送了自己的青春。就是這樣的一群人的悲壯經歷，多年來一直深深地觸動著我的心。」[184]他分析，當時的青少年，可分為三類：一是隨著家人被強行遷入集中營；二是加入抗英軍，走入森林，跟英軍搏鬥；三是加入英國軍陣營成為監控集中營的官員。也就是受害百姓、改革派和當權派。但是，這一群人的經歷、貢獻、犧牲、功過，全都不在馬來西亞學校的教科書中。因此，他決定拍攝一部跟這個時代有關故事的電影，「好讓我們的新生代乃至整個世界知

---

184 雖然跟《新村》電影無緣，但同一位導演在這之前曾拍攝一套名為《我來自新村》的紀錄片。共分三季：二〇〇九年《我來自新村》、二〇一〇年《我來自新村2》、二〇一三年《我來自新村3》。

道我們曾經有過這樣一段如此悲壯的家國史」[185]。《新村》電影製作人鄭雄城則說：「我們都想在這片土地撒下善良的種子，讓更多人認識和熱愛這個國家，並指導我們有多熱愛和珍惜這一片土地。」在電影小說裡，有著非常本土的元素，比如割膠工人，還留在中國的親人和到馬來亞謀生的中國人書信往來，「紅毛鬼抽壯丁」，大鍋飯等等，這一切讓人想起當時的苦日子不堪回首。

劇情片《新村》顯然是對馬共抱有同情之心的，因此，劇中馬共阿南的形象頗為正面，而因為劇情片觀眾的考慮，情節也編得頗有浪漫色彩。這樣的愛情故事在馬共傳記中絕不可能出現。

阿米爾的紀錄片《最後的共產黨員》與廖克發的紀錄片《不即不離》兩片的拍攝目的都來源於兩位導演的「尋找」。他們想要尋找一段被馬來亞政府遮蔽的馬共歷史，他們也想通過影片作品來闡釋他們所理解的馬共。

阿米爾是印裔回教徒，他從法律系畢業之後去當獨立導演，也是英文專欄作者。他興起拍攝這部片子的念頭始於讀了陳平的自傳《我方的歷史——陳平回憶錄》[186]。他發現陳平自傳裡提起的許多地方當年也許是革命重鎮，如今卻已式微，自己作為馬來西亞人，竟大多數地方沒去過。他決定拍攝一部紀錄片，以陳平個人經歷作為內容主軸，帶著攝製組走南闖北，在馬來西亞國土上把陳平到過的地方拍攝記錄起來，趁此機會更瞭解自己的國家[187]。他拍攝的地方包括霹靂州實兆遠Sitiawan、紅土坎Lumut、太平Taiping、怡保Ipoh、丹絨馬林Tanjung Malim、米羅Bidor、檳城丹絨武雅Tanjung Bungah、吉隆玻

---

185 謝智慧：《新村》（吉隆玻：紅蜻蜓出版社，2012年），頁8。

186 陳平：《我方的歷史——陳平回憶錄》。

187 阿米爾・莫哈默（Amir Muhammad）與陳煥儀訪談於檳城Penang Institute，二〇一七年三月四日中午四時。

Kuala Lumpur、和豐Sungai Siput、文東Bentung、勿洞Betong、華玲Baling等等。這些地方都是陳平停留過、居住過、工作過的地方。觀眾可以從此片中看到全馬各地許多跟陳平有關的地方，比如，一九二四年陳平出生在霹靂州實兆遠（Sitiawan）。從陳平故鄉開始介紹平民百姓，鄉親父老，然後拍攝了陳平的祖屋。訪問的人都說自己的語言，印度人說印度話，華人說自己的方言。拍攝了各宗教場所、陳平母校、街道等地方。

阿米爾在訪談中告知，他認為其實共產主義有很好的地方，比如，平權——人們不能擁有太多，不能奢望太多，這是一種和平的想法／思維，但是在實施方面卻很困難，因為人性。人有私心，人有貪念。他說，共產黨的中心思想原則非常美麗，就是讓人們分享一切，可是實際上往往會導向獨裁與英雄崇拜[188]。而且，人類有劣根性，人類做不到。

這是不是一種宣傳議題？《最後的共產黨員》訪問Capt. Philip Rivers，一位住在霹靂州的英國人，他長住在霹靂州，是一個海洋專家，在馬來西亞做各種調研，尤其在霹靂州。他不無驕傲地說，他擁有的資料比新加坡國家圖書館還多。他認為，「這怎麼會是宣傳議題？太多人死了，太多家庭受到了影響」[189]。

馬共，是全馬人民共同的歷史。今天的馬來西亞，許多上了年紀的人，跟馬共都有直接或間接的接觸。在《最後的共產黨員》整個片子所訪問的八十多位人物裡，跟馬來亞共產黨有關的題材也不算少。訪問一老人，說起日本人蕭清的時代：他們的做法叫全部華人男女老少都出來，身上有刺青的全部抓起來，都當作罪犯處理。他們不用子彈殺人，都是一刀一刀刺死這些人，一刀一個，然後就踢倒在地，晚

---

188 費言：〈馬國禁映電影《最後一名共產黨員》〉，《早報娛樂》，[2006-05-30]。

189 It's not all propaganda…too many dead ppl, too many families were affected.

上村民們都可以聽到沒有死的人還在喘氣。那些日本兵就來檢查，沒死的就用土活埋。

《最後的共產黨員》用了一種非常生活的方式來講述馬共，以拉近人們與馬共的距離——太平的田野作家李永球在影片裡介紹了一種食物「麵龜」，這是一種饅頭。但他介紹的卻不是烏龜的形狀，而是同樣的製作材料，只是在上面畫了一個花形。根據李永球介紹，當年有一個太平的人參加抗日軍，之後被日本兵抓走了，他媽媽去何仙姑廟又拜又求。晚上，她夢到一個仙姑向她微笑。這個年輕人在日占時期沒死，他家人覺得是何仙姑顯靈。後來這個青年又去參加馬共抗英，最後不知生死。他媽媽就買蓮花拜拜（何仙姑），所以後來就有花龜（一種烏龜形狀的饅頭，上面有花的形狀）。它成為太平的土產，導演企圖從食物中捕捉馬共對一個人、一家人、甚至一代人的歷史記憶。

《最後的共產黨員》訪問一個馬來女子，也許她的看法就代表了大多數馬來族群的想法，不論他們是否瞭解當年參加馬共抗日軍和抗英軍的人們，但絕大多數馬來族群都是通過馬來西亞政府編寫的課本來認識馬共。他們普遍認為馬共是恐怖組織，在國內做了許多恐怖襲擊。但這位馬來女子也說，如果沒有馬共也不會激起愛國意識。她說自己一開始就不會接受共產主義，因為據她所知，共產黨不允許宗教信仰。她認為宗教信仰是一種人權，因此她比較喜歡民主制度，就像今天的馬來西亞，而不能接受一種沒有宗教的意識形態。共產黨在馬來西亞一直都是禁忌，在一九八九年簽署和平條約下山之後，他們神秘的面紗才逐步被掀開。他們在這之前不但不能享有正面的描述，「對第三世界國家的政府來說，當權者要你知道的那些歷史是對他們的執政有幫助的，其他的他們不讓你挑戰」[190]。

---

190 費言：〈馬國禁映電影《最後一名共產黨員》〉，《早報娛樂》，[2006-05-30]。

　　這也許就解釋了為什麼一些馬來主流報紙，在該片曝光之後便大力抨擊阿米爾，他們質疑為何阿米爾要碰觸敏感課題（陳平和共產黨）。影片在上映前十天，被國安部下令禁映。阿米爾認為馬來報章《每日新聞》刊登的一系列炒作種族主義文章，是導致它被禁的主因，那些文章質疑阿米爾為何不選擇拍攝其他馬來歷史人物，偏偏選擇馬來亞共產黨總書記陳平。對此阿米爾說，他認為有引起關注對電影是好事[191]，「所有的電影加起來，都改變不了政治。」阿米爾說。對於為什麼拍陳平，他的答案是：為什麼不？此外，他也希望能夠引起人們用另一種方式和換一種想法去想和看「馬共」這個組織的存在。他雖然不是馬共，但顯然是偏向馬共，因此，自然在鏡頭表現與影片剪輯時會有更有利於馬共的畫面與表現技法。

　　廖克發跟阿米爾的攝製方式不同，很大分別在於廖克發是為了尋找自己家族歷史而拍攝了這部片子。廖克發從全家福談起，告訴觀眾，他希望自己的家庭回憶是溫馨、完美的，但事實並非如此。廖克發拍攝《不即不離》，最初目的是尋找家族歷史，影片開始他就很清楚表示「我」想找尋祖父。廖父從小跟廖克發不親厚，廖克發長大之後醒悟，廖父本人從小沒爸爸，使他不懂如何做父親。廖克發去臺灣留學，九年沒聯絡家人。當思想逐漸成熟，他開始去探索和尋找家族史。他在訪談中告知[192]，從小他家裡不曾提起祖父，很大之後才知道牆上那張照片是祖父，「他參加抗日軍。日本投降後，加入馬共抗英游擊隊，一九四九年犧牲」。廖克發說他在勿洞曾拍攝一個老人家，認識他的祖父。「他知道我阿公，他告訴我，當時英軍開始大量逮捕馬共，我阿公是實兆遠當地小領隊。他那一次是被人出賣，好幾個人

191　阿米爾・莫哈默（Amir Muhammad）與陳煥儀訪談於檳城Penang Institute，二〇一七年三月四日中午四時。

192　廖克發與陳煥儀Face book越洋電訪，二〇一六年六月二十二日晚上十時。

一起被英軍打死。」這一段，在他的影片裡，通過家裡各人的嘴說出來。可以看出大家還有些許激動，值得注意的是，他們激動的更多是對於阿公參加馬共這回事，「一個好好的人，為什麼要去參加這個」。

　　基於尋親的情感渴望，廖克發製作《不即不離》，並在訪談裡說：「我主要是找祖父，才扯上馬共。」[193]他不為任何陣營拍攝，若祖父加入的不是馬共，他不會以此為主題[194]。

　　在《不即不離》之前，廖克發有部嘗試之作《愛在森林邊境》，披露他對馬共題材的興趣。這部作品在臺拍攝，描寫一老太太收到當年加入馬共的初戀情人來信，方知他尚在世的故事。影片以愛情為主，馬共為輔，嘗試呈現大時代的愛情，挑戰時空交錯的剪接手法。電影在《南屏晚鐘》「我匆匆地走入森林中」歌曲聲中結束。廖克發承認當時他缺乏資料，很難創作劇本，要還原環境和氣氛也不易。但創作者有時總想往回找，廖克發也是。他從女性角度出發去營造該電影，看得出他對「看著走入森林後就消失的男人」的女人很有同理心，因他的祖父母也有相同的經歷。

　　廖克發在訪談裡強調，他小時不懂為何要向牆上的照片拜祭？更不懂祖父是馬共，這跟他不理解馬來西亞有關。他說：「我認為我不愛國……人的情感很矛盾，我在臺灣遇到很多馬來西亞人，問他們愛不愛國？他們說不出來，但大部分不放棄公民權。這是種不清不楚的感情，不遠不近，不是愛或不愛。」《不即不離》彷彿也是他在自我詢問：到底愛不愛國？廖克發提及自己不愛國時也承認：「有時我們搞不清楚自己的感情，可能太愛了，所以說自己不愛。」為何覺得不愛？他認為馬來西亞有種壓抑的氣氛，比如教育方面，政府實行種族固打制（Quota System），讓華裔感覺不公平。他不想在這環境生活，離開

193　廖克發與陳煥儀Face book越洋電訪，二○一六年六月二十二日晚上十時。
194　廖克發與陳煥儀Face book越洋電訪，二○一六年六月二十二日晚上十時。

馬來西亞赴臺後卻逐漸改變:「現在我反而沒那感覺,我不瞭解馬來西亞才會不愛它……愛國有義務存在,比如遇到敵人要為國打戰。」

在馬共歷史闡述方面,《不即不離》並沒有刻板地把史實從頭到尾介紹一遍。它是部訪問錄加導演(「我」)旁白的片子。觀眾若無歷史文本輔佐,很可能失去興趣,畢竟「知情觀影」獲得的觀後感不同,尤其在這電影影像和文學文本之間互文密切的時代,這一環不能或缺[195]。

影像作品有流動感,在影像中可以看見人的表情、動作,聽到聲音、語氣,觀眾容易被打動;文字記載平面,作者表達能力和讀者理解能力要產生共鳴才有效果。發生在這國土上的那場戰役,在文字和影像結合下肯定會表達得更深刻和有深度。限於篇幅,這裡試舉一例:

在《不即不離》裡,廖克發到一工廠拍攝建於一九四六年的原九一抗日烈士紀念碑。片子裡只說它曾被打碎,又被人帶回修補、供奉,沒深入闡述九一事件來龍去脈。這段在片裡佔很長篇幅,不明史實的觀眾也能感受到該紀念碑的重要性。廖克發同時訪問兩位馬共隊員彭一凡和張勝美,是他們帶著攝製隊到工廠裡的紀念碑前祭拜革命先烈,不過,也許是剪接問題或表達缺失,他們並沒有很好地全面解釋九一事件,惟帶出一個訊息:該紀念碑紀念為國為民犧牲的一群人。廖克發問:「你們記憶裡有很多同志,都埋在深山裡……你們自己親手有埋過?」兩人都點頭。廖克發再問:是否有回去找?張勝美說:「不要找了……青山埋忠骨。」但觀眾看到這裡仍不太瞭解該紀念碑的前因後果,唯有從文字裡找。兩者相輔相成,才能構建一個更飽滿更完整的史實。

---

195 石安伶,李政忠:〈雙重消費、多重愉悅:小說改編電影之互文／互媒愉悅經驗〉,《新聞學研究》,2014年第1期,頁1-53。

　　根據文字記載，一九四一年十二月八日，馬來亞被日本侵略，日軍殘暴無度，馬來亞人民抗日軍成立。一九四二年九月一日，抗日軍在石山腳[196]舉辦第八次中央擴大會議。會議進行到當天早晨五點，日軍設下四道埋伏線並突襲，抗日軍激烈反抗，成功突圍，犧牲十八個烈士。部分烈士首級被日軍砍下掛在吉隆坡鬧市示眾[197]。普遍認為因遭馬共叛徒萊特出賣，日軍才獲得準確情報。

　　一九七七年，張昌銘、曾珍等移居中國的馬來亞抗日戰士應邀到馬來西亞參加馬來亞抗日歷史講座，提到該紀念碑[198]，它分墓和碑兩部分，估計一九四六年建成。一九九七年在黑風洞雙溪都亞附近被發現時，原有碑文已看不清。一年後，有熱心人士為石碑補上碑文：九一烈士紀念碑一九四六。左右兩旁小字：正氣昂揚、光榮滿載[199]。根據馬來西亞華族歷史調查委員會秘書郭仁德介紹，一九九八年他曾數次攜同一些抗日前輩去找墓碑，無功而返；後在曾參與建此墓碑的劉嬌和劉三通帶領下在雙溪都亞叢林中尋獲。據劉嬌記憶，碑上題文原為「九一烈士紀念碑」。墓葬的十八位烈士，有名可考。二〇〇〇年，有關地主計劃在石碑原址發展建設，要把墓碑鏟掉。郭仁德和一批有心人為此奔波，成立「拯救及重建九一烈士碑墓工委會」，由郭仁德擔任主席。但在交涉期間，傳來石碑已被剷除並一時失蹤之噩

---

196 黑風洞，雙溪都亞（Sungai Tua）附近。

197 朱學勤：〈馬共與政府和解：沒有寬恕就沒有未來〉，新浪網，2013-10-25[2017-09-09]。http://history.sina.com.cn/bk/sjs/2013-10-25/165272258.shtml。

198 陳星南：〈九一抗日烈士紀念碑史料保存——郭仁德訪問記錄，2016-04-252017-08-31。https://www.facebook.com/permalink.php?story_fbid=1703797473207515&id=1445261619061103。

199 〈檳城烈心〉，犀鄉資訊網，2015-08-31，[2017-07-29]。http://www.ehornbill.com/v12/2012-11-06-12-08-00/2012-11-06-12-20-06/4861-2015-09-02-13-52-29。

耗[200]。原來石碑碎片是被方川中載走，花費數月時間將紀念碑修好並放在其工廠內長年祭拜至今。方川中來自霹靂州朱毛（Chemor），自小聽聞抗日事蹟。這之前他長年前往該紀念碑拜祭，視這些犧牲的抗日烈士為正義象徵，他表示：「我尊重他們為正義和國家而努力。我把紀念碑修好是為了紀念他們，並不是為了邀功。」他也在紀念碑下添了基座，刻上十八烈士的名字，藉以悼念[201]。至於郭仁德方面，後來該工委會由愛國工委會接管，徵得孝恩園董事部同意，在二○○一年十一月開始籌備在該園建設新的紀念碑；二○○三年在各界人士代表出席陪同下，拾金、移葬、送葬到孝恩園[202]。

有關郭仁德和方川中的事蹟由不同陣營人士記載，都沒提起對方。因此，廖克發的這部紀錄片補充了馬共的歷史記錄。

從《不即不離》亦可探討──馬共愛哪個國家？製作《不即不離》之後，廖克發認為他所接觸的馬共明顯都很愛馬來（西）亞。如他所說：「愛國，要能為國捐軀。」讓人深思的是，罵馬共是恐怖分子的馬來西亞政客們是否也願為國犧牲？

廖克發在《不即不離》裡說，日本侵略東南亞，反激起救國精神。那些華人雖生長在英屬馬來亞，卻沒權利選擇國籍，若不選做中國人，他們將不屬於任何地方。當時華人處於兩難狀態，既要效忠中國又對馬來亞有感情，要抵抗日本。

---

200 陳星南：〈九一抗日烈士紀念碑史料保存──郭仁德訪問記錄〉，2016-04-25[2017-08-31].https://www.facebook.com/permalink.php?story_fbid=1703797473207515&id=1445261619061103。

201 朱學勤：〈馬共與政府和解：沒有寬恕就沒有未來〉，新浪網，2013-10-25[2017-09-09].http://history.sina.com.cn/bk/sjs/2013-10-25/165272258.shtml。

202 陳星南：〈九一抗日烈士紀念碑史料保存　──郭仁德訪問記錄〉，2016-04-25[2017-08-31].https://www.facebook.com/permalink.php?story_fbid=1703797473207515&id=1445261619061103。

　　從《不即不離》片裡看到這群人在馬來亞未獨立前，為中國加入抗日軍；後來發現抗英才不會再被殖民、真正獨立自主，那時已從愛中變成愛馬。張平表示，英國人在日本投降之後又回來，人民已懂得追求独立，因此「我們就反英國」。發生在這群人身上最諷刺的是，他們被遣返中國後，又發現自己愛的是馬來亞。張平說：「我白天在中國，晚上做夢都在馬來西亞……心都在那裡……在馬來西亞穿著短袖衣……吃椰子……娘惹糕，我最喜歡吃。」

　　但值得注意的是，廖克發並不像阿米爾傾向於基本認同馬共，他拍攝得最多的不是如馬共傳記大部分所寫的領導層，而是其他低層的馬共。他且用他們對馬共提出質疑。他拋出疑問：「這些人是否真的知道共產主義、資本主義、馬克思？我們活在二十一世紀，有機會看到很多東西。但他們當時有這樣的機會嗎？」廖克發認為那時代一切都不明朗化，加入馬共的普通人對許多主義根本沒概念，他們用自己的生命抗爭，只因不想活得狼狽，不要成為低聲下氣的日軍走狗。「一些女兵加入馬共只因想學寫字，她們對自己的命運和人生抗爭，希望人生更好，馬共正好為她們貧乏的人生提供另一條路，她們就走上這條路。」他認為一塊土地要成為一個國家，人民要有熱忱，現在的年輕人卻缺乏這特徵。

　　就如廖克發所說：「我相信他們死後的靈魂，會回到森林，回到年輕時。他們說話的眼神讓我感到他們走進森林就好像昨天的事。」這些人在訪問裡，沒人說後悔、虛度。雖然陳劍和廖克發都曾說過，馬共說的話都篩選過，不讓人知的就語焉不詳，這是個包袱[203]。不過這些人雖有掩飾、誇張，但很大程度上已為史學家提供一段馬來西亞歷史上曾消失過的珍貴歷史。

---

203 陳劍與陳煥儀面訪於新加坡，二〇一六年四月七日中午一時。廖克發與陳煥儀Facebook越洋電訪，二〇一六年六月二十二日晚上十時。

　　日軍踏上馬來亞，英軍招架不住，很快就拋下馬來亞。中日戰爭早已爆發，華人的對抗使得日軍對華人大屠殺──馬來亞至少有十五萬華人死於這場大屠殺，導致馬來亞各民族間面對嚴峻的考驗。馬來西亞社會普遍認為馬來人對共產黨有敵意，原因有二，第一，宗教──在馬來西亞憲法下，馬來人出生便註定成為穆斯林，穆斯林不接受無神論，共產黨恰不信神；第二，民族尊嚴──緊急狀態時期（1948-1960）大多政府軍警隊是馬來人，共產黨大多是華裔，形成敵對狀態。

　　《最後的共產黨員》訪問一名叫Sallehuddin Abdul Ghani（以下簡稱「SAG」）的馬來老人，他敘述得相當長。當警方得知馬共曾接觸他，要求他當線眼，若幫警方成功逮捕馬共，可獲賞金。外人本無權評價他的個人立場，但SAG明確表示知道馬共追求「國家獨立」，卻不掩飾自己出賣他們，整個訪問強調自己得到賞金的得意興奮之情：「我睡不著，因為想到一千塊錢……警方真的賞我一千塊錢。」對於「國家獨立」的大追求，他想法如何，訪問中沒深入探討。不排除一個可能性是在他思維中，「共產黨」等同「恐怖分子」，出賣他們換賞金並沒錯。

　　《不即不離》裡也訪問一馬來老人，他是馬共成員，名叫Awang Bin Yakub（以下簡稱「ABY」）。兩者值得比較──SAG的得意來自他舉報恐怖分子還是那筆當時十分豐厚的獎金？ABY立場鮮明，他溫和又堅決地表示，要對抗龐大的英殖民帝國，單一種族的反抗絕無法成功，一定要三大民族──華巫印合力才行。

　　ABY跟SAG同種族、宗教，但人生信仰不一樣，說和做的也完全不同。ABY不提伊斯蘭教跟共產主義思想是否衝突，反唱歌表態：「沒有無法攀越的高山，黑夜也無法阻擋我們，穿越森林和草叢，漫長而寧靜的道路。在窒息的炎熱，風吹雨打中，我們不斷向前，不斷向前，

我們有不妥協的決心，隨時保持警惕。我們是馬來亞的游擊戰士，消滅所有敵人。」兩位馬來老人的言談讓人深思：是否所有人都願為國家獨立跟英國人對抗，在面對大是大非時都清醒知道自己的追求？

　　至於表現手法，《最後的共產黨員》、《不即不離》雖然是紀錄片，但與馬共傳記的語言質樸不同，他們應用了更豐富的影視藝術手法。

　　一是旁白。

　　廖克發在《不即不離》裡的旁白始終語氣溫和，鏡頭張力十足。他有時用詩意的語言和畫面，有時語氣嚴肅，還隔空跟素未謀面的祖父說話：

> 「雖然每年過年過節，我們給你上香，但是我們不准知道你的名字、你是誰，直到長大以後，我才知道我和你之間的關係。」
>
> 「如果當年你沒有犧牲……你今天還會和他們在一起嗎？堅守在這一片森林的邊境，因為唯有在這裡，你們不是恐怖分子，你們可以豎立起自己的碑。」
>
> 「犧牲生命保衛土地的人，無法成為馬來西亞人……甚至在你過世的那一刻，你都還不是馬來西亞人，你和這場戰爭的許多涉及的人一樣，都被迫地在這塊土地上消失了。」
>
> 「雖然在馬來西亞我們不是唯一離散的家庭，但是對你們而言，你們有一個可以犧牲一切去追尋的馬來亞夢，但是對於失去了爸爸，記不得爸爸，像我的父親你的孩子而言，他想去的地方，又是哪裡呢？」
>
> 「公公，這是你參加游擊戰爭犧牲的森林，這也是我父親獨自長大、玩耍的森林……橫跨時間的河，在同一片森林裡面，你們卻未曾遇見過彼此。」

「在這趟旅程以前，你是我唯一一個素未謀面的公公，在這趟
旅程以後，我卻在許多人的身上找到了你的身影。」

真正的歷史是否如他們表述？歷史難以評價，阿米爾和廖克發都
不評論也沒結論，讓觀眾自己作判斷。廖克發認為紀錄片導演的工作
是拍攝，《不即不離》只負責把馬共說的話記錄下來，找事實是歷史
學家的責任[204]。在他眼中，那些老人信仰很深，最老的已九十五歲，
願意為他們的理念，花很多力氣去抗爭，甚至付出生命。民眾該正視
歷史多面性，看清真相，才不會被有限的視角遮蔽思維方向。這種拍
攝手法，很衝擊向來習慣從電影裡獲取結論的觀眾。開放式的紀錄片
引導觀眾多向思考，相比傳統模式更顯意味深長。

二是訪問。

《不即不離》用大量訪問貫穿全片，好些廖家人成了受訪者。他
們對廖克發祖父的印象──

廖克發母親說，「聽說是參加共產黨，祖母也從來不提」；「祖母
也很恨……好好的人為什麼不做，去參加共產黨做什麼？又沒有顧
家，祖母很年輕，才二十多歲，老公才二十九歲，就打死了」；「回家
被人舉報了，政府軍隊要來圍捕他」；「（被打死之後）阿嬤不能相
認，全家人都不能認，只要認了全家都麻煩，哭也不能哭……屍體被
載走……葬在哪裡也不知道」。

廖克發的堂姐廖美玲說，「可以拿去賣的他都拿去賣，……大伯
硬硬拉著他的腳車，公公就打他，他痛了就放」。

廖克發的姑姑回憶，「三槍，……就打到他的腿。阿公爬、跑，
警察跟著他的腿那個血，把他找到，就開多兩槍、三槍」；「家裡不可

---

204 廖克發與陳煥儀Face book越洋電訪，二〇一六年六月二十二日晚上十時。

以放公公的照片，我們都不可以哭」；「公公的照片是伯伯叫人家畫的，他們都知道如果被抓到就要遣返中國」。

廖克發的父親在影片裡出現最多次，但每次提起「阿公」，廖父便重複：「我就當自己沒爸爸」、「不記得」、「沒有印象」、「完全不知道」、「死了」、「打死的」。這是無法直言的不滿，父親是長輩，作為孩子不能阻止他參加抗日軍。家人若阻止，彷彿不識大體；不阻止卻心如刀割——這在馬來亞是被通緝被殺頭的事。

廖克發在勿洞友誼村拍攝一個也是來自實兆遠、認識其祖父的老人[205]。根據他說，廖克發的祖父是實兆遠一個小領隊，被奸細出賣後，廖克發祖父和好幾人一起被英軍打死。這段往事在《不即不離》裡，通過廖家各人的嘴說出來才拼湊完整。從家人們的敘述中，他們都不知廖克發祖父是去打日本人還是英國人，也不太諒解他。從他們的肢體語言，可以看出時隔多年大家還很激動，更多的激動來自「阿公參加馬共」。這也許是當時許多馬共成員家人的想法，參加馬共的人在當時多是思想較覺醒的進步青年，內心掙扎可想而知。馬華作家小黑指出：「三〇年代因為北方在抗戰，這一邊的華裔捐軀捐錢為祖國抗戰是再正常不過。緊接著，反殖民地的浪潮席捲世界各地，接受進步思想的青年要驅逐英國人是愛國的表現。日本人來了，英國人被打得一敗塗地，人民大失所望。共產思想和資本主義在國際舞臺上鬥個死去活來，我們的國土上也不可倖免。共產黨描繪的美麗遠景，甚至在七〇年代還有強烈的吸引力……在這樣動盪的時代背景下，廖克發的公公到底去了哪裡？他像那個時代的許多熱血青年，為了憧憬一個遙遠的美麗未來，他們靜悄悄的離棄家園，投奔莽莽山林？孩子的啼哭、父母的呼喚、妻子的垂淚到天明，都被牙根緊緊咬斷了。」[206]

---

205 廖克發與陳煥儀Face book越洋電訪，二〇一六年六月二二日晚上十時。

206 小黑：〈敘述不即不離〉，《南洋商報》，2017-03-30。

　　廖克發說：「拍這部片子，接觸那些馬共人士以後，我改變很多。他們相信的馬來西亞跟我看到的不一樣。」可惜從一九四八年起，陳平發動把英殖民政府趕出馬來亞的戰爭，隨之而來的衝突引發雙方相互指責的一系列武裝衝突，也把馬共成員帶入山林，一去就是四十年餘。

　　這群人為抗日抗英犧牲，社會和政府對這群抗拒侵略祖國的犧牲者卻又如何？英殖民者和馬來亞政府積極剿共，人民十分避忌「馬共」二字，社會上幾乎不會公開聽到跟他們有關的新聞。打開馬來西亞任何中小學課本，提起馬共都歸為恐怖分子——製造破壞，導致國家進入緊急狀態——這是馬來西亞人從小接受的教育，因此廖克發在《不即不離》裡有疑問：「我公公是恐怖分子嗎？」

　　為了釋疑，《不即不離》除了到勿洞訪問、拍攝馬共集會時各族同歡共樂的情景——這一段跟《最後的共產黨員》有驚人的相像，可見種族和諧還是兩個不同種族的導演心目中重視甚至嚮往的——還遠赴廣州、香港、英國等地去訪問、拍攝，比如現居廣州的張平。一九三八年，她剛上五年級，就讀馬來西亞霹靂州太平華聯學校。「我十一歲，知道愛國，知道日本侵佔我們中國，殺我們同胞，對日本人很氣憤，怎麼會來侵略我們國家，又殺我們同胞。大家都抵制日貨，宣傳抗日，我參加抗日救亡歌詠隊，我貼在我爸爸的床頭：國家有難，匹夫有責。」張平看到英國人欺負印度人，她不滿，認為馬來亞不能再被殖民，人民才有自由。

　　同樣現居廣州的曾珍說：「我們那邊工人也多，礦場也多，農民出來遊行，（唱）起來不願做奴隸的人們，整條街沸騰起來，大家捐錢，每一家，每一戶，幾毛錢幾毛錢地捐到酬賑會去，支援中國抗戰。小學的時候，唱著『打倒列強救中國』，被殖民官員阻止，把老師抓去坐牢。」

　　廖克發重點訪問住在香港一位老馬共葉瑞清老先生，他的人生際遇相當曲折。他說：「我（被）抓到，也判了死刑。我們是抗英的，不是抗馬來亞的，為什麼還要關我們？」他很有怨言，認為他們也是爭取馬來亞獨立才和英國打戰，但他卻為此坐牢二十年，一九六三年建立馬來西亞，他隨其他政治犯被驅逐到中國，在中國結婚生子之後遇上文革，因身世問題，孩子們沒得受教育。他輾轉到香港，孩子又不能融入香港社會。他告訴孩子們他是前馬共，但歷史根本沒記載他們任何功勞，孩子們很不諒解[207]。他們不喜歡葉說自己的事，廖克發訪問他都只能在外頭進行。葉瑞清表示，日軍踏上馬來亞後，馬共跟英國人談判，叫他們釋放政治犯一起抗日。這批人士大多是工人、學生，沒打過戰，為國願意上戰場，英國人給他們的武器都較差，怕他們「轉槍頭」對付英國人。葉瑞清說：「我們白白這樣做。但是也沒有後悔，自己的理想，為著革命，我參加革命，我是自願的。」老人家在影片裡落寞的身影，讓人不由得被他的失落感染。

　　《最後的共產黨員》裡訪問了好幾位前馬共，這幾位老人目前都居住在馬泰邊界的勿洞，他們對自己的際遇各有體會：

　　Wong Ah Lok說：「我一九四八年六月就進山。一九五七年我到邊界。我在泰國三十多年。我上隊十七歲，現在七十多歲。」

　　Sao Fung（女）說：「我知道共產黨好。教育我們，進行教育、唱歌、讀書。我知道他們，我爸媽不反對，他們同情革命。他們說我們恐怖分子，我們做的事情有什麼不對呢？我不同意。我們為了人民。不偷不搶，我們怎麼會是恐怖分子？我不後悔。我自己自願的，怎麼會後悔。」

　　Ru Gang說：「在深山最難過，沒食物。沒接頭人就沒糧食。我們

---

207 張大春，〈張大春泡新聞——訪問導演廖克發談紀錄片不即不離〉，《九八新聞台》，2016-11-30，https://www.youtube.com/watch?v=tpcUa6VuD9Y。

可能有做錯，但我們承認錯誤，我們改正，我們沒有不承認，他們說我們不人道，是恐怖分子。比如一九五〇年代，老一輩的人說，有的在膠園，叫他們膠園主交月捐，他們不肯，我們就攻擊他們。當時沒有電報，上面知道，要阻止我們也要一段時間。然後我們就沒有做了。比如，燒巴士，我們做過，但是這樣直接讓人民很麻煩，對人民不利，損害人民利益。上面知道，不准我們這樣做的。比如，沒收身分證，英國人出IC（Identity Card），我們就收人民IC，但是人民他們就會麻煩，英國政府知道了之後，對群眾利益是損害。我們後來就停止這樣做。這些事我們做錯了。和平，有尊嚴，不是投降，我們贊成。申請回馬，不批。和談協議，來去自由的。但是我離家三十多年沒有回過。」

Chan Yoong回憶：「出發去偵察，我炸到腳，敵人裝地雷，看不到，踏到，炸到腳。炸藥包（就是沒有彈片的）的目的就是讓你炸，沒有死，就會拖累很多人。沒有通過鬥爭，沒有爭取獨立，就一直是殖民地。和談的時候，我申請回馬，沒有通過。我父親去世了，我選擇留在這邊。我回去，沒有腳沒有依靠。這裡有整體，互相幫助。有地，有屋。所以我就取消回去。」

Chenmin說：「我們的宗旨就是為了人民。我們這麼小的黨這麼少的人。我們的鬥爭物件是英國人，他們這麼大的帝國，可以發動的資源比我們多得多。我們雖然不能解放勝利，但是國家獨立了，那就是我們要的，所以我們還是覺得自豪。我們願意跟大家一起建設國家。我們不是當馬來亞是敵人，我們的敵人是英國。但是如果馬來亞來打我們，我們為了自衛，只好對打。我們這個中隊，三百多人，英國人退之後，我們只剩下五十至六十人。我們分成四個村，二個華人，二個馬來人。這樣宗教問題可以解決，不會被人破壞。」

從這些訪問可以看出他們無怨無悔地為黨為國那一面。這些人走

入森林的時候是年輕人，現在接受訪問時，已經垂垂老矣，可是說起革命，仍然如此熱忱，提到愛國還是一點都不遲疑。或許跟現代的年輕人有所不同的地方就是他們在森林裡的那段際遇，以及他們多年來集中接受的共產黨思想教育有關。

三是歌曲／樂曲。

為了加深觀眾的視聽感，《不即不離》全片用的過場曲是Terang Bulan——一首印尼傳統情歌，也是馬來西亞國歌旋律。廖克發在全片配上此曲的各種版本，讓人感受到「國家」無所不在。

張平在訪問裡唱起當時的「革命歌曲」：「先生買一朵花吧，買了花，救了國家。」曾珍也曾是賣花隊隊員，在片子裡唱著歌詞一樣、曲調不同的「賣花歌」。

片子通過這些歌曲，間接表達導演想要傳遞予觀眾的訊息。

四是其他呈現。

廖克發配上許多珍貴老照片、老影片——寫「結婚不忘救國」的結婚證書、武漢合唱團來馬籌款抗日的照片、一九三〇年代馬來亞的影片紀錄片、警方抓馬共的檔案照片和紀錄片、英國老照片、戰時照片、人民抗日軍、星華義勇軍、馬來軍團、印度軍團、136部隊、罷市、新村等等，提醒觀眾，那個時代確實存在過。

他也拍攝人們用卡車載許多金銀冥紙、香燭和祭品，到森林邊界去拜祭馬共英靈。這些死者沒有墳墓，人們向著天空拜拜。廖父解釋說，這都是抗日軍或抗英軍，死於非命，是無主孤魂。

廖克發亦拍攝中老年游擊隊員在聚會上自由自在跳舞，鏡頭逐漸銜接到他們年輕時在森林裡跳舞、運動的黑白影像錄影。讓人深刻感到年輕歲月只一次，這群人的活動只能留存在他們的記憶裡。雖沒文字，但那黑白錄影片段停頓得十分突兀，很衝擊觀眾視覺。彷彿年輕生命的嘎然定格，也如同這群神秘的馬共群體當年突然消失、又突然

重回社會。

《不即不離》的片尾拍攝廖父尋找故居，但確實地點他已記不得，他說：「我都不知在哪裡。」廖克發最後用廖父在膠園裡找不著祖屋痕跡的背影結束了《不即不離》，長鏡頭用得恰到好處，餘音嫋嫋。這個部分呈現出，影視跟文字表達之不同意境。影片結束，尋找的過程還在流動。

《最後的共產黨員》攝製組還去了一個山洞。在馬來導演Abdul Latiff的指領下，他們去看馬共成員曾經居住過的山洞，暗無天日。在手電筒的照耀下，牆上還有壁畫，寫著「我很悶」，畫著裸女的圖。這些意味著什麼呢？在這種日夜無光的山洞過日子，馬共成員也有他們正常人的一面，只不過通訊不發達的時代局限了人們的思想而已。

《最後的共產黨員》大致上可以分為三種拍攝內容交疊式地同時進行，其一，銀幕上從一開始就不斷用英文字幕解釋一九二四年開始陳平的生平事蹟。比如，他人生中哪個階段在哪個地方、主要活動、跟他有關的歷史事蹟，等等。其二，穿插了陳平生活年代流行的一些歌曲，主要是當年那些宣傳歌曲，包括共產黨宣傳曲、抗拒瘧疾的歌。其三，導演和攝製組在每個他們去到的地方都訪問當地人，包括小販、園丘工人、退休人士、前馬共、當地居民等等，八十多個受訪者，有些跟陳平有比較親密的關係，比如他的戰友、同鄉，有些是他曾去過地方的居民，男女老少，各階層，各種族、各年齡層都有。有些人提起馬共，有些人純粹談自己在那個小鎮的生活、工作。他們運用各自熟練的語言，也是馬來西亞人最熟悉的身分圖像，各種語言穿梭日常生活中，漢語、馬來語、英語、淡米爾語，以及各種中文方言。在沒有受訪者說話的間隔，銀幕上的畫面和字幕都在介紹陳平的生平。不過受訪者和拍攝的景色，都是訴說著不同鄉鎮的日常生活。

馬共是全馬人民共同的「不可說」的歷史，馬來西亞許多上了年

紀的人跟馬共都有直接或間接接觸，政府有意無意將「馬共」標為「華人為主」，社會上也有些約定俗成的禁忌。在探討《不即不離》在馬來西亞面對的困難之前，可先瞭解阿米爾《最後的共產黨員》面對的阻礙。

　　作為印度裔回教徒、又是第一個拍馬共故事的本地人，阿米爾讓馬來西亞社會震驚[208]，這是年輕馬來藝術家突破馬來西亞文化和藝術禁忌的勇敢嘗試[209]。這部片子本已通過電檢局審批，原定二○○六年上映，最後在馬來西亞被禁[210]。

　　「所有電影加起來都改變不了政治，」阿米爾說，「當英國廣播公司和澳洲電視臺掌鏡拍馬共時，我們沒有抗議；但當本地人挺身出來拍時，卻有反對的聲音。」他顯然不認同這種妄自菲薄的情結[211]。他還有另一部也以馬共為題材的《甘榜人，你好嗎？》，同樣被禁。連續兩部作品被禁，使他感到自己是「被逐者」[212]。馬共在馬來西亞一直是禁忌，一九八九年簽署和平條約下山之前對他們不能有正面描述，阿米爾表示希望人們能換個想法直視馬共的存在。

　　我們可從當局禁映《最後的共產黨員》的理由[213]來看政府立場：一、《最後的共產黨員》把馬共鬥爭描繪得神聖、值得讚頌；二、馬

---

208 李萬千：〈阿米爾與馬共的故事〉，《萬千文集》，2007-03-23[2017-09-06]。http://lee
　　banchen.blogspot.my/2007/03/blog-post_23.html。

209 黃文慧：〈馬來西亞禁映《最後一名共產黨員》〉，BBC中文網，2006-05-08。http://
　　news.bbc.co.uk/chinese/simp/hi/newsid_4980000/newsid_4984200/4984220.stm。

210 黃文慧：〈馬來西亞禁映《最後一名共產黨員》〉，BBC中文網，2006-05-08。http://
　　news.bbc.co.uk/chinese/simp/hi/newsid_4980000/newsid_4984200/4984220.stm。

211 李萬千：〈阿米爾與馬共的故事〉，《萬千文集》，2007-03-23[2017-09-06]。http://lee
　　banchen.blogspot.my/2007/03/blog-post_23.html。

212 李萬千：〈阿米爾與馬共的故事〉，《萬千文集》，2007-03-23[2017-09-06]。http://lee
　　banchen.blogspot.my/2007/03/blog-post_23.html。

213 李萬千：〈阿米爾與馬共的故事〉，《萬千文集》，2007-03-23[2017-09-06]。http://lee
　　banchen.blogspot.my/2007/03/blog-post_23.html。

來西亞政府對馬共不公，因不珍惜他們的鬥爭；三、只講述馬共立場和鬥爭目標，讓社會同情及珍惜他們的貢獻；四、批評馬來西亞政府不像泰國政府一樣提供土地、房屋和基本設施給前馬共以維持他們的生計，批評政府、君主立憲制和馬來人；五、爭議前首相東姑導致華玲和談的失敗，其實是馬共拒絕放下武器；六、把前馬共成員的鬥爭和反英殖民主義的馬來英雄們並列，歪曲歷史事實；七、因此片事實正確（注：原文如此）故不適合公眾觀看。對因馬共而受害的民眾及保安人員而言，將引起他們痛苦記憶和敏感性。

　　李萬千針對此事撰文：「我國歷史教授謝文慶博士的研究成果顯示，我國首任首相東姑阿都拉曼，前副首相敦依斯邁醫生及另一前副首相敦嘉化巴巴，都曾經在他們的回憶錄或著作中，公開承認馬共和其他左翼力量在爭取我國的獨立鬥爭中，曾經作出他們的貢獻。承認馬共在抗日、反英和爭取國家獨立的鬥爭中作出貢獻，是符合歷史事實和公允的。把前馬共成員的鬥爭和反英殖民主義的各有關馬來英雄並列，也並不過分。此外，東姑導致《華玲和談》的失敗也早有定評，因為東姑在英帝的指使下要求馬共『投降』，畢竟是歷史的事實。泰國政府比我國政府更加善待在《合艾協定》下放下武器的前馬共成員，也是我國政府無法加以否認的事實。在戰爭期間，雙方各有傷亡，也是無可避免的。時至今日，既然已經實現和平多年，既然早已化敵為友，就不應該再片面和單方面地強調歷史的『痛苦記憶』和『敏感性』，以達到煽動對抗情緒或要脅對方的目的，這樣做是不符合和平協定的內容和精神的，也不應該重複地、不負責任地使用這一招。」[214]李萬千的評論讓讀者深思，馬來西亞的政策是否已否定歷史多面性？

---

214 李萬千：〈阿米爾與馬共的故事〉，《萬千文集》，2007-03-23[2017-09-06]。http://lee banchen.blogspot.my/2007/03/blog-post_23.html

在這種氛圍下，《不即不離》在馬來西亞一樣被禁播，廖克發為此擔心出現在片裡的家人；他曾到不同國家、地區拍攝前馬共，也讓他有些憂慮。他的語氣跟阿米爾接受訪問時的自在感很不同，可能馬來西亞華裔向來擁有的憂患意識給廖克發更多不安，作為向來享受土著特權的阿米爾，似乎不必為此操太多心。

廖克發表示，日占時期，馬來民族親日，華人大都抗日。日本善用這種狀況來殖民，很多學者認為這分化馬來西亞人。「其實我們若早就互相瞭解，日本就沒這機會。今天我們也沒多少進步，政客濫用種族課題，一提及，我們就互相仇視謾罵。馬來西亞很多事情被種族化，包括馬共。」

但禁播又如何？播與不播都不能否認一個史實——馬來西亞確有過種族之間感情如此親厚、如此無條件愛國的時光，廖克發直言其歷史教育不存在此章。我們從《最後的共產黨員》和《不即不離》看到，不同種族的老戰友集會時非常親熱，沒有嫌隙。他們能為相同理念突破語言、宗教障礙，馬來女子毫不避嫌地抱著華裔老隊友。觀眾一眼可看出這些曾一起為同個理想奮鬥的人們感情深厚，並非其他因素可分化——這說不定也是想要分而治之的政客十分忌諱的一點。

影像的傳播可能更易滲透民間，馬共的出版業倒相對沒受到太多管制。廖克發認為：「現在他們（馬共）出版很多書，但大多不夠客觀，研究人員又不願分享。」一般人認為是馬來西亞政府限制，但卻忘了研究學者之間也有很多派系。「他們當然有不願分享的理由，但不久後人家會逐漸忘記（這段歷史）。」雖有人勸告廖克發說為了他的事業前途，不該拍這題材。「我還是堅持，每個人的創作路徑不同。」

廖克發認為「歷史雖然會過去，但我比較重視的是歷史以什麼面貌活在我們身體裡，以及現代人要怎麼看這個歷史。」弔詭的是，無論影片或文學作品從何種角度出發，創作者對馬共的想像無限；唯從

馬共口中才能發出某些程度的真實聲音，但卻總不能被馬來西亞政府接受。

《最後的共產黨員》以某年馬來西亞國慶日煙花作為結束，阿米爾說，這意味著「重新開始──不管過去是什麼，不管未來是好是壞」。這幕的配樂是首愛國歌曲Jalur Gemilang，表達愛國精神，只不過在這裡是宣傳還是諷刺，就要看觀眾的視角了。

廖克發在《不即不離》裡有段自白，也許是一些人看了《不即不離》之後的感想──他第一次從歷史中知道，原來當時不同種族的馬來西亞人「曾團結自發地武裝自己，組織成以馬來亞共產黨領導的抗日軍，來保衛馬來亞」。這部片子最動人的地方在於它讓已對馬來西亞失去信心的人重新思考，在國家最困難時，竟有那麼多年輕人願為國犧牲，今天的年輕人又能為國做什麼？官方將馬共形象定位為「暴徒」，越來越多人開始接觸和閱讀他們時，是否會將他們重新定義為抗日抗英者？普通馬來西亞人民看了這些片子，被喚起想要更瞭解自己國土之渴望。這些人退役之後，有一大批居住在泰國勿洞，這個地方這些人，都提醒大家他們曾存在──無論勝利者的歷史要如何書寫。被馬來西亞政府視為恐怖分子的馬共黨員，願為這片土地付出生命，一個普通的馬來西亞人卻對這片土地上許多地方和史實一無所知。在這種思維審視下，對馬共的看法或許也該從影像和文字展開新思路，重新慎思一番。

這些影片的表達方式，比起傳記作品，更直擊人心。因為觀眾看得到人物確實的形象，聽得到人物說話的聲音，這些直觀的感官效果比文字更容易在第一時間吸引普羅大眾的目光。此外，在內容表達方面，影片和文字各有優勢。無論如何，兩者都凸顯了一個共同點，那就是告訴觀眾／讀者馬共的另一面，也就是「馬共是否等同於恐怖分子」、「馬共是否愛國者」、「參加馬共的理由」等等主題，變得更加複

雜而人性化。

　　另外，值得關注的是，這些帶有敏感課題的影片，它們有著比文字創作更容易被一般觀眾接受和觀賞的特質，因此大多受到政府的高度關注以及導致禁播，反而馬共傳記的出版卻享有一定的自由。

第四章
結語：時代留給他們的最大遺產
——馬共傳記書寫在馬華文學中的地位

第一節　縫補歷史的縫隙：馬共傳記文學的重要性

一　抗日和馬來亞獨立

　　抗日戰爭時期，英軍開辦101特別學校，用了十多天，訓練這些政治犯對抗日軍。這段歷史，在馬來亞抗日的歷史上很重要，馬共時常在各種書籍和媒體不斷提及他們在抗日戰爭中的重要性。但是，另一邊，馬來西亞政府並不從這種角度切入，在馬來西亞政府的詞彙中，馬共是「恐怖分子」，在國家製造動亂；馬來西亞政府也否認馬共對馬來亞獨立的功勞。這是馬共最不能接受的說法。如前所述，馬共成員的傳記和回憶錄，都有意把當時馬共如何抗日的各種活動、如何投入戰鬥，寫得非常詳細，帶有濃厚的解釋之意。

　　此外，關於馬來亞的獨立，也有一些有趣的部分可探討。一九五七年八月三十一日，馬來亞獨立，應敏欽認為這是「祖國和人民的歷史性的日子」，並指出「第十支隊曾為獨立作出過重大貢獻和犧牲」，因此這一天是「愛國民主黨派和各界人民共同的鬥爭成果」，他們在森林裡也有幾天幾夜的慶典。她認為馬共和馬來亞民族解放軍為獨立做出最大的犧牲，她的理由是馬共長期堅持武裝鬥爭，加速獨立進程。曾有英國官員說，至少加速提前二十年。對馬共來說，馬來亞的獨立並非完整的，因為當時英國還有上萬名英軍駐紮在馬來亞，進行

反共反中國的軍事行動,直到一九七一年才撤軍。

　　方壯璧認為,新加坡地小、人少,只要掌握新加坡,殖民政府可以繼續控制馬來亞,左右東南亞,影響整個亞洲[1]。但是,新加坡人不願意,他們要趕走殖民者。所以,李光耀才會說:「尋找能接管統治,又能抵抗共產黨的一群人。」方壯璧對於這個部分的見解非常直接,也顯露他是一個有思想性的人。對於英殖民政府、新加坡、馬來亞、東馬兩州的各個不同局勢,他有自己獨特的見解。他舉出例證,以證明英殖民者侵略東南亞的戰略。[2]

　　從英國人手中解放馬來亞,一直以來是馬共人士堅持不懈的原則。對馬來亞的獨立,他們很明確地直指英國人居心不單純。歷史是勝利者的書寫,在馬來亞獨立之後直到馬共傳記面世之前這段時間裡,一般人很難看到這一面的說辭,只有在馬共傳記裡才得以發掘。

　　《生命如河流——新、馬、泰十六位女性的生命故事》的歷史記憶為讀者打開了另一條思路,馬共向來給人感覺男性佔多數,但這本書補充一個缺口:在面對國家生死存亡時,女性也有自己的理想和奮鬥目標。從文獻中可見,許多男性馬共宣稱革命動機是為了抗日、反殖等大敘事模式,潘婉明指出,這些男性馬共用公共利益來取得更大的合法性和正當性,對個人考慮和利益卻少有表示。這是男性敘事的「公」傾向,凡事都與國家、族群或社會大框架有關,也因此會回避個人感情的局限。因此,她認為女性的口述歷史在一定程度上填補這種空白。這也說明男性為主的文獻傾向,並非歷史的全貌。[3]

1　方壯璧:《馬共全權代表:方壯璧回憶錄》(雪蘭莪:策略資訊研究中心,2007年),頁168。

2　方壯璧:《馬共全權代表:方壯璧回憶錄》,頁169。

3　潘婉明:〈戰爭,愛情,生存策略——馬共女戰士的革命動機〉,《思想》第21期,頁45-46。

　　除了作為男性馬共文獻的互補資料，《生命如河流——新、馬、泰十六位女性的生命故事》的被訪者掀開馬共神秘面紗，也讓向來體制內認為應是男權社會的馬共游擊隊再受矚目。她們雖非領導階層而只是普通士兵，但她們的活動和心路歷程是跟政治和社會緊密結合的，沒有這些個體，一個組織就不能成立，她們的歷史，就是馬來西亞被淹沒了的大歷史的一部分。這是個人記憶，也是集體記憶，同時折射馬來西亞的建國史。在一個國家的發展中，歷史總是由勝利者書寫，所敘述的故事難免一面倒。馬來西亞國父東姑亞都拉曼說過，他們是通過和平方式爭取獨立的。可是，馬共認為如果沒有他們的威脅，英國不會被逼迫提前讓馬來亞獨立。馬共傳記的內容，正好彌補了勝利者書寫所缺漏的那一頁，讓人們更明白馬來西亞歷史的另一面，歷史原本就沒圓滿過。

　　反英和反日本帝國主義的運動，幾乎等同馬來亞獨立前後整個大歷史上的一場革命運動，歷時約五十九年。馬共傳記尤其是《生命如河流——新、馬、泰十六位女性的生命故事》保存了曾參與這場運動的女性馬共的記憶、壓力、犧牲、經驗和鬥爭歷史，若沒有記錄下來，將只被埋沒在主流歷史中，當這些人從歷史中退下，馬來西亞的歷史將失去其多面性。因此《生命如河流——新、馬、泰十六位女性的生命故事》雖只是冰山一角[4]，還是有珍貴之處。她們來自不同社會階層和年齡層，為馬來亞的獨立解放而奮鬥，最後卻流亡國外，回不了家鄉。她們認為今天馬來亞的獨立讓她們的奮鬥有了意義，她們的革命雖沒成功但至少推動獨立的進程。馬來西亞今天的和平穩定，是否有一部分源自她們的奮鬥？邱依虹認為答案是肯定的，從她們的

4　邱依虹編：《生命如河流——新、馬、泰十六位女性的生命故事——馬來西亞、新加坡抗日、反殖、獨立運動紀實（1938-1989）》（雪蘭莪：策略資訊研究中心，2004年），頁33。

敘述我們無法否認女性馬共在這場運動裡勇敢無私的犧牲和貢獻。雖然，她們有些除了為家國，更多還是為了解放自己。但是在那個時代，這個選擇「超出了她們那個時代所能容許的程度」[5]，她們為自己的信念付出極大代價，卻不被正規歷史記錄。雖然馬共現已放下武器，展開新生活，但他們對自己的信仰仍堅信不疑，讓這一切經歷光榮地留在歷史之中。

二　馬共電臺

馬來亞革命之聲電臺是一個急需填補的歷史縫隙。時隔多年，直到李明和其他有關人出版傳記，讀者才有更加深入的瞭解。這些人物，比如李明，她幾乎全程參與馬來亞革命之聲，這個電臺由成立到結束都與她息息相關，通過她的傳記我們可以更深入去瞭解整個電臺的來龍去脈和歷史。

馬來亞革命之聲廣播電臺，維基百科這麼詮釋：「馬來亞革命之聲廣播電臺（馬來語：Suara Revolusi Malaya，英語：Voice of Malayan Revolution）存在於一九六七至一九八一年。從一九六七到一九六八年七月廣播電臺在馬來亞共產黨的支持下，設立於泰國馬來西亞邊境的叢林中。一九六八年七月，電臺被馬來西亞軍隊摧毀，之後在中國政府的支持下，電臺於一九六九年十一月十五日在中國湖南省益陽市赫山區岳家橋四方山設立的廣播電臺，電臺代號『六九一』，由中國人民解放軍廣州軍區一個團加一個營的工程兵部隊建立。馬來亞革命之聲廣播電臺以馬來語、英語、普通話和泰米爾語播音，每類語言每

5　邱依虹編：《生命如河流——新、馬、泰十六位女性的生命故事——馬來西亞、新加坡抗日、反殖、獨立運動紀實（1938-1989）》，頁28。

天播音一到四小時，不斷連續到一九八一年被鄧小平政府關閉。」[6]

這些內容在陳平傳記裡大多得到證實。陳平指出：「我們接到指示，要我們在一九六九年把馬共辦事處南遷湖南。我致力於擺脫文化大革命的政治泥沼，阿海最初被迫接替我的工作。」、「在湖南，中方分配給馬來亞共產黨的單位坐落在戒備森嚴、代號『六九一』的軍事區內。我們從北京搭了十二小時的通宵火車才來到我們的新辦公室。『六九一』位於一個不久前才騰空的村落，這個村落的地勢有許多小丘與斜坡。我們的廣播電臺是在山的一邊向下挖掘而成的地下室。附近有一座樓房，給我們用作行政樓」、「我們在湖南的廣播電臺在一九六九年十一月啟播。我們將它命名為『馬來亞革命之聲』（Suara Revolusi Malaya）。廣播電臺的節目是經由一個二十千瓦的發射機作跨區域廣播。我們共有兩個波長，但是據我所知，從來沒人試圖干擾我們的廣播。我們得到的回饋顯示，馬來西亞及新加坡的黨員和支持者都踴躍收聽節目。」、「我們的播音員、節目製作人員與文書人員都住在『691』的宿舍。中方技術人員也住在同一範圍內的另一區。我們在湖南工作的日子裡，極少和圍欄外的當地居民往來，日常用品都由中國政府提供。」

李明則明確說明，她曾負責招募、聯繫和組織年輕人，並在「馬來亞革命之聲」電臺成立後，李明和陳田便轉移到湖南長沙四方山專心處理馬共電臺的工作。有一些內容在李明傳記中沒有提起。另一位在馬共電臺服務過的馬共人員李居強證實[7]，他曾在瀋陽中國人民解放軍高級通信學院接受過兩年全面的軍事訓練課程之後，成了馬共電臺的成員之一。他在訪問中表示自己曾在該校與泰共一起受訓，當時

6　維基百科：《馬來亞革命之聲廣播電臺》，https://zh.wikipedia.org/wiki/馬來亞革命之聲廣播電臺。

7　〈馬共秘密短波電臺歷史曝光〉，《亞洲週刊》，2017-01-15（03），頁36-37。

雖是文革，他們在軍校內還是得到很好的培訓和特別照顧，絲毫沒受影響。這之後，他剛好趕上馬來亞革命之聲開播，被令暫時留下協助電臺運作。當時馬共電臺有兩部二十五千兆瓦短波發射機，輸電線電壓十一萬伏，備用柴油發電機四百八十四馬力，發射架高九十四米，在當時屬於世界級，幾乎全球都可聽到馬共的廣播。李居強的訪問裡也提起，馬共秘密電臺的保安非常嚴密。中國派駐一連解放軍駐守，嚴謹外人進入，馬共人員也不能輕易出去。馬共和中國人員住在兩個區，雙方不准私自往來。他們錄製好新聞，交給中方人員處理和播放。

在李明的傳記裡，她把陳田和她本人參與建立這個電臺的前後經歷描述得相當詳細。當時他們成立了一個四人小組，包括陳平夫人李坤華、余柱業、李明和沈天。他們對電臺工作人員有許多要求，包括有文化、政治立場好、準備接受回馬參加鬥爭、單身（如果有家庭，兩人必須一起進入電臺工作）。這一點跟李澤榮的記錄十分對應。根據他的記錄：「結婚意味著生子，為避免增加中方負擔，馬共規定電臺成員不得相互戀愛結婚。」李明也提及：「不挑選中國人……我們是從回到中國讀書的馬來亞學生、新加坡學生以及泰國的學生當中進行挑選。」、「中國人協助我們到全國各地的學校搜集新馬泰學生的檔案，把各地的這類學生檔案集中起來交給我們挑選。」、「挑選所要的人員後……對他們進行訓練和培養，才能讓他們進入電臺工作。」「電臺廣播分三組：華文、馬來文、英文。」李居強的訪問則補充了部分資料：初期，有華語、馬來語、淡米爾語節目，後來增加英語和多種馬來亞流行的方言，包括福建話、廣東話、海南話。為了英文組，他們又吸收了七位受過良好英文教育的青年加入電臺。

李明披露，馬共電臺初期人數不多，發展到後期增加至百人。陳田是總編輯，她是華文組資料員。那裡的生活很單調，娛樂休閒活動

不多。她說：「門口有解放軍站崗，有一連軍隊駐守電臺，一方面是
不准外人進入電臺區，另一方面是保護我們的安全。馬共人員與中國
人之間不多往來，雙方人員不能建立起私人友誼。在那種嚴格保密條
件下，連我寄給母親的信件，都必須嚴格地通過組織的手。」、「在我
們的區內……有兩間文娛室，讓我們從事消閒活動。我們只有兩架電
視機，大家只能集體在一起看電視。……我們有機會觀賞電影，影片
會定時拿進來放映。此外，我們一年有兩次出外旅行的機會。基本生
活費我們不用理，吃集體，用集體。我們每個人每個月只領四十元人
民幣的生活津貼，大家一樣。」總的來說，馬來亞革命之聲的負責人
和工作人員，居住和工作的地方、待遇、工作環境等，在當時算是非
常理想，也可從這裡看出中共當時對兄弟黨的厚待。

　　讓李明難過的是關閉馬來亞革命之聲電臺這件事。雖然李明和陳
田都在負責馬共電臺，但她沒提及電臺被關閉的前因後果，讀者無法
得知。這一部分在陳平的傳記裡獲得補充，《我方的歷史——陳平回
憶錄》第二十七章提及「革命之聲」停播，「民主之聲」接力之事。
陳平將自己在一九八〇年十二月到人民大會堂與鄧小平會面的事情較
為詳細地記錄下來。他把李光耀拜訪中國、他和鄧小平的交談和相交
記錄下來。他說，由於李光耀告訴鄧小平他代表東盟四國（新加坡、
馬來西亞、泰國及印尼），要求中國政府下令關閉「革命之聲」。鄧小
平在兩難之下別無選擇，他提及中國會繼續給馬共財政援助，馬共中
委隨後決定體恤中國當時的處境和做法。中聯委表示，「革命之聲」
結束它在中國領土的廣播之後，電臺所有設備都歸馬共所有。由於運
輸不方便，陳平要求在泰南設立另一個廣播電臺，中方答應幫助馬共
將器材通過地下管道私運到泰國。湖南的「革命之聲」廣播電臺在一
九八一年六月三十日晚上關閉的第二天，馬共便從馬泰邊境開始廣
播。幾天後，美國國務院向中國駐華盛頓大使館投訴，說原本應終止

的「革命之聲」還在繼續廣播。陳平認為美國此舉顯然知道關閉「革命之聲」的詳情。當美國得知發射器不在中國領土，便不再提此事。於是，新廣播電臺易名為「民主之聲」（Suara Demokrasi）。當然，我們可以很明確的看到，關閉電臺，鄧小平是有苦衷的。當時的國際形勢，讓鄧小平不得不做出這個選擇。

這一段，可再次從李居強的訪問獲得證實。根據李居強回憶，一九七〇年代，組織安排他和其他同志回到馬泰邊境執行支援任務。他們被安排通過雲南潛入泰國，通過重重難關，用了兩年多才回到馬泰邊境。一九八一年，由於國際形式的變化，馬共電臺關閉之後，李居強接獲另一個任務——在四個月內在馬泰邊境山裡面設立秘密電臺。李居強表示當時在物質條件極度匱乏之下，一切從零開始。他們要在短時間內，採購發射配備、研發播放技術、尋找遠離部隊駐紮營地的發射基地，避免被敵軍轟炸，組裝、測試等工作，最後都順利克服。馬來亞民主之聲電臺一直持續到一九九〇年，李居強從那時候起才離開森林。

第二節　凝視歷史的真實：馬共傳記文學的影響

自從公開出版以來，馬共傳記便成為研究馬共的重要文本。這一批系統性的出版物，通過一批有代表性的回憶錄或傳記，表現了馬來西亞錯綜複雜的大歷史。大歷史是由許多個人小歷史組成，每個人的經歷加起來，才能看到更大面積更明確的歷史。畢竟，每個人的記憶都是從他個人的視角去看待，不能完全被否定，也不能盲目被接受。但是，在馬共傳記文學出版和面世之前的一大段日子裡，一般馬來西亞人民對於馬來西亞建國前後的歷史，卻只能有一方面的認知；對於馬共在國家大歷史裡的地位，只有一種看法——恐怖分子。若是讀了

馬共傳記文學之後，讀者不禁會捫心自問，帶著這種眼光去看馬共作為一個整體，是否欠缺公平？

此外，另一個讓人刮目相看的地方是，在馬共傳記文學還沒有面世之前，馬來西亞的人民在一些政治人物的抹黑之下，往往習慣將馬共等同於華族，軍警等同於馬來族，將這個當作一種破壞種族和諧的政治籌碼。看過馬共傳記文學之後，肯定會對這種論調持不同的看法。

從阿都拉・西・迪的回憶錄，讀者有機會看到馬來亞族群對獨立的奮鬥過程，還有當年各族之間關係並不那麼緊張。這一部分的珍貴在於讓今天對馬來西亞社會時有不滿的年輕一代，瞭解國家在獨立前後的種族關係。根據阿都拉・西・迪的敘述，當年是有一群馬來人思想較為開明，願意接受各族一起為國家獨立奮鬥。他提及自己在還不認識人民抗日軍的時候，就在報紙上看到他們戰鬥的活動，感到佩服。當他深入瞭解他們之後，他的想法是：馬共領導的革命能使爭取獨立的鬥爭具有光明的前途。不過，當時馬共的多數黨員是華人，有了覺悟和進步的馬來人參加馬來青年聯盟以便爭取祖國的獨立。阿都拉・西・迪很坦誠地說：「大部分馬來人是隨波逐流的，英國人統治時他們為英帝服務，到日本統治時他們又為日本人服務。因此，我認為馬來人必須以華人為榜樣，像團結起來進行反荷革命的印尼人民一樣，團結起來進行爭取獨立的鬥爭。看到共產黨人已經成功地振興華人的革命精神，我在心裡也下定決心要使馬來人覺悟起來進行革命，同其他各族人民一起為獨立而並肩戰鬥。」[8]這個部分很明顯就是阿都拉・西・迪參加革命的主要原因——團結各族以及喚起馬來人爭取國家獨立的意識。本著這個意念，他加入馬共，因為他發現當時馬共領導的抗日軍，生活井井有條，有抗日和獨立的目標，符合他的理

8　阿都拉・西・迪著，阿凡提（周彤）譯：《馬共主席阿都拉・西・迪回憶錄（上）——截至1948年的活動時代》（吉隆坡：二十一世紀出版社，2010年），頁33。

念。當時馬來人選擇加入馬共，更多時候是為馬共當時的目標──爭
取國家民族獨立而受到感召。

　　馬來亞的人民普遍在日占時期過著艱苦的生活。華社向來認為當
時首當其衝的是華人，這跟華社支持中國抗日有很大的關係。同時，
華社一般認為當時大多數馬來人當警察、政府公務員等，受到日本比
較好的對待，忘了他們也有一大批的普通老百姓也一樣生活清苦。在
阿都拉‧西‧迪的筆下，讀者可以看到他對日占時期的痛恨跟華人是
一樣的。他認為：「日本法西斯的侵略為人民帶來了慘痛的災難，千
百萬無辜的人民遭到屠殺和姦淫掠奪，無數的財務和房屋被焚毀，日
本法西斯幹下了罄竹難書的暴行。」[9]這跟Dato Jahara在訪談時說的不
謀而合[10]。據她告知，絕大多數的馬來人也一樣對日本人的暴行無法
原諒，恨不得這段歷史不曾發生，希望將這段歷史塗抹掉。她說，馬
來西亞有多元種族多元文化是值得驕傲的地方，加上馬來西亞曾被好
幾個西方國家殖民，因此，我們的文化有許多元素，但是當我們列舉
殖民對我們的文化衝擊的時候，一般不提及日本殖民，她認為在潛意
識裡，馬來西亞人對那段歷史非常抗拒，因為無論哪個種族都不能苟
同日本殖民在東南亞所造成的大屠殺、過度掠奪等等統治手法。對於
過於暴力的殖民手法，人民肯定有抗拒之心。因此，中文讀者有時會
忽略馬來軍團在日軍進攻新加坡時保衛新加坡的功績。

　　有關日軍和英軍如何刻意製造種族之間的緊張氣氛的多次事件，
以及其造成的嚴重傷亡，在阿都拉‧西‧迪的書裡時有出現。他提及
英軍空降的136部隊人員在日軍投降撤退之後，有一部分由英國軍官

9　阿都拉‧西‧迪著，阿凡提（周彤）譯：《馬共主席阿都拉‧西‧迪回憶錄（上）──
　　截至1948年的活動時代》，頁19。

10　拿督查哈拉（YB Dato' Hajah Jahara Binti Hamid, 時任檳城反對黨領袖）和陳煥儀訪
　　談於檳城州北海，二〇一七年八月九日。

芬納領導留在馬來亞替英軍服務，甚至煽動馬來人反對華人等等[11]，這解釋了為何馬共成員對136部隊如此不滿。136部隊的確有部分受聘於英軍，服務於英國殖民政府，另一部分則是馬來亞的兒女，以抗日為目的加入，並在日軍撤退之後便退伍的——這一點馬共傳記裡不曾提及。

　　讀者也能從《應敏欽回憶錄——戰鬥的半個世紀》瞭解到馬共為建立邊區根據地和部隊，最終放鬆了十支必須是馬來人的限制，吸收非馬來人加入。這裡提出一個馬來西亞社會普遍的敏感課題：一個以馬來人為主的隊伍，是否適合生存于馬共內？馬共領導層是否也發現多元種族組合的好處？這個改變也許是好事，馬共成員有機會接觸不同種族，生活在一起，在擇偶方面也有更多機會。有關異族通婚，雖然《應敏欽回憶錄——戰鬥的半個世紀》寫了應敏欽跟阿都拉的感情如何地好，受到多少崇敬；從其他人的角度卻似乎並非每人都給予異族通婚祝福。就像《葵山英姿——女游擊戰士三十五年森林生活實錄》提及有關華裔女同志嫁給馬來裔男同志（高級幹部）的現象，並舉例一位名叫韓音的女同志因嫁馬來中委引起所在單位多數華裔男同志的公憤。有男同志表示：「我要報復……如果韓音嫁給華族同志，無論戰士或幹部，我都不反對！華族同志條件好的大有人在，但不是中央領導人，她就不嫁，偏要嫁給一個馬來中委，這不明擺著看上不看下嗎？」原來當時部隊裡婚姻是個尖銳問題，「好些同志的年紀已超過二十五歲或三十歲，已超過適婚年齡，而部隊裡的女同志極少，所以，這些同志的婚姻問題也是一個很尖銳的問題。在部隊裡的男同志，只有表現優秀的戰士或幹部才能找到對象，得到批准結婚」。這部分的記載明顯披露當時對那些嫁給馬來中委的女同志感到不以為然的思想。

---

11 阿都拉・西・迪著，阿凡提（周彤）譯：《馬共主席阿都拉・西・迪回憶錄（上）——截至1948年的活動時代》，頁88。

作者波瀾說，她聽了這個男同志的話之後，心裡很驚慌，因為這個人明顯露出濃厚的種族主義情緒，她認為共產黨人不應該這麼說和想。

《應敏欽回憶錄——戰鬥的半個世紀》裡舉出好些馬來民族的馬共成員，都是第十支隊的支柱，比如拉昔・邁丁、阿布・沙瑪・默哈瑪・加欣、依布拉欣・吉、加馬魯扎曼・德、阿都拉・蘇丁、瑪・阿敏等等。他們之中，有勇敢帶隊跟英國人打戰的，也有從印尼被驅逐出境到中國居住之後成為馬來亞革命之聲馬來語編委的……這些馬來馬共成員，在應敏欽筆下出現，很有意義。尤其在馬來西亞這個多元種族的社會，有時候馬共會被其他種族當作是華人才支援的黨，但是從這裡我們可以看到，其實華人之外，其他種族也支持馬共的理念。第十支隊的存在，就是一種代表性。第十支隊除了馬來人，還有其他種族的成員。包括華裔、泰國人、阿沙（土著）、印度人等。後來，第十支隊甚至有慶祝各族主要慶典的節目。對於這種措施，可見馬共已開始意識到，要在馬來亞執政，不能一味靠著華人對馬共的感情。華人一開始因為中國抗戰，而加入馬來亞抗日軍。後來，經過了歷史洗禮起了微妙改變，馬共從救中國慢慢變成了救馬來亞。這樣的轉變，卻被馬來西亞政府封殺，把他們當作叛徒和恐怖分子，這是他們不解和無法接受的一個事實。另一方面，他們確實殺害軍警，殺害他們眼中的叛徒（比如「資本家」、奸細等等）的行為，卻又讓普通人民感到恐懼。從馬共的角度來看，它是可歌可泣的一部分；從非馬共角度來看，游擊隊、武裝鬥爭等等，卻是一段讓人充滿恐懼的歷史。在這種錯綜複雜的情感下，馬共對自己被邊緣化的遭遇憤憤不平也可以理解。

事實上，合艾和平協定簽署以來，以抗日、抗英、馬共為題材的各類書籍陸續出版；前馬共成員獲准成立二十一世紀出版社，他們也通過網站和音像製作室，從一九九〇年代以來不間斷發表大量史料和回憶錄。這些「作品」都在很大程度上讓馬來西亞歷史另一面得以呈

現，還原或者重述大部分歷史——姑且不論真實性，因為真實性也被
主觀主義影響——這是非常難能可貴的事。二十一世紀出版社成立以
來的出版物，可以分為幾類：《馬共文集》系列、《探索之旅》系列、
《歲月留痕》系列、軍旅文學作品及其他，包括個人回憶錄。二十一
老友網站成立較遲，收錄各種別處難找的珍貴歷史資料，包括馬共黨
史、群眾運動、軍旅文藝、先烈事蹟、革命歌曲、歷史照片、歷史記
錄片等。二十一音像製作室收集、整理、錄製從抗日戰爭時期到國內
革命戰爭時期創作的百多首抗戰歌曲和紀錄片，比如《戰歌回蕩》、
《簽署合艾和平協定》、《歷史的豐碑》、《陳平永遠活在人民心中》
等。其他出版相關題材的出版社有香港的南島出版社、見證出版、足
印出版社，馬來西亞的策略資訊研究中心等，他們的出版物包括《馬
來亞人民抗戰爭史料選輯》、《浩氣永存》、《馬來亞風雲七十年》、《米
羅山營地》，阿成的《回憶往事》、張佐的《我的半世紀——張佐回憶
錄》，邱依紅的《生命如河流——新、馬、泰十六位女性的生命故
事》，雷陽的《走過硝煙的歲月》等等。陳平《我方的歷史——陳平
回憶錄》英文版與中文版於二〇〇三和二〇〇四年相繼出版，雖然澄
清許多歷史問題，還原部分歷史真相，但也包含了許多辯解。

　　有些馬共作者是前馬共，可是到了後期，他們自行有了自己的想
法，脫離馬共之後從自己的角度來寫馬共，雖然有人覺得他們扭曲和
否定了一些馬共的事蹟，但是不可否認的是這卻說明讀者瞭解另一個
視角的馬共。

　　除了由這些前馬共寫的書籍，那些以抗日抗英和馬共游擊隊為題
材的文人創作作品，在合艾和平條約之前就已大量出版。大部分內容
雖都是道聽塗說，也頗有巧思，有些作家字裡行間給予同情，有些使
勁抹黑，有些嬉笑怒罵，各有表現方式，但不可否認的是這種題材曾
是馬來西亞社會裡非常敏感的部分，多少會讓作者感到自己在禁忌邊

沿遊走，彷彿自己「再現」了馬共，有一種想像與真實的不確定性，將馬共的歷史和體驗作為特殊的文學題材和作家自身社會責任的投射。

第三節　展望未來的延續：對後續研究的期待

　　人類撰寫回憶錄或傳記的目的之一，是在給世界留下寶貴的經驗遺產。馬共人士尤其帶有這種目的，因為他們曾在世人撲朔迷離的眼光中生存在一個神秘的世界裡。他們的經歷若是能夠成為參考和借鑑，是非常讓人感到欣慰的事情。可是，在研讀各方個人的傳記或回憶錄的時候，每個人都會為自己所經歷過的事件做下記錄，並標榜這就是真實的歷史。作為讀者，我們應該冷靜看待每一篇不同政見、不同視角的文字，並且在閱讀的時候，摒棄原有的預設立場。作為讀者，也一定要謹記歷史書寫有時候其實成為某些人用來重塑歷史的工具。誠然，我們無法避免每一位作者都從自己的視角寫作，所謂的真相，也是從他們各自的角度去發掘和表達。但真實的歷史在更多事蹟和檔浮上檯面之後，經過各方的論述和研究，肯定會變得更明朗。經過時日，才能把更真實的歷史淘盡後留下痕跡，也會鼓勵更多人把珍貴的檔保留起來。通過馬共傳記文學，我們能夠看到不同立場和角度的記錄和辯解，無論是全面還是片面，都是研究馬共的珍貴資料。

　　本論文寫作期間，除了讓我更瞭解馬來西亞建國前後的大歷史，我還借著寫論文之便，通過前馬共出版的書刊、文字，甚至見面訪談，更深入認識那群當年突然消失又突然出現的人群。為了國家和理想，他們寧願經歷艱苦的地下鬥爭、抗日、抗英、革命、打游擊戰、隱居在馬泰邊界，有家不能回，跟家人完全失去聯繫數十年。在上世紀中葉，長達四、五十年來，他們前赴後繼，獻出自己的青春甚至生命。對他們的定位和認知，我從原本將他們視為「恐怖分子」的單一

評價，到後來瞭解他們的理想和立場之後，對他們的定位卻變得更為複雜和困難——製造恐怖事件、草菅人命是錯的；但是他們之間不乏那些有理想，為國為民的成員，這確實是值得欽佩的；他們之中還包含了那些為自己的人生創造第二次機會寧願上山（走入森林）居住在森林裡的女性——只為了逃避殘暴對待他們的家婆、丈夫，或者想有學習讀書的機會，這些都是值得同情和佩服的。總的來說，這個歷史的傷痕是一個時代的悲劇。

馬共在馬來西亞原本一直屬於歷史和創作的禁忌，這種禁忌甚至是約定俗成的。在訪問和搜查資料的過程中，會發現上一代的知情人士總有唏噓歎息，在新加坡進行訪談時，有些經歷過那段歷史的老人至今仍然無法揮去自動壓低聲量以唇語表達「馬共」二字的習慣；年輕一代在教育制度的壓制下，則幾乎不甚了了。比起以前，今時今日應該已度過最敏感的時候，可是基於歷史的教訓，人民為了不惹麻煩，還是不會公開細說。因此，在寫作本論文的時候，我參考過多方意見——包括政治部官員，有些內容目前還不方便細寫，本論文只好暫時放棄某些課題，希望以後在情況更佳之時，有其他研究人員可以深入探討。

在過去數年為了更瞭解各種有關歷史，跟各方人士做了多次訪談。他們包括一些年近古稀的老人，甚至有人已經超過九十歲。比如居住在檳城的時年九十餘歲老人李某（不願具名），他曾是馬共交通員；136部隊的梁元明老先生（現年九十八歲）親筆回函。其他如政治部官員（不願具名）、商界和政治界有此經歷的人物、馬共作家如海凡等，他們的經歷無論當時如何艱難，今日看去都屬難能可貴，可惜大多年紀已大，逐漸凋零。另外，有些人士因個人原因，不願接受訪談，或者避而不談，他們的那一段經歷唯有等待其他有緣人去挖掘書寫。撰寫本論文讓我醒悟，若是當年的事蹟不趁早記錄，肯定會隨

著他們的逝去而消亡在歷史的長河中。

馬共傳記文學是屬於馬華文學的，雖然它的內容有關政治和鬥爭，文字更為激進和辯解，但比起其他種類的文學，它更樸實無華，森林之氣或山野之氣更濃烈，但這也同時就是它的魅力和影響力，研究者不能要求馬共傳記文學訴諸藝術之美。從這些作品中，讀者可以看到一個時代。馬共傳記文學在馬來西亞文學史上的歷史地位不容抹殺，因為它對後世——無論是研究文學還是歷史都有重要的參考價值。從研究中，我學到了如果沒有前人的堅持，馬共傳記文學不會獲得如此百花齊放的效果，而且一直還在綻放著，從未枯萎。雖然對於馬華文學來說，這只是其中一種門類，而且它的作者群不大，甚至還在凋零之中；但它的意義卻是巨大而沉重的，能夠撰寫這方面作品的作者，並不像其他文學類別那樣，可以不斷栽培；反之，這些作者的人數將會是越來越少。所以，每一本馬共傳記文學都因帶有深刻意義而舉足輕重，這已超越一般人對文學作品美感的定義。

在過去的日子裡，縱然馬共與馬來西亞政府在合艾條約的首輪會談時，馬來西亞政府承認馬共對國家有功，但是，基於許多個案讓人感覺政府對馬共還是很有敵意。對於此段歷史的研究，尤其是馬共傳記文學，至今還沒有看到較為完整的研究，本論文希望達到拋磚引玉的效果，能夠引起更多人願意關注這個課題，將複雜和艱鉅的歷史，從文學角度——比如對比中馬英三方跟馬共有關的文學、對比中英馬共傳記文學、二十一世紀出版社研究等等課題，以便這部分也能做到讓文學回歸文學，而不介入政治，這才是更純粹的文學研究。

綜觀一九三〇年馬共成立以來，直至一九八九年合艾和平協定簽署，這其中的滋味，只有真正參與其中的人士，才有能力寫出「裡面」的細節和經歷。一九八九年以前的所有跟馬共有關的創作，無論是文學作品還是影像作品，幾乎全是「外面」的人所創作的，它們或

許同情、或許戲謔，但都有細節不夠真實的毛病；甚至有些是政府或戰爭的勝利者用來操縱歷史的「創作」，可是在很多年以來，這些作品都是一般人用來認識馬共的歷史之途徑。這些「創作」不但能夠將歷史再度創造，還很有可能將真實的歷史從軌道上移走。扭曲的歷史，會讓人走入誤區，這種誤會是無法磨滅的印象。

　　一九八九年之後逐漸出版的馬共傳記書寫，從很多層面來說，還原了不少歷史，至少，這些作品讓人對馬共在抗戰（無論是抗日還是抗英）時期的貢獻，有了更清晰的認識。抗日軍在馬共的率領下，做出了許多可歌可泣的貢獻。他們不但下決心用生命抵抗日本侵略者，也從抗日的經驗中逐步完善了自己的組織，更對日軍造成嚴重的創傷。就如原不二夫引用日本防衛廳防衛研修所戰史室所編的《戰史叢書·馬來進攻作戰》所述：「日軍戰後向聯合國提交的該軍的正式死傷人數『約六百人』。此外，『馬來作戰』中戰死者三千五百零七名、負傷者六千一百五十名。」另外，他根據生田惇《日本陸軍史》裡的記載指出：「日軍在侵馬戰爭中的死亡人數高達六千九百，其中三千四百人左右是在日本佔領馬來亞期間死的。」由此，可以看出日軍在馬來亞還是受到了抗日軍強烈的抵抗而造成嚴重損失。

　　可是，這種歷史記載在馬來西亞政府手中，卻被刻意忽略，作為每一位國民對馬共的啟蒙認知的中學歷史課本，對馬共的記載可說並不完全符合事實。不但篇幅少，而且將抗日軍描述成一個跟英國合作的運動。事實上，一九四一年十二月，日軍進攻馬來亞之後，英軍在馬來亞日占時期可說毫無招架之力，他們放棄殖民地（馬新兩地），很快地就在一九四二年二月十五日投降，撤軍離開馬來亞。直到過了一年多之後才決定跟馬共一起組成盟軍對抗日軍。課本裡對這段歷史沒有詳細說明，也更不可能提到抗日軍如何奮勇血戰，試圖保護國土的功勞。相反的，焦點都被放在戰後馬共的一系列恐怖活動之中，將

之描繪成恐怖分子。試問在這種教育之下，絕大多數的馬來西亞人民如何能不對馬共感到莫名的恐懼？

當馬共傳記開始獲得出版機會，馬來西亞人民終於有了另一個管道去瞭解和梳理這一段曾經被埋沒的歷史。已經「被消失」的一群人，曾造成許多家庭的歷史裂縫，如今重現在大家的視野裡，並且帶著他們過去幾十年來不為人知的故事，這些故事還跟許多家庭和個體的成長息息相關，馬共傳記帶來的震撼可想而知。這批傳記作品，無論作者是哪個陣營──馬共領導層、普通游擊隊隊員、陳平派還是馬西共……，他們所描述的，全是馬來西亞抗日抗英時期、也就是建國前後真實發生在馬來西亞國土上的歷史事蹟。雖然，有些敘述難免用了誇張的手法，有些還對某些課題避而不談，這些瑕疵很多時候並不只是單純的遺漏或忽略，它們有很大的可能是因為仍然面對禁忌和阻力。這是因為在馬來西亞，這個課題還有敏感的地方，意識形態以及「歷史是勝利者的書寫」這種思維難免造成主觀性的影響。但是這些作品在很大程度上，為我們帶來新視野，它們的歷史意義毋庸置疑。無可否認，馬共傳記文學跟其他類別的文學價值有所不同，它們帶有厚重的歷史意義，並非一般文學作品可以相比。

此外，除了馬共本身的回憶錄和傳記，在閱讀的同時，讀者還可以參照馬共影像、以馬共為主題的文學作品、其他有關方面如軍警方出版的回憶錄或傳記，從對比中獲得更生動的資料，用獨立判斷的思考能力，才能夠在許多跟馬共有關的歷史事件裡，找出最貼近真相的歷史。每一個人的小歷史，都能幫助我們梳理出一個大歷史。就還原真實的歷史而言，這可說是不可能的任務。每個人都覺得自己看到和感受到的是真實，可是不同的角度，有不同的感受，所謂的真實，也只是從一個角度所見。越多「真實」被披露，就會讓歷史越複雜。不過，歷史的現實本來就並非單一的，歷史也從來不是沒有衝突的，越

多「真實」的出現，意味著更多面的歷史被看到。有更多人將從神檯下來，又有許多人會以英雄的姿態出現。

作為一種文學，馬共傳記文學有著意義更加深厚的使命，除了給人以特殊的閱讀體驗，它更多的是在自己的領域綻放光彩，有自身的發展空間。只是，我們一定不能忘記，歷史有它的多面性，文學又何嘗不是。

附錄　訪問對象及時間

一　葉建國與陳煥儀面訪於檳城，二〇一五年四月。

二　李老先生（前馬共聯絡員，不願具名）與陳煥儀面訪於檳城，二〇一六年六月十一日。

三　廖克發與陳煥儀Face book越洋電訪，二〇一六年六月二十二日晚上十時。

四　烈浦與陳煥儀面訪於新加坡，二〇一六年四月六日。

五　陳劍與陳煥儀面訪於新加坡，二〇一六年四月七日中午一時。

六　馬侖與陳煥儀面訪於檳城，二〇一六年四月二十二日。

七　蔣福榮與陳煥儀面訪於怡保，二〇一六年九月五日。

八　阿米爾·莫哈默（Amir Muhammad）與陳煥儀訪談於檳城Penang Institute，二〇一七年三月四日中午四時。

九　海凡與陳煥儀面訪於新加坡，二〇一七年四月二十四日。

十　Bernard Chauly與陳煥儀電郵訪問，二〇一七年七月二十一日。

十一　拿督查哈拉（YB Dato' Hajah Jahara Binti Hamid，時任檳城反對黨領袖）和陳煥儀訪談於檳城州北海，二〇一七年八月九日。

十二　梁元明與陳煥儀電郵訪問，二〇一七年十月二十一日。

十三　許友彬與陳煥儀電郵訪問，二〇一八年五月十日。

十四　丹斯里許子根與陳煥儀訪談，二〇一八年十月五日。

十五　不願具名政治部官員Y女士、外交部官員W先生、以及多位華教界人士提供資料。

參考文獻

一　普通圖書文獻

《馬來西亞歷史的另一面》　編輯委員會　林清祥與他的時代　吉隆
　　　坡　朝花企業聯合　2002年

巴素博士（Victor Purcell）著　劉前度譯　馬來亞華僑史　檳城　光
　　　華日報　1950年

文史資料社　日軍進攻星馬畫史　新加坡　真善美出版公司　無出版
　　　年分

王列耀、顏敏等著　尋找新的學術空間──漢語傳媒與海外華文文學
　　　研究　北京市　中國社會科學出版社　2016年

全　展　中國當代傳記文學概觀　哈爾濱市　黑龍江人民出版社
　　　2004年

全　展　傳記文學：闡釋與批評　武漢市　湖北人民出版社　2007年

朱旭晨　秋水斜陽芳菲度──中國現代女作家傳記研究　北京市　人
　　　民日報出版社　2006年

朱崇科　本土性的糾葛──邊緣放逐・「南洋」虛構・本土迷思　臺
　　　北市　唐山出版社　2004年

何啟良　文化馬華：繼承與批判　吉隆坡　十方出版社　1999年

何國忠編　馬來西亞華人歷史與人物　吉隆坡　馬來西亞華社研究中
　　　心　2003年

李　健　中國現代傳記文學研究　北京市　新華出版社　2010年

林子亮、洪森　歷史的放歌 ── 馬來亞勞工黨檳州分部史料圖片集　檳城　勞工黨檳州分部史料圖片集工委會　2001年

林水檺、駱靜山　馬來西亞華人史　吉隆坡　馬來西亞留臺聯總　1984年

林廷輝、方天養　馬來西亞新村邁向新旅程　雪蘭莪　策略分析與政策研究所　2005年

林廷輝、宋婉瑩　馬來西亞華人新村五十年　吉隆坡　華社研究中心　2002年

林遠輝、張應龍　新加坡馬來西亞華僑史　廣州市　廣東高等教育出版社　1991年

原不二夫著　劉曉民譯　英屬馬來亞的日本人　廈門　廈門大學出版社　2013年

原不二夫著　劉曉民譯　馬來亞華僑與中國 ── 馬來亞華僑歸屬意識轉換過程的研究　曼谷　泰國曼谷大通出版社　2006年

唐岫敏　英國傳記文學發展史　上海市　上海外語教育出版社　2012年

馬來西亞二十一世紀聯誼會　紀念合艾和平協定簽署二十五周年　吉隆坡　二十一世紀出版社　2014年

馬來西亞二十一世紀聯誼會　紀念合艾和平協定簽署二十周年　吉隆坡　二十一世紀出版社　2009年

許雲樵　馬來亞的反抗　新加坡　海泉出版社　1982年

許雲樵　新馬華人抗日史料（1937-1945）　新加坡　新加坡文史出版公司　1984年

郭仁德　馬新抗日史料 ── 神秘萊特　吉隆坡　彩虹出版公司　2002年

陳思和　雞鳴風雨　上海市　學林出版社　1994年

陳劍　馬來亞華人的抗日運動　雪蘭莪　策略資訊研究中心　2004年

陳劍　與陳平對話 ── 馬來亞共產黨新解　吉隆坡　馬來西亞華社研究中心　2006年

陳蘭村　中國傳記文學發展史　北京市　語文出版社　1999年

寒山碧　香港傳記文學發展史　香港　東西文化事業公司　2003年

寒山碧　香港傳記文學發展特色及其影響　香港　東西文化事業公司
　　　　2000年

寒山碧　理論探討與文本研究　香港　中華書局　2010年

菲力浦・勒熱訥　自傳契約　三聯書店　2001年

辜也平　中國現代傳記文學史論　北京市　人民文學出版社　2018年

楊正潤　現代傳記學　南京市　南京大學出版社　2009年

楊正潤編　現代傳記研究　北京市　商務印書館　2015年

楊國政　傳記文學研究　北京市　人民文學出版社　2005年

楊進發　馬來亞共產主義的起源　新加坡　South Seas Society　1997年

趙白生　傳記文學理論　北京市　北京大學出版社　2003年

鄭尊仁　台灣當代傳記文學研究　臺北市　秀威資訊科技公司　2006年

謝詩堅　中國革命文學影響下的馬華左翼文學（1926-1976）　檳城
　　　　韓江學院學位論文　2009年

鍾怡雯　馬華文學史與浪漫傳統　臺北市　萬卷樓圖書公司　2009年

鐘曉毅　在南方的閱讀　廣東　廣東人民出版社　1998年

Bayly, Christopher, Tim Harper. Forgotten Armies—Britain's Asia Empire
　　　　& The War With Japan. Penguin Books, 2005.

Fujio Hara. The Malayan Communist Party as Recorded in the Comintern
　　　　Files. Selangor: Strategic Information and Research Develop-
　　　　ment Centre, Selangor, 2017

二　學術期刊文獻

王炎炎　馬共・想像・歷史　名作欣賞　2013年第26期

白志堅　試論傳記文學的藝術性　集寧師專學報　2001年第2期

白志堅　試論傳記文學的藝術性（二）　集寧師專學報　2002年第1期

石安伶、李政忠　雙重消費、多重愉悅：小說改編電影之互文／互媒愉悅經驗　新聞學研究　2014年第1期

伍　濃　觀千劍而知器——對兩部醜化人民武裝小說的批判　南洋大學校友業餘網站（2016-07-18）[2017-03-25]。http://www.nandazhan.com/zh/wguanqianj.htm.

全　展　傳記文學創作的若干理論問題　浙江師範大學學報（社會科學版）　2007年第5期

全　展　當代審美視野下的中短篇傳記文學　浙江師範大學學報（社會科學版）　2009年第5期

全　展　試論傳記文學的真實性　傳記文學　1987年第2期

朱崇科　臺灣經驗與張貴興的南洋再現——兼及陳河〈沙撈越戰事〉中山大學學報（社會科學版）　2012年第5期

朱崇科　論馬華作家小黑作品中的馬華話語　文藝爭鳴　2017第8期

朱德發　給史家做材料，給文學開生路——重探胡適的「傳記文學」觀　東岳論叢　2013年第9期

何啟才　馬來亞共產黨研究之回顧與展望　馬來西亞人文與社會科學學報　2013第2期

佚　名　歷史書寫的弔詭——以馬來亞共產黨的抗日貢獻為討論語境（2011-12-29）[2014-03-02]。http://zhuiwenzhe.blogspot.my/2011/12/blog-post_29.html.

宋少軍　馬來亞共產黨與馬來亞華僑抗戰史的研究述評　桂林師範高等專科學校學報　2014年第2期

阮溫淩　愛心，留下的神秘——小黑短篇小說〈樹林〉的「聯想法」與「懸念式」複合結構　華文文學　1967年第1期

岳玉傑　馬華文學何以成就百年　中國現代文學研究叢刊　2012年第
　　　　10期

林春美　小黑的歷史修辭與小說敘事　華文文學　2013年第6期

林春美　馬華女作家的馬共想像　華文文學　2009年第6期

俞健萌　在史學與文學之間架起一座「橋梁」——論傳記文學的史實
　　　　性與可創作型　荊門職業技術學院學報　2009年第3期

原不二夫　日本佔領下的馬來亞共產黨　南洋資料譯叢　2006年第1期

原不二夫　戰後馬來亞的愛國華僑　南洋資料譯叢　2005年第2期

荒井茂夫　馬來亞華文文學馬華化的心理路程　華文文學　1999第1期

張祖興　馬來亞華人抗日武裝與馬來亞聯盟公民權計畫　華人華僑歷
　　　　史研究　2005年第2期

張森林　多元視角下的新華左翼文學　華文文學　2013第2期

張　慧　馬華文學中的「新村」事件　廣州市　暨南大學碩士學位論
　　　　文　2012年

張錦忠　走上不同鬥爭道路，錯過建國歷史契機：評馬共總書記陳平
　　　　的口述歷史　新紀元學院學報　2005年第2期

許文榮　馬華文學中的三江並流　論中國性、本土性與現代性的微妙
　　　　同構　華文文學　2010年第1期

許文榮　混合的肉身在文學史中的遊走——論馬華文學混血及其它
　　　　中國比較文學　2009年第3期

許維賢　在尋覓中失蹤的（馬來西亞）人——「南洋圖像」與留台作
　　　　家的主體建構　吳耀宗主編　當代文學與人文生態　二○○
　　　　三年東南亞華文文學國際學術研討會論文集　臺北市　萬卷
　　　　樓圖書公司　2003年

郭建軍　世紀末回首——論作為南洋反思文學的小黑小說　華僑大學
　　　　學報　1996年第2期

陳大為　論冰谷散文集《歲月如歌》的苦難書寫　世界華文文學論壇　2015年第2期

陳夢圓　馬華新生代小說中的馬共敘事探析　名作欣賞　2013年第19期

陳鵬翔　論小黑小說書寫的軌跡　馬華文學讀本（II）：赤道回聲　臺北市　萬卷樓圖書公司　2004年

陳蘭村、全展　新世紀以來中國傳記文學研究回顧　浙江師範大學學報（社會科學版）　2012年第1期

彭志恒　談小黑的小說　世界華文文學論壇　1996年第1期

曾麗琴　近期馬來西亞華人小說書寫的兩個特徵　九江學院學報（社會科學版）　2013年第2期

曾麗琴　當然是雨林──張貴興的在地書寫　齊齊哈爾大學學報（哲學社會科學版）　2013年第6期

欽　鴻　別出心裁的嘗試──讀小黑的小說　華文文學　1994年第2期

賀聖達　中華海外兒女抗日在南洋──東南亞華僑的武裝抗日鬥爭　雲南民族大學學報（哲學社會科學版）　2005年第6期

辜也平　論郁達夫傳記文學的「文學」取向　浙江師範大學學報（社會科學版）　2007年第6期

黃治澎　坎坷跌宕：馬華左翼文學的奮鬥經歷　新馬華文文學研究新觀察　新加坡　八方文化出版社　2012年

黃流星　潛入原馬來亞的136兵團　文史春秋　2010年第7期

黃萬華　黃錦樹的小說敘事：青春原欲，文化招魂，政治狂想　晉陽學刊　2007年第2期

黃　熔　披著女巫外衣的精靈──黎紫書小說創作主題研究　世界華文文學論壇　2012年第2期

廖小健　英國殖民政策與馬來亞人民抗日軍　東南亞研究　2005年第3期

劉佳林　境外中國現代人物傳記資料資料庫的建設與前景　現代傳記研究　2014年第1期

潘婉明　文學與歷史的相互滲透──「馬共書寫」的類型、文本與評論　徐秀慧、吳彩娥主編　從近現代到後冷戰──亞洲的政治記憶與歷史敘事國際學術研討會論文集　臺北市　里仁書局　2011年

潘婉明　政治不正確與文學性：馬共書寫的「馬共書寫」　燧火評論　2015年第2期

潘婉明　戰爭，愛情，生存策略──馬共女戰士的革命動機　思想第21期

潘碧華　挑戰敏感課題：論小黑小說的禁忌書寫　中國－東盟論壇　2012第2期

蕭　村　新馬文藝界──抗日救亡活動回顧　世界華文文學論壇　1995第3期

薛芳芳　論黎紫書小說的三重色彩　世界華文文學論壇　2008年第1期

鍾怡雯　歷史的反面和裂縫──馬共書寫的問題研究　香港文學　2009年（02-03）

魏月萍　馬來馬共的歷史論述與制約　人間思想　2012年夏季號

鐘日興、宋少軍　136部隊與馬來亞抗日活動　東南亞南亞研究　2014年第2期

三　報紙文獻

龍朝英　回首當年　聯合早報　1997-08-06

丘啟楓　專訪馬來亞共產黨總書記陳平──守得雲開見月明　亞洲週刊　1998-06-15

黃永安　反帝巾幗應敏欽論民族團結　當今大馬　2005-10-27

黃文慧　馬來西亞禁映《最後一名共產黨員》　BBC 中文網　2006-
　　　　05-08 http://news.bbc.co.uk/Chinese/simp/hi/newsid_4980000/n
　　　　ewsid_4984200/49842000.stm.

費　言　馬國禁映電影《最後一名共產黨員》　早報娛樂　2006-05-
　　　　30 http://www.ehornbill.com/v12/2012-11-06-12-08-00/2012-11-
　　　　06-12-20-06/4861-2015-09-02-13-52-29.

Andrew Symon　流亡中國三十年：馬共領袖陳平歸國案開審　亞洲
　　　　時報　2007-06-26

丁　楊　「傳記文學」：為歷史存資料，替文學開新路　中華讀書報
　　　　2008-07-09

周彤著　阿都拉・西・迪巨著彌補缺失，馬共歷史遭篡改　南洋商報
　　　　2010-06-20

陳　劍　中國心・馬來半島情緣──紀念華裔作家韓素音女士　同文
　　　　譯館　2012-11-12

潘婉明　韓素音與半部〈餐風飲露〉　東方日報　2012-11-14

潘婉明　馬共・砂共・北加共　東方日報　2012-12-26

林友順　馬共領袖陳平逝世功過誰評說　亞洲週刊　2013-09-29（38）

黎紫書　雨林裡的一顆遺珠　星洲日報　2014-10-20

廖克發　膠林深處，不即不離　燧火評論　2015-02-07　http://www.
　　　　pfirereview.com/20150207/

陳宇昕　九○年代前後，小黑與後現代書寫──馬華文學的抵抗與反
　　　　思　（2011-05-11）[2015-02-24] http://piggytyxlab.blogspot.
　　　　my/2011/05/90.html.

張曦娜　為歷史書寫　尤今整理出版　父親譚顯炎抗日回憶錄　聯合
　　　　早報　2015-03-12

英　群　馬來亞人民抗日軍與英軍「136部隊」　犀鄉資訊網　2015-10-07[2015-10-28]　http://www.ehornbill.com/v12/2012-11-06-12-02-23/2012-11-06-12-03-24/50333-00000066666661111111

劉　雪　中英合作組建136部隊，潛入馬來半島敵後抗日，空降暗夜叢林，華僑特工偽裝賭徒探情報　南方都市報　2015-12-06（AA08）

記一位與馬新頗有淵源的國際知名女作家韓素音　馬華文學電子圖書館　2012-11-03[2016-05-05].http://www.mcldl.com/bulletin/read/37

沈嘉蔚　最後的共產黨人　今天網　（2008-08-21）[2016-05-14]　https://www.jintian.net/today/html/45/n-1745.html

張大春　張大春泡新聞——訪問導演廖克發談紀錄片不即不離　九八新聞臺　[2016-11-30]　https://www.youtube.com/watch?v=tpcUa6VuD9Y.

蔡詠梅　寫作讓他熬過獄中歲月　開放網　2011-08-06[2017-01-20]。http://www.open.com.hk/content.php?id=351#.WBcgdqNh3Dq

星洲日報　套情報潛入當臥底，F 部隊瓦解馬共　2017-03-24[2017-03-24]　http://www.sinchew.com.my/node/1626970

小　黑　敘述不即不離　南洋商報　2017-03-30

檳城烈心　犀鄉資訊網　2015-08-31[2017-07-29]

陳星南　九一抗日烈士紀念碑史料保存——郭仁德訪問記錄　2016-04-25[2017-08-31]https://www.facebook.com/permalink.php?story_fbid=1703797473207515&id=1445261619061103。

李萬千　阿米爾與馬共的故事　萬千文集　2007-03-23[2017-09-06]　http://leebanchen.blogspot.my/2007/03/blog-post_23.html

朱學勤　馬共與政府和解：沒有寬恕就沒有未來　新浪網　2013-10-

25[2017-09-09] http://history.sina.com.cn/bk/sjs/2013-10-25/1 65272258.shtml.

陳　琳　華僑華人支援抗戰　今日中國　2015-09-21[2017-10-25]。 http://www.chinatoday.com.cn/chinese/sz/sd/201509/t20150921 _800038893.html.

何亞非　華僑抗戰豐碑永遠鐫刻在中國人民心中　僑務工作研究 [2017 -10-25] http://qwgzyj.gqb.gov.cn/bqch/182/2849.shtml.

謝燕燕　抗日英雄逝世70周年，樟宜博物館將為林謀盛辦紀念儀式 新加坡時事分享　（2014-06-24）[2017-10-28]. https://sgfact blog.wordpress.com/2014/06/24/抗日英雄逝世70周年-樟宜博 物館將為林謀盛辦紀念/

李葉明　誰來為星華義勇軍立碑？　新國志　（2013-04-10）[2017- 10-29] https://xinguozhi.wordpress.com/2013/04/12/誰來為星 華義勇軍立碑？

葉孝忠　訪馬來西亞華人作家黎紫書　200-08-30[2018-05-15]　https:// baike.baidu.com／item／黎紫書

黃萬華　海外華文文學史講稿十六第四章——近三十餘年（1980年 代一）東南亞華文文學　2016-09-10[2018-06-04]　http://blog. sina.com.cn/s/blog_abed6d3c0102wjf3.html

菊　凡　文學路上踉蹌獨行的雨川　雨林小站　2012-02-01[2018-06- 08] http://freesor.blogspot.my/2012/02/blog-post_8704.html

黃振威　各族馬來西亞人如何為國犧牲　星洲日報　2018-01-23 [2018-06-23] http://www.sinchew.com.my/node/1721767

謝詩堅　解讀馬共奇女子李明口述歷史——李明案轟動國際　飛揚網 絡　（2007-04-09）[2018-07-14] http://seekiancheah.blogspot. my/2007/04/blog-post_3414.html

謝詩堅　解讀馬共奇女子李明口述歷史——李明駁斥〈馬共秘聞〉　飛揚網路（2007-04-09）[2018-07-14]　http://seekiancheah.blogspot.my/2007/03/blog-post_26.html.

張泰永　馬共歷史上兩個電臺的前前後後　烏有之鄉網刊　2011-01-05[2018-08-01]　http://www.siantarpeople.org/home.php?mod=space&uid=93&do=blog&id=159.

Briggs　Plan Is Underway　*The Straits Times*　1950-06-07（01）

Special Squatter Camps In Johore　*The Straits Times*. 1950-06-10（01）

四　傳記文獻

二十一世紀出版社編輯部　走上抗日的道路　吉隆玻　二十一世紀出版社　2011年

二十一世紀出版社編輯部　突擊隊・阿沙與我　吉隆玻　二十一世紀出版　2012年

小　黑　結束的旅程——小黑小說自選集　臺北市　秀威資訊科技公司　2012年

尤　今　父親與我——馬來亞敵後工作回憶錄　新加坡　八方文化創作室　2015年

方　山　見證和解與回馬——紀念回馬10周年　吉隆玻　二十一世紀出版社　2009年

方壯壁　馬共全權代表：方壯壁回憶錄　雪蘭莪　策略資訊研究中心　2007年

方　修　新馬新文學簡史　吉隆玻　董總出版社　1986年

方　修　戰後新馬文學大系（小說一集）（二集）　北京市　華藝出版社　1992年

王潤華　南洋鄉土集　臺北市　時報文化出版公司　1981年

冰　谷　歲月如歌　我的童年　吉隆坡　有人出版社　2011年

朱齊英編　陳福興逝世20周年紀念文集　吉隆坡　馬來亞勞工黨黨史
　　　工委會出版社　2009年

利　明　白石頂兒女　香港　見證出版社　2006年

宏　勝　參軍・出國・邊區・下山——軍事幹部宏勝同志回憶錄　吉
　　　隆坡　二十一世紀出版社　2014年

李永平　一個游擊隊員的死・雨雪霏霏　臺北市　天下遠見出版公司
　　　2002年

李光耀　李光耀回憶錄上下冊　新加坡　聯合早報　1998,2000年

李炯才　追尋自己的國家——一個南洋華人的心路歷程　臺北市　遠
　　　流出版事業公司　1994年

拉昔・邁丁　從武裝鬥爭到和平——馬共中央委員拉昔・邁丁回憶錄
　　　吉隆坡　二十一世紀出版社　2006年

林雁、賀巾、文羽山編　華玲和談馬共代表——陳田紀念文集　雪蘭
　　　莪　策略資訊研究中心　2008年

邱依虹編　生命如河流——新、馬、泰十六位女性的生命故事——馬
　　　來西亞、新加坡抗日、反殖、獨立運動紀實（1938-1989）
　　　雪蘭莪　策略資訊研究中心　2004年

金枝芒　抗英戰爭小說選　吉隆坡　二十一世紀出版社　2004年

阿布沙瑪・穆哈末・卡森　歷史與獨立鬥爭：馬共中央委員阿布・沙
　　　瑪回憶錄　吉隆坡　二十一世紀出版社　2005年

阿　成　我肩負的使命　吉隆坡　二十一世紀出版社　2007年

阿都拉・西・迪著　阿凡提（周彤）譯　馬共主席阿都拉・西・迪回
　　　憶錄（上中下）　吉隆坡　二十一世紀出版社　2010年

南　軍　邁步征途——地下組織幹部南軍同志的回憶錄　吉隆坡　二
　　　十一世紀出版社　2014年

胡　適　四十自述　自序　中國文史出版社　2015年

唐　珉　津渡無涯　吉隆玻　馬來西亞華文作家協會　1991年

海　凡　可口的饑餓　吉隆玻　有人出版社　2017年

海凡著　雨林告訴你　雪蘭莪　文運企業　2014年

馬共秘密短波電臺歷史曝光　亞洲週刊　2017-01-15（03）

馬來西亞歷史的另一面編輯委員會　林清祥與他的時代上下冊　吉隆
　　　　玻　朝花企業與社會分析學會聯合出版　2003年

商晚筠　癡女阿蓮　臺北市　聯經出版事業公司　1987年

章星虹　韓素音在馬來亞──行醫、寫作和社會參與（1952-1964）
　　　　新加坡　南洋理工大學中華語言文化中心與八方文化創作室
　　　　出版　2016年

陳　平　我方的歷史──陳平回憶錄　新加坡　Media Masters Pte.
　　　　Ltd.　2004年

陳　河　米羅山營地　天津市　天津人民出版社　2013年

陳崇智　我與一三六部隊　新加坡　海天發行與代理中心　1994年

陳劍編　波瀾著　葵山英姿──女游擊戰士三十五年森林生活實錄
　　　　雪蘭莪　策略資訊研究中心　2015年

賀　巾　巨浪　吉隆玻　朝花企業聯合出版　1999年

賀　巾　崢嶸歲月　香港　南島出版社　1999年

賀　巾　賀巾小說選集　新加坡　新華文化事業公司　1999年

黃信芳（一民）　黃信芳回憶錄──一個逃亡的新加坡立法議員的故
　　　　事（增補本）　吉隆玻　二十一世紀出版社　2013年

黃錦樹　火，與危險食物：黃錦樹馬共小說選　吉隆玻　有人出版社
　　　　2014年

黃錦樹　死在南方　濟南市　山東文藝出版社　1997年

楊立新　艱辛的路程　泰國　泰南勿洞人出版者　2015年

雷子健　誰殺了欽差大臣？──緊急狀態那些人那些事　吉隆玻　胡一刀工作室　2014年

劉鑒全　青山不老──馬共的歷程　吉隆玻　星洲日報　2004年

蔡求真　四十年森林游擊戰爭生活回憶錄　泰國　泰南勿洞第一友誼村　2000年

鄭昭賢　馬共奇女子陳田夫人──李明口述歷史　雪蘭莪　策略研究中心　2007年

駝　鈴　沙啞的紅樹林　霹靂　霹靂文藝研究會　2000年

駝　鈴　硝煙盡散時　霹靂　霹靂文藝研究會　1995年

黎紫書　山瘟　臺北市　麥田出版　2001年

應敏欽　應敏欽回憶錄──戰鬥的半個世紀　雪蘭莪　策略資訊研究中心　2007年

謝智慧　新村　吉隆玻　紅蜻蜓出版社　2012年

韓素音著　李星可譯　餐風飲露　新加坡　青年書局　1958年

韓素音著　陳德彰、林克美譯　吾宅雙門　北京市　中國華僑出版公司　1991年

鐵　舟　在陳平身邊10年──忠誠的背叛　吉隆玻　大將出版社　2015年

Clara Show. Lim Bo Seng: Singapore's Best-known War Hero. Singapore: Asiapac, 1998

Dato Seri Yuen Yuet Leng. Nation Before Self. Ampang, Selangor, Malaysia, 2008.

F. S. Chapman. The Jungle is Neutral. London: Chatts and Windus, 1954.

Gene. Z. Hanrahan. The Communist Struggle in Malay. University of Malaya Press, 1979

Harry Miller. *Jungle War in Malaya: The Capaign Against Communism, 1948-1960*. London: Barker, 1972

Harry Miller. *The Communist Menace In Malaya*. New York: Frederick A. Praeger, 1955

J. B. Perry Robinson. *Transformation in Malaya*. London: Secker & Warbury, 1956

Margaret Shennan, *Our Man in Malaya*, Singapore: Monsoon Books Pte Ltd, 2007

Mubin Sheppard. *Taman Budiman: Memoirs of an Unorthodox Civil Servan*. Kuala Lumpur: Heinemann Educational Books, 1979

Neville Spearman. *No Dram of Mercy*. 1954; reprinted Oxford University Press, 1983 and Prometheus Enterprises, 2006

PG LIM. Kaleidoscope, *The Memoirs of PG LIM*. Petaling Jaya: SIRD, 2012

Richard Miers. *Shoot To Kill*. London: Faber & Faber, 1959

Suriani Abdullah. *Memoir Suriani Abdullah*. KL: SIRD, 2006

五　影視作品文獻

Bernard Chauly 導演　ApaDosaku（我有何罪？）Red Communications 製作　馬來西亞電視劇（八集）　2010年

阿米爾‧莫哈默導演　甘榜人，你好嗎？（Apa Khabar Orang Kampung）　獨立製作　馬來西亞紀錄片

阿米爾‧莫哈默導演　最後的共產黨員（The Last Communist）　獨立製作　馬來西亞紀錄片　2006年

廖克發導演　不即不離　獨立製作　臺灣紀錄片　2014年

文學研究叢書·華文文學叢刊 0811002

不容青史盡成灰——馬華文學裡的馬共傳記書寫

作　　者　陳煥儀

責任編輯　官欣安

發 行 人　林慶彰

總 經 理　梁錦興

總 編 輯　張晏瑞

編 輯 所　萬卷樓圖書股份有限公司

　　　　　臺北市羅斯福路二段 41 號 6 樓之 3

　　　　　電話 (02)23216565

　　　　　傳真 (02)23218698

發　　行　萬卷樓圖書股份有限公司

　　　　　臺北市羅斯福路二段 41 號 6 樓之 3

　　　　　電話 (02)23216565

　　　　　傳真 (02)23218698

　　　　　電郵 SERVICE@WANJUAN.COM.TW

香港經銷　香港聯合書刊物流有限公司

　　　　　電話 (852)21502100

　　　　　傳真 (852)23560735

ISBN　978-986-478-466-0

2021 年 7 月初版

定價：新臺幣 420 元

如何購買本書：

1. 劃撥購書，請透過以下郵政劃撥帳號：

　帳號：15624015

　戶名：萬卷樓圖書股份有限公司

2. 轉帳購書，請透過以下帳戶

　合作金庫銀行 古亭分行

　戶名：萬卷樓圖書股份有限公司

　帳號：0877717092596

3. 網路購書，請透過萬卷樓網站

　網址 WWW.WANJUAN.COM.TW

大量購書，請直接聯繫我們，將有專人為您服務。客服：(02)23216565 分機 610

國家圖書館出版品預行編目資料

不容青史盡成灰 ：馬華文學裡的馬共傳記
書寫/陳煥儀著. -- 初版. -- 臺北市 ：萬卷
樓圖書股份有限公司,2021.07

面 ；　　公分. -- (文學研究叢書. 華文文學
叢刊 ;811002)

ISBN 978-986-478-466-0(平裝)

1.馬來文學　2.傳記文學

868.79　　　　　　　　　　　　110007300